尘埃落定

阿来——著

A Lai
Red Poppies

浙江文艺出版社
Zhejiang Literature & Art Publishing House

图书在版编目（CIP）数据

尘埃落定 / 阿来著. —杭州：浙江文艺出版社，2020.9
（2025.4 重印）

ISBN 978 - 7 - 5339 - 6091 - 9

Ⅰ.①尘…　Ⅱ.①阿…　Ⅲ.①长篇小说－中国－当代
Ⅳ.①I247.5

中国版本图书馆 CIP 数据核字（2020）第 062834 号

策划统筹　曹元勇
责任编辑　睢静静
封面设计　周伟伟
责任印制　吴春娟

尘埃落定

阿来　著

出版　浙江文艺出版社
地址　杭州市环城北路 177 号　邮编：310003
网址　www.zjwycbs.cn
经销　浙江省新华书店集团有限公司
印刷　上海盛通时代印刷有限公司
开本　889 毫米 × 1240 毫米　1/32
字数　315 千字
印张　14.875
插页　4
版次　2020 年 9 月第 1 版
印次　2025 年 4 月第 25 次印刷
书号　ISBN 978 - 7 - 5339 - 6091 - 9
定价　49.00 元

目　录

尘埃落定

第一章

1. 野画眉

那是个下雪的早晨，我躺在床上，听见一群野画眉在窗子外边声声叫唤。

母亲正在铜盆中洗手，她把一双白净修长的手浸泡在温暖的牛奶里，吁吁地喘着气，好像使双手漂亮是件十分累人的事情。她用手指叩叩铜盆边沿，随着一声响亮，盆中的牛奶上荡起细密的波纹，鼓荡起嗡嗡的回音在屋子里飞翔。

然后，她叫了一声桑吉卓玛。

侍女桑吉卓玛应声端着另一个铜盆走了进来。那盆牛奶给放到地上。母亲软软地叫道："来呀，多多。"一条小狗从柜子下面咿咿唔唔地钻出来，先在地下翻一个跟斗，对着主子摇摇尾巴，这才把头埋进了铜盆里边。盆里的牛奶噎得它几乎喘不过气来。土司太太很喜欢听见这种自己少少一点爱就把人淹得透不过气来的声音。她听着小狗喝奶时透不过气来的声音，在清水中洗手。一边洗，一边吩咐侍女卓玛，看看我——她的儿子醒了没有。昨天，我有点发烧，母亲就睡在了我房里。我说："阿妈，我醒了。"

她走到床前，用湿湿的手摸摸我的额头，说："烧已经退了。"

说完，她就丢开我去看她白净却有点掩不住苍老的双手。

每次梳洗完毕，她都这样。现在，她梳洗完毕了，便一边看着自己的手一日日显出苍老的迹象，一边等着侍女把水泼到楼下的声音。这种等待总有点提心吊胆的味道。水从高处的盆子里倾泻出去，跌落在楼下石板地上，分崩离析的声音会使她的身子忍不住痉挛一下。水从四楼上倾倒下去，确实有点粉身碎骨的味道，有点惊心动魄。

但今天，厚厚的积雪吸掉了那声音。

该到声音响起时，母亲的身子还是抖动了一下。我听见侍女卓玛美丽的嘴巴在小声嘀咕：又不是主子自己掉下去了。我问卓玛："你说什么？"

母亲问我："这小蹄子她说什么？"

我说："她说肚子痛。"

母亲问卓玛："真是肚子痛吗？"

我替她回答："又不痛了。"

母亲打开一只锡罐，一只小手指伸进去，挖一点油脂，擦在手背上，另一只小手指又伸进去，也挖一点油脂擦在另一只手背上。屋子里立即弥漫开一股辛辣的味道。这种护肤用品是用旱獭油和猪胰子加上寺院献上的神秘的印度香料混合而成。土司太太，也就是我母亲，很会做表示厌恶的表情。她做了一个这样的表情，说："这东西其实是很臭的。"

桑吉卓玛把一只精致的匣子捧到她面前，里面是土司太太左手的玉石镯子和右手的象牙镯子。太太戴上镯子，在手腕上转了一圈说："我又瘦了。"

侍女说："是。"

母亲说："你除了这个你还会说什么？"

"是，太太。"

我想土司太太会像别人一样顺手给她一个嘴巴，但她没有。侍女的脸蛋还是因为害怕变得红扑扑的。土司太太下楼去用早餐。卓玛侍立在我床前，侧耳倾听太太踩着一级级梯子到了楼下，便把手伸进被子狠狠掐了我一把，她问："我什么时候说肚子痛？我什么时候肚子痛了？"

我说："你肚子不痛，只想下次泼水再重一点。"

这句话很有作用，我把腮帮鼓起来，她不得不亲了我一口。亲完，她说，可不敢告诉主子啊。我的双手伸向她怀里，一对小兔一样撞人的乳房就在我手心里了。我身体里面或者是脑袋里面什么地方很深很热地震荡了一下。卓玛从我手中挣脱出来，还是说："可不敢告诉主子啊。"

这个早上，我第一次从女人身上感到令人愉快的心旌摇荡。

桑吉卓玛骂道："傻瓜！"

我揉着结了眵的双眼问："真的，到底谁是那个傻……傻瓜？"

"真是一个十足的傻瓜！"

说完，她也不服侍我穿衣服，而在我胳膊上留下一个鸟啄过似的红斑就走开了。她留给我的疼痛是叫人十分新鲜又特别振奋的。

窗外，雪光的照耀多么明亮！传来了家奴的崽子们追打画眉时的欢叫声。而我还在床上，躺在熊皮褥子和一大堆丝绸中间，侧耳倾听侍女的脚步走过了长长的回廊，看来，她真是不想回来侍候我了。于是，我一脚踢开被子大叫起来。

在麦其土司辖地上，没有人不知道土司第二个女人所生的儿子是一个傻子。

那个傻子就是我。

除了亲生母亲，几乎所有人都喜欢我是现在这个样子。要是我是个聪明的家伙，说不定早就命归黄泉，不能坐在这里，就着一碗茶胡思乱想了。土司的第一个老婆是病死的。我的母亲是一个毛皮药材商买来送给土司的。土司醉酒后有了我，所以，我就只好心甘情愿当一个傻子了。

虽然这样，方圆几百里没有人不知道我，这完全因为我是土司儿子的缘故。如果不信，你去当个家奴，或者百姓的绝顶聪明的儿子试试，看看有没有人会知道你。

我是个傻子。

我的父亲是皇帝册封的辖制数万人众的土司。

所以，侍女不来给我穿衣服，我就会大声叫嚷。

侍候我的人来迟半步，我只一伸腿，绸缎被子就水一样流淌到地板上。来自重叠山口以外的汉地丝绸是些多么容易流淌的东西啊。从小到大，我始终弄不懂汉人地方为什么会是我们十分需要的丝绸、茶叶和盐的来源，更是我们这些土司家族权力的来源。有人对我说那是因为天气的缘故。我说："哦，天气的缘故。"心里却想，也许吧，但肯定不会只是天气的缘故。那么，天气为什么不把我变成另一种东西？据我所知，所有的地方都是有天气的。起雾了。吹风了。风热了，雪变成了雨。风冷了，雨又变成了雪。天气使一切东西发生变化，当你眼鼓鼓地看着它就要变成另一种东西时，却又不得不眨一下眼睛了。就在这一瞬间，一切又变回了原来的样子。可又有谁能在任何时候都不眨巴一下眼睛？祭祀的时候也是一样。享受香火的神祇在缭绕的烟雾背后，金面孔上彤红的嘴唇就要张开了，就要欢笑或者哭泣，殿前猛然一阵鼓号声轰然作响，吓得人浑身哆嗦，一眨眼间，神祇们又收敛了表情，恢复到无忧无乐的庄严境界中去了。

这天早晨下了雪，是开春以来的第一场雪。只有春雪才会如此滋润绵密，不至于一下来就被风给刮走了，也只有春雪才会铺展得那么深远，才会把满世界的光芒都汇聚起来。

满世界的雪光都汇聚在我床上的丝绸上面。我十分担心丝绸和那些光芒一起流走了。心中竟然涌上了惜别的忧伤。闪烁的光锥子一样刺痛了心房，我放声大哭。听见哭声，我的奶娘德钦莫措跌跌撞撞地从外边冲了进来。她并不是很老，却喜欢做出一副上了年纪的样子。她生下第一个孩子后就成了我的奶娘，因为她的孩子生下不久就死掉了。那时我已经三个月了，母亲焦急地等着我做一个知道自己来到这个世界的表情。

一个月时我坚决不笑。

两个月时任何人都不能使我的双眼对任何呼唤做出反应。

土司父亲像他平常发布命令一样对他的儿子说："对我笑一个吧。"见没有反应，他一改温和的口吻，十分严厉地说："对我笑一个，笑啊，你听到了吗？"他那模样真是好笑。我一咧嘴，一汪涎水从嘴角掉了下来。母亲别过脸，想起有我时父亲也是这个样子，泪水止不住流下了脸腮。母亲这一气，奶水就干了。

她干脆说："这样的娃娃，叫他饿死算了。"

父亲并不十分在意，叫管家带上十个银元和一包茶叶，送到刚死了私生子的德钦莫措那里，使她能施一道斋僧茶，给死娃娃做个小小的道场。管家当然领会了主子的意思。早上出去，下午就把奶娘领来了。走到寨门口，几条恶犬狂吠不已，管家对她说："叫它们认识你的气味。"

奶娘从怀里掏出块馍馍，分成几块，每块上吐点口水，扔出去，狗们立即就不咬了，跳起来，在空中接住了馍馍。之后，它们跑过去围着奶娘转了一圈，用嘴撩起她的长裙，嗅嗅她的脚，又嗅嗅她的腿，证实了她的气味和施食者的气味是一样的，这才竖起尾巴摇晃起来。几只狗开口大嚼，管家拉着奶娘进了官寨大门。

土司心里十分满意。新来的奶娘脸上虽然还有悲痛的颜色，但奶汁却溢出来打湿了衣服。

这时，我正在尽我所能放声大哭。土司太太没有了奶水，却还试图用那空空的东西堵住傻瓜儿子的嘴巴。父亲用拐杖在地上拄出很大的声音，说："不要哭了，奶娘来了。"我就听懂了似的止住了哭声。奶娘把我从母亲手中接过去。我立即就找到了饱满的乳房。她的奶水像涌泉一样，而且是那样的甘甜。我还尝到了痛苦的味道，和原野上那些花啊草啊的味道。而我母亲的奶水更多的是五颜六色的想法，把我的小脑袋涨得嗡嗡作响。

我那小胃很快就给装得满满当当了。为表示满意，我把一泡尿撒在奶娘身上。奶娘在我松开奶头时，背过身去哭了起来。

就在这之前不久，她夭折的儿子由喇嘛们念了超度经，用牛毛毯子包好，沉入深潭水葬了。

母亲说："晦气，呸！"

奶娘说："主子，饶我这一回，我实在是忍不住了。"母亲叫她自己打自己一记耳光。

如今我已经十三岁了。这许多年里，奶娘和许多下人一样，洞悉了土司家的许多秘密，就不再那么规矩了。她也以为我很傻，常当着我的面说："主子，呸！下人，呸！"同时，把随手塞进口中的东西——被子里絮的羊毛啦，衣服上绽出的一段线头啦，和着唾液狠狠地吐在墙上。只是这一二年，她好像已经没有力气吐到原来的高度上去了。于是，她就干脆做出很老的样子。

我大声哭喊时，奶娘跌跌撞撞地跑了进来："求求你少爷，不要叫太太听到。"

而我哭喊，是因为这样非常痛快。

奶娘又对我说："少爷，下雪了啊。"

下雪跟我有什么关系呢？但我确实就不哭了。从床上看出去，小小窗口中镶着一方蓝得令人心悸的天空。她把我扶起来一点，我才看见厚厚的雪重重地压在树枝上面。我嘴一咧又想哭。

她赶紧说："你看，画眉下山来了。"

"真的？"

"是的，它们下山来了。听，它们在叫你们这些娃娃去和它们玩耍。"

于是，我就乖乖地叫她穿上了衣服。

天啊，你看我终于说到画眉这里来了。天啊，你看我这一头的汗水。画眉在我们这地方都是野生的。天阴时谁也不知道它们在什么地方。天将放晴，它们就全部飞出来歌唱了，歌声婉转嘹亮。画眉不长于飞行，它们只会从高处飞到低处，所以轻易不会下到很低的地方。但一下雪可就不一样了，原来的居处找不到吃的，就只好来到有人的地方。

画眉是给春雪压下山来的。

和母亲一起吃饭时，就有人不断进来问事了。

先是跛子管家进来问等会儿少爷要去雪地里玩，要不要换双暖和的靴子，并说，要是老爷在是要叫换的。母亲就说："跛子你给我滚出去，把那破靴子挂在脖子上给我滚出去！"管家出去了，当然没有把靴子吊在脖子上，也不是滚出去的。

不一会儿，他又拐进来报告，说科巴寨里给赶上山去的女麻风在雪中找不到吃的，下山来了。

母亲赶紧问："她现在到了哪里？"

"半路上跌进抓野猪的陷阱里去了。"

"会爬出来的。"

"她爬不出来，正在洞里大声叫唤呢。"

"那还不赶紧埋了！"

"活埋吗？"

"那我不管，反正不能叫麻风闯进寨子里来。"

之后是布施寺庙的事，给耕种我家土地的百姓们发放种子的事。屋里的黄铜火盆上燃着旺旺的木炭，不多久，我的汗水就下来了。

办了一会儿公事，母亲平常总挂在脸上的倦怠神情消失了。她的脸像有一盏灯在里面点着似的闪烁着光彩。我只顾看她熠熠生辉的脸了，连她问我句什么都没有听见。于是，她生气了，加大了声音说："你说你要什么？"

我说："画眉叫我了。"

土司太太立即就失去了耐心，气冲冲地出去了。我慢慢喝茶，这一点上，我很有身为一个贵族的派头。喝第二碗茶的时候，楼上的经堂铃鼓大作，我知道土司太太又去关照僧人们的营生了。要是我不是傻子，就不会在这时扫了母亲的兴。这几天，她正充分享受着土司的权力。父亲带着哥哥到省城告我们的邻居汪波土司。最先，父亲梦见汪波土司捡走了他戒指上脱落的珊瑚。喇嘛说这不是个好梦。果然，不久就有边界上一个小头人率领手下十多家人背叛了我们，投到汪波土司那边去了。父亲派人执了厚礼去讨还被拒绝。后一次派人带了金条，言明只买那叛徒的脑袋，其他百姓、土地就奉送给汪波土司了。结果金条给退了回来。还说什么，汪波土司要是杀了有功之人，自己的人也要像麦其土司的人一样四散奔逃。

麦其土司无奈，从一个镶银嵌珠的箱子里取出清朝皇帝颁发的五品官印和一张地图，到中华民国四川省军政府告状去了。

我们麦其一家，除了我和母亲，还有父亲，还有一个同父异母的哥哥，之外，还有一个同父异母的姐姐和经商的叔叔去了印度。后来，姐姐又从那个白衣之邦去了更加遥远的英国。都说那是一个很大的国家，有一个外号是叫做日不落帝国。我问过父亲，大的国家就永远都是白天吗？

父亲笑笑，说："你这个傻瓜。"

现在他们都不在我身边，我很寂寞。

我就说："画眉啊。"

说完就起身下楼去了。刚走到楼下，几个家奴的孩子就把我围了起来。父母亲经常对我说，瞧瞧吧，他们都是你的牲口。我的双脚刚踏上天井里铺地的石板，这些将来的牲口们就围了过来。他们脚上没有靴子，身上没有皮袍，看上去却并不比我更怕寒冷。他们都站在那里等我发出命令呢。我的命令是："我们去逮画眉。"

他们的脸上立即泛起了红光。

我一挥手，喊一嗓子什么，就带着一群下人的崽子，一群小家奴冲出了寨门。我们从里向外这一冲，一群看门狗受到了惊吓，便疯狂地叫开了，给这个早晨增加了欢乐气氛。好大的雪！外面的天地又亮堂又宽广。我的奴隶们也兴奋地大声鼓噪。他们用赤脚踢开积雪，捡些冻得硬邦邦的石头揣在怀里。而画眉们正翘着暗黄色的尾羽蹦来蹦去，顺着墙根一带没有积雪的地方寻找食物。

我只喊一声："开始！"

就和我的小奴隶们扑向了那些画眉。画眉们不能往高处飞，急急忙忙窜到挨近河边的果园中去了。我们从深过脚踝的积雪中跌跌撞撞地向下扑去。画眉们无路可逃，纷纷被石头击中。身子一歪，脑袋就扎进蓬松的积雪中去了。那些侥幸活着的只好顾头不顾腚，把小小的脑袋钻进石缝和树根中间，最后落入了我们手中。

这是我在少年时代指挥的战斗，这样的成功而且完美。

我又分派手下人有的回寨子取火，有的上苹果树和梨树去折干枯的枝条，最机灵最胆大的就到厨房里偷盐。其他人留下来在冬天的果园中清扫积雪，我们必须要有一块生一堆野火和十来个人围火而坐的地方。偷盐的索郎泽郎算是我的亲信。他去得最快也来得最快。我接过盐，并且吩咐他，你也帮着扫雪吧。他就喘着粗气开始扫雪。他扫雪是用脚一下一下去踢，就这样，也比另外那些家伙快了很多。所以，当他故意把雪踢到我脸上，我也不怪罪他。即使是奴隶，有人也有权更被宠爱一点。对于一个统治者，这可以算是一条真理。是一条有用的真理。正是因为这个，我才容忍了眼下这种犯上的行为，被钻进脖子的雪弄得格格地笑了起来。

火很快生起来。大家都给那些画眉拔毛。索郎泽郎不先把画眉弄死就往下拔毛，活生生的小鸟在他手下吱吱惨叫，弄得人起一身鸡皮疙瘩，他却一副若无其事的样子。好在火上很快就飘出了使人心安的鸟肉香味。不一会儿，每人肚子里都装进了三五只画眉，野画眉。

2. "辖　日"

这时，土司太太正楼上楼下叫人找我。

要是父亲在家，绝不会阻止我这一类游戏。可这几天是母亲在家主持一应事务，情况就多少有些不同。最后，下人在果园里找到了我。这时,太阳正升上天空,雪光晃得人睁不开眼睛。我满手血污,在细细啃着小鸟们小小的骨头。我混同在一群满手满脸血污的家奴的孩子中间回到寨子里,看门狗嗅到了新鲜的血腥味而对着我们狂吠起来。进得大门,仰脸就看见母亲立在楼上,一张严厉的脸俯视着下面。那几个小家奴就在她的目光下颤抖起来。

我被领上楼在火盆边烤打湿的衣服。

天井里却响起了皮鞭飞舞的声音。这声音有点像鹰在空中掠过。我想,这时我恨母亲,恨麦其土司太太。而她牙痛似的捧着脸腮说:"你身上长着的可不是下贱的骨头。"

骨头,在我们这里是一个很重要的词,与其同义的另一个词叫做根子。

根子是一个短促的词:"尼。"

骨头则是一个骄傲的词:"辖日。"

世界是水,火,风,空。人群的构成乃是骨头,或者根子。

听着母亲说话,感受着新换衣服的温暖,我也想想一下骨头的问题,但我最终什么也想不出来,却听见画眉想在我肚子里展开翅膀,听见皮鞭落在我将来的牲口们身上,我少年的眼泪就流下来了。土司太太以为儿子已经后悔了,摸摸我的脑袋,说:"儿子啊,你要记住,你可以把他们当马骑,当狗打,就是不能把他们当人看。"她觉得自己非常聪明,但我觉得聪明人也有很蠢的地方。我虽然是个傻子,却也自有人所不及的地方。于是脸上还挂着泪水的我,忍不住嘿嘿地笑了。

我听见管家、奶娘、侍女都在问,少爷这是怎么了?但我却没有看见他们。我想自己是把眼睛闭上了。但实际上我的眼睛是睁开的，便大叫一声："我的眼睛不在了！"

意思是说，我什么都看不到了。

土司儿子的双眼红肿起来，一点光就让他感到钢针锥刺似的痛苦。

专攻医术的门巴喇嘛说是被雪光刺伤了。他燃了柏枝和一些草药，用呛人的烟子熏我，叫人觉得他是在替那些画眉报仇。喇嘛又把药王菩萨像请来挂在床前。不一会儿，大喊大叫的我就安静下来。

醒来时，门巴喇嘛取来一碗净水。关上窗子后，他叫我睁开眼睛看看碗里有什么东西。

我看见夜空中星星一样的光芒。光是从水中升起的气泡上放射出来的。再看就看到碗底下躺着些饱满的麦粒。麦子从芽口上吐出一个又一个亮晶晶的水泡。

看了一会儿，我感到眼睛清凉多了。

门巴喇嘛磕头谢过药王菩萨，收拾起一应道具回经堂为我念经祈祷。

我小睡了一会儿，又给门口咚咚的磕头声惊醒了。那是索郎泽郎的母亲跪在太太面前，请求放了她苦命的儿子。母亲问我："看见了吗？"

"看见了。"

"真的看见了吗？"

"真的看见了。"

得到了肯定的答复，土司太太说："把吊着的小杂种放下来，赏他二十皮鞭！"一个母亲对另一个做母亲的道了谢，下楼去了。她嘤嘤的哭声叫人疑心已经到了夏天，一群群蜜蜂在花间盘旋。

啊，还是趁我不能四处走动时来说说我们的骨头吧。

在我们信奉的教法所在的地方，骨头被叫做种姓。释迦牟尼就出身于一个高贵的种姓。那里是印度——白衣之邦。而在我们权力所在的地方，中国——黑衣之邦，骨头被看成和门槛有关的一种东西。那个不容易翻译确切的词大概是指把门开在高处还是低处。如果真是这样的话，土司家的门是该开在一个很高的地方。我的母亲是一个出身贫贱的女子。她到了麦其家后却非常在乎这些东西。她总是想用一大堆这种东西塞满傻瓜儿子的脑袋。

我问她："门开得那么高，难道我们能从云端里出入吗？"

她只好苦笑。

"那我们不是土司而是神仙了。"

她的傻瓜儿子这样对她说。她很失望地苦笑，并做出一副要我感到内疚的恨铁不成钢的样子。

麦其土司的官寨的确很高。七层楼面加上房顶，再加上一层地牢有二十丈高。里面众多的房间和众多的门用楼梯和走廊连接，纷繁复杂犹如世事和人心。官寨占据着形胜之地，在两条小河交汇处一道龙脉的顶端，俯视着下面河滩上的几十座石头寨子。

寨子里住的人家叫做"科巴"。这几十户人家是一种骨头，一种"辖日"。种地之外，还随时听从土司的召唤，到官寨里来干各种杂活儿，在我家东西三百六十里、南北四百一十里的地盘，三百多个寨子，两千多户的辖地上担任信差。科巴们的谚语说：火烧屁股是土司信上的鸡毛。官寨上召唤送信的锣声一响，哪怕你亲娘正在咽气你也得立马上路。

顺着河谷远望，就可以看到那些河谷和山间一个又一个寨子。他们依靠耕种和畜牧为生。每个寨子都有一个级别不同的头人。头人们统辖寨子，我们土司家再节制头人。那些头人节制的人就称之为百姓。这是一个人数众多的阶层。这又是一种骨头的人。这个阶层的人有可能升迁，使自己的骨头因为贵族的血液充溢而变得沉重。但更大的可能是堕落，而且一旦堕落就难以翻身了。因为土司喜欢更多自由的百姓变成没有自由的家奴。家奴是牲口，可以任意买卖任意驱使。而且，要使自由人不断地变成奴隶那也十分简单，只要针对人类容易犯下的错误订立一些规矩就可以了。这比那些有经验的猎人设下的陷阱还要十拿九稳。

索郎泽郎的母亲就是这样。

她本来是一个百姓的女儿，那么她非常自然地就是一个百姓了。作为百姓，土司只能通过头人向她索贡支差。结果，她却不等成婚就和男人有了孩子，因此触犯有关私生子的律条而使自己与儿子一道成了没有自由的家奴。

后来有写书的人说，土司们没有法律。是的，我们并不把这一切写在纸上，但它是一种规矩，不用书写也是铭心刻骨的。而且比如今许多写在纸上的东西还有效力。我问：难道不是这样吗？从时间很深远的地方传来了十分肯定的声音，隆隆地说，是这样，是这样。

总而言之，我们在那个时代订出的规矩是叫人向下而不是叫人向上的。骨头沉重高贵的人是制作这种规范的艺术家。

骨头把人分出高下。

土司。

土司下面是头人。

头人管百姓。

然后才是科巴（信差而不是信使），然后是家奴。这之外，还有一类地位可以随时变化的人。他们是僧侣、手工艺人、巫师、说唱艺人。对这一类人，土司对他们要放纵一些，前提是只要他们不叫土司产生不知道拿他们怎么办好的感觉就行了。

有个喇嘛曾经对我说：雪山栅栏中居住的藏族人，面对罪恶时是非不分就像沉默的汉族人；而在没有什么欢乐可言时，却显得那么欢乐又像印度人。

中国，在我们的语言中叫做"迦那"。意思是黑衣之邦。

印度，叫做"迦格"。意思是白衣之邦。

那个喇嘛后来受了麦其土司的惩罚，因为他总是去思考些大家都不愿深究的问题。他是在被割去了舌头，尝到了不能言语的痛苦后才死去的。关于这个问题我是这样想的：释迦牟尼之前，是先知的时代，之后，我们就再也不需要用自己的脑子来思考了。如果你觉得自己是杰出的人，而又不是生为贵族，那就做一个喇嘛为人们描绘来世的图景吧。如果你觉得关于现在，关于人生，有话不能不说，那就赶快。否则，等到没有了舌头，那就什么也说不出来了。

君不见，那些想要说点什么的舌头已经烂掉了。

百姓们有时确实想说点什么，但这些人一直要等到要死了，才会讲点什么。好的临终语言有如下这些：

——给我一口蜜酒。

——请在我口中放一小块玉石吧。

——天就要亮了。

——阿妈，他们来了。

——我找不到我的脚了。

——天哪，天哪。

——鬼，鬼呀！

等等，等等。

3. 桑吉卓玛

我记事是从那个下雪的早晨开始的，是我十三岁那个早晨开始的。

春天的第一场雪就叫我害了雪盲。

家丁们鞭打索郎泽郎的声音，使我红肿的双眼感到了清凉。母亲吩咐奶娘："好好照顾少爷。"

太太一走，美丽的侍女卓玛也要跟着走了。我甩掉蒙在眼睛上的毛巾，大声喊道："我要卓玛！"

我并没有叫母亲陪我，但她却说："好吧，我们就不走了，在这里陪你吧。"但我的小小脑袋怎么能理会这么多的事情呢。我只是把卓玛温软的手紧紧抓住，不一会儿就睡着了。

再次醒来已经是晚上。

寨子下面的桥头上传来一个女人长声呼喊的苍凉的声音。是谁家的孩子把魂丢在鬼魂时常出没的地方了，做母亲的正在唤他回家。而我对趴在床头上的侍女说："卓玛，我要你，卓玛。"

卓玛哧哧地笑了起来。

她又掐我一把，便光光地滑到我被子里来了。有一首歌是这样唱的：

> 罪过的姑娘呀，
> 水一样流到我怀里了。
> 什么样水中的鱼呀，
> 游到人梦中去了。
> 可不要惊动了他们，
> 罪过的和尚和美丽的姑娘呀！

在关于我们世界起源的神话中，有个不知在哪里居住的神人说声："哈！"立即就有了虚空。神人又对虚空说声："哈！"就有了水、火和尘埃。再说声那个神奇的"哈！"，风就吹动着世界在虚空中旋转起来。那天，我在黑暗中捧起卓玛的乳房，也是非常惊喜地叫了一声："哈！"

卓玛嘴里却含糊不清。她说："唔……唔……唔唔……"

一个水与火的世界，一个光与尘埃的世界就飞快地旋转起来。这年，我十三，卓玛十八。

十八岁的桑吉卓玛把我抱在她的身子上面。

十三岁的我的身子里面什么东西火一样燃烧。

她说："你进去吧，进去吧。"就像她身子什么地方有一道门一样。而我确实也有进到什么里面去的强烈欲望。

她说："你这个傻瓜，傻瓜。"然后，她的手握住我那里，叫我进去了。

十三岁的我，大叫一声，爆炸了。这个世界一下就没有了。

到了早上，我那有所好转的眼睛又肿得睁不开了。卓玛红着脸对着母亲的耳朵说了句什么，土司太太看她儿子一眼，忍不住笑了，同时顺手就给了美丽的侍女一个耳光。

门巴喇嘛又来了。

母亲说："老爷就要回来了，看你把少爷的眼睛治成了什么样子。"

喇嘛说："少爷是看见了什么不干净的东西吧？"

土司太太说："是鬼吗？我看，个把个你们没有镇住的冤鬼还是有的。"

喇嘛摇摇头："下边有只狗下崽子了，少爷是不是去看过？"

于是，我的双眼又一次给柏烟熏过。喇嘛又给我服了一剂草药粉末。不一会儿我就想撒尿。喇嘛说是会有点痛的。果然，晚上给了我舒服的地方这时痛得像针刺一样。

喇嘛说："这就对了，我不会看错的，少爷已经是大人了呀。"

当屋里只有我和奶娘时，她就问："那个小妖精把你怎么了？"

我捂住肿痛的双眼笑了起来。

奶娘痛心疾首："傻子啊，我还指望你长大我就不会再受气了，你却弄个小妖精来骑在我头上啊。"她把火钳在铜火盆上摔得噼噼啪啪响。我不理她，心想，做土司的儿子有多么好，只要神一样说声"哈"，这个世界就旋转起来了。喇嘛的泻药使我的肠子唱起歌来了。

奶娘对喇嘛用唱歌似的声音说："你把我们少爷的肚子怎么了？"

喇嘛很严厉地看她一眼，走开了。我想笑，一笑，稀屎从下面喷出来了。这个上午，我都在便盆上起不了身。母亲要找喇嘛问罪，人家却出门给人看病去了。我们管他的吃住，可他还是喜欢出去找些散碎银子。下午，我的眼睛和肚子都好了。人们又一起夸赞他的手艺了。

这是一个阳光明亮的下午。一串风一样刮来的马蹄声使人立即就精神起来。一线线阳光也变成了绷紧的弓弦。

上省告状的麦其土司，我父亲从汉地回来了。他们在十几里外扎下帐篷过夜，派了一骑快马来报告消息：土司请到了军政府的大员，明天要用大礼迎接。

不一会儿，几骑快马出了官寨，奔往近处的各个寨子去了。我和母亲站在骑楼的平台上，望着那些快马在深秋的原野上掠起了一股股灰尘。骑楼有三层楼高，就在向着东南的大门的上面，向着敞开的山谷。寨子的其他三面是七层楼高，背后和整个寨子连成一体，是一个碉堡，对着寨子后面西北方向的山口上斜冲下来的一条大道。春天确实正在到来，平台上夯实的泥顶也变得松软了。下面三层，最上面是家丁们住的，也可对付来自正面的进攻。再下的两层是家奴们的住房。河谷向着东南方向渐渐敞开。明天，父亲和哥哥就要从那个方向回来了。这天我望见的景色也和往常一样，背后，群山开始逐渐高耸，正是太阳落下的地方。一条河流从山中澎湃而来，河水向东而去，谷地也在这奔流中越来越开阔。有谚语说：汉族皇帝在早晨的太阳下面，达赖喇嘛在下午的太阳下面。

我们是在中午的太阳下面还再靠东一点的地方。这个位置是有决定意义的。它决定了我们和东边的汉族皇帝发生更多的联系，而不是和我们自己的宗教领袖达赖喇嘛。地理因素决定了我们的政治关系。

你看，我们这样长久地存在就是因为对自己的位置有正确的判断。而一心与我们为敌的汪波土司却一味只去拉萨朝佛进香，他手下的聪明人说，也该到汉人地方走走了。他却问，汪波大还是中国大？而忘了他的土司印信也是其祖先从北京讨来的。确实有书说，我们黑头藏民是顺着一根羊毛绳子从天而降，到这片高洁峻奇的土地上来的。那么，汪波土司当然也有理由相信，既然人都可以自天而降，那么，印信啦、银子啦、刀枪啦，也都有可能随着一道蓝色闪电自天而降。

母亲对我说："收拾汪波土司的人来了，我们明天就去接他们。他们是从我家乡来的。天哪，见到他们我还会说汉话吗？天哪，天。儿子，你听我说一说，看我是不是说对了。"

我拍拍额头，想，天哪，我怎么会知道你说的是不是汉话呢。可她已经自顾自地在那里叽叽咕咕地说开了。说一阵，她高兴地说："观世音娘娘，我没有忘记没有忘记啊。"然后，她的泪水就流下来了。那天，她又紧紧地捧住我的脑袋，不住地摇晃着说："我要教你说汉话，天哪，这么大了，我怎么就想不起要教你学些汉话。"

但我对这一切并不感到什么特别的兴趣。我又一次在她兴致勃勃的时候叫她失望了。我傻乎乎地说："看，喇嘛的黄伞过来了。"

我们家里养着两批僧人。一批在官寨的经堂里，一批在附近的敏珠宁寺里。现在，寺里的济嘎活佛得到了明天将有大型典礼的消息，就匆匆忙忙地赶来了。寺院在河对岸。他们走到那道木桥上了。这时，陡起的一股旋风，把黄伞吹翻，打伞的小和尚给拖到了河里。当小和尚从水里爬起来，湿淋淋地站在桥上时，土司太太格格地笑了。你听听，她的笑声是多么年轻啊。当他们开始爬官寨前长长的石阶时，母亲突然吩咐把寨门关上。

近来，寺院和土司关系不是十分融洽。

起因是我爷爷过世后，济嘎活佛脑袋一热，放出话说，只有我叔叔才合适继承土司的职位。后来，是我的父亲而不是叔叔做了麦其土司。这样一来，寺院自然就要十分地寂寞了。父亲按正常的秩序继位做了土司，之后，就在家里扩建经堂，延请别处的有名僧人，而不把不守本分的寺院放在眼里。

母亲带着一干人，在官寨骑楼的平台上面向东方，望王气东来。

活佛在下面猛拍寨门上狮头上的铜环。

跛子管家几次要往下传话，叫人开门。但都给母亲拦住了。母亲问我说："去开门吗？"

"叫他们等一等吧。想讨我家的银子可不能那么着急。"

我说。

管家、侍女，还有家丁们都笑了。只有我的奶娘没笑。我知道，在她的脑子里，是把僧人和庙里的神佛混同一体的。

卓玛说："少爷真聪明啊。"

母亲很尖锐地看了侍女一眼，卓玛就噤了声，不再言语了。

母亲骂一声："哪能对活佛这样无礼！"牵起长长的百褶裙裾，姿态万方下楼亲自给活佛开门去了。

活佛行礼毕。土司太太也不还礼，而是娇声说："我看见活佛的黄伞给吹到河里去了。"

"阿弥陀佛，太太，是我道行低微的缘故啊。"

河谷里起风了。风在很高的空中打着嗯哨。

母亲并没有请活佛进入官寨，她说："起风了，明天，你也带着庙里的乐手去欢迎我们的客人吧。"

活佛激动得连话都说不出来了，一个劲地对土司太太躬身行礼。照理说，他这样做是不对的。一穿上黄色的衬衫、紫色的袈裟，他就不是自己了，而是众多神佛在这片土地上的代表，但他把这一切都忘记了。

早晨，碉楼上两声号炮一响，我就起床了，而且是自己穿的衣服。奶娘忙不迭拿来便盆，可我什么也屙不出来。昨天一天，把肚子里的东西都拉光了。

经堂里鼓声阵阵，官寨上缭绕着香烟。院子里和官寨前的广场上拴满了汗水淋淋的马匹。头人们带着各自的人马从四村八寨赶来。我和母亲一起从楼上下来，大队人马就出发了。土司太太骑一匹白马走在一队红马中间。腰间是巴掌宽的银腰带，胸前是累累的珠饰，头上新打的小辫油光可鉴。我打马赶上去。母亲对我笑笑。我的红马比所有红马都要膘肥体壮，步伐矫健。我刚和母亲走到并排的位置，人们就为两匹漂亮的马欢呼起来。欢呼声里，阳光照耀着前面的大路，我和母亲并肩向前。我以为她不想跟个傻乎乎的家伙走在一起。但她没有，她跟儿子并马前行，对欢呼的人群挥动手中挂着红缨的鞭子。这时，我心中充满了对她的无限爱意。

我一提马缰，飞马跑到前面去了。

我还想像所有脑子没有问题的孩子那样说："我爱你，阿妈。"

可我却对随即赶上来的母亲说："看啊，阿妈，鸟。"

母亲说："傻瓜，那是一只鹰。"她空着的一只手做成鹰爪的形状，"这样一下，就能抓到兔子和羔羊。"

"它们还会抓河上的死鱼。"

"它们还会扑下来抓住毒蛇呢。"

我知道母亲所说的毒蛇是指那个叛变的头人，甚至还是指存心要与我们为敌的汪波土司。母亲说完这句话，就叫头人们簇拥着到前面去了。我勒住了马，站在路边。我看见桑吉卓玛穿着光鲜的衣服，和下人们走在一起。今天，下人们也打扮了，但衣服和他们的脸孔一样，永远不会有鲜亮的颜色。卓玛和这些人走在一起，我觉得着实是委屈她了。

她看我的眼光里，也充满了哀伤。

她走到我面前了。我把手中的缰绳扔到她手上。这样，一匹高头大马，一个脑子有点问题但生来高贵的人就把她和后面只能寄希望于来世的人群隔开了。土司太太和她威风凛凛的随从们驰过一道山坳不见了。我们前面展开一片阳光灿烂的旷野，高处是金色的树林，低处，河水闪闪发光。姜碧的冬麦田环绕着一个个寨子。每经过一个这样的地方，队伍就会扩大一点。这支越来越壮大的队伍就逶迤在我身后，没有人想要超过他们的主子到前面去。我每一次回头，都有壮实的男人脱帽致礼，都有漂亮的姑娘做出灿烂的表情。啊，当一个土司，一块小小土地上的王者是多么好啊。要不是我只是父亲酒后的儿子，这一刻，准会起弑父的念头。

而我只是说："卓玛，停下，我渴了。"

卓玛转身对后面的人喊了一声。立即，好几个男人一溜小跑，脚后带起一股烟尘，在我的马前跪下，从怀里掏出了各种各样的酒具。卓玛把那些不洁的酒具一一挡开。那些被拒绝的人难过得就像家里死了亲人一样。我从一个做成小鸟的酒壶中解了渴。擦嘴的时候我问："你是谁？"

男人躬下细长的腰回答："银匠曲扎。"

"你是个好手艺的银匠吗？"

"我是手艺不好的银匠。"这人不紧不慢地说。本来，我该赏他点什么，但却淡淡地说："好了，你下去吧。"

卓玛说："少爷要赏他点什么才是。"

我说："如果他少看你一眼的话。"

而我也就知道，作为一个王者，心灵是多么容易受到伤害。卓玛掐我一把，这才叫我恢复了好的感觉。我望她一眼，她也大胆地望我一眼，这样，我就落入她眼睛的深渊不能自拔了。

那么，就让我来唱一首歌吧：

啊，请你往上看，
那里有什么好景色，
那里是一座尊胜塔。

啊，请你往中看，
那里有什么好景色，
那里有背枪的好少年。

啊，请你往下看，
那里有什么好景色，
那里是美丽的姑娘穿绸缎。

我刚起个头，卓玛就跟着唱了起来。她唱得回肠荡气，悠扬婉转。可我觉得她不是为我而唱的。那少年不是我。而她一个下人却因为我们的宠爱而穿上了绸缎。她唱完了。我说："再唱。"

她还以为我很高兴呢，就又唱了一遍。

我叫她再唱。她又唱完了。我叫她再唱。这次，她唱得就没有那么好的感觉了。我说："再唱。"

她的眼泪就流下来了。我说过，在这一天，我懂得了做一个王者是件多么好的事情。也懂得了一个王者是多么地容易感到伤心。她的泪水一下来，我就觉得心上的痛楚渐渐平复了。

4. 贵 客

那天早上，我们从官寨出发，在十里处扎下了迎客的帐篷。男人们要表演骑术和枪法。

家里的喇嘛和庙里的喇嘛要分别进行鼓乐和神舞表演，这在他们也是一种必须下大力气的竞争。平心而论，我们是喜欢喇嘛之间有这种竞争的。要不，他们的地位简直太崇高了。没有这种竞争，他们就可以一致地对你说，佛说这样，佛说那样。弄得你土司也不得不让他们在那里胡说八道。但当他们之间有了问题，他们就会跑来说，让我们来为土司家族的兴旺而祈祷吧。他们还会向你保证，自己的祈祷会比别人更灵验一点。

我们这里整只羊刚下到锅里，茶水刚刚飘出香味，油锅里刚刚起出各种耳朵形状的面食，就看见山梁上一炷、两炷、三炷青烟冲天而起，那是贵客到达的信号。帐篷里外立即铺起了地毯。地毯前的矮几上摆上了各种食物，包括刚从油锅里起出的各种面炸的动物耳朵。听，那些耳朵还吱吱叫唤着呢。

几声角号，一股黄尘，我们的马队就冲出去了。

然后是一队手捧哈达的百姓，其中有几位声音高亢的歌手。

然后是一群手持海螺与唢呐的和尚。

父亲领着我们的贵客在路上就会依次受到这三批人的迎接。我们听到了排枪声，那是马队放的，具有礼炮的性质。再后来是老百姓的歌声。当悠远的海螺和欢快的唢呐响起的时候，客人们已经来到我们跟前了。

麦其土司勒住了马，人人都可以看见他的得意与高兴。而与他并肩的省府大员没有我们想像的威风模样。这是个瘦削的人，他脱下头上的帽子对着人群挥舞起来。哗啦一声，一大群化外之民就在枯黄的草地上跪下了。家奴们弓着腰把地毯滚到马前，两个小家奴立即四肢着地摆好下马梯了。其中一个就是我的伙伴索郎泽郎。

瘦汉人戴正帽子，扶一扶黑眼镜，一抬腿，就踩着索郎泽郎的背从马上下来了。他挥挥手，几十个衣帽整齐的士兵咔咔地走到他的跟前，当土司走到太太身边时，只听唰一声响，他们向土司和太太敬了一个整齐的军礼。然后，黄初民特派员向土司太太送上了绸缎、玉石和黄金作见面礼。土司太太奉上一碗酒，一条黄色的哈达。姑娘们也在这个时候把酒和哈达捧到了那些汉人士兵们手中。喇嘛们的鼓乐也就呜呜哇哇地吹了起来。

黄特派员进入帐篷坐下，父亲问通司可不可以叫人献舞了。通司说："等等，特派员还没有作诗呢。"原来，这个汉人贵客是一个诗人。诗人在我们这里是不会有担此重任的机会的。起先，我见他半闭着眼睛还以为他是陶醉在食物和姑娘们的美色中了。

黄特派员闭着眼睛坐了一阵，睁开眼睛，说是作完诗了。兴致勃勃看完了姑娘们的歌舞，到喇嘛们冗长的神舞出场，他打了个呵欠，于是，就由他的士兵扶着，吸烟去了。他们确实是这样说的，特派员该吸口烟，提提神了。喇嘛们的兴趣受到了打击，舞步立即就变得迟缓起来。好不容易才争得这次机会的敏珠宁寺活佛一挥手，一幅释迦牟尼绣像高举着进了舞场。

只听"嗡"的一声，人们都拜伏到地上了，跳舞的僧人们步伐复又高蹈起来。

土司对太太说："活佛很卖力气嘛。"

母亲说："是啊，早知如此，何必当初呢。"

父亲就快活地大笑起来。他说："可惜知道这个道理的人太少了。"

"也许，等他们明白这个道理却已经晚了。"

活佛戴着水晶眼镜过来相见，脸上的神情并不十分自然。还是父亲拉住了他松软肥胖的手说："我们就要找汪波土司算账了，你就好好替我们念经，保佑我们所向无敌吧。"多年来备受冷落的活佛脸上顿时红光闪闪。

父亲又说："明天，我就派人送布施过去。"

活佛就合掌告退。

帐篷里，黄特派员身边的士兵已经换成了我们的姑娘，他的双眼像夜行的动物一样闪闪发光。

这天最后的节目是照相。

我们一家围着黄特派员坐好后，我才发现哥哥没有回来。原来，他是在后面押运买来的军火：步枪、机枪和子弹。

照相的人是通司，也就是人们现在常说的翻译。我们那时就把这种能把一种语言变成另一种语言的人叫作通司。父亲把我抱在怀中，黄特派员坐在中间，我母亲坐在另外一边。这就是我们麦其土司历史上的第一张照片。现在想来，照相术进到我们的地方可真是时候，好像是专门要为我们的末日留下清晰的画图。而在当时我们却都把这一切看成是家族将比以前更加兴旺的开端。当时，我的父亲和母亲都是那样生气勃勃，可照片却把我们弄得那么呆板，好像命定了是些将很快消失的人物。你看吧，照片上的父亲一副不死不活的样子。殊不知，当时，他正野心勃勃，准备对冒犯了我们的邻居，猛然一下，打出一记重拳呢。而在一定程度上，他是那种意到拳到的人物。

几天之后，我的兄长押着新购的军火到了。

官寨旁边那块一趟马跑不到头的地，就整天黄尘滚滚，成了我们家的练兵场。黄特派员带来的那排正规军充任严厉的教官。只要他们中谁声嘶力竭一声号令，我们的人们就在地里喊着口号踏着僵直的步子，排成方阵向前进发。当然，他们还没有明确的目标，只是高呼着口号，一路踢起滚滚的黄尘，走到大地的尽头又大叫着一路尘土飞扬地走了回来。这和我们理解的战前训练是完全不一样的。

父亲想问问黄特派员这是什么意思，这样子练兵是否真能帮助他打败汪波土司。黄特派员不等父亲开口就说："祝贺你，麦其土司，你已经成为所有土司中真正拥有一支现代军队的人了。你将是不可战胜的。"

父亲觉得这话有点不可理喻，就问母亲："以前，你见到过这样子训练军队吗？"

母亲说："我还没有看见过用别的方式能训练好一支军队。"

黄特派员哈哈一笑。父亲只好接受了这种说法。谁叫我们对一个叛逃的头人都束手无策呢。好一段时间，土司搬来的救兵都不教我们的人放枪。天气一天天暖和起来，他们还是在那里喊声震天地走路。谁都不懂学习打仗怎么要先学习齐步走路，

把空气渐渐湿润的三月弄得尘土飞扬。我的异母哥哥也揹着一
支空枪,满脸汗水和尘土走在队伍中间。终于,连他也忍不住了,
跑来问父亲:"该给我们子弹了吧?"

父亲去问黄特派员。于是,他们每人有了三发子弹。发了
子弹,还是不叫射击。只是在跑步之外加上了刺杀。过了几天,
哥哥又去问父亲。父亲就对黄特派员说,播种季节马上就要到
了,那个寨子在汪波土司手下。

黄特派员却说:"不着急的。"

麦其土司知道自己请来了不好打发的神仙。一旦有了不好
的预感,立即请来喇嘛打卦。结果是说失去的寨子能夺回来,
或许多得一两个寨子也说不定,只是要付出代价。

问是不是要死人,说不是。

是不是要花银子,说不是。

问到底是什么,说看不清楚。

家里的喇嘛不行,立即差人去请庙里的活佛。结果卦象也
是一样的。活佛说他看见了火焰一样的花。至于这花预示着什
么样的代价,就不得而知了。

麦其土司吩咐给黄特派员换了两个姑娘,并抬去一箱银元。
事情是叫我母亲出面办的。土司对太太说:"还是你去,我是
弄不懂汉人的心思的,还是你去办这件事情吧。"母亲喜欢土
司有这种感觉,从此,她就有了作为土司太太和人周旋的权力
了。没有成为土司太太之前,她想都不敢想有朝一日可以和特
派员这样有身份的人平起平坐。到了第二天,特派员说:"姑
娘很不错,银元你就收回去吧。我们政府来帮助你们夷人可不

是为了银子，而是为了五族共和，为了中华民国的国家秩序来的。两个姑娘嘛，也是考虑到化外之地这种事情无关风化才不驳你们面子的。"特派员还问："太太，听说你是汉人啊？以后我们好多事情就要依仗你了。说不定哪一天，这里就不是夷人的地盘，而是你的封地了。"

"不要说封地，要是你们军队不抢光我父亲的铺子，我也不会落到这步田地。"

黄特派员说："那好办，我们可以补偿。"

"人命也可以补偿吗？我的父母，两条人命啊。"

黄特派员想不到寻找同谋者的企图失败了，就说："太太真是女中大丈夫，佩服佩服。"

母亲在这件事情上确实做得光明磊落。她只告诉父亲特派员退还了银子。父亲在这件事情上也感到无所适从，只能咬着牙齿说："有一天我会杀了这家伙的。"

黄特派员来了，说："我看我还是叫汪波土司来，我们一起开个会吧。"

父亲看看黄特派员，那张黄脸这时是一副很认真的神情。便吩咐管家："派出信使吧。"

信使很快回来了。殊不知，这时是上天正要使好运气落到麦其土司身上。汪波土司给"狗娘养的汉官"送来的不是回信，而是一双漂亮的靴子，明明白白是叫他滚蛋的意思。特派员不懂得这是什么意思，母亲则把这意思做了淋漓尽致的解释。

我们尊贵的客人给激怒了。

练兵场上的枪声一阵紧过一阵。这下，人人都知道我们要打仗了。

三天后，全副武装的那一排政府军士兵和我们的几百士兵到达了边境。刚一开战，我们从省里军政府得到的快枪打得对方抬不起头。他们只是嗷嗷叫着，手里的土枪却老是发不出子弹。仅仅一顿饭功夫，叛变的寨子就收复了。头人自知有罪，逃了，留下一家人代他受死。那一家人用绳子捆成一串，全部跪在自己家门前的核桃树下。太阳慢慢升起，那些人脚下草上的露水渐渐干了。他们看到身边看守们的刀枪并没有落到他们身上，还以为土司不杀他们了。惨白的脸上渐渐有了血色。却不知道麦其土司家跟别的土司有所不同，不会纵容士兵杀死俘虏。我们家从几百年前有麦其土司时候起，就有了专门的行刑人。在这块土地上，原来有三个人家是世袭的，一是土司，二是行刑人尔依家，三是书记官。可惜到第三代书记官就要搞什么秉笔直书，叫第四代麦其土司废了。弄得现在我们连麦其土司传了多少代也无法确切知道。就更不要说行刑人一家传了多少代了。现在，行刑人来了，样子就像是个专门要人性命的家伙：长长的手，长长的脚，长长的脖子。行刑之前，父亲对那几个即将受死的人说："是你们自己人留下你们代他受过，我也就不客气了。本来，那个叛徒不跑，你们的小命是不会丢的。"

这些人先还希望土司要放他们一条生路，这一下，脸上坚强的表情一下就崩溃了。好像刚刚想起自己并不是和敌国作战被俘，而是自己主子的叛徒。于是，腿一软就跪在地上，乞求饶命了。父亲要的正是这个效果。等这些人刚一跪下，土司挥一挥手，行刑人手下一阵刀光闪过，碌碌地就有好几个脑袋在地上滚动了。滚到地上的每一张脸上都保持着生动的表情。没有了脑袋的身躯，好像非常吃惊一样，呆呆地立了好久，才旋转着倒在了地上。

我抬头看看天上，没有看见升天的灵魂。都说人有灵魂，而我为什么没有看见呢？

我问母亲，她狠狠瞪了我一眼，走到她丈夫身边去了。

这是战争的第一天。

第二天，战火就烧到了汪波土司的地盘上。

黄特派员、土司、土司太太带着些人在没有危险的地方观战。我也站在他们的中间。带兵官是我的兄长和特派员手下那个排长。我们的人一下就冲过了山谷中作为两个土司辖地边界的溪流，钻到丛丛灌木林里去了。我们是在观看一场看不见人的战斗。只有清脆的枪声在分外晴朗的天空中回荡。汪波土司的人和昨天相比顽强了许多，今天他们是在为自己的家园战斗了。但我们的人还是凭借强大的火力步步向前。不多会儿，就攻到了一个寨子跟前。一座寨房燃起来了，大火冲天而起。有人像鸟一样从火中飞了出来，在空中又挨了一枪，脸朝下重重地落在地上。

不一会儿，又一座寨房变成了一个巨大的火堆。

黄特派员有一架望远镜。第三座寨房燃起来时，他张开一口黄牙的嘴，打了个长长的哈欠，叫一个白白净净的小男兵扶到树荫下面吸烟去了。父亲把望远镜举起来架在眼前。可他不会鼓弄上面的机关，什么都没有看见。我接过来摆弄一阵，找到个活动的地方，旋来旋去，突然，呼啦一下，对面山坡上的景色就扯到鼻尖上来了。我看见我们的人猫着腰在土坎、岩石和灌丛中跳跃。他们手中的枪不时冒出一蓬蓬青烟。

在一片旷地上，有人栽倒了。

一个，又是一个，栽倒时，他们都摇一摇手，然后，张开嘴去啃地上的泥巴。这两个人都回身向山下爬去。这时，又一个家伙倒下了，他手中的枪飞到了很远的地方。我禁不住大叫起来："去捡枪啊，你这个傻瓜，去捡你的枪啊！"

可他躺在那里一动不动，一点也不听我的命令。我想，他是只听我哥哥的命令的。是他，而不是我将来做麦其土司，这些兵也不是我的，而是他的。我的心里也就充满了悲哀。哥哥十分勇敢，他一直冲在队伍的前面。他举着枪侧身跑动，银制的护身符在太阳下闪闪发光。他手中的枪一举，就有一个人从树上张开双臂鸟一样飞了出来，扑向大地的怀抱。我兴奋地大叫："杀死了，杀死了！"感觉上却是我的兄长把我自己给结果了。麦其土司正为他另一个儿子担心呢。见我举着望远镜大叫，就不耐烦地挥挥手："叫人把他弄进屋去，我都不能看见什么，难道一个傻子他能看得见吗？"

我想告诉他，我什么都能看见，不仅今天，还有明天我都全部看见了。这是突然涌到我嘴边的话语，但我不敢说出来，因为确实不知道自己看见了明天的什么。这时，我们的人已经占领了眼前的目标，翻过山梁，攻到下一道山谷里去了。

晚上休战。汪波土司派人送了一只人耳朵过来。那耳朵上还有一只硕大的白银耳环。盖在上面的布缓缓揭开了。那只耳朵在盘子中跳了一下，上面的银耳环在铜盘中很清脆地响了一声。

父亲说："叛徒还没有死。"

来使大叫："你杀了我吧！"

父亲说你想叫我背上不好的名声吗？

"你已经背上不好的名声了，你请了汉人来帮你打仗，已经坏了规矩，还想有好的名声吗？"来使说，"现在家里人打架请来了外人帮忙，比较起来，杀一个来使有什么关系呢。"确实，在我们这个地方，通婚是要看对方是什么骨头的。所以土司之间，都是亲戚。多次通婚，造成不止一层的亲戚关系。麦其土司家和汪波土司家也不例外。我们两家既是表亲又是堂兄弟。这次打完了仗，下次我们又有可能发生婚姻关系。叫人弄不清楚哪一种关系更为真实。

父亲说："我不要你的命，既然你们用一只耳朵来骗我，我也要你一只耳朵，叫你知道一个下人对土司该怎么说话。"火光下，腰刀窄窄的冷光一闪，一只耳朵就落在地上，沾满了泥巴。

黄特派员从暗影里走出来，对少了一只耳朵的来使说："我就是你们土司送靴子的那个人。回去告诉他，一双土司靴子怎么载得动我堂堂省政府特派员。麦其土司是拥戴政府的榜样，叫他好好学一学。半夜之前，把那人的脑袋送过来，不然，我会送他一种更快的东西。"

那人从容地从地上捡起自己的耳朵，吹去上面的灰尘，这才鞠了一躬，退出去了。

果然，叛变的头人的脑袋就给割了下来。汪波土司还表示，因为战败，愿意把一块两倍于原来叛变的寨子的地盘献上作为赔偿。

欢呼胜利的声音立即在夜空里响了起来。大火烧起来了，酒坛也一一打开，人们围着火堆和酒坛跳起舞来。而我望着天边的一弯残月，想起了留在官寨里的姑娘卓玛。想起她的气味，她的手，她的乳房。

我的哥哥，这次战斗中的英雄却张开手臂，加入了月光下的环舞。舞蹈的节奏越来越快，圈子越来越小，很快就进入了高潮。被哥哥牵着手的姑娘尖声叫着。叫声有些夸张，无非是要让大家都知道，她和尊贵的英雄跳舞是多么光荣和快乐。人们为哥哥欢呼起来。他那张脸比平时更生动，比平时更显得神采飞扬，在篝火的辉映下闪闪发光。

而就在舞场背后的房子里，两个阵亡者的亲人们在尸体旁哭泣。

对方更多的尸体还曝露荒野。狼群出动了。一声声长嚎在山谷中回荡。

关键是在这个胜利的夜晚，父亲并不十分高兴。因为一个新的英雄诞生，就意味着原来的那个英雄他至少已经老了。虽然这个新的英雄是自己的儿子，但他不会不产生一点悲凉的情怀。好在新英雄并不做出英雄们常有的咄咄逼人的样子。我的兄长他只顾沉浸在欢乐中了。这又使做父亲的羡慕他比自己过得幸福。哥哥的幸福在于他和我一样不会竭力把自己和普通百姓区别开来。瞧，他正一边和一个男人饮酒，一边和一个姑娘调情，而那个男人正是这个姑娘的兄长。最后，哥哥带着那姑娘钻进了树林。出来以后，他又一脸严肃给阵亡者守灵去了。我却想要睡觉了。

给阵亡者举行火葬时，父亲还没有从宿醉中醒来。

我趴在马背上，听着人们唱着哀歌，摇晃着身子。排着长长的队伍在初春尘土飞扬的大路上前进。哥哥送我一把刀子，这是他的战利品，是他从对方刺向他的手中夺过来的。"愿它使你勇敢。"哥哥说。我摸了摸他杀过人的手，那手是那样温暖，不像是杀过人的样子。于是，我就问："你真正把那些人杀死了？"哥哥用力握我一下，弄得我皱紧了眉头。这下，他不用说话我也相信他真是杀了人了。

第二章

5. 心房上的花

班师回到官寨，麦其家大宴三天。

三天下来，连官寨前广场上都扔满了新鲜的牛羊骨头。家奴们把这些骨头堆成一座小小的山头。土司说，烧了吧。管家说，这么大的气味会引来饥饿的狼群。土司哈哈大笑："麦其家不是以前了，这么多好枪，狼群来了正好过过枪瘾！"土司还对黄特派员说："我请你多留几天，亲手打几只狼再回去吧。"

黄特派员皱皱鼻子，没有回答。在这之前，也没有谁听特派员说过要回去的话。

焦臭的烧骨头的气味在初春的天气里四处弥漫。当天黄昏，饥饿的狼群就下山来了。它们以为山下有许多食物，没想到是火堆等着它们，骨头里的油，没有留给它们品尝，而是在火里吱吱叫着，化作了熊熊的光芒。骨头上还有人牙剔除不尽的肉，也在火中化为了灰烬。狼群愤怒了，长嗥声在黄昏的空中凄厉地响起。骨头在广场右边燃烧。广场左侧，行刑柱上拴着两只羊，在狼群的嗥叫声里哀哀地叫唤。一只只狼在枪声里，倒在了两只羊的面前。这样过了三天，山上再也没有狼下来，燃烧骨头的气味也渐渐飘散。该是黄特派员启程的时候了，但他只字不提动身的事情。父亲说："我们要忙着播种，过了这几天就不能再陪你玩了。"

黄特派员说："这地方是个好地方！"

过后，他就借口害怕那些请求封赏的喇嘛们打扰，闭门不出。政府军士兵还把通向他住屋的那层楼面把守起来了。父亲不知该拿这个人怎么办。他想问我哥哥，可没人知道哥哥在什么地方。父亲不可能拿这种事问我，虽然说不定我会给他一点有用的建议。于是，他带着怨气请教我母亲："你当然知道你们汉人的脑壳里会想些什么，你说那个汉人脑壳里到底在想什么？"

母亲只是淡淡地问："我把你怎么了？"

父亲才发觉自己的话多有不得体。他搔搔脑袋，说："那个人还不走，他到底想对我们干什么？"

"你以为他来干好事？请神容易送神难！"

土司就和太太商量送神的办法，然后就依计而行。这天，父亲走在前面，后面的人抬了好几口箱子，里面装了八千个大洋。走到特派员住的楼梯口，站岗的士兵行了礼，一横枪，就把楼梯口挡住了。父亲正想给那士兵一个耳光，通司笑眯眯地从楼上下来，叫人把大洋一箱箱收过，却不放土司去见黄特派员。

通司说："等一会儿吧，特派员正在吟诗呢。"

"等一会儿，我在自己家里见谁还要等吗？"

"那就请土司回去，特派员一有空我就来请。"

土司回到自己的房间里连摔了三只酒杯，还把一碗茶泼在了侍女身上。他跺着脚大叫："看我不把这个家伙收拾了！"

有史以来，在麦其土司的官寨里，都是人家来求见。现在，这个人作为我们家的客人，住在漂亮的客房里，却耍出了这样的威风，不要说父亲，连我的脑袋也给气大了。我勇敢地站到父亲面前。可他却大叫着要人去找他的儿子，好像我不是他的儿子一样。

下人回来报告说，大少爷在广场上一出漫长而神圣的戏剧中扮演了一个角色，上场了。父亲高叫，叫演戏的和尚们去演戏，叫他回来学着做一个土司。这话一层楼一层楼传下去，又从官寨里面传到了外面。经过同样的顺序，话又从广场传回来，说是，场上妖魔和神灵混战正酣，再说，场上每个人都穿着戏装，戴上了面具，认不出来哪一个是我那了不起的哥哥。

麦其土司高叫："那就叫戏停下来！"

一向顺从土司意旨的喇嘛立即进言："不行啊，不能停，那会违背神的意志的啊！"

"神？"

"戏剧是神的创造，是历史和诗歌，不能停下来的。"

是的，我们经常被告知，戏剧、历史、诗歌等等诸如此类的东西都是僧侣阶级的特别权力。这种权力给了他们秉承天意的感觉。麦其土司也就只好把愤怒发泄到凡人身上了。他喊道："他以为只要会打仗就可以治理好一个国家吗？"注意，这里出现了国家这个字眼。但这并不表示他真的以为自己统领着一个独立的国家。这完全是因为语言的缘故。土司是一种外来语。在我们的语言中，和这个词大致对应的词叫"嘉尔波"，是古代对国王的称呼。所以麦其土司不会用领地这样的词汇，而是说"国家"。我觉得此时的父亲是那样的可怜。我攀住他的衣袖，意思当然是叫他不要过于愤怒。可他一下就把我甩开了，并且骂道："你怎么不去唱戏，难道你会学会治理一个国家？"

母亲冷冷一笑："未见得我的儿子就不行。"

说完，她就带着我去见黄特派员。父亲还在背后说，他不信我们会有比他更大的面子。很快我们就回来说黄特派员要见他了。父亲吃了一惊，他看出母亲的眼睛里露出了凶光。麦其土司用力抖了抖衣袖，去见特派员了。两个士兵在楼梯口向他敬礼。麦其土司哼了一声算是还礼。屋里，黄初民正襟危坐，双眼微闭，沉醉在什么看不见的东西里去了。

不等土司开口，下人就把指头竖在嘴唇前："嘘——"

土司垂手站立一阵，觉得这种姿势太过于恭谨，才气冲冲地一屁股坐在了地毯上。

黄特派员面对着一张白纸，麦其土司觉得那纸就在特派员的呼吸中轻轻抖动。黄特派员终于睁开了眼睛，竟像神灵附体一样抓起笔在纸上狂写一通。汗水打湿了他额角的头发。他掷了笔，长吁一口气，软在了豹皮垫子上。半晌，黄特派员才有气无力地对土司笑笑，说："我没有银子送给你，就送你一幅字吧。"

他把那张墨迹淋漓的纸在地毯上铺开，朗声念道：

春风猎猎动高旌，
玉帐分弓射房营。
已收麦其云间戍，

更夺汪波雪外城。

麦其土司不懂诗词，更何况这诗是用他所不懂的异族文字写的。但他还是躬一躬身子，道了谢，并立即想到要把这张字纸挂在这间客房里，叫每一个客人都知道政府和以前的皇帝一样是支持麦其家族的。客房里还有一块前清皇帝亲赐的御匾，上书四个大字："导化群番"。

现在，黄特派员就端坐在那几个金闪闪的大字下面。炉里印度香气味强烈，沉闷。

麦其土司说："叫我怎么感谢政府和特派员呢？"

黄特派员就说："我本人是什么都不会要你的，政府也只有一点小小的要求。"说着便叫人取来一只口袋。黄特派员不只人瘦，还生着一双手掌很小，手指却很长的手。就是这只手，伸进布袋里抓出一把灰色细小的种子。父亲不知道那是什么种子。黄特派员一松手，那些种子就沙沙地从他指缝里漏回到口袋里。土司问是什么东西。黄特派员问土司，这么广大的土地都种粮食能吃完吗？说到粮食，气氛立即变得十分亲切了。父亲说，每年都有一批粮食在仓库里霉烂呢。

"我知道，你的寨子里满是这种味道。"

我这才明白每年春天里弥漫在官寨里的甘甜味道，竟是粮食悄然腐烂的味道。

黄特派员又问："你们的银子也像粮食一样多吗？多到在仓库里慢慢烂掉也没有人心疼？"

"银子是不会嫌多的，银子不会腐烂。"

"那就好办了，我们不要你的银子。只要你们种下这些东西，收成我们会用银子来买。你就用刚夺下来的几个寨子那么宽的土地来种就够了。"

土司这才想到问："这是什么东西？"

"就是我经常享用的大烟，非常值钱。"

麦其土司长吐一口气，满口答应了。

黄特派员走了。他对父亲说："我们秋天再见吧。"

他把一套精雕细刻的鸦片烟具赠给了土司太太。母亲对此感到十分不安，她问侍女卓玛："特派员为什么不把这东西送给土司？"

卓玛说："是不是他爱上你了，说到底太太也是个汉人嘛。"

土司太太并不因为下人的嚣张而生气。她忧心忡忡地说："我就是怕土司这样想啊。"

卓玛冷冷一笑。

土司太太已经不年轻了。除了一身华服，作为一个女人，她身上已经没有多少吸引人的地方。人们谈起土司太太时都说，她年轻的时候非常漂亮，可是她现在已经不年轻了。听人说，我那个姐姐也很漂亮，可我连她是什么样子都不知道。好久以前，她就跟着叔叔去了拉萨。又从拉萨去了加尔各答。又从加尔各答坐在漂在海上的漂亮房子里到英国去了。每年，我们都会得到一两封辗转数月而来的信件。信上的英国字谁也不认识，我们就只好看看随信寄来的那一两张照片。照片上，远在异国的姐姐穿着奇异的衣服。老实说，对这个在服装上和我们大异其趣的人，很难叫我判断她长得是否漂亮。

我问哥哥："姐姐长得漂亮吗？"

"漂亮,怎么不漂亮。"见我盯着他的不相信的眼光,他笑了,"天哪,我也不知道,人人都这样说,我也就这样说了。"两兄弟为远在异国的亲人开怀大笑。

没有人认识姐姐的来信,没人知道她那些长长的信主要是请求家里准许她继续留在英国。她以为自己会被突然召回来,然后嫁给某一个土司的儿子。这个人有可能成为土司,也有可能什么也不是。所以,她在我们读不懂的信里不断辩解。每一封信都是上一封信的延长。从土司家出身的人总是把自己看得十分重要,我的远在英国的姐姐也是一样,好像麦其家没有她就不能存在一样。在麦其家,只有我不认为自己于这个世界有多么重要。姐姐不知道她的信从来没人读过,我们只是把信里的照片在她的房间里挂起来。过一段时间,就有下人去把房间打扫一遍。所以,姐姐的房间不像是一个活人的房子,而是一个曾经活过的人的房子,像是一个亡灵活动的空间。

因为战争,这一年播种比以往晚了几天。结果,等到地里庄稼出苗时,反而躲过了一场霜冻。坏事变成了好事。也就是说,从我记事时起,事情的发展就开始越出通常的轨道了。在麦其土司辖地中心,围绕着官寨的土地上,全部播下了鸦片种子。

播种开始时,父亲,哥哥,还有我都骑在马上,在耕作的人们中间巡行。

让我们来看看这幅耕作图吧。两头牛并排着,在一个儿童的牵引下,用额头和肩胛的力量挽起一架沉重的木犁。木犁的顶尖有一点点珍贵的铁,就是这闪闪发光的一点坚硬的铁才导引着木犁深入土层，使春天的黑土水一样翻卷起来。扶犁的男人总是不断呼喊着身前拉犁的牛的名字或是身后撒种的女人的名字。撒种的女人们的手高高扬起，飘飘洒洒的种子落进土里，悦耳的沙沙声就像春雨的声音。

湿润的刚刚播下种子的泥土飘散着那么浓重的芬芳。地头的小憩很快变成了一场疯狂的游戏。女人们把一个男人摔倒在地上，撩起长袍，剥去宽大的裤头，把牛粪糊在那不想安分的东西上面。男人们的目标则是姑娘们的衣衫，要让她们在晴朗的天空下袒露美丽的乳房。春耕时的这种游戏，除了使人快乐，据说还会增加地里的收成。麦其土司对两个儿子说，古代的时候，人们还真要在地头上干那种男女之间的事情呢。

父亲吩咐人在地头上架起大锅，烧好了热茶，里面多放油脂和当时十分缺乏的盐巴。他说："让他们喝了多长一些气力。"

两个姑娘尖叫着，从我们马前跑过去了，一双乳房像鸽子一样在胸前扑腾。几个追赶的男人要在我们马前跪下，哥哥挥挥鞭子："不要行礼了，快去追吧！"

播种季节一过，人、阳光、土地，一下变得懒洋洋的。河里的水、山上的草便一天天懒洋洋地绿了。

大家都想知道黄特派员留下的种子会长出什么样的东西。

养尊处优的土司一家，也变得十分关心农事。每天，我们一家，带着长长一队由侍女、马夫、家丁、管家和各寨前来听候随时调用的值日头人组成的队伍巡行到很远的地方。罂粟还未长成，就用无边魔力把人深深吸引住了。我无数次撅起屁股，刨开浮土看种子怎样发芽。只有这时，没人叫我傻子。脑子正常的人们心里好奇，但却又要掩饰。这样的事情只好由我来干了。我把种子从土里刨出来，他们迫不及待地从我手中拿过那细细的种子，无数次地惊叹，小小的种子上竟然可以萌发出如此粗壮肥实的嫩茎。有一天，粗壮的芽从泥土中钻出来了。刚一出土，那嫩芽就展开成一对肥厚的叶子，像极了婴儿一对稚嫩的手掌。

两三个月的时间很快过去。

罂粟开花了。硕大的红色花朵令麦其土司的领地灿烂而壮观。我们都让这种第一次出现在我们土地上的植物迷住了。罂粟花是那么美丽！母亲说她头痛，在太阳穴两边贴满了片片大蒜。大蒜是我们一种有效的药物，烧了吃可以止拉肚子，生切成片，贴在太阳穴，对偏头痛有很好的效果。土司太太习惯叫人知道她处于痛苦之中，用她的怀乡病，用她的偏头痛，从头到脚都散发着不受欢迎的辛辣气息。

美丽的夏天，一家人上上下下都兴高采烈地准备远足。可她却在脑门上贴上白花花的大蒜片，孤独地站在楼上曲折的栏杆后面。马夫、侍女，甚至还有行刑人高高兴兴走到前面去了。高大的寨墙外面传来了他们的欢声笑语。母亲见没有人理会自己，在楼上呻吟似的叫道："叫卓玛回来陪我！"

我却喊："卓玛，上马来扶着我。"

桑吉卓玛看看土司的脸。

父亲说："少爷叫你上去，你就上去好了。"

卓玛就带着一身香气上了马，从背后把我紧紧抱住。在火红的罂粟花海中，我用头靠住她丰满的乳房。而田野里是怎样如火如荼的花朵和四处弥漫的马匹腥臊的气味啊。我对女人的欲望不断膨胀。美丽的侍女把她丰满的身子贴在我背上，呼出的湿热的气息撩拨得我心痒难忍。我只感到漫山遍野火一样的罂粟花，热烈地开放到我心房上来了。

远处花丛中出现了几个很招摇的姑娘。哥哥提起缰绳就要走上另一条岔道。父亲把他叫住了："就要到查查寨了，头人会来迎接我们。"

哥哥取下枪，对着天上的飞鸟射击。空旷的河谷中，枪声零零落落消失在很远的地方。头上的天空一片深深的蔚蓝，只有几朵白云懒洋洋地挂在山边的树上。哥哥举枪射击的姿态真是优美极了。他一开枪就收不住手了。头一枪的回声还没有消失，这一枪又响了。一粒粒弹壳弹出来，在土路上跳荡，辉映着阳光。

远远地，就看见查查寨的头人率领一群人迎出了寨门。快到头人寨子前的拴马桩跟前，下人们躬着腰，把手伸出来，准备接过我们手里的缰绳。就在这时，哥哥突然一转枪口，朝着头人脚前开了一枪。子弹尖叫着从泥里钻到头人漂亮的靴子底下。子弹的冲力使头人高高地跳了起来。我敢肯定，头人一辈子也没有跳得这么高过，而动作那么的轻盈。轻盈地升起，又轻盈地落下。

哥哥下了马，拍拍马的脖子说："我的枪走火，头人受惊了。"

查查头人看看自己的脚，脚还完好如初，支撑着他肥硕的身躯，只是漂亮的靴子上溅满了尘土。头人擦去头上的汗水。他想对我们笑笑，但掩饰不住恼怒神情的笑容变得要多难看有多难看。他也知道了自己做不出笑容，于是，一不做二不休，猛然一下跪在了父亲的面前："我查查犯了什么王法，少土司这样对我，老爷你就叫他开枪打死我吧！"

头人漂亮的妻子央宗不知道这在双方都是一种表演，尖叫一声就倒在地上了。这个女人，惊惧的表情使她更加美丽了。这美丽一下就把麦其土司吸引住了。麦其土司走到她跟前，说："不要害怕，他们只是开开玩笑。"好像是为了证实这话的正确，说完这话，他就哈哈大笑。笑声中，凝滞的空气一点点松动了。查查头人由少土司扶着站了起来。他擦去一头冷汗，说："一看见你们，我就备下酒菜了。请土司明示，酒是摆在屋里还是摆在外边？"

父亲说："摆在外边，挨那些花近些的地方吧。"

我们对着田野里美丽无比的罂粟花饮酒。父亲不断地看头人女人。头人把这一切都看在眼里，但他又能拿一个势力强大的土司怎么办呢？他只能对自己的女人说："你不是头痛吗，回屋休息吧。"

"你女人也爱头痛？我看不像，我那女人头倒是常常痛。"土司问头人女人："你的头痛吗？"

央宗不说话，笑嘻嘻地一声不响。

土司也不再说话，笑嘻嘻地盯着央宗的眼睛。女人就说："头不痛了。刚才少土司的枪声一震，一下子就不痛了。"把头人气得直翻白眼，却又不好发作，他只好仰起脸来，让万里无云的天空看看他的白眼。

土司就说："查查你不要不高兴，看看你的女人是多么漂亮啊！"

头人说："土司要不要休息一下，我看你有点不清醒了。"

土司哈哈大笑，说："是有人不怎么清醒了。"土司这种笑声会使人心惊胆寒。头人的脑袋在这笑声里也低下去了。

罂粟第一次在我们土地上生根，并开放出美丽花朵的夏天，一个奇怪的现象是父亲、哥哥，都比往常有了更加旺盛的情欲。我的情欲也在初春时觉醒，在这个红艳艳的花朵撩拨得人不能安生的夏天猛然爆发了。在那天的酒席上，头人的老婆把麦其土司迷得五迷三道，我也叫满眼的鲜红和侍女卓玛丰满的乳房弄得头昏脑涨。头人在大口喝酒。我的脑袋在嗡嗡作响，但还是听见查查喃喃地问土司："这些花这么刺眼，种下这么多有什么意思？"

"你不懂。你懂的话就是你做土司而不是我了。这不是花，我种的是白花花的银子，你相信吗？"土司说，"对，你不相信，还是叫女人过来斟满酒杯吧。"

哥哥早就离开，到有姑娘的地方去了。我拉拉卓玛的手。刚离开头人的酒席时，我们尽量把脚步放慢，转过一道短墙，我们就牵着手飞跑起来，一头扎入了灿烂的花海。花香熏得我的脑袋又变大了。跑着跑着，我就倒下了。于是，我就躺在重重花影里，念咒一样叫唤："卓玛，哦，卓玛，卓玛。"

我的呻吟有咒语般的魔力。卓玛也随即倒下了。

她嘻嘻一笑，撩起长裙盖住自己的脸。我就看见她双腿之间那野兽的嘴巴了。我又叫："卓玛，卓玛。"

她一勾腿，野兽的嘴巴立即把我吞没了。我进到了一片明

亮的黑暗中间。我发疯似的想在里面寻找什么东西。她的身体
对于我正在成长的身体来说，是显得过于广大了。许多罂粟折
断了，断茎上流出那么多白色的乳浆，涂满了我们的头脸。好
像它们也跟我一样射精了。卓玛格格一笑，把我从她肚皮上颠
了下来。她叫我把好多花摆在她肚子上面，围着肚脐摆成一圈。
桑吉卓玛算不得我的情人，而是我的老师。我叫她一声姐姐，
她就捧着我的面颊哭了。她说，好兄弟，兄弟啊。

这一天，对查查头人来说，确实是太糟糕了。

麦其土司看上了他的太太。头人心里是什么滋味，我们不
得而知。反正这个对麦其家绝对忠诚、脾气倔强的家伙不会牵
上马，把女人送到土司官寨。

十多天后，他和自己的管家走在无边无际的罂粟中间。这
时，艳丽得叫人坐卧不定的花朵已经开始变样了，花心里长出
了一枚枚小小的青果。他的管家端着手枪问："那件事头人打
算怎么办？"

头人知道他问的是什么事情，但连他自己也不知道这事情
怎么办，就指着罂粟花心里一枚枚青果说："这些东西真能换
到银子吗。"

"土司说会就会。"

头人说："我想土司是有点疯了。不疯的人不会种这么多
不能吃的东西。他疯了。"

"你不想把这疯子怎么样来一下？比如就把他干了。"说
这话时，查查的管家就把枪提在手里，"他明摆着要抢你老婆，
你又不愿意拱手相让，那你怎么办？"

"你是想叫我造反？不，不！"

"那你就只有死了。要是你造反我就跟着你造反。不造反，我就对不起你了。土司下了命令，叫我杀死你。"

查查还有话没有说出来，他的管家多吉次仁便当胸一枪。头人还想说话，一张口，一口鲜血从口中涌出。结果还是什么都没有说出来。查查头人说不出话来，但又不想倒下，他张开双手把一大丛罂粟抱到怀里，想依靠这些东西来支撑住自己的身体。但那些罂粟不堪重负，和头人一起倒下了。

多吉次仁顺着大路向土司官寨飞奔，并且大叫："查查谋反了！查查谋反了！"而头人在罂粟丛中，倒在潮湿的地上，啃了满口泥巴，这才一伸腿，死了。谋杀者的背后响起了枪声。很多人在后面向多吉次仁射击。偷袭了自己主子的家伙终于跑进了官寨。追赶的人不敢靠近，远远地停下。我们寨子旁高大的碉堡枪眼中立即伸出了许多枪口。土司登高叫道："你们的头人谋反，已经叫忠于我的人干掉了，你们也想跟着造反吗？"

人群很快散开了。

火红的罂粟花，在一场场次第而至的雨水中凋败了。

当秋天的太阳重新照耀时，原先的花朵已经变成了一枚枚青色的浆果。雨水一停，我父亲就和死去的头人太太央宗在地里幽会。杀了查查头人的多吉次仁一次次对土司说，他该回寨子去了。这其实是在不断催促土司履行他当初的诺言。说的次数太多了，土司就笑着说："你真有胆子。你以为寨子里的人相信查查会谋反？这话是没有人相信的，人们知道查查不是一代两代的查查了。你急着回去，是想叫那些人杀了你吗？"

土司说完那句会叫多吉次仁深刻反省的话，又到罂粟地里和央宗幽会去了。

父亲和别的女人幽会，母亲却显得更加骄傲了。

从官寨的窗口望出去，罂粟在地里繁盛得不可思议。这些我们土地上从来没有过的东西是那么热烈，点燃了人们骨子里的疯狂。可能正是这神秘力量的支配，麦其土司才狂热地爱上了那个漂亮而多少有些愚蠢的女人央宗。刚刚埋葬了自己男人的央宗也表现得同样疯狂。每天，太阳刚一升起，这一对男女就从各自居住的石头建筑中出发了。会面后就相拥着进入了疯狂生长的罂粟地里。风吹动着新鲜的绿色植物。罂粟们就在天空下像情欲一样汹涌起来。父亲就和央宗在那深处的什么地方疯狂做爱，这是人人都知道的。站在窗前的母亲，望着田野里汹涌不息的层层绿浪，手捂着胸口，一副心痛难忍的模样。父亲的新欢还会拨弄口弦。丝线在竹腔里振动的声音从远处随风飘来。土司太太叫人向口弦响处开枪。可谁又敢于向土司所在的地方，向着王的方向开枪呢。土司太太自己开了一枪。子弹却不能飞到远远的目标那里，中途就像飞鸟拉在空中的粪便一样落到了地面。

她的愤怒把新贴在太阳穴上的大蒜片又烤干了，一片片落到地上。止头痛的另一个办法是吸印度鼻烟。母亲吸这种黄色粉末的方式与众不同。别人是先把鼻烟抖在拇指的指甲上，再来吸取。她却要先在小手指上套上一个黄金指套，再把鼻烟抖在上面，反着手送到鼻孔前面，久久地皱着眉头，猛然一吸，一张脸红红地仰向天空，嘴越张越大，之后，她一顿脚，猛一点头,打出一个两个响亮的喷嚏。替她揩干净鼻涕口水,卓玛问:"太太可好点了?"

以往,太太总是软软地回答:"我好多了。"这次,她尖声叫起来:"你看这样我能好吗?不会好的!我要被气死了。"

这一来,所有侍奉在她身边的人都无话可说了。

我说:"查查头人是父亲叫人打死的,不怪那个女人。"

母亲听了我的话,立即就哭了。她边哭边说:"傻瓜,傻瓜,你这个不争气的傻瓜啊。"边哭,还把一把鼻涕甩在了跛子管家的靴子上。母亲仍然在哭,只是哭声变细了。细细的哭声升上屋顶,像是有苍蝇在那里飞翔。这样的时光实在没有什么趣味。大家的目光就又转向了窗外漫山遍野汹涌的罂粟。

在那里,麦其土司搂紧了自己心爱的女人,进入了自己心爱的女人。地里,最后的一点花朵也因此零落摧折了。我那重新又焕发了爱情的父亲,只感到大地在身下飞动,女人则在他身下快乐地大声叫喊。这叫声传进官寨,竟然在这堡垒似的建筑中激起了回响。所有人都把耳朵堵上了。只有我那可怜的母亲,双手紧紧捧住自己的脑袋,好像那快乐而放荡的声音是一把锋利的斧子,会把她那脑袋从中劈开一样。好在不论麦其土司怎样疯狂,他的精力也是有限度的。不久,罂粟地中那个激荡的中心终于平静下来了。微风过处,大片浓稠的绿色在风中悄然起伏,应和着浑身松弛的土司和他的新欢呼吸的韵律。

母亲也恢复正常了。卓玛替她把医治头痛的大蒜一片片剥下来。她又能平静地在铜盆中洗脸了。这天,土司太太洗脸用了比平时更多的时间。往脸上搽油脂时,母亲吩咐人叫家丁队长。

家丁队长来了，刚把一只脚迈进门槛。母亲就说："不必进来，就站在那里好了。"

那人就只好一脚门里一脚门外地站在那里了。他说："有什么事，太太你请吩咐吧。"

土司太太叫他给杀死了自己主子的多吉次仁一把枪。太太说："既然他可以杀死自己的主人，叫他把骚女人也干掉！"

家丁队长双脚一碰，说："是！"这是我们的人从特派员带来的队伍那里学来的动作。

"慢，"土司太太说，"等他把那女人干掉，你再把他给我干掉！"

6. 杀

我对母亲说："阿妈，叫我去吧。他们害怕阿爸，他们不会杀死央宗。"

母亲脸上绽出了欣慰的笑容，她骂道："你这个傻子啊！"

哥哥跨进继母的房间，问："弟弟又怎么了？"

哥哥和我，和我母亲的关系一直是不错的。母亲说："你弟弟又犯傻了，我骂他几句。"

哥哥用聪明人的怜悯目光看着我。那样的目光，对我来说，是一剂心灵的毒药。好在，我的傻能使心灵少受或者不受伤害。一个傻子，往往不爱不恨，因而只看到基本事实。这样一来，容易受伤的心灵也因此处于一个相对安全的位置。

　　未来的麦其土司摸摸他弟弟的脑袋，我躲开了。他和母亲说话时，我就站在卓玛背后，玩弄她腰间丝带上的穗子。玩着玩着，一股热气就使我尝试过云雨之情的东西鼓胀起来，使我在她腿上狠狠掐了一把。一身香气的桑吉卓玛忍不住低低尖叫一声。

　　母亲不管这些，而是郑重其事地对大少爷说："看看他那样子吧。以后，我们不在了，你可要好好对待他啊。"

　　哥哥点点头，又招手叫我过去，附耳问我："你也喜欢姑娘？"

　　我没有回答。因为我不知道他要肯定还是否定的回答。

　　"我看你是喜欢的。"

　　于是，我站到了屋子当中，大声宣布："我——喜——欢——卓——玛！"

　　哥哥笑了。他的笑声说明他是做领袖人物的材料。那笑声那么富于感染力。卓玛和母亲也跟着笑了。我也笑了，笑声嚯嚯的，像一团火苗愉快抖动时发出的声音一样。正午时的寂静给打破了，在笑声中动荡。

　　笑声刚停，我们都还想说点什么的时候，枪声响了。

　　这枪声很怪，就像有人奋力而突兀地敲打铜锣。

　　"咣！"

　　一声响亮。

　　母亲怕冷似的抖动一下。

　　"咣！"

　　又一声响亮。

官寨里立即响起人们奔跑、呼喊的声音。拉动枪栓的声音清脆而沉着。最后是家丁们在炮楼上推动土炮时那巨大的木轮吱吱嘎嘎的声音。直到土炮安置妥当后，巨大的官寨才在秋天明亮的阳光下沉寂下来。这种沉寂使我们的寨楼显得更加雄伟庄严。

哥哥把这一切布置妥当，叫我和他一起站在两尊铜铸的土炮旁向响枪的地方张望。我知道这枪声是怎么回事，但还是跟着哥哥高叫："谁在打枪，打死他！"外面的田野十分平静，茂盛的罂粟一望无际。河边上有几个女人在漂洗雪白的麻布。下面的科巴寨子上，人们在自家的屋顶上擀毡或鞣制皮子。河水一直往东，流到很远的地方。在我出神地瞭望风景时，哥哥突然问我："你真敢杀人？"我把远望的目光收回来，看着他点了点头。他是个好兄长，希望我也能像他一样勇敢，并且着意培养我的勇敢。他把枪塞到我手上："你想打死哪个就打死哪个，不要害怕。"枪一到我的手上，我就把眼下正在发生的一切都看在眼里了。看清了罂粟丛中的所有勾当。虽然你要问我到底看到了什么，我肯定不能回答你，但我确确实实把什么都看到了。这不，我一枪打出去，麦其家的家丁队长就倒拖着多吉次仁的尸体从罂粟丛中闯了出来。我又朝别的地方开了一枪，隐隐觉得自己比专门打枪的人打得还好。这不，枪一响，父亲就熊一样咆哮着从他沉迷于情欲的地方蹦了出来。他一手牵着新到手的女人，一手挥舞着来不及系好的黄色腰带，在大片海一样的绿色中奔跑。哥哥抓住我的手腕，一用力，我就把后面几颗子弹射到天上去了。我们到了罂粟地里，父亲已经穿戴整齐了。他不问青红皂白，抬手就给了哥哥一个耳光。他以为枪是他的继承人开的。哥哥对我笑笑。笑意里完全没有代人受过的那种委屈，反倒像是为聪明人的愚蠢不好意思似的。

"不是哥哥，是我打的。"我说。

父亲回过头，十分认真地看看我，又看看我哥哥。哥哥点点头。父亲丢开女人，劈手从哥哥腰间取下手枪，顶上火，递到我手上。我一甩手，躺在大路上那个死人多吉次仁就对我们扬了扬他没有了生命的右手。

央宗看着她的前管家，漂亮的嘴巴里迸出一声尖叫。

我又开了一枪。背叛了主子的死人又对昔日的女主人招了招左手。可惜这个女人捂住了眼睛没有看见。

父亲十分空洞地笑了一声，并拍拍我的脑袋，对女人说："哈哈，连我傻瓜儿子都有这么好的枪法，就更不说我的大儿子了。"这样，就算把我们介绍给他的新欢了。他又说："看吧，等央宗再给我生个儿子，你们三兄弟天下无敌！"这样，又算是把央宗作为家里一个新成员介绍给我们了。与此同时，父亲还夺下我手中的枪，掖回哥哥腰里。那具死尸马上扑满了苍蝇。麦其土司说："我是想让他做查查寨头人的，是谁把他打死了？"

家丁队长跪下："他想对主人开枪，我只好把他结果了。"

父亲摸摸自己的脑袋，问："他从哪里弄来了枪。"

我很傻地笑了一下。见哥哥和家丁队长都不说话。父亲说："你傻笑什么，你知道什么吧？"

这一天，我是当够了主角。

看见他们那样痴痴地看着我，怎么能让他们失望呢。于是，我就把这件事情后面的主使土司太太说了出来。讲着讲着，我的汗水就下来了，不是因为害怕，而是因为这件事情实在太复杂了。用一个傻子的脑子来回忆一个聪明人所布置的事情，真是太辛苦了。在我看来，聪明人就像是山上那些永远担惊受怕的旱獭，吃饱了不好好安安生生地在太阳下睡觉，偏偏这里打一个洞，那里屙一泡屎，要给猎人无数障眼的疑团。可到头来总是徒劳枉然。我说话的这会儿，也许是阳光过于强烈的缘故吧，汗水从父亲和央宗脸上，更从家丁队长的脸上小溪一样流了下来。我还注意到，父亲和央宗的汗水是从紧皱的眉间冒出来的，晶晶亮亮顺着鼻尖滴落到尘土里。家丁队长的汗水却从额前的发际浑浊地渗流出来，把被淹没的眉毛弄了个一塌糊涂。

在我的故事中，应该死两个人的。一个男人和一个女人。现在，却只死了一个男人。死了的男人张着嘴，好像对眼前这一切感到十分茫然。哥哥把一枚青果扔进了死人的口中，这样，那大张着的嘴就好看一点了。

父亲突然说："好啊！"

父亲又对他的情人说："既然这样，我只好带你回官寨去，免得又有什么人打了主意来杀你。"

就这样，母亲深恨着的央宗顺理成章地进了麦其家的大门。这下，他们就大张旗鼓地睡在一张床上了。有人说，是我这个傻子给了父亲借口，让他把野女人带进了家门。但我已经忘了这件事了。更何况，土司要叫一个女人到自己床上，还需要有什么借口吗？说这话的人比我还傻。我们一行人往官寨去的时候，给人倒拖着的死人脑袋在路上磕磕碰碰，发出一串叫人不太舒服的沉闷声响。

　　土司太太领着一干人：喇嘛、管家、侍女出现在骑楼平台上。

　　土司太太这天穿一身耀眼的水红色衣裳，白色的长袖在风中飘扬。母亲居高临下注视父亲领着新欢走近了寨门。母亲是从一个破落的汉人家里被一个有钱人买来送给我父亲的。照理说，麦其土司能不顾门第观念而这么长久地和她相爱已经是十分难得了。麦其土司在他的感情生活上总是叫人出其不意。当年，土司太太刚死不久，远远近近前来提亲的人不绝于途，麦其土司都谢绝了。人们都夸他对前太太深怀感情。这时，他结婚的帖子又到了。他和我母亲，一个没有来历的异族女人结成了夫妇。人们都说："一个汉人女子，看吧，要不了多久他就会向一个土司的女儿求婚的。"是啊，我们周围的汪波土司、拉雪巴土司、茸贡土司、迦尔洼土司，还有以前的麦其土司，都是你娶了我的女儿，我又在什么时候娶了他的妹妹。再远的土司就更多了，只说曾经和麦其土司有过姻亲关系的，就有大渡河上的三个土司，次冲山口以西以北的山间平坝上的两个土司，还有几户土司已经没有了名号，在国民党的县官手下做守备，势力虽不及从前，但仍领有自己的土地与人户。这些人都是我们的远亲近戚，虽然有时也是我们的敌人，但在婚姻这个问题上，自古以来，我们都是宁愿跟敌人联合，也不会去找一个骨头比我们轻贱的下等人的。父亲却打破了这个规矩。所以，一开始，人们就预言麦其土司和汉人女子的好日子不会长久，这么多土司，这么多土司的这么广大的土地上人们都在说，麦其土司只不过是感到新鲜罢了。结果，哪一个土司边界上都没有出现麦其土司前来求亲的人马。

土司和他的新太太有了我。两年后开始怀疑我可能有点问题。三四年后才确实肯定我是个傻子。

这又给众多的人们带来了希望。但他们又失望了。他们只是听说土司太太的脾气不如从前温顺了。也听说土司偶尔会在下等女人身上胡来一下。但这消息并不能给人们什么希望。其实，这时当初曾等着麦其土司前来提亲的女人们早已出嫁了。人们之所以还这样关心麦其土司的感情生活，纯粹是因为巨大的惯性要带着人们继续关心。看看聪明人傻乎乎的劲头吧。

母亲知道这一天终于来到了。对于一个女人来说，这是无可逃避的一个日子。她穿上美丽的衣服来迎接这日子。这个曾经贫贱的女人，如今已出落成一个雍容而高贵的妇人。她看着土司领着新欢一步步走向官寨，也就等于是看见了寂寞的后半生向自己走来。卓玛对我说，她听见太太不断说："看见了，我看见了。"

一行人就在母亲喃喃自语时走到了官寨门口。

许多人都抬头仰望土司太太美丽的身影。这种美丽是把人镇住的美，不像父亲新欢的美丽引起人占有的欲望。央宗也给我母亲那种美丽给镇住了，她不断对我父亲说："求求你，放了我，我要回家。"

哥哥说："那你就走吧，反正有许多人在路上等着想杀死你。"

央宗说："不会的，他们怎么会杀我？"

哥哥笑笑，对这个年纪跟自己相当，却要做自己母亲辈人物的漂亮女人说:"他们会的,现在人人都以为是你要做土司太太才叫查查头人死于非命的。"

父亲说:"你是怕楼上那个人吧。不要怕她。我不会叫她把你怎么样。"

这时,那个死人已经被行刑人父子俩倒吊在了行刑柱上。几声牛角号响过,远远近近的人们就开始向官寨聚集,很快就站满了广场,听土司宣布这家伙如何杀死了忠诚的查查头人,他在阴谋将要成功、将要取得头人职位时被土司识破而绳之以法。人们也就知道,又一个头人的领地变成土司家直接的辖地了。但这跟百姓又有什么关系?他们排着队经过那具一脸茫然的死尸前。每个人都按照规矩对着死人的脸唾上一口。这样,他就会万劫不复地堕入地狱。人们吐出的口水是那么的丰富,许多苍蝇被淹死在正慢慢肿胀的死人脸上。

母亲站在高处俯视这一切。

父亲非常得意。母亲精心策划的事情,经他顺势引导一下,就形成了对他十分有利的局面。父亲得寸进尺,吩咐小家奴索郎泽郎:"去,问问太太,她怎么诅咒这个开黑枪的罪人。"

太太没有说话,从腰间的丝绦上解下一块玉石,也在上头唾了一口。小家奴从楼上跑下来,将那上等绿玉丢在了尸体上面。人群中为她如此对待一块玉石发出了惊叹。

她却转身走进了自己的屋子。

所有人都仰头看着她从三楼那宽大的平台上消失了。人人都听到了她尖厉的声音在那些回廊的阴影里回荡。她是在叫她的贴身侍女,我的教师:"卓玛!桑吉卓玛!"

于是，身着水绿色长衫的卓玛也从我们眼前消失了。

父亲带着央宗进了三楼东头，朝向南面的房间。这下，他们就可以住在一起，一直睡在一张床上了。虽说在此之前，任何一个麦其土司都不会和一个女人一直睡一个房间，更不要说是同一张床上。

来看看土司的床吧。土司的床其实是个连在墙上的巨大柜子，因为光线黯淡而显出很幽深的样子。我曾经问父亲："里面没有妖怪吗？"

他不作正面回答，只是像最没有心计的父亲那样笑着说："你这个傻乎乎的家伙啊！"

我相信那里边肯定有什么吓人的东西。

那天夜半的时候，官寨外边响起了凄厉的哭声。麦其土司披衣起来，央宗滚到床的外边，里边浓重的暗影叫她十分害怕。土司在床前大声咳嗽，官寨里立即就点起了灯笼，官寨外立即燃起了火把。

土司到了三楼平台上，立即有人伸出灯笼把他的脸照亮。土司对下面暗影中的人叫道："我是麦其，你们要看清楚一点！"下面，朦胧中显出了三个人跪在地上的身影。那是被我们杀死的多吉次仁的老婆和两个儿子，背后是那具倒吊着的尸体，在木桩上轻轻摇晃。

父亲大声发话："本该把你们都杀了，但你们还是逃命去吧。要是三天后还在我的地界里，就别怪我无情了。"土司的粗嗓门震得官寨四处发出嗡嗡的回响。

下面的暗影中传来一个小男孩稚气的声音："土司，让他们再照照你的脸，我要记住你的样子！"

"你是害怕将来杀错人吗？好，好好看一看吧！"

"谢谢，我已经看清楚了！"

父亲站在高处大笑："小孩，要是你还没来，我就想死了，可以不等你吗？"

下面没有回答。那母子三人从黑暗里消失了。

父亲回身时，看见母亲从她幽居的高处俯视着自己。

母亲十分满意父亲向她仰望的那种效果。她扶着光滑清凉的木头栏杆说："你怎么不杀了他们？"

父亲本可以反问母亲，我的心胸会如此狭窄吗？但他却只是低声说："天哪，我想睡了。"

母亲又说："我听见他们诅咒你了呢。"

父亲这时已经变得从容了："难道你以为仇家会歌唱？"

母亲说："那么紧张干什么，你是土司，一个女人就叫你这样了。要是有十个女人怎么办？"口吻是那么推心置腹，弄得父亲一下就说不出话了。火把渐次灭掉，官寨立即变成了一个巨大的黑洞。母亲清脆的笑声在这黑暗中响起。母亲的声音在黑暗里十分好听："老爷请回吧，小老婆在大床上会害怕。"

父亲也说："你也回吧，楼上当风，你身子弱，禁不起呀！"

母亲当然听出了这话里的埋伏。不禁想到，平日里要是自己不做出哼哼唧唧的病模样，情形当不至于如此。她是把汉族人欣赏的美感错以为人人都会喜欢的了。可嘴上还是不依不饶："我死了就算了。麦其土司家再缺什么也不会缺一房太太。用钱买，用枪抢，容易得很的事情嘛。"

父亲说："我不跟你说了。"

"那你还不快点进屋，我是要看看这一晚上还有什么好戏。"

父亲进屋去了。睡在床上还恍然看见那居高临下一张银盆似的冷脸，便咬着牙说："真成了个巫婆了。"

央宗滚进了土司的怀里："我害怕，抱紧我呀！"

"你是麦其土司的三太太，用不着害怕。"

热乎乎的女人肉体使土司的情绪安定了。他嘴上说着要举行一场多么隆重的婚礼，心里却禁不住想，查查头人的全部家产都是自己仓里的了。查查是所有头人里最忠诚的一个。而且，这也不是一代两代的事了。他就是不该有这么漂亮的老婆，同时，也不该拥有那么多的银子，叫土司见了晚上睡不着觉。要是自动地把这一切主动叫土司分享一点，也不至于到今天这个地步了。想到这些，父亲禁不住为人性中难得满足的贪欲叹了口气。

他怀里的女人睡着了。圆润的双乳在黑暗中闪烁着幽光。她真是个很蠢的女人。不然，这么多天来发生了这么多的事情，稍有头脑的人都会夜不成眠。而她却一翻身就深深地潜入了睡梦之中。平稳而深长的呼吸中，她身上撩人心扉的野兽般的气息四处弥散，不断地刺激着男人的欲望。土司知道自己作为一个男人，这一阵疯狂过去，就什么也不会有了。他当然会抓紧这最后的时光。他要把女人叫醒，到最疯狂的浪谷中去漂荡。

就在这时，二太太在楼上拍起手来。她欢欢喜喜地叫道："燃起来了！燃起来了！"

麦其土司又为心胸狭窄的女人叹了口气，心想，明天要叫喇嘛们念念经，驱驱邪，不然，这女人可能要疯了。但更多的人叫喊起来，许多人在黑暗中奔跑。这高大的石头建筑就在黑暗中摇晃起来。

这摇晃可以令人对很多东西感到不安。

麦其土司睁开眼睛，只见窗前一片红光。他以为是谁纵火把官寨点燃了。尽管很快就证明这不过是一场虚惊，但他还是清楚地感到了隐伏的仇恨。

官寨里的人刚刚睡下不久，又全都起来了。这中间，只有我母亲一直站在星光隐隐的楼上，没有去睡觉。现在，全官寨的人都起来了。高处是土司一家和他们的喇嘛与管家。下面是众多的家丁和家奴。只有那个新来的三太太用被子蒙住头，滚到那张大床很深的地方去了。刚才离开这里，公开声言将要复仇的三个人把已经是麦其土司私人财产的头人寨子点燃了。此时，火就在凉凉的秋夜里，在明亮的星空下熊熊燃烧。大火的光芒越过黑沉沉的罂粟地，那么空旷的大片空间，照亮了麦其土司雄伟的寨子。我们一家人站在高处，表情严肃地看着事实上已成为我家财产的一切在熊熊大火中变成灰烬。

背后，从河上吹来的寒意一阵比一阵强烈。

面前的火光和背后的寒意都会叫人多想点什么。

当远处的寨子又一个窗口喷出火龙时，下人们就欢呼起来。我听到奶娘的声音，侍女的声音，银匠的声音和那个小家奴索郎泽郎的声音。侍女卓玛，平时，因为我们特殊的恩宠，都是和我们一同起居的，可一有机会，她还是跑到下人们中间去了。

火小下去时，天也亮了。

火是多吉次仁的女人放的。她没有和两个年幼的儿子一起逃跑，而是自己投身到大火里去了。死相十分凶残。女人在火中和她的诅咒一起炸开，肚子上的伤口就像漂亮的花朵。她用最毒的咒诅咒了一个看起来不可动摇的家族。

父亲知道，那孩子稚气的复仇声言肯定会付诸实行。于是，他命令派出追兵。哥哥说："你当着那么多人放走了他们，我看还是多多防范吧。"

土司还是把追兵派出去了。三天之内，没有抓到两个将来的敌人。三天以后，他们肯定逃出麦其家的辖地了。三天，是从中心穿过麦其领地的最快时间。

从此，那个烧死的女人和那两个小儿，就成了我父亲的噩梦。

事情到了这个地步，要叫人心安一点，只有做大规模的法事了。

经堂里的喇嘛、敏珠宁寺里的喇嘛都聚在了一起。喇嘛们做了那么多面塑的动物和人像，要施法把对土司的各种诅咒和隐伏的仇恨都导引到那些面塑上去。最后，那些面塑和死尸又用隆重的仪仗送到山前火化了。火化的材料是火力最强的沙棘树。据说，被这种火力强劲的木头烧过，世上任什么坚固的东西也灰飞烟灭了。那些骨灰，四处抛撒，任什么力量也不能叫它们再次聚合。

地里的罂粟已经开始成熟了，田野里飘满了醉人的气息。

寺里的济嘎活佛得意了几天，就忘记了这几年备受冷落的痛苦，恳切地对土司说："我看，这一连串的事情要是不种这花就不会有。这是乱人心性的东西啊！"

活佛竟然把土司的手抓住，土司把手抽了回来，袖在袍子里，这才冷冷地问："这花怎么了？不够美丽吗？"

活佛一听这话，知道自己又犯了有学问人的毛病，管不住自己的舌头了，便赶紧合掌做个告退的姿势。土司却拉住他的手说："来，我们去看看那些花怎么样了。"活佛只好跟着土司往乱人心性的田野走去。

田野里此时已是另一番景象。

鲜艳的花朵全部凋谢了，绿叶之上，托出的是一个个和尚脑袋一样青乎乎的圆球。土司笑了，说："真像你手下小和尚们的脑袋啊。"说着，一挥佩刀，青色的果子就碌碌地滚了一地。

活佛倒吸一口气，看着被刀斩断的地方流出了洁白的乳浆。

土司问："听说，法力高深的喇嘛的血和凡人不一样。难道会是这牛奶一样的颜色？"

活佛觉得无话可说。慌乱中他踩到了地上的圆圆的罂粟果。那果子就像脑袋一样炸开了。活佛只好抬头去看天空。

天空中晴朗无云。一只白肩雕在天上巡视。它平伸着翅膀，任凭山谷间的气流叫它巨大的身子上升或下降。阳光把它矫健的身影放大了投射在地上。白肩雕一面飞行，一面尖锐地鸣叫。

活佛说："它在呼风唤雨。"

这也是有学问的人的一种毛病。对眼见的什么事情都要解释一番。麦其土司笑笑，觉得没有必要提醒他眼下的处境，只是说："是啊，鹰是天上的王。王一出现，地上的蛇啊，鼠啊就都钻到洞里去了。"那鸟中之王带着强劲的风声，从土司和活佛面前一掠而过，从树丛里抓起一只惨叫的鸟，高高飞起，投身到树林中有高岩的地方去了。

麦其土司后来对人说，那天，他教训了活佛，叫他不要那么自以为是。

有好事者去问活佛这是不是真的。活佛说："阿弥陀佛，我们僧人有权诠释我们看到的一切。"

7. 大地摇晃

在我所受的教育中，大地是世界上最稳固的东西。其次，就是大地上的土司国王般的权力。

但当麦其土司在大片领地上初种罂粟那一年，大地确实摇晃了。那时，济嘎活佛正当盛年，土司的威胁并不能使他闭上嘴巴。不是他不害怕土司，而是有学问的人对什么事情都要发点议论的习惯使然。济嘎活佛坐在庙中，见到种种预兆而不说话叫他寝食难安。他端坐在嵌有五斤金子的法座上，静神敛息。他只略一定神，本尊佛就金光闪闪地来向他示现。也就在这个时候，肥厚的眼皮猛烈地跳动起来。他退出禅定，用指头蘸一点唾液涂在眼皮上。眼皮依然跳动不已，他叫小和尚拿来一片金屑挂在眼上，眼皮又猛跳一下，把那金屑震落了。

活佛便开口问外面又发生了什么事情。

答说，入了洞的蛇又都从洞里出来了。

"还有呢？我看不止是蛇。"

答说，活佛英明，狗想像猫一样上树，好多天生就该在地下没有眼睛的东西都到地上来了。

活佛就由人簇拥着来到了庙门前，他要亲眼看看世界上是不是有这样的事情真正发生了。

寺院建在一个龙头一般的山嘴上面。

活佛一站到门口，就把一切都尽收到法眼之中。他不但看到了弟子们所说的一切，还看见土司家的官寨被一层说不清是什么颜色的气罩住了。一群孩子四处追打到处漫游的蛇。他们在小家奴索郎泽郎带领下，手里的棍棒上缠着各种色彩与花纹的死蛇，唱着歌走在田野里，走在秋天明净的天空下面。他们这样唱道：

> 牦牛的肉已经献给了神，
> 牦牛的皮已经裁成了绳，
> 牦牛缨子似的尾巴，
> 已经挂到了库茸曼达的鬃毛上，
> 情义得到报答，坏心将受到惩罚。
> 妖魔从地上爬了起来，
> 国王本德死了，
> 美玉碎了，
> 美玉彻底碎了。

活佛吓了一跳，这首歌谣是一个古老故事的插曲。这个故事叫做《马和牦牛的故事》。这个故事在有麦其土司之前就广为流传了。有了土司之后，人们口头多了些颂歌，却把有关历史的歌忘记了。只有博学的喇嘛还能从一些古代的文书上找到它们。济嘎活佛曾潜心于本地历史的研究，知道有过这样一些歌谣。现在，没有人传授，这些失传已久的歌又在一群对世界茫然无知的小奴隶们的口中突然复活了。汗水一下从活佛的光头上淌下来。他吩咐在藏经楼前竖起梯子，找到了记有这个故事的书卷。小和尚鼓起腮帮，吹去灰尘，包裹书卷的绸子的黄色就露了出来。

活佛换件袈裟，挟起黄皮包袱上路了。他要给土司讲一讲这个故事。叫土司相信，这么一首歌谣不会平白无故地在小儿们口中复活。

但他却扑了个空，土司不在官寨里。问什么时候回来，官寨里的人说，我们也不知道他什么时候回来。看那些人忧心忡忡的样子，不像是在撒谎。活佛说，那他就见见在经堂主事的门巴喇嘛。

门巴喇嘛对通报的人说："他要见，就叫他来见吧。"

这时，活佛坐在二楼管家的应事房里。经堂则在五层楼上。喇嘛如此倨傲，连管家都偷偷看了看活佛的脸色。活佛十分平静地说："管家看见他是怎么对我的，不过，大祸将临，我也不跟他计较。"带着一脸忍辱负重的神色上楼去了。

麦其土司去了什么地方？

嘘！这是一个秘密。我对你竖起手指，但我又忍不住告诉你麦其土司带着他的新欢在田野里寻找可以野合的地方。

黄特派员留下的望远镜有了用场。我很容易就用望远镜套牢了父亲和他的新欢在田野里四处奔窜的身影。现在，让我来告诉你他们为什么要到田野里去吧。麦其土司的三太太在土司专用的床上十分害怕。土司每每要在那张床上和她干事时，她就感到心惊肉跳。如果土司要强制，她就肆无忌惮地拼命反抗。这时，三太太长长的指甲深深陷入男人的肉里，嘴里却不断央求："白天，白天吧。我求求你了，白天我们到外面去干吧。"

土司问："你是不是看见了什么？"

央宗已经泪流满面："我没有看到什么，可我害怕。"

土司就像惊异自己何以爆发出如此旺盛的情欲一样，十分奇怪自己对女人怎么有了这样的耐心与柔情。他把女人抱在怀里，说："好吧，好，等到白天吧。"

而白天的情形并不美妙。我看见他们急急忙忙要在田野里找一个可以躺下的地方。要知道，这个情急的男人就是这片看上去无边无际的土地的主人，却找不到一块可以叫他和心爱的女人睡下的地方。地方都给许多来路不明的动物占据了。

溪边有一块平坦的巨石，走到近处却有几只癞蛤蟆雄踞其上。土司想把它们赶走，它们不但不躲闪，反而冲着人大声叫唤。

央宗刚躺倒在一块草地上，又尖叫着从地上跳了起来。几只田鼠从她的裙子里掉了下来。

土司只好让女人站着，背倚一株高大的云杉。当女人的裙子刚刚撩起，男人的裤子刚刚脱下，他们赤裸的下身就受到了蚂蚁和几只杜鹃愤怒的攻击。最后，他们只好放弃了野合的努力。他们徒劳无功的努力都被我尽收眼底。看来是没有什么希望了，除非他们能在空中睡觉。但他们肯定不懂得这样的法术。传说有一种法术可以叫人在空中飞行，但也没有说可以在天上

驾幸女人。当我把宝贝镜子收好，父亲和那女人气急败坏地从
田野回来了。

那群家奴的孩子在棍子上缠着一条条颜色绮丽的蛇，在广
场上歌唱：

国王本德死了，
美玉碎了，
美玉彻底碎了。

土司的欲火变成了怒火，他传来行刑人一顿皮鞭打得小家
奴们吱哇乱叫。土司的脸都给愤怒扭歪了，央宗却歪着头，看
着他开心大笑。在此之前，我以为女人就是女人，她被土司用
强力抢过来，和我母亲是用钱买来的没什么两样。现在，那笑
容证明她是个妖精。后来，济嘎活佛对我们说，妖精出来为害，
一种是自己知道，一种是自己也不知道的，三太太明明白白是
后一种情形，所以在你们父亲身后，你们不要加害于她。这是
后话。

不知什么时候，哥哥旦真贡布站在了我的身边。他说："我
喜欢漂亮的女人，可这个女人叫我害怕。"

官寨外面的广场上，央宗对土司说："老爷，他们喜欢编歌，
就让他们唱唱我吧。"

我和哥哥走到他们身边。

哥哥说："活佛说，这歌是以前就有的。太太可不要叫这
些下等人编什么唱你的歌。下等人除了毒蛇的花纹，他们不会

知道孔雀有多么美丽。"

三太太并不气恼，对着哥哥笑笑。

哥哥只好挥手叫人们散开。

土司和三太太穿过高大的门洞上楼了。这时，那些在院子里用手磨推糌粑的、用清水淘洗麦子的、给母牛挤二遍奶的、正在擦洗银器的家奴突然曼声歌唱起来。父亲从他房间里冲出来，摆出一副雄狮发怒的样子，但家奴们的歌并不是孩子们唱的那一种，没有什么可以指责的地方。他只好悻悻然摇摇脑袋回房去了。

土司叫管家支了些银子，要给三太太打一套新的银饰。于是，那个曾在马前向我敬过水酒的银匠给召了进来。这个家伙有事没事就把一双巧手藏在皮围裙下。我感到，每当这个像一个巨大蜂巢一样的寨子安静下来时，满世界都是银匠捶打银子的声音。每一个人都在侧耳倾听。那声音满世界回荡。

叮咣！

叮咣！

叮——咣——！

现在，他对那些唱歌的女人们微笑。他就坐在支撑着这高大寨子的巨大木柱和阴凉里，脸上随时对人做出很丰富的表情。碾薄的银子像一汪明净的池塘在他面前闪闪发光。这人告诉过我他的名字，可我怎么也想不起来了。我想卓玛肯定记得。说不上来为什么，我反正觉得她肯定记得。卓玛掐了我一把，说："傻瓜啊！"

"你快说。"

"人家还服侍过你，这么快就连名字也不记得了？你不会对我也这个样子吧？"

我说不会。她这才把银匠的名字告诉了我。那个家伙叫做曲扎。卓玛只和他见过一面——至少我以为他们只见过一面——就把银匠的名字记得那么清楚，使我敏感的心隐隐作痛。于是，我就看着别的地方不理她了。卓玛走过来，用她饱满的乳房碰我的脑袋，我硬着的颈子便开始发软。她知道我快支持不住了，便放软了声音说："天哪，吃奶的娃娃还知道嫉妒，叫自己心里不好受啊！"

"我要把那家伙杀了。"

卓玛转身抱住我，把我的脑袋摁在她胸前的深沟里，闷得我都喘不过气来了。她说："少爷发火了，少爷发火了。少爷不是认真的吧？"

我不喜欢她因为给了我她的身子，就用放肆的口吻跟我说话。我终于从她那刚刚酿成的乳酪一样松软的胸前挣脱出来，涨红了脸，喘着大气说："我要把他做银子的手在油锅里烫烂。"

卓玛把脸捂住转过身去。

我的傻子脑袋就想，我虽然不会成为一个土司，但我也是当世土司的儿子，将来的土司的兄弟。女人不过是一件唾手可得的东西。我丢开她到处转了一圈。所有人都有他们自己的事情。土司守着到了手却找不到机会下口的三太太。二太太在波斯地毯上一朵浓艳花朵的中央练习打坐。我叫了她一声，可她睁开的眼睛里，只有一片眼白，像佛经里说到的事物本质一样空泛。济嘎活佛在门巴喇嘛面前打开了一只黄皮包袱。家奴的孩子们在田野里游荡，棍子上挑着蛇，口里唱着失传许久却又突然复活的歌谣。自从画眉事件以后，他们对我这个高贵而寂寞的人有点敬而远之。我很寂寞。土司，大少爷，土司太太，他们只要没有打仗，没有节日，没有惩罚下人的机会，也都是十分寂寞的。我突然明白了父亲为什么要不断地制造事端。为了一个小小的反叛的寨子到内地的省政府请愿，引种鸦片，叫自己的士兵接受新式的操练，为一个女人杀掉忠于自己的头人，让僧人像女人们一样互相争宠斗气。明白了这个道理，并不能消除我的寂寞。那些干活的人是不寂寞的。哥哥不在寨子里，没有人知道他去了什么地方。那些人他们有活可干：推磨、挤奶、硝皮、纺线，还可以一边干活一边闲聊。银匠在敲打那些银子，叮咣！叮咣！叮咣！他对我笑笑，又埋头到他的工作里去了，我觉得今天这银匠是可爱的，所以卓玛记住了他的名字并不奇怪。

"曲扎。"我叫了他一声。

作为回答，他用小小的锤子敲出一串好听的音节。这一来，我就忘记了刚才的不快，回自己的房里去了，一路用石头敲击楼梯的扶手。卓玛还在屋里，她是看见了我才把脸对着墙壁的。既然她一定要一个傻瓜、一个小男人来哄她，那我就哄吧。我说，银匠其实不错的。

"就是嘛，"她果然把我当成傻子来对付，"我喜欢他是个大人，喜欢你是个娃娃。"

"不喜欢我是贵族，喜欢他是个银匠？"

她有点警惕地看我一眼，说："是。"那头就娇羞地低下去。

我们就在地毯上许多艳丽的花朵中间爱了一场。她整理好衣衫，叹口气说："总有一天，主人要把我配一个下人，求求少爷，那时就把我配给银匠吧。"

我心上又是隐隐一痛，但还是点点头答应她了。

这个比我高大许多的姑娘说："其实，你也做不了这个主，不过有你这份心，也算我没有白服侍一场。"

我说："我答应了就算数。"

卓玛摸摸我的脑袋，说："你又不能继承土司的位子。"

天哪，一瞬间，我居然就有了要篡夺权力的想法。但一想到自己不过是一个傻子，那想法就像是泉水上的泡沫一样无声无息地破裂了。你想，一个傻子怎么能做万人之上的土司，做人间的王者呢？天哪，一个傻子怎么也会有这样的想法？我只能说是女人叫我起了这样的不好的念头。

想想，这一天还发生了什么事情。

我想起来了。那天想对将要发生的事情作点预言的济嘎活佛在经堂里受到了冷遇。他在门巴喇嘛面前把那卷藏书打开。那首正在黄口小儿们口里唱着的歌谣就出现在两个有学问人的眼前。在活佛珍贵的藏书里，那个故事的每一句话后面都有好几个人在不同时期加上的种种注释。这些故事因此变成了可以占卜吉凶的东西。那段歌谣下写着，某年月日，有人唱这谣曲而瘟疫流行经年。又某年月日，这歌谣流行，结果中原王朝倾覆，雪域之地某教派也因失去扶持而衰落。门巴喇嘛摇摇头，揩去一头汗水，说："这些话，我是不会对土司说的。是祸躲不过。注定的东西说了也没用。你想想，土司是长了能听进忠告的耳朵的人吗？"

活佛说："天哪，看来土司白白地宠爱你们了。"

门巴喇嘛说："那你到这里来，我到你庙里去当住持。"

活佛曾想去西藏朝佛，也想上山找一个幽静的山洞闭关修行，但都不能成行。他看到自己一旦走开，一寺人都会生计无着。只有思想深远的活佛知道人不能只靠消化思想来度过时日。他这一次前来，还不是为一寺人的生计着想，为那些人寻找食物来了。坐在金光灿灿的经堂里，和这个喇嘛说着不闲的闲话，他也觉得比在寺里的感觉好得多了。他甚至害怕门巴喇嘛结束这场谈话。他想，不论这个人品行如何，总算是个智慧和自己相当的人物。就为了这小小的一点乐趣，他甚至对这家伙有点谦卑过头了。他听见自己用十分小心的口吻说："那你看，我怎么对土司说这件事好。"

门巴喇嘛摇摇头说："我不知道。土司的脾气越来越叫人捉摸不定了。活佛你再请喝一碗茶？"这明显是叫人走路了。

活佛叹了口气说："那么好吧。我们是在争谁在土司跟前更有面子。但在这件事情上，我想得更多的是黑头藏民，格萨尔的子孙们。好吧，我自己去对土司讲吧，叫他不要弄到天怒人怨的地步就是了。至少，他还不至于要我这颗脑袋吧。"于是，也不喝那碗热茶，他就挟起包袱下楼了。

门巴喇嘛回头看看经堂里的壁画。门廊上最宽大的一幅就画着天上、人间、地狱三个世界。而这三个各自又有着好多层次的世界都像一座宝塔一样堆叠在一个水中怪兽身上。那个怪兽眨一下眼睛，大地就会摇晃，要是它打个滚，这个世界的过去、现在、未来都没有了。门巴喇嘛甚至觉得宗教里不该有这样的图画。把世界构想成这样一个下小上大、摇摇欲坠的样子，就不可能叫人相信最上面的在云端里的一层是个永恒的所在。

活佛找到管家说："我要见见土司，请你通报一下。"

管家以前是我们家的带兵官，打仗跛了一条腿后成了管家。他当带兵官是一个好带兵官，曾得到过一个带兵官能得到的最高奖赏：一条来自印度的虎皮衣领。这条衣领和一般人理解的衣领是不一样的。那是一整头老虎的皮子，绶带一样披挂在一件大氅上面。虎头悬在胸前，虎尾垂在后边。这样披挂下来，再没有威风的人也像是一只老虎了。现在，他已经是一个出色的管家了。正是有了他出色的打点，父亲和哥哥才会有时间出去寻欢作乐。

管家说："天哪，看看我们尊贵的客人被委屈了。"

于是，他亲自给活佛献茶，又用额头去触活佛形而上的手。形而上的手是多么的绵软啊，好像天上轻柔的云团。这种仪式一下就唤回了活佛尊贵的感觉。他细细地呷了口茶，香喷喷的茶在舌尖上停留一下，热热地滚到肚子里去了。管家问："好像要发生什么不好的事情？"

"就要发生了。"

"土司可不要听这样的话。"

"听不听是他的事。我不说，一来以后人们会笑话，说我连这么大的事情要发生了也不知道。二来，世上有我们这种人在，这种时候总是要出来说说话的。"

于是，前带兵官就一点没有军人的样子，像一个天生的管家一样，屁颠颠地跑到土司房前通报去了。要不是他亲自出马，土司是不会见活佛的。管家进去的时候土司正和三太太睡在床上。

管家说："济嘎活佛看你来了。"

"这家伙还想教训我吗？"

"他来对你讲讲为什么有这么多奇怪的事情。"

土司这才想起了自己养在经堂里的喇嘛："我们的喇嘛们，门巴他们不知道来给我讲讲吗？"

管家笑笑，故意叫土司看出自己的笑容里有丰富的含义，有很多种的猜测和解释。除了这样笑笑，你还能对一个固执的土司、一片大地上的王者怎么办呢？土司从这笑容里看出点什么来了，说："那我就见见活佛吧。"土司这时给情欲和种种古怪的现象弄得心烦意乱，但他还是故作轻松地问："你看我要不要穿上靴子。"

"要的，还该亲自出去接他。"

土司顺从地穿好靴子，到楼梯口接活佛去了。活佛从下面向土司仰起了他的笑脸。土司说："啊，活佛来了，你要怎样教训我。"

活佛在梯级上站住了，大喘一口气，说："为了你江山永固，为了黑头藏民的幸福，话轻话重，你可要多多包涵啊！"

土司说："我听你的，活佛你上来吧。"土司甚至还伸出手，想扶活佛一把。就在这两双大手就要互相握住时，春雷一样的声音从东方滚了过来。接着大地就开始摇晃了。大地像一只大鼓，被一只看不见的巨手擂响了。在这巨大的隆隆响声里，大地就像牛皮鼓面一样跳动起来。最初的跳动刚一开始，活佛就从楼梯上滚下去了。土司看到活佛张了张嘴巴，也没来得及发出点什么声音就碌碌地滚到下一层楼面上去了。大地的摇晃停了一下，又像一面筛子一样左右摆荡起来，土司站立不住，一下摔倒在地上。更可气的是，倒地之前，他还想对活佛喊一句什么话，所以，倒地时，话没有喊出来，却把自己的舌头咬伤了。土司躺在地上，感到整个官寨就要倒下了。在这样剧烈的动荡面前，官寨哪里像是个坚固的堡垒，只不过是一堆木头、石块和黏土罢了。好在这摇晃很快就过去了。土司吐掉口里的鲜血，站起身来，看见活佛又顺着楼梯往上爬了。土司立即觉得这个被自己冷落的活佛才是十分忠诚的。他一伸手，就把活佛从下面拉了上来，两人并排坐在走廊的地板上，望着那巨大而神秘的力量所来的方向，听着惊魂甫定的人们开始喊叫，从叫声里就可以知道有房子倒塌了，有人死了。河水用短暂而有力的汹涌把河上的小桥冲垮了。土司看到自己巨大的寨子还耸立在天空下面，就笑了："活佛，你只有住在我这里，桥一塌，你就回不去了。"

活佛擦去头上的汗水，说："天哪，我白来了，事情已经发生了。"

一脸灰土的土司把住活佛的手嘿嘿地笑个不停。笑一声，一口痰涌上来，吐了，又笑，又一口痰涌上来。这样连吐了五六七八口，土司捂住胸口长喘一阵，叹了口气说："天哪，我干了好多糊涂事吧？"

"不多也不算少。"

"我知道我干了什么，但就像是在做梦一样。"

"现在好了。"

"现在我真的好了？好吧，你看我该怎么办呢？"

"广济灾民，超度亡灵吧。"

土司说："进房休息吧。女人肯定也给吓坏了。"

居然就引着活佛往二太太的房里去了。刚进房间，我母亲就在活佛的脚前跪下了。她用头不断去碰活佛那双漂亮的靴子。土司就扶住被自己冷落许久的二太太，说："起来，叫人给我们送些可口的东西来。"那口气好像是刚才还在这房间里，从来没有迷失过自己一样。土司还说："天哪，这么饿，我有多久没有好好吃东西了？"母亲吩咐一声，那吩咐就一连声地传到楼下去了。然后，二太太就用泪光闪闪的眼睛看着活佛，她要充分表达她的感激之情。她以为已经永远失去的男人回到了她身边。

大地摇晃一阵，田野里那些奇怪的情形就消失了。死了人和倒了房子的人家得到了土司的救助。不久，地里的罂粟也到了采收的时候。

第三章

8. 白色的梦

白色，在我们生活里广泛存在。

只要看看土司辖地上，人们的居所和庙宇——石头和黏土垒成的建筑，就会知道我们多喜欢这种纯粹的颜色。门楣、窗棂上，都垒放着晶莹的白色石英；门窗四周用纯净的白色勾勒。高大的山墙上，白色涂出了牛头和能够驱魔镇邪的金刚等图案；房子内部，墙壁和柜子上，醒目的日月同辉、福寿连绵图案则用洁白的麦面绘制而成。

而我，又看见另一种白色了。

浓稠的白色，一点一滴，从一枚枚罂粟果子中渗出，汇聚，震颤，坠落。罂粟挤出它白色的乳浆，就像大地在哭泣。它的泪珠要落不落、将坠未坠的样子，挂在小小的光光的青青果实上无语凝咽。那是怎样的一幅动人的景象啊。过去手持镰刀收割麦子的人们，手持一把光滑的骨刀，在罂粟的青果上划下一条小小的伤口，白色的浆汁就渗出来了。一点一滴，悄无声息地在天地间积聚，无言地在风中哭泣。人们再下地时，手里就多了一只牛角杯子。白色的浆汁在青果的伤口下面，结成了将坠不坠的硕大的一滴，被骨刀刮到牛角杯里去了。

青果上再划下一道新的伤口，这样，明天才会再有浓重的一滴白色浆汁供人收集。

黄特派员从汉地派人来，加工这些白色的果浆。他们在离官寨不远的地方搭起一个木棚，架上锅灶，关上门，像熬制药物一样加工罂粟浆。从炼制间里飘出的气息，只要有一点点钻进鼻子里，一下子就叫人飞到天上去了。麦其土司，伟大的麦其土司用一种前所未有的美妙的东西把人们解脱出来了。这样的灵药能叫人忘记尘世的苦难。

这时，关于那次地动，被冷落了一段时间的门巴喇嘛有了新的解释。他的观点跟济嘎活佛截然不同。他说，这样美妙的东西只有上天的神灵才能拥有。只有土司无边的福气才把这东西带给下界的黑头藏民。而地动无非是天神们失去了宝贵的东西发发怒气而已。门巴喇嘛声称，经过他的禳解，神们已经平息了他们的愤怒。土司深深地呼吸一口空气中醉人的香气，笑眯眯地看了济嘎活佛一眼。活佛说："如果土司你相信门巴喇嘛的话，那我还是回去，回到我的庙里去吧。"

"天哪，我们的活佛又生气了。不过我知道他说的是假话，如果他说的是真话，我也会挽留他的。"土司说话的口吻，好像活佛不在跟前。

"土司愿意听谁的话，跟我有什么相干？"活佛也用看不见面前有土司的口吻说，"天哪，以前师傅就对我说过，天意命定的东西无法阻止。"

土司笑了，说："看看吧，我们的活佛多么聪明啊。"

活佛说："让门巴喇嘛陪你吧，你相信他。"

土司不想再说什么了，拿起手边几个铃子中的一个，摇晃一下，清脆的铃声唤来了管家。管家跛着腿下楼，把活佛送到门口。管家突然问道："活佛，你说，这果子真会给我们带来厄运吗？"

活佛睁开眼，看到这人脸上真有露出忧虑重重的表情，就说："那还有假？我是靠骗人为生的吗？等着看结果好了。"

管家说："活佛可要好好念经保佑我们主子的事业啊。"

活佛挥挥手，走开了。

宽广的大地上，人们继续收割罂粟。白色的浆汁被炼制成了黑色的药膏。从来没有过的香气四处飘荡。老鼠们一只只从隐身的地方出来，排着队去那个炼制鸦片的房子，蹲在梁上，享受醉人的香气。母亲心情好，好久没有叫过头痛了，她带我去了那个平常人进不去的地方。那里，黄特派员的人干活时，门口总有持枪的人把守。母亲说："你们不叫我进去，那特派员送我一支烟枪干什么？"

守卫想了想，收枪叫我们进去了。

我并没有注意他们怎么在一口口大锅里炼制鸦片。我看见老虎灶前吊着一串串肉，就像我带着小家奴们打到的画眉一样。我正想叫他们取一只来吃，就听见吱的一声，一只老鼠从房梁上掉下来。熬鸦片的人放下手中的家伙，小刀在老鼠后腿上轻轻挑开一点，老鼠吱地叫了一声，再一用力，整张皮子就像衣服一样从身上脱了下来，再一刀，扇动着的肺和跳动着的心给抠出来了。在一个装满作料的盆子里滚一下，老鼠就变成了一团肉挂在灶前了。

土司太太笑道："你们不要把我儿子吓着了。"

那些人嚯嚯地笑了。

他们说："太太要不要尝尝。"

太太点点头。熏好的老鼠肉就在灶里烤得吱吱冒油。香味不亚于画眉。要不是无意间抬头看见房梁上蹲着那么多眼睛贼亮的老鼠，说不定我也会享用些汉族人的美食。我觉得这些尖嘴在咬我的胃，而母亲正龇着雪白的牙齿撕扯鼠肉。全不管我在目瞪口呆地看着她。她一边用洁白的牙齿撕扯，一边还猫一样咿咿唔唔对我说："好吃呀，好吃呀，儿子也吃一点吧。"

可我不吃都要吐了。

我逃到门外。以前有人说汉人是一种很吓人的人。我是从来不相信的。父亲叫我不要相信那些鬼话，他问，你母亲吓人吗？他又自己回答，她不吓人，只是有点她的民族不一样的脾气罢了。哥哥的意见是，哪个人没有一点自己的毛病呢。后来，姐姐从英国回来，她回答这个问题说，我不知道他们吓不吓人，但我不喜欢他们。我说他们吃老鼠。姐姐说，他们还吃蛇，吃好多奇怪的东西。

母亲吃完了，一副心满意足的样子，猫一样用舌头舔着嘴唇。女人无意中做出猫的动作，是非常不好的。所以，土司太太这样做叫我非常害怕。

她却嘻嘻地笑着说："他们给了我大烟，我以前没有试过，如今，我可要试一试了。"见我不说话，她又说："不要不高兴。鸦片不好，也不是特别不好。"

我说："你不说，我还不知道鸦片是坏东西。"

她说："对没有钱的人，鸦片是一种坏东西，对有钱的人就不是。"她还说，麦其家不是方圆几百里最有钱的人家吗？母亲伸出手来拽住我的胳膊，她长长的指甲都陷进我肉里了。我像被老鼠的尖牙咬了似的大叫一声。母亲也看出了儿子脸上确实显出了惊恐的表情，就跪在地上摇晃着我："儿子，你看见什么了，那么害怕。"

我哭了，想说："你吃老鼠了，你吃老鼠了。"但只是指了指天上。天上空荡荡的，中间停着些云团。那些云团，都有一个闪亮的、洁白的边缘，中央却有些发暗。它们好像是在一片空旷里迷失了。不飘动是因为不知道该飘向哪个方向。母亲顺着我的手，看看天上，没有看见什么。她不会觉得那些云朵有什么意思。她只关心地上的事情。这时，地上的老鼠正向着散发着特别香气的地方运动。我不想把这些说出来。只要身上流着一丁点统治者的血液，傻子也知道多把握一点别人的秘密在手上是有好处的。于是，我只好手指天空。这一来，母亲也害怕了。她把我紧紧拥住，脚步越来越快，不多久，我们已经到官寨跟前了。广场上，行刑人尔依正往行刑柱上绑人，行刑人看见我们，把他们家人特有的瘦长的身子躬下，叫一声："少爷，太太。"

我的身子立即就停止颤抖了。

母亲对行刑人说："你们身上杀气重，把少爷身上不干净的东西吓跑了。以后就叫你儿子多和少爷在一起吧。"

不知从什么时候起，麦其土司的行刑人一代又一代都叫一个名字：尔依。要是他们全部活着，肯定就分不清谁是谁了。好在他们从来都只有两代人活着。父亲行刑、杀人的时候，儿子慢慢成长，学习各种行刑的手艺。杀人的是大尔依，等着接班的是小尔依。可以说尔依们是世上最叫人害怕、最孤独的人了。有时我怀疑那个小尔依是个哑巴。所以，都走出了几步，我又回过头问行刑人："你儿子会说话吗？要是不会就教他几句。"

行刑人对我深深鞠了一躬。

到了楼上，母亲就躺下了。她叫侍女卓玛从箱子里取出黄特派员送的烟枪，点上一盏小灯。自己从怀里掏出湿泥巴似的一团烟土，搓成药丸一样大小，放在烟枪上对着灯上的火苗烧起来，她的身子就软下去了。好半天，她醒过来，说："从今天开始，我什么都不害怕了。"她还说："特派员送的银器没有麦其家的漂亮。"

她是指装烟具的那个银盘，还有一个小小水壶，两三根挑烟泡用的扦子。

卓玛赶紧说："我有一个朋友，手艺很好，叫他来重新做些吧。"

母亲问："你的朋友？下面院子里那家伙。"

桑吉卓玛红着脸点了点头。

太阳落山了。外面正是深秋，在夕阳的辉映下，更是金光灿灿。屋子里却明显地暗下来。

屋子越暗，土司太太的眼睛就越亮。叫我想起在炼制鸦片的房子里见到的老鼠眼睛。我把卓玛的手攥住，但她一下摔开了，我的手被她摔回在胸膛上。她叫我把自己打痛了。我叫了一声。这一声既表示了痛苦，也表示对母亲那双闪烁不定的眼睛的恐惧。两个女人都急忙问我，少爷怎么了。

卓玛还用她温软的手搂住我的脑袋。

我背着手踱到窗前，看见星星正一颗颗跳上蓝蓝的天幕，便用变声期的嗓门说："天黑了，点灯！"

土司太太骂道："天黑了，还不点灯！"

我仍然望着夜晚的天空。没有回过身去看她们。一股好闻的火药味弥漫开来，这是侍女划燃了火柴。灯亮了。我回过身去，扼着手腕对卓玛说："小蹄子，你弄痛我了。"

这一来，卓玛眼里又对我流动着水波了，她跪在地上，捧起我的手，往上面呵着她口里的香气。痛的地方变成痒，我呵呵地笑了。侍女转脸对母亲说："太太，我看少爷今天特别像一个少爷。照这样子，将来是他当麦其土司也说不定。"

这句话听了叫人高兴。尽管我不可能是这片领地的土司。就算我不是傻子，将来的土司也不会是我。母亲脸上的神情表明这句话使她十分受用。但她骂道："什么不知深浅的话！"

土司进来了，问："什么话不知深浅？"

母亲就说："两个孩子说胡话呢。"

土司坚持要听听两个孩子说了怎样的胡话。母亲脸上出现了刚才侍女对我做出的谄媚表情："你不生气我才说。"

父亲坐在太太烟榻上，双手撑住膝头，说："讲！"

土司太太把卓玛夸我的那句话说了。

土司大笑，招手叫我走到跟前，问："我的儿子，你想当土司吗？"

卓玛走到父亲身后对我摇手，但我还是大声说："想！"

就像士兵大声回答长官问话那样。

"好啊。"他又问我，"不是母亲叫你这样想的吧？"

我像士兵那样对土司一碰脚跟，大声说："不是，就是她不准我这样想！"

土司很锐利地看了太太一眼，说："我宁愿相信一个傻子的话，有时候，聪明人太多了，叫人放心不下。"他接着对我说："你想是对的，母亲不准你想也是对的。"

母亲叫卓玛带我回到自己房里："少爷该睡觉了。"

替我脱衣服时，卓玛捉住我的手放在她胸上，那里跳得正厉害。她说，少爷你吓死我了。她说我傻人有傻福。我说我才不傻呢，傻子不会想当土司。她下死劲掐了我一把。

后来，我把头埋在她双乳间睡着了。

这一向，我的梦都是白色的。这天晚上也不例外。我梦见白色汹涌而来。只是看不清源头是女人的乳房还是罂粟的浆果。白色的浪头卷着我的身体漂了起来。我大叫一声，醒了。卓玛抱着我的头问："少爷怎么了？"

我说："老鼠！老鼠！"

我真的看见了老鼠。就在射进窗户的一片淡淡月光中间。

我害怕老鼠。

从此，就不敢一个人在寨子里独自走动了。

9. 病

我害怕老鼠。

他们却说少爷是病了。

我没有病，只是害怕那些眼睛明亮、门齿锋利的吱吱叫的小东西。

但他们还是坚持说我病了。我也没有什么办法不让他们那样想。我能做的就是，母亲来时，我就紧紧把卓玛的手握住。每天，管家都叫小家奴索郎泽郎和小行刑人尔依等在门口。我一出门，两个和我一样大的小厮就一步不离跟在身后。

卓玛说："少爷还不是土司呢，就比土司威风了。"

我说："我害怕。"

卓玛不耐烦了，说："看你傻乎乎的样子吧。"一双眼睛却不断溜到银匠身上。银匠也从院子里向上面的我们张望。我看见他一锤子砸在自己手上，忍不住笑了。我好久没有笑过了，好久没有笑过的人才知道笑使人十分舒服，甚至比要一个女人还要舒服。于是，我就干脆躺在地上大笑。看见的人都说，少爷真是病了。

为了我的病，门巴喇嘛和济嘎活佛之间又展开了竞赛。

他们都声称能治好我的病。门巴喇嘛近水楼台，念经下药，诵经为主，下药为辅，没有奏效。轮到济嘎活佛上场，也是差不多的手段，下药为主，诵经为辅。我不想要这两个家伙治好病——如果我真有病的话。吃药时，我闭上眼睛就能看到药从口中下到胃里，随即就滑到肠子里去了。也就是说，药根本不能到达害怕老鼠那个地方，它们总是隔着一层胃壁就从旁边滑过去了。看到两个家伙那么宝贝他们的药物，那样子郑重其事，我感到十分好笑。门巴喇嘛的药总是一种乌黑的丸子，一粒粒装在漂亮的盒子里头，叫人觉得里面不是药而是宝石一类的东西。活佛的药全是粉末，先在纸里包了，然后才是好多层的黄色绸子。他的胖手掀开一层又一层仿佛无穷无尽的绸子，我觉得里面就要蹦出来整个世界了，结果却是一点灰色的粉末。活佛对着它们念念有词，做出十分珍贵的样子，而我肚子里正在害怕的地方也想发笑。那些粉末倒进口中，像一大群野马从干燥的大地上跑过一样，胃里混浊了，眼前立即尘土飞扬。

问两个有法力的医生我得了什么病。

门巴喇嘛说："少爷碰上了不干净的东西。"

济嘎活佛也这样说。

他们说不干净的东西有两个含意。一个是秽的，另一个是邪祟的。我不知道他们说的是哪一种，也懒得问。索郎泽郎能把两个医生的声音模仿得惟妙惟肖，说："少爷，我看你是碰到了不干净的东西。"说完，索郎泽郎和我一起开怀大笑。将来的行刑人笑是不出声的。他的笑容有点羞怯。索郎泽郎的笑声则像大盆倾倒出去的水哗哗作响。瞧，两个小厮我都喜欢。我对两个人说："我喜欢你们。我要你们一辈子都跟在我屁股后面。"

我告诉他们我没有碰上不干净的东西。

我们在一起时，总是我一个人说话。索郎泽郎没有什么话说，所以不说话。小尔依心里有好多话，又不知从何说起。他这种人适合送到庙里学习经典。但他生来就是我们家的行刑人。两个小厮跟在我身后，在秋天空旷的田野里行走。秋天的天空越来越高，越来越蓝。罂粟果实的味道四处弥漫，整个大地都像醉了一般。我突然对小尔依说："带我到你家里看看。"

小尔依脸唰一下白了，他跪下，说："少爷，那里有些东西可比老鼠还要叫人害怕呀！"

他这一说，我就更要去了。我并不是个胆小的人。过去我也并不害怕老鼠，只有母亲知道那是为了什么。所以，我坚持要到行刑人家里看看。

索郎泽郎问小尔依他们家里有什么东西叫人害怕。

"刑具，"他说，"都是沾过血的。"

"还有什么？"

他的眼睛四处看看，说："衣服，沾了血的死人衣服。"

我说："你在前面带路吧。"

想不到行刑人家里比任何一个人家更显得平和安详。

院子里晒着一些草药。行刑人根据他们对人体的特别的了解，是这片土地上真正的外科医生。小尔依的母亲接受不了嫁给一个行刑人的命运，生下儿子不久就死了。行刑人家里的女人是小尔依的八十岁的奶奶。她知道我是谁后，便说："少爷，我早该死了。可是没有人照顾你家的两个行刑人，男人是要女人照顾的，我不能死呀。"

小尔依对她说少爷不是来要她的命。

她说，老爷们不会平白无故到一个奴才家里。她眼睛已经不大好了，还是摸索着把一把把铜茶壶擦得闪闪发光。

我们参观的第一个房间是刑具室。最先是皮鞭，生牛皮的、熟牛皮的、藤条的、里面编进了金线的，等等，不一而足。这些东西都是历代麦其土司们赏给行刑人的。再往下是各种刀子，每一种不同大小、不同形状的刀子可不是为了好看，针对人体的各个部位有着各自的妙用。宽而薄的，对人的颈子特别合适。窄而长的，很方便就可以穿过肋骨抵达里面一个个热腾腾的器官。比新月还弯的那一种，适合对付一个人的膝盖。接下来还有好多东西。比如专门挖眼睛的勺子。再比如一种牙托，可以治牙病，但也可以叫人一下子失去全部牙齿。这样的东西装满了整整一个房间。

索郎泽郎很喜欢这些东西。他对小尔依说："可以随便杀人，太过瘾了。"

小尔依说："杀人是很痛苦的，那些人犯了法，可他们又不是行刑人的仇人。"小尔依看了我一眼，小声地说，"再说，杀了的人里也有冤枉的。"

我问："你怎么知道。"

麦其家将来的行刑人回答："我不知道，我还没有杀过人。但长辈们都说有。"他又指指楼上，说，"听说从那些衣服上也能知道。"

那些衣服在行刑人家的一个阁楼上。阁楼是为了存放死人衣服而在后来加上去的。一架独木楼梯通向上面。在这楼梯前，小尔依的脸比刚才更白了："少爷，我们还是不上去吧？"我心里也怕，便点了点头。索郎泽郎却叫起来："少爷！你是害怕还是傻？到了门前也不去看看，我再不跟你玩了。"

他说我傻，我看他也傻得可以，他以为想跟我玩就玩，不想跟我玩就不玩。我对他说："你这句话先记在我脑子里。要知道你不是在跟我玩，而是在服侍我。"我很高兴他听了这句话就呆在那里了。把个傻乎乎的嘴巴张得大大的。小尔依呆呆地站在我身旁。

我努努嘴，小尔依就苍白着脸爬上了梯子。梯子高的一头就搭在那间阁楼的门口。门口上有着请喇嘛来写下的封门的咒语。咒语上洒了金粉，在太阳下闪闪发光。我脚跟脚爬上去。我的头顶到了小尔依的脚。小尔依回过头来说，到了。他问我，是不是真要打开。他说，说不定真有什么冤魂，那样，它们就会跑出来。索郎泽郎在底下骂小尔依说他那样子才像一个冤魂。我看了看小尔依，觉得索郎泽郎骂得对，他那样子确实有点像。小尔依对我说："我是不怕的，我害怕真有什么东西伤着了少爷。"

两个小厮一个胆大，一个会说话。胆大的目中无人，会体贴上意的胆子又小了一点。我只好两个都喜欢。行刑人家的房子在一个小山包上。比土司官寨低，但比其他房子高。站在独木楼梯上，我看到下面的大片田野，是秋天了，大群的野鸽子在盘旋飞翔。我们这时是在这些飞翔着的鸽群的上边。看到河流到了很远的天边。

我说："打开！"

小尔依把门上的锁取下来。我听见索郎泽郎也和我一样喘起了粗气。只有小尔依还是安安静静的，用耳语似的声音说："我开了。"他的手刚刚挨着那小门，门就咿呀响着打开了。一股冷风扑面而来，我，小尔依，还有索郎泽郎都战抖了一下。我们三人走进去，挤在从门口射进来的那方阳光中间。衣服一件件挂在横在屋子里的杉木杆上，静静披垂着，好像许多人站着睡着了一样。衣服颈圈上都有淡淡的血迹，都已经变黑了。衣服都是好衣服。都是人们过节时候才穿的。临刑人把好衣服穿在身上，然后死去，沾上了血迹又留在人间。我撩起一件有獭皮镶边的，准备好了在里面看见一张干瘪的面孔，却只看到衣服的缎里子闪着幽暗的光芒。索郎泽郎大胆地把一件衣服披在身上也没有发生什么事情。

没有碰到什么出奇的事，使人非常失望。

回去的路上，我们看到东边的山口出现了一个人影。接着，西边的山口也冒出了一个人影。两个小厮要等着看是什么人来了。他们知道任何人只要从路上经过了，就必须到官寨里来。有钱的送钱，有东西的送东西，什么都没有的，也要送上一些叫麦其土司听了高兴的话。

回到楼上，卓玛送上茶来，我叫她给两个小厮也一样倒上。卓玛大不高兴，白我一眼："我是给下人上茶的吗？"我并不理她，她只好在他俩面前摆上碗，倒上了热茶。我听见她对两个家伙呵斥："不晓得规矩的东西，敢在少爷面前坐着喝茶！去，到门边站着喝去！"

这时，外面的看门狗大叫。

卓玛说："有生人到了。"

我说："是娶你的人来了。"

她埋下头没有说话。

我又说："可惜不是银匠。"

我想看看这时她的脸色，但楼下响起了通报客人求见的吆喝声。我趴在栏杆上往下看，两个小厮一左一右站在身后。这天，我穿的是一件团花图案的锦缎袍子，水红色的腰带，腰刀鞘上是三颗硕大的绿珊瑚。客人一抬头就看见了我，对我扬了扬手。之后，父亲，之后，哥哥，之后，母亲，麦其土司一家都从房里出来了。在我们这里是没有人这样打招呼的，但我还是知道来人是在跟我打招呼，照样对他扬了扬手。

等来人上楼，麦其一家已经等在屋里准备好会客了。

客人进来了。

我想我看见了妖怪。这个人虽然穿着藏族人宽大的袍子，他的眼睛却是蓝色的。他脱下帽子，又露出了一头金色的头发。他在路上走出了汗，身上散发出难闻的味道。我问哥哥是不是妖怪。他对着我的耳朵说："西洋人。"

"姐姐就在这样人的国家？"

"差不多吧。"

来人说的是我们的话。但听起来依然很古怪，不像我们的话，而像他们西洋人的话。他坐那里说啊说啊，终于使麦其家的人明白，他是坐着漂在海上的房子从英国来的。他从驴背上取下一座自鸣钟作为献给土司的礼物。母亲和父亲的房里都摆着这样的东西。只不过这一座因为表面上那一层珐琅而显得更加漂亮。

这人有一个好听的名字：查尔斯。

土司点点头，说："比汉人的名字像我们的名字。"

大少爷问这个查尔斯："你路过我们的领地要到哪里去？"

查尔斯眨眨他的蓝眼睛说："我的目的地就是麦其土司的领地。"

土司说："说说你给我们带来什么好处？"

查尔斯说："我奉了上帝的旨意来这里传布福音。"

接下来，父亲和查尔斯一起讨论上帝能否在这片土地上存在。传教士对前景充满了信心。而麦其土司对这一切持怀疑态度。他问查尔斯，他的上帝是不是佛陀。

回答说不是，但和佛陀一样也为苦难的众生带来福祉。

土司觉得两者间区别过于微妙。就像门巴喇嘛和济嘎活佛在一起比谁的学问大时，争论的那些问题一样。他们争论的问题有：在阿弥陀佛的净土世界一片菩提树叶有多少个由旬那么大，这样一片树叶上可以住下多少个得到善果的菩萨，等等诸如此类的问题。土司对喇嘛们争论这一类问题是不高兴的。不是觉得繁琐的经院哲学没有意思，而是那样一来就显得土司没有学问了。父亲对黄头发蓝眼睛的查尔斯说："来了就是我们的客人，你先住下吧。"

外面传来用印度香熏除客房里霉味的气息。

母亲击击掌，跛子管家进来，把客人带到客房里去了。大家正要散去，我说："还有一个客人。他不是牵毛驴来的。他牵着一头骡子。"

果然，门口的狗又疯狂地咬开了。

父亲、母亲、哥哥都用一种很特别的眼光看着我。但我忍受住了他们看我时身上针刺一样的感觉，只说："看，客人到了。"

10. 新教派格鲁巴

第二个不速之客是个身穿袈裟的喇嘛。

他很利索地把缰绳挽在门前的拴马桩上，上楼的时候脚步很轻捷，身上的紫红袈裟发出旗帜招展一样的噼啪声。而这时，四周连一点风都没有。他上到五楼，那么多房间门都一模一样，他推开的却是有人等他的那一间。

一张年轻兴奋的脸出现在我们面前。鼻尖上有些细细的汗水。他的呼吸有点粗重，像是一匹刚刚跑完一段长路的马。看得出来，屋子里所有的人一下都喜欢这张脸了。他连招呼都不打，就说："我要找的就是这个地方。你们的地方就是我要找的地方！"

土司从座位上站起来："你从很远的地方来，看靴子就知道。"

来人这才对土司躬身行礼，说："从圣城拉萨。"他是个非常热烈的家伙，他说："给一个僧人一碗茶吧，一碗热茶，我是一路喝着山泉到这里来的。找这个地方我找了一年多。我喝过了那么多山泉，甜的、苦的、咸的，从来没有人尝过那么多种味道的泉水。"

土司把话头打断："你还没有叫我们请教你的法号呢。"

来人拍拍脑袋，说："看我，一高兴把这个忘了。"他告诉我们他叫翁波意西，是取得格西学位时，上师所赐的法名。

哥哥说："你还是格西？我们还没有一个格西呢。"格西是一个僧人可以得到的最高的学位，有人说是博士的意思。

土司说："瞧，又来了一个有学问的人。我看你可以留下来，随你高兴住在我的家里还是我庙里。"

翁波意西说："我要在这里建立一个新的教派，至尊宗喀巴大师所创立的伟大的格鲁巴。代替那些充满邪见的、戒律松弛的、尘俗一样罪恶的教派。"

土司说："你说那是些什么教派。"

翁波意西说："正是在土司你护佑下的，那些宁玛巴，那些信奉巫术的教派。"

土司再一次打断了远客的话头，叫管家："用好香给客人熏一个房间。"

客人居然当着我们的面吩咐管家："叫人喂好我的骡子。说不定你的主人还要叫骡子驮着宝贵福音离开他的领地呢。"

母亲说："我们没有见过你这样傲慢的喇嘛。"

喇嘛说："你们麦其家不是还没有成为我们无边正教的施主吗？"然后，才从容地从房里退了出去。

而我已经很喜欢这个人了。

土司却不知道拿这个从圣城来的翁波意西怎么办。

他一到来，门巴喇嘛就到济嘎活佛的庙子上去了。土司说，看来这翁波意西真是有来历的人，叫两个仇人走到一起了。于是，就叫人去请他。翁波意西来了。土司把一只精美的坐垫放在了他面前，说："本来，看你靴子那么破，本该送你一双靴子的，但我还是送你一只坐垫吧。"

翁波意西说："我要祝贺麦其土司，一旦和圣城有了联系，你家的基业就真正成了万世基业。"

土司说："你不会拒绝一碗淡酒吧。"

翁波意西说："我拒绝。"

土司说："这里的喇嘛们他们不会拒绝。"

额头闪闪发光的翁波意西说："所以这个世界需要我们这个新的教派。"

就这样，翁波意西在我们家里住了下来。土司并没有允诺他什么特别的权力，只是准许他自由发展教民。本来，他是希望土司驱逐旧教派，把教民和地方拱手献到面前。这个狂热的喇嘛只记得自己上师的教诲和关于自己到一个新的地区弘传教法的梦想。

一般而言，喇嘛，无论是新派还是旧派，到一个地区开辟教区前，都要做有预示的梦。翁波意西取得了格西这种最高学位不久，就做了这种梦。他在拉萨一个小小的黄土筑成的僧房里梦见一个向东南敞开的山谷。这个山谷形似海螺，河里的流水声仿佛众生吟咏佛号。他去找师傅圆梦。师傅是个对政治有着浓厚兴趣的人物，正在接待英国的一个什么少校。他说了梦，师傅说，你是要到和汉人接近的那些农耕的山口地区去了。那些地方的山谷、那里的人心都是朝向东南的。他跪下来，发下誓愿，要在那样的山谷里建立众多的本教派寺庙。师傅颁给他九部本派的显教经典。那个英国人听说他要到接近汉区的地方去弘传教法，便送给他一匹骡子，并且特别地说，这是一匹英格兰的骡子。是不是一匹骡子也必须来自英格兰，翁波意西不知道。但在路上，他知道这确是一匹好骡子。

土司说，自己去寻找你的教民吧。

而谁又会是他的第一个教民呢。在他看到的四个人中，土司不像，土司太太也是一副心不在焉的样子，土司的小儿子大张着嘴，不知是专注还是傻。只有土司的大儿子对他笑了笑。

有一天，哥哥正要打马出去，翁波意西把他的缰绳抓住了。他对未来的土司说："我对你抱着希望，你和我一样是属于明天。"

想不到哥哥说："你不要这样，我不相信你们的那一套东西。不相信你的，也不相信别的喇嘛的。"

这句话太叫翁波意西吃惊了。他平生第一次听见一个人敢于大胆宣称自己不相信至尊无上的佛法。

大少爷骑着马跑远了。

翁波意西第一次发现这里的空气也是不对的。他嗅到了炼制鸦片的香味。这种气味叫人感到舒服的同时又叫人头晕目眩。这是比魔鬼的诱惑还要厉害的气味。他有点明白了那个梦把他自己引到了一个什么样的地方。没有做出一点成就，他是不能再回到圣城去了。

他长叹了一口气，这口气又深又长，显示出他有很深的瑜伽功力。

翁波意西没有注意到门巴喇嘛来到了身后，不然他不会那样喟然叹息。门巴喇嘛哈哈大笑。翁波意西不用回头就知道是僧人的笑声。他听出来这人虽然想显内力深厚，前一口气还可以，下一口气就显出了破绽。

门巴喇嘛说："听说来了新派人物，正想来会上一会，想不到在这里碰到了。"

翁波意西就说了一个典故。

门巴喇嘛也说了一个典故。

前一个典故的意思是说会上一会就是比试法力的意思。

后一个典故是说大家如果都能有所妥协，就和平共处。

结果却谈不到一起，就各自把背朝向对方，走路。

第二天，他便把客房的钥匙拴在腰上，下到乡间宣教去了。

查尔斯则在房里对土司太太讲一个出生在马槽里的人的故事。我有时进去听上几句，知道那个人没有父亲。我说，那就和索郎泽郎是一样的。母亲啐了我一口。有一天，卓玛哭着从房里出来，我问她有谁欺负她了，她吞吞咽咽说："他死了，罗马人把他钉死了。"

我走进房间，看见母亲也在用绸帕擦眼睛。那个查尔斯脸上露出了胜利的表情。他在窗台上摆了一个人像。那个人身上连衣服都没有，露出了一身历历可数的骨头。我想他就是那个叫两个女人流泪的故事里的人了。他被人像罪人一样挂起来，手心里钉着钉子，血从那里一滴滴流下。我想他的血快流光了，不然他的头不会像断了颈骨一样垂在胸前，便忍不住笑了。

查尔斯说："主啊，不知不为不敬，饶恕这个无知的人吧。我必使他成为你的羔羊。"

我说："流血的人是谁？"

"我主耶稣。"

"他能做什么？"

"替人领受苦难，救赎人们脱出苦海。"

"这个人这么可怜，还能帮助谁呢。"

查尔斯耸起肩头，不再说话了。

他得到土司允许漫山遍野寻找各种石头。他给我们带回来消息说，翁波意西在一个山洞里住下来，四处宣讲温和的教义和严厉的戒律。查尔斯说："我要说，他是一个好的僧人。

但你们不会接受好的东西。所以，他受到你们的冷遇和你们子民的嘲笑，我一点也不奇怪。所以，你们同意采集一点矿石我就心满意足了。"

这家伙的石头越来越多。

门巴喇嘛对土司说："这个人会取走我们的镇山之宝。"

土司说："你要是知道宝在哪里，就去看住它。要是不知道就不要说出来叫我操心。"

门巴喇嘛无话可说。

土司拿这话问济嘎活佛。活佛说："那是巫师的说法。他的学问里不包括这样的内容。"

土司说："知道吗，到时候我要靠的还是你不太古旧，也不太新奇的新派。"

活佛并不十分相信土司的话，淡淡地说："无非是一个心到口到吧。"

第一场雪下来，查尔斯要上路了。这时，他和翁波意西也成了朋友，用毛驴换了对方健壮的骡子。他把采下山来的石头精选了好多次，装在牛皮口袋里，这会儿都放到骡子背上了。干燥的雪如粉如沙。查尔斯望望远山，翁波意西居住的山洞的方向，说："我的朋友喂不活自己的大牲口，但愿他能养活自己和温顺的毛驴。"

我说："你是因为毛驴驮不动石头才和他换的吧。"

查尔斯笑了，说："少爷是个有趣的人。我喜欢你。"

他把我拥进怀里，我闻到他身上十分强烈的牲口的味道。他还对着我的耳朵小声说："要是你有机会当上土司，我们会是很好的朋友。"那双蓝色的眼睛里，充满了笑意。我想，他是没有看出来我是个傻子。其他人也还没有来得及告诉他我是傻子。

查尔斯分手时对土司说的话是："我看你还是不要叫那样虔信的人受苦才好，命运会报答你们。"

说完，他戴上手套，拍拍骡子的屁股，走进无声飘洒的雪花里。他高大的身影消失后好久，骡子的蹄声才消失。大家都像放下一个巨大的包袱似的长长地吐气。

他们说，特派员该来了，他会在大雪封山之前来到的。

而我想起了翁波意西。突然觉得做传布没人接受的教义的僧人很有意思。身边一个人也没有，只有毛驴在身边吃草，只有雪在山洞口飘舞着，如一个漂亮的帘子。这时，我体会到一种被人，被整个世界抛弃的快感。

11. 银　子

关于银子，可不要以为我们只有对其货币意义的理解。

如果以为我们对白银的热爱，就是对财富的热爱，那这个人永远都不会理解我们。就像查尔斯对于我们拒绝了他的宗教，而后又拒绝了翁波意西的教法而感到大惑不解一样。他问，为什么你们宁愿要坏的宗教而不要好的宗教。他还说，如果你们像中国人一样对洋人不放心，那翁波意西的教派不是很好吗？那不是你们的精神领袖达赖喇嘛的教法吗？

还是说银子吧。

　　我们的人很早就掌握了开采贵金属的技术。比如黄金，比如白银。金子的黄色是属于宗教的。比如佛像脸上的金粉，再比如，喇嘛们在紫红袈裟里面穿着的丝绸衬衫。虽然知道金子比银子值钱，但我们更喜欢银子。白色的银子。永远不要问一个土司、一个土司家的正式成员是不是特别喜欢银子。提这个问题的人，不但得不到回答，还会成为一个被人防备的家伙。这个人得到的回答是，我们喜欢我们的人民和疆土。

　　我家一个祖先有写作癖好。他说过，要做一个统治者，做一个王，要么是一个天下最聪明的家伙，要么，就干脆是个傻子。我觉得他的想法很有意思。因为我，就是个大家认定的傻家伙，哥哥从小就跟着教师学习。因为他必须成为一个聪明人，因为他将是父亲之后的又一个麦其土司。到目前为止，我还受用着叫人看成傻子的好处。哥哥对我很好。因为他无须像前辈们兄弟之间那样，为了未来的权力而彼此防备。

　　哥哥因我是傻子而爱我。

　　我因为是傻子而爱他。

　　父亲也多次说过，他在这个问题上比起他以前的好多土司一样少了许多烦恼。他自己为了安顿好那个我没有见过面的叔叔，花去了好大一笔银子。他多次说："我儿子不会叫我操心。"

　　每当他说这话时，母亲脸上就会现出痛苦的神情。母亲明白我是个傻瓜，但她心中还是隐藏着一点希望。正是这种隐藏的希望使她痛苦，而且绝望。前面好像说过，有我的时候，父亲喝醉了酒。那个写过土司统治术的祖先可没有想到用这种办法防止后代们的权力之争。

这天，父亲又一次说了这样的话。

母亲脸上又出现了痛苦的神情。这一次，她抚摸着我的头，对土司说："我没有生下叫你睡不着觉的儿子。但那个女人呢？"是的，在我们寨子里，有个叫央宗的女人已经怀上麦其家的孩子了。没有人不以为央宗是个祸害，都说她已经害死了一个男人，看她还要害谁吧。但她并没有再害谁。所以，当土司不再亲近她时，人们又都同情她了。说这个女人原本没有罪过，不过是宿命的关系，才落到这个下场。央宗呕吐过几次后，对管家说，我有老爷的孩子了，我要给他生一个小土司了。土司已经好久不到她那里去了。三太太央宗在土司房里怀她的孩子。人们都说，那样疯狂的一段感情，把大人都差点烧成了灰，生下来会是一个疯子吧。议论这件事的人实在太多了，央宗就说有人想杀她肚子里的儿子，再不肯出门了。

现在该说银子了。

这要先说我们白色的梦幻。

多少年以前——到底是多少年以前，我们已经不知道了。但至少是一千多年前吧，我们的祖先从遥远的西藏来到这里，遇到了当地土人的拼死抵抗。传说里说到这些野蛮人时，都说他们有猴子一样的灵巧，豹子一样的凶狠。再说他们的人数比我们众多。我们来的人少，但却是准备来做统治者的。要统治他们必须先战胜他们。祖先里有一个人做了个梦。托梦的银须老人要我们的人次日用白色石英石作武器。同时，银须老人叫抵抗的土人也做了梦，要他们用白色的雪团来对付我们。所以，我们取得了胜利，成了这片土地的统治者。那个梦见银须老人的人，就成了首任"嘉尔波"——我们麦其家的第一个王。

后来，西藏的王国崩溃了。远征到这里的贵族们，几乎都忘记了西藏是我们的故乡。不仅如此，我们还渐渐忘记了故乡的语言。我们现在操的都是被我们征服了的土著人的语言。当然，里面不排除有一些我们原来的语言的影子，但也只是十分稀薄的影子了。我们仍然是自己领地上的王者，土司的称号是中原王朝赐给的。

石英石的另一个用处也十分重要，它们和锋利的新月形铁片、一些灯草花绒毛装在男人腰间的荷包里，就成了发火工具。每当看到白色石英和灰色的铁片撞击，我都有很好的感觉。看到火星从撞击处飞溅出来，就感到自己也像灯草花绒一样软和干燥，愉快地燃烧起来了。有时我想，要是我是第一个看见火的诞生的麦其，那我就是一个伟大的人物。当然，我不是那个麦其，所以，我不是伟大的人物，所以，我的想法都是傻子的想法。我想问的是，我是这个世界上有了麦其这个家族以来最傻的那一个吗？不回答我也知道。对这个问题我没什么要说的。但我相信自己是火的后代。不然的话，就不能解释为什么看到它就像见了爷爷、见了爷爷的爷爷一样亲切。这个想法一说出口，他们——父亲，哥哥，管家，甚至侍女桑吉卓玛都笑了。母亲有些生气，但还是笑了。

卓玛提醒我："少爷该到经堂里去看看壁画。"

我当然知道经堂里有画。那些画告诉所有的麦其，我们家是从风与大鹏鸟的巨卵来的。画上说，天上地下什么都没有的时候，就只有风呼呼地吹动。什么都没有的时候在风中出现了一个神人，他说："哈！"风就吹出了一个世界，在四周的虚空里旋转。神又说："哈！"又产生了新的东西。神人那个时候不知为什么老是"哈"个不停。最后一下说"哈"的结果是从大鹏鸟产在天边的巨卵里"哈"出了九个土司。土司们挨在一起。我的女儿嫁给你的儿子，你的儿子又娶了我的女儿。土司之间都是亲戚。土司之间同时又是敌人，为了土地和百姓。虽然土司们自己称王，但到了北京和拉萨都还是要对大人物下跪的。

是的，还没有说到银子。

但我以为我已经说了。银子有金子的功能本来就叫人喜欢，加上它还曾给我们带来好运的白色，就更加要讨人喜欢了。这就已经有了两条理由了。不过我们还是来把它凑足三条吧。第三条是银子好加工成各种饰物。小的是戒指、手镯、耳环、刀鞘、奶钩、指套、牙托。大的是腰带、经书匣子、整具的马鞍、全套餐具、全套的法器，等等。

在土司们的领地上，银矿并不是很多，麦其家的领地上干脆就没有银矿。只是河边沙子里有金。土司组织人淘出来的金子，只留下很少一点自己用，其他的都换回银子，一箱箱放在官寨靠近地牢的地下室里。银库的钥匙放进一个好多层的柜子。柜子的钥匙挂在父亲腰上。腰上的钥匙由喇嘛念了经，和土司身上的某个地方连在了一起。钥匙一不在身上，他身上有个地方就会像有虫咬一样。

这几年，济嘎活佛不被土司欢迎的原因之一，就是他曾经说，既然有那么多银子了，就不要再去河里淘金破坏风水了。

他说，房子里有算什么呢，地里有才是真有。地里有，风水好，土司的基业才会稳固，这片土地才是养人的宝地。但要土司听进这些话是困难的。尽管我们有了好多银子，我们的官寨也散发出好多银子经年累月堆在一起才会有的一种特别的甘甜味道。但比起别的土司来，我们麦其土司家并不富裕。现在好了，我们将要成为所有土司里最富有的了。我们种下了那么多罂粟。现在，收获季节早已结束。黄特派员派来炼制鸦片的人替我们粗算了一下，说出一个数字来把所有人吓了一跳。想不到一个瘦瘦的汉人老头子会给麦其家带来这样巨大的财富。土司说："财神怎么会是一个瘦瘦的老头子呢？"

黄特派员在大家都盼着他时来了。

这天，雨水从很深的天空落下来。冬天快到了，冰凉的雨水从很高的灰色云团中淅沥而下。下了一个上午，到下午就变成了雪花。雪落到地上又变成了水。就是这个时候，黄特派员和随从们的马匹就踩着路上的一汪汪雪水叭叽叭叽地来了。黄特派员毡帽上顶着这个季节惟一能够存留下来的一团雪，骑在马上来到了麦其一家人面前。管家忙着把准备好了的仪仗排开。黄特派员说："不必了，快冷死我了！"

他被人拥到火盆前坐下，很响地打了两个喷嚏。好多种能够防止感冒的东西递到他的面前，他都摇头，说："还是太太知道我的心思，到底是汉族人。"

土司太太是把烟具奉上了，说："是你带来的种子结的果子，也是你派人炼制的，请尝尝。"

黄特派员深吸一口，吞到肚子里，闭了眼睛好半天才睁开，说："好货色，好货色啊！"

土司急不可待地问："可以换到多少银子。"

母亲示意父亲不必着急。黄特派员笑了："太太，不必那样，我喜欢土司的直爽。他可以得到想不到的那么多银子。"

土司问具体是多少。

黄特派员反问："请土司说说官寨里现在有多少，不要多说，更不要少说。"

土司叫人屏退了左右，说出自己官寨里有多少多少银子。

黄特派员听了，摸着黄胡须，沉吟道："是不少，但也不是太多。我给你同样多的银子，不过你要答应用一半的一半从我手里买新式武器把你的人武装起来。"

土司欣然同意。

黄特派员用了酒饭，看了歌舞，土司太太支使一个下女陪他吃烟，侍候他睡觉。一家人又聚在一起。聚在一起干什么？开会。是的，我们也开会。只是我们不说，嗯，今天开个会，今天讨论个什么问题。我们决定扩展银库。当晚，信差就派出去了，叫各寨头人支派石匠和杂工。家丁们也从碉房里给叫了出来，土司下令把地牢里的犯人再集中一下，腾出地方来放即将到手的大量银子。要把三个牢房里的人挤到另外几个牢房里去，实在是挤了一些。有个在牢里关了二十多年的家伙不高兴了。他问自己宽宽敞敞地在一间屋子里待了这么多年，难道遇上了个比前一个土司还坏的土司吗？

这话立即就传到楼上了。

土司抿了口酒说："告诉他，不要倚老卖老，今后会有宽地方给他住。"

麦其就会有别的土司做梦都没有想到过的那么多银子，麦其家就要比历史上最富裕的土司都要富裕了。那个犯人并不知道这些，他说："不要告诉我明天是什么样子，现在天还没有亮，我却看到自己比天黑前过得坏了。"

土司听了这话，笑笑说："他看不到天亮了，好吧，叫行刑人来，打发他去个绝对宽敞的地方吧。"

这时，我的眼皮变得很沉重了。就是用支房子的柱子也支不住它。这是个很热闹的夜晚，可我连连打着呵欠，母亲用很失望的眼神看着我。可我连声对不起也不想说。这个时候，就连侍女卓玛也不想送我回房里睡觉。但她没有办法，只好陪我回房去了。我告诉她不许走开，不然，我一个人想到老鼠就会害怕。她掐了我一把，说："那你刚才怎么不想到老鼠。"

我说："那时又不是我一个人，一个人时我才会想起老鼠。"

她忍不住笑了。我喜欢卓玛。我喜欢她身上母牛一样的味道。这种味道来自她的胯下和胸怀。我当然不对她说这些。那样她会觉得自己了不起。我只是指出，她为了土司家即将增加的银子而像父亲他们那样激动没有必要。因为这些银子不是她的。这句话很有效力，她在黑暗里，站在床前好长时间，叹了口气，衣服也不脱，就偎着我睡下了。

早上起来，那个嫌挤的犯人已经给杀死了。

凡是动了刑，杀了人，我们家里都会有一种特殊的气氛。看上去每个人都是平常的那种样子。土司在吃饭前大声咳嗽，土司太太用手捂住自己的心口，好像那里特别经不起震动，不那样心就会震落到地上。哥哥总是吹他的饭前口哨。今天早上也是一样，但我知道他们心里总有不太自然的地方。我们不怕杀人，但杀了之后，心头总还会有点不太了然的地方。说土司喜欢杀人，那是不对的。土司有时候必须杀人。当百姓有不得已的事，当土司也是一样。如果不信，你就想想要是土司喜欢杀人，为什么还要养着一家专门的行刑人。如果你还不相信，就该在刚刚下令给行刑人后，到我们家来和我们一起吃一顿饭。就会发现这一顿饭和平常比起来，喝的水多，吃的东西少，肉则更少有人动，人人都只是象征性地吃上一片两片。

只有我的胃口不受影响，这天早上也是一样。

吃东西时，我的嘴里照样发出很多声音。卓玛说，就像有人在烂泥里走路。母亲说，简直就是一口猪，叽叽叽叽。我嘴里的声音就更大了。父亲的眉头皱了起来。母亲立即说："你要一个傻子是什么样子？"父亲就没有话说了。但一个土司怎么能够一下就没有话说了呢。过了一会儿，土司没好气地说："那汉人怎么还不起来。汉人都喜欢早上在被子里猫着吗？"

我母亲是汉人，没事时，她总要比别人多睡一会儿，不和家里人一起用早饭。土司太太听了这话只是笑了一下，说："你不要那样，银子还没有到手呢。你起那么早，使劲用咳嗽扯自己的心肺，还不如静悄悄地多睡一会儿。"

碰上这样的时候，谁要是以为土司和太太关系不好，那就错了。他们不好的时候，对对方特别礼貌，好的时候，才肯这样斗嘴。

土司说："你看，是我们的语言叫你会说了。"父亲的意思是，一种好的语言会叫人口齿伶俐，而我们的语言正是这样的语言。

土司太太说："要不是这种语言这么简单，要是你懂汉语，我才会叫你领教一张嘴巴厉害是什么意思。"

卓玛贴着我的耳朵说："少爷相不相信，老爷和太太昨晚那个了。"

我把一大块肉吞下去，张开嘴嗬嗬地笑了。

哥哥问我笑什么。我说："卓玛说她想厕尿。"

母亲就骂："什么东西！"

我对卓玛说："你去厕吧，不要害怕。"

被捉弄的侍女卓玛红着脸退下去，土司便大笑起来："哎呀，我的傻子儿子也长大了！"他吩咐哥哥说："去看看，支差的人到了没有，血已经流了，今天不动手会不吉利的。"

第四章

12. 客　人

官寨地下三间牢房改成了两大间库房。一间装银子，一间装经黄特派员手从省里的军政府买来的新式枪炮。

黄特派员带走了大量的鸦片，留下几个军人操练我们的士兵。官寨外那块能播八百斗麦种的大地成了操场。整整一个冬天都喊声动地，尘土飞扬。上次出战，我们的兵丁就按正规操典练习过队列和射击。这次就更像模像样了。土司还招来许多裁缝，为兵丁赶制统一服装：黑色的直贡呢长袍，红黄蓝三色的十字花氆氇镶边，红色绸腰带，上佩可以装到枪上的刺刀。初级军官的镶边是獭皮，高一级是豹皮。最高级是我哥哥旦真贡布，他是总带兵官，衣服镶边是一整头孟加拉虎皮。有史以来，所有土司都不曾有过这样一支装备精锐的整齐队伍。

新年将到，临时演兵场上的尘土才降落下去。

积雪消融，大路上又出现了新的人流。

他们是相邻的土司，带着长长的下人和卫队组成的队伍。

卓玛叫我猜他们来干什么。我说，他们来走亲戚。她说，要走亲戚怎么往年不来。

麦其家不得不把下人们派到很远的地方。这样，不速之客到来时，才有时间准备仪仗，有时间把上好的地毯从楼上铺到楼下，再用次一些的地毯从楼梯口铺到院子外面，穿过大门，直到广场上的拴马桩前。小家奴们躬身等在那里，随时准备充当客人下马的阶梯。

土司们到来时，总带有一个马队，他们还在望不见的山坳里，马脖子上的驿铃声就叮叮咚咚的，从寒冷透明的空气里清晰地传来。这时，土司一家在屋里叫下人送上暖身的酥油茶，细细啜饮，一碗，两碗，三碗。这样，麦其土司一家出现在客人面前时脸上总是红红地闪着油光，与客人们因为路途劳累和寒冷而灰头土脸形成鲜明对照。那些远道而来的土司在这一点上就已失去了威风。起初，我们对客人们都十分客气，父亲特别叮嘱不要叫人说麦其家的人一副暴发户嘴脸。可是客人们就是要叫我们产生高高在上的感觉。他们带着各自的请求来到这里，归结起来无非两种：

一种很直接，要求得到使麦其迅速致富的神奇植物的种子。

一种是要把自己的妹妹或女儿嫁给麦其土司的儿子，目的当然还是那种子。

他们这样做的惟一结果是使想谦虚的麦其一家变得十分高傲。凡是求婚的我们全部答应了。哥哥十分开心地说："我和弟弟平分的话，一人也有三四个了。"

父亲说："咄！"

哥哥笑笑，找地方摆弄他心爱的两样东西去了：枪和女人。而这两样东西也喜欢他。姑娘们都以能够亲近他作为最大的荣耀。枪也是一样。老百姓们有一句话，说枪是麦其家大少爷加长的手，长枪是长手，短枪是短手。和这相映成趣的是，人们认为我不会打枪，也不了解女人的妙处。

在这个喜气洋洋的冬天里，麦其家把所有前来的土司邻居都变成了敌人。因为他们都没有得到神奇的罂粟种子。

于是，一种说法像闪电般迅速传开，从东向西，从南向北。虽然每个土司都是中国的皇帝所封，现在他们却说麦其投靠中国人了。麦其家一夜之间成了藏族人的叛徒。

关于给不给我们的土司邻居们神奇的种子，我们一家，父亲、母亲、哥哥三个聪明人，加上我一个傻子，进行过讨论。他们是正常人，有正常的脑子，所以一致反对给任何人一粒种子。而我说，又不是银子。他们说，咄，那不就是银子吗？！其实我不是这个意思，他们没有叫我把话说完。我是想说，那东西长在野地里，又不是像银子一样在麦其官寨的地下室里。

我把下半句话说完："风也会把它们吹过去。"

但是没有人听我说话，或者说，他们假装没有听到我这句大实话。侍女卓玛勾勾我的手，叫我住口，然后再勾勾我的手，我就跟她出去了。她说："傻瓜，没有人会听你的。"

我说："那么小的种子，就是飞鸟翅膀也会带几粒到邻居土地上去。"

一边说一边在床边撩起了她的裙子。床开始吱吱摇晃，卓玛应着那节奏，一直在叫我，傻瓜，傻瓜，傻……瓜……我不知道自己是不是傻瓜，但干这事能叫我心里痛快。干完之后，我的心里就好过多了。我对卓玛说："你把我抓痛了。"

她突然一下跪在我面前，说："少爷，银匠向我求婚了。"

泪水一下流出了眼眶，我听见自己用很可笑的腔调说："可我舍不得你呀。"

他们正常人在议事房里为了种子伤脑筋。我在卓玛的两个乳房中间躺了大半天。她说，虽然我是个傻子，但服侍一场能叫我流泪也就知足了。她又说，我舍不得她不过是因为我还没有过别的女人。她说，你会有一个新的贴身侍女。这时的我就像她的儿子一样，抽抽咽咽地说："可是我舍不得你呀。"

她抚摸着我的脑袋说，她不能跟我一辈子，到我真正懂得女人的时候，就不想要她了。她说："我已经看好了一个姑娘，她配你是最合适不过的。"

第二天，我对母亲说，该叫卓玛出嫁了。

母亲问我是不是那个下贱女人对我说了什么。我的心里空落落的，但却用无所谓的，像哥哥谈起女人时的口气说："我是想换个和我差不多的女人了。"

母亲的泪水立即就下来了，说："我的傻儿子，你也终于懂得女人了。"

13. 女　人

桑吉卓玛没有说错，他们立即给我找来一个贴身侍女。一个小身子，小脸，小眼睛，小手小脚的姑娘。她垂手站在我面前，不哭也不笑。她的身上没有桑吉卓玛那样的气味。我把这个发现对卓玛说了。

即将卸任的侍女说："等等吧，跟你一阵，就有了。那种气味是男人给的。"

我说："我不喜欢她。"

母亲告诉我这个姑娘叫塔娜。我认真地想了想，觉得这两个字要是一个姑娘的名字，也不该是眼前这一个。好在，她只是做我的贴身侍女，而不是我正式的妻子，犯不着多挑剔。我问小手小脚的姑娘是不是叫塔娜。她突然就开口了。虽然声音因为紧张而战抖，但她终究是开口了。她说："都说我的名字有点怪，你觉得怪吗？"

她的声音很低，但我敢说隔多远都能听到。一个训练有素的侍女才会有这样的声音。而她不过是一个马夫的女儿，进官寨之前，一直住在一座低矮的屋子里。她妈妈眼睛给火塘里的烟熏出了毛病。七八岁时，她就每天半夜起来给牲口添草。直到有一天管家拐着腿走进她们家，她才做梦一样，到温泉去洗了澡，穿上崭新的衣服来到了我的身边。我只来得及问了她这么一句话，就有下人来带她去沐浴更衣了。

我有了空便去看卓玛。

我的姑娘，她的心已经飞走了。我看见她的心已经飞走了。

她坐在楼上的栏杆后面绣着花，口里在低声哼唱。她的歌与爱情无关，但心里却充满了爱情。她的歌是一部叙事长诗里的一个段落：

> 她的肉，鸟吃了，咯吱，咯吱，
> 她的血，雨喝了，咕咚，咕咚，
> 她的骨头，熊啃了，嘎吱，嘎吱，
> 她的头发，风吹散了，一绺，一绺。

她把那些表示鸟吃、雨喝、熊啃、风吹的象声词唱得那么逼真，那么意味深长，那么一往情深。在她歌唱的时候，银匠的锤子敲出了好听的节奏。麦其家有那么多银子，银匠有的是活干。大家都说银匠的活干得越来越漂亮了。麦其土司喜欢这个心灵手巧的家伙。所以当他听说侍女卓玛想要嫁给银匠的时候，说："不枉跟了我们一场，眼光不错，眼光不错嘛！"

土司叫人告诉银匠，即使主子喜欢他，如果他要了侍女卓玛，他就从一个自由人变为奴隶了。银匠说："奴隶和自由人有什么分别？还不是一辈子在这院子里干活。"

他们一结合，卓玛就要从一身香气的侍女，变成脸上常有锅底灰的厨娘，可她说："那是我的命。"

所以，应该说这几天是侍女卓玛，我的男女之事的教师的最好的日子了。在这一点上，土司太太体现出了一个女人对另一个女人的最大的仁慈。卓玛急着要下楼。太太对她说，以后，有的是时间和一个男人在一起，但不会再有这样待嫁的日子了。土司太太找出些东西来，交到她手上，说："都是你的了，想绣什么就给自己绣点什么吧。"

每天院子里银匠敲打银子，加工银器的声音一响起来，卓玛就到走廊上去坐着唱歌和绣花了。银匠的锤子一声声响着，弄得她连回头看我一眼的工夫都没有了。我的傻子脑子里就想，原来女人都不是好东西，她们很轻易地就把你忘记了。我新得到的侍女塔娜在我背后不断摆弄她纤纤细细的手指。而我在歌唱的卓玛背后咳嗽，可是她连头也不回一下，还是在那里歌唱。什么嘎吱嘎吱，什么咕咚咕咚，没完没了。

直到有一天银匠出去了，她才回过头来，红着脸，笑着说："新女人比我还叫你愉快吧？"

我说我还没有碰过她。

她特别看了看塔娜的样子，才肯定我不是说谎，虽然我是爱说谎话的，但在这件事上没有。她的泪水流下来了，她说："少爷呀，明天我就要走了，银匠借马去了。"她还说，"往后，你可要顾念着我呀！"

我点了点头。

第二天早上，我还在梦里，就听到卓玛的歌唱般的哭声。出去一看，是银匠换了新衣服，上楼来了。桑吉卓玛哭倒在太太脚前。她说的还是昨天对我说过的那两句话。太太的眼圈也红了，大声说："谁敢跟你过不去，就上楼来告诉我。"土司太太又转身对下人们吩咐："以后，卓玛要上楼来见我和小少爷，谁也不许拦着！"

下人们齐声回答："呵呀！"

银匠躬起身子，卓玛趴到了他背上。我看到他们一级楼梯一级楼梯地走下去了。两个男仆手里捧着土司赏给的嫁妆，两个女仆手里捧着的则是土司太太的赏赐了。桑吉卓玛在下人们眼里真是恩宠备至了。

银匠把他的女人放上马背，自己也一翻身骑了上去，出了院门在外面的土路上飞跑，在晴朗的冬日天空里留下一溜越来越高、越来越薄的黄尘。他们转过山塆不见了。院子里的下人们大呼小叫。我听得出他们怪声怪气叫唤里的意思。一对新人要跑到别人看不见的地方，在太阳底下去干那种事。听说好身手的人，在马背上就能把那事干了。我看见我的两个小厮也混在人群里。索郎泽郎张着他的大嘴嘀嘀地大呼小叫。小尔依站在离人群远一些的地方，站在广场左上角他父亲常常对人用刑的行刑柱那里，一副很孤独很可怜的样子。殊不知，我的卓玛被人用马驮走了，我的心里也一样的孤独，一样的凄凉。我对小尔依招招手，但他望着马消失的方向，那么专注，不知道高楼上有一个穿着狐皮轻裘的人比他还要可怜。马消失的那个地方，阳光落在柏树之间的枯草地上，空空荡荡。我心里也一样的空空荡荡。

马终于又从消失的地方出现了。

人群里又一次爆发出欢呼声。

银匠把他娇媚的新娘从马背上接下来，抱进官寨最下层阴暗的、气味难闻的小房间里去了。院子里，下人们唱起歌来了。他们一边歌唱一边干活。银匠也从屋子里出来，干起活来。锤子声清脆响亮，叮咣！叮咣！叮叮咣咣！

小手小脚、说话细声细气的塔娜在我身后说："以后我也要这样下楼，那时，也会这样体面风光吗？"

不等我回答，她又说："那时，少爷也会这样难过吗？"

她这种什么都懂的口吻简直叫我大吃一惊。我说："我不喜欢你知道这些。"她就咯咯地笑起来，说："可我知道。"

我问是哪个人教给她的，是不是她的母亲。

她说："一个瞎子会教给我这些吗？"口吻完全不是在说自己的母亲，而是用老爷的口气说一个下人。到了晚上，下人们得到特许，在院子里燃起大大的火堆，喝酒跳舞。我趴在高高的栏杆上，看到卓玛也在快乐的人群中间。夜越来越深，星光就在头顶闪耀。下面，凡尘中的人们在苦中作乐。这时，他们一定很热，不像我顶不住背上阵阵袭来的寒气而不住地颤抖。等回到屋里，灯已经灭了。火盆里的木炭幽幽地燃烧。我在火边烤热了身子。塔娜已经先睡了，赤裸的手臂露在被子外面。我看到她光滑的细细的颈项和牙齿。她的眼睛睁开了。我又看到她的眼睛，幽幽闪光，像是两粒上等宝石。我终于对她充满了欲望，身子像是被火点着了一样。我叫了一声："塔娜。"唇齿之间都有了一种特别震颤的感觉。

小女人她说："我冷啊。"

滚到我怀里来的是个滑溜溜凉沁沁的小人儿：小小的腰身，小小的屁股和小小的乳房。过去，我整个人全都陷在卓玛的身子里，现在，是她整个地被我的身子覆盖了。我实岁十四，虚岁十五，已经长大成一个真正的男人了。我问她还冷不冷。她嘻嘻地笑着，说很热。真的，她的身子一下变得滚烫滚烫了。在桑吉卓玛身上，我常常是进去了还以为自己停在外边。在塔娜身上，我就是进不去。刚要进去，这个小蹄子她就叫得惊心动魄。我要离开，她一双手又把人紧紧拥住了。这样一来一往，一来一往，山上、河边、树上的鸟儿都吱吱喳喳叫起来了，天快要亮。塔娜叫我不要管她，我这才一狠心，进去了。我感到了女人！我感到自己怎样把一个女人充满了！！小女人真好！小女人真好！！！我感觉到自己在小女人里面迅速地长大。世界无限度膨胀。大地在膨胀，流水滑向了低处。天空在膨胀，星星滑向了两边。然后，轰然一声，整个世界都坍塌了。

这时，天亮了。塔娜从身子下面抽出一张白绸巾，上面是鲜红的斑斑血迹，塔娜在我面前晃动着它，我知道那是我的功绩，咧嘴笑笑，心满意足地睡着了。而且一觉就睡到了晚上。醒来时，母亲坐在我床头。她的笑容说明她承认我已经是一个大人，一个懂得男女之事的大人了。殊不知在这以前，我就已经是了。但说老实话，这一次才像是真的。

我从被子里抽出手来："给我一点水。"

我听到自己的声音一夜之间就变了：浑厚，有着从胸腔里得到的足够的共鸣。

母亲没有再像往常那样把她的手放在儿子头上。而是回头对塔娜说："他醒了，他要水喝。给他一点淡酒会更好一些。"

塔娜端过酒来，酒浆滑下喉咙时的美妙感觉是我从没有体会过的。母亲又对塔娜说："少爷就交到你手里了，你要好好服侍他。人人都说他是个傻子。可他也有不傻的地方。"

塔娜羞怯地笑了，用很低，但人人都能听见的声音回答说："是。"

土司太太从怀里掏出一串项链挂在她脖子上。母亲出去后，我以为她会向我保证，一定要听从土司太太的吩咐好好服侍我。可她把头埋在我的胸前说："今后，你可要对我好啊。"

我只好说："我将来要对你好。"

她抬起头来，一双眼睛望着我，一副欲言又止的样子。

我说："我已经答应你了。你还有什么话吗？"

她问："我漂亮吗？"

我不知道该怎么回答。说老实话，我不会看女人漂不漂亮，要是这样就是傻子，那我是有点傻。我只知道对一个人有欲望或没有欲望。只知道一个女人身上某些部位的特别形状，但不知道怎样算漂亮，怎样又算不漂亮。但我知道我是少爷。我高兴对她说话就对她说话。不高兴说就不说。所以，我就没有说话。

我决定起床和大家一起吃晚饭。

晚饭端上来之前，哥哥拍拍我脑袋，父亲送给我好大一颗宝石。塔娜像影子一样在我身后，我坐下，她就跪在我身后侧边一点。

我们的饭厅是一个长方形屋子。土司和太太坐上首，哥哥和我分坐两边。每人座下都有软和的垫子，夏天是图案美丽的波斯地毯。冬天，就是熊皮了。每人面前一条红漆描金矮儿。麦其家种鸦片发了大财，餐具一下提高了档次。所有用具都是银制的，酒杯换成了珊瑚的。我们还从汉人地方运来好多蜡，从汉人地方请来专门的匠人制了好多蜡烛。每人面前一只烛台，每只烛台上都有好几支蜡烛在闪烁光芒。且不说它们发出多么明亮的光芒，天气不太冷时，光那些蜡烛就把屋子烤得暖烘烘的。我们背后的墙壁是一只又一只壁橱，除了放各式餐具，还有些稀奇的东西。两架镀金电话是英国的，一架照相机是德国的，三部收音机来自美国，甚至有一架显微镜，和一些方形的带提手的手电筒。这样的东西很多。我们无法给它们派上用场，之所以陈列它们就因为别的土司没有这些东西。如果有一天有种什么东西从架子上消失了，并不是被人偷走了，而仅仅是因为某土司手里，有了这种东西。最近，好几座自鸣钟就因此消失了。我们得到消息说，那个叫查尔斯的传教士离开我们这里又去了好几个土司的地面，送给他们同样的礼物。哥哥叫人下掉了两发六零炮弹的底火，摆在自鸣钟腾出来的空缺上。炮弹上面的漆闪闪发光，尾巴也算是优美漂亮。

土司一家开始用餐。

菜不多，但分量和油水很足，而且热气腾腾。下人们把菜从厨房里端来。再由我们各自身后跪着的贴身用人递到面前。这天用完饭后，卓玛突然进来了。她手里端着一个大钵，跪在地板上，用一双膝盖移动到每一个主子的面前。她第一天下厨房，特别做了奶酪敬献给主子。这个卓玛再不是那个卓玛了。她身上的香气消失了，绸缎衣服也变成了经纬稀疏的麻布。她跪行到了我面前，说："请吧，少爷。"她的声音都显得苍老了，再也唤不起我昔日的美好感觉。昨天，卓玛还是穿着光鲜衣服、身上散发着香气的姑娘。今天就成为一个下贱的使女了。她跪着为我们供上奶酪，身上散发的全是厨房里那种烟熏火燎的气息。她低声下气地说："少爷你请。"我没有回答，但心中难过。我看着她从灯光下后退到黑暗里，生平第一次感到有种东西从生活里消失，而且再也不会出现了。在此之前，我还以为什么东西生来就在那里，而且永远在那里。以为它们一旦出现就不会消失。麦其一家吃饱了，剔牙齿打呵欠时，贴身佣人们开始吃东西了。塔娜也吃了起来。她嚼东西的速度很快，嚓，嚓嚓，嚓嚓嚓嚓，发出的声音像老鼠。想到老鼠，我的背心一麻，差点从坐垫上跳起来。我回过头去，塔娜见我看她吃东西，慌得差点把勺子都掉到地上了。

我说："你不要害怕。"她点点头，但看得出来她不想让我看着她吃东西。我指指肉，说："你吃。"她吃肉，并没有老鼠吃东西的声音。我又指着盘子里的煮蚕豆："再吃点这个。"她把几颗蚕豆喂进嘴里，这回，不管她把小嘴闭得有多紧，一动牙齿，就又发出老鼠吃东西的声音来了，嚓嚓，嚓嚓嚓嚓。我看着她笑起来，塔娜一害怕，这回，她手里的勺子真正掉到了地上。

我大声说："我不怕老鼠了！"

大家都用奇怪的眼神看着我。好像我是说头上的天空不在了一样。我又大声说："我、不、怕、老、鼠、了！"

人们仍然沉默着。

我就指着塔娜说："她吃东西就像老鼠一样，吱吱吱吱，吱吱吱吱，嚓嚓嚓嚓嚓嚓嚓嚓……"

人们仍然存心要我难堪似的沉默着，连我都要怀疑自己是不是真不害怕老鼠了。父亲突然大笑起来，他说："儿子，我知道你说的话是真的。"然后，他又用人人都可以听到的小声对土司太太说："男人为什么要女人，女人能叫男人变成真正的男人！他自己把自己的毛病治好了。"

回到房里，塔娜问："少爷怎么想起来的。"

我说："一下子就想起来了，你不生气吧？"

她说她不生气，喂马的父亲就说过她像一只老鼠。每当下面有好马贡献给土司，还有点诧槽的时候，她父亲总是叫她半夜起来去上料，说，她像只小老鼠，牲口不会受惊。

我们上床，要了一次，完了之后，她一边穿内衣，一边嘻嘻地笑起来了。她说这件事这么好，那些东西它们为什么不干呢。我问她哪些东西。她说，那些母马，还有她的母亲，总是不愿意干这种事情。我再要问她，她已经带着心满意足的神情睡着了。我吹灭了灯。平常，不管是什么时候，只要是在暗处，我一下子就会睡着的。但这一天有点不一样。灯灭了。我听到风呼呼地从屋顶上刮过。那感觉好像一群群大鸟从头顶不断飞过。

早上，母亲看着我发青的眼眶说："昨天又没有睡好？"

我知道她指的是什么，也不想她去怪塔娜。就说我昨天晚上失眠了。太太问我为什么。我说不为什么，就是风从屋顶上过去时的声音叫人心烦。土司太太就说："我还以为是什么事。"她说，"孩子，就算我们是土司也不能叫风不从屋顶上吹过。"

我问她："卓玛她不知道要那样吗？"

她笑了，说："我知道不会是风的事那么简单嘛。你说卓玛不知道要什么样子。"

"她不知道要穿那么破的衣服，身上那么多灰土和不好的气味？"

"她知道。"

"那她为什么还要下去？"

母亲的口吻一下变得冷酷了，说："因为她终究要下去。早下去还能找到男人，晚下去连男人都没有了。"

我们正在说话，管家进来通报，我的奶娘回来了。奶娘德钦莫措和一批人去西藏朝佛，一去就是一年，说老实话，我们都把她忘记了。一个人在人们已经将她忘记时回来，是非常不明智的。因为以前的一切都已经在遗忘中给一笔勾销了。她刚走时，我们都还说起过她。都说，老婆子会死在朝佛路上。临走时，我们给她准备了五十个银元的盘缠。但她只要五个。她很固执，叫她多拿一个都不肯。她说，她要到五个庙子，一个庙子献上一枚就够了，佛要的是一个穷老婆子的心，而不是一个穷老婆子的钱。问她为什么只去五个庙子，她说，因为她一生只梦见过五个庙子。至于路上，她说，没有哪个真心朝佛的人会在路上花钱，她说，再有钱的人也不会在路上花钱。她说的是事实。一般认为，路上不乞讨，不四处寻求施舍，那样的朝佛就等于没朝。这也就是我们这些土司下不了决心去拉萨朝佛的若干原因之一。早先有一个麦其土司去了，结果手下的一大帮人都回来了，独独他自己没有回来。土司是最不能吃苦的。我的奶娘德钦莫措走后，我们就渐渐将她忘记了。这说明我们都不喜欢她。她跨进门来，简直叫人大吃一惊。这一路山高水寒，她一个老婆子不但走过来了，原来弓着的腰直了，脸上层层叠叠的皱纹也少了许多。我们面前再不是原来那个病歪歪的老婆子。一个脸膛黑红、身材高大的妇人从门外走进来。她对着我的脸颊亲了一口，带给我好多远处的日子和地方的味道。

她的嗓门本来就大，现在就更大了："太太，我想死少爷了！"

太太没有说话。

她又说："太太，我回来了。我算了算，昨天快到的时候就算过了，我走了整整一年零十四天。"

太太说："你下去休息吧。"但她却置若罔闻。她流了一点眼泪，说："想不到少爷都能用贴身侍女，长成大人了。"

太太说："是啊，他长大了，不要人再为他操心了。"

可是奶娘说："还是要操心的，孩子再大也是孩子。"她要看看塔娜，太太叫人把她传来。老婆子摸摸她的脸，摸摸她身上的骨头，直截了当地说："她配不上少爷。"

太太冷下脸来："你的话太多了，下去吧。"

奶娘嘴张得大大的，回不过神来。她不知道大家都以为她会死在路上，所以，早就将她忘记了。当大家都把她忘记了时，她就不该再回来了。她不知道这些，她说："我还要去看看老爷和大少爷呢，我有一年零十四天没有看到他们了。"

太太说："我看，就不必了。"

老婆子又说："我去看看桑吉卓玛那个小蹄子。"

我告诉她，桑吉卓玛已经嫁给银匠曲扎了。看来朝佛只是改变了她的样子，而没有改变她的脾气。她说："这小蹄子一直想勾引少爷呢，好了，落到这个下场了。"

弄得我也对她喊道："你这巫婆滚下楼去吧！"

还是叫这不重要的人的故事提前结束了吧。

我趁着怒火没有过去，发出了我一生里第一个比较重要的命令。我叫人把奶娘的东西从楼上搬下去。叫她永远不能到官寨里三楼以上的地方。我听见她在下面的院子里哭泣。我又补充说，在下面给她一个单独的房间，一套单独的炊具，除了给自己做饭之外，不要叫她做别的事情。看来我这个命令是符合大家心意的。不然的话，父亲、母亲、哥哥他们任何一个人都可以出来将其推翻。老婆子在下面闲着没事，整天在那些干活的家奴们耳边讲我小时候的事情和她朝佛路上的事情。我知道后又下了一道补充前一个命令的命令。叫她只准讲朝佛路上的事，而不准讲少爷小时候的事。这命令她不能不执行。当我看到她头上的白发一天多过一天，也想过要收回成命。但我看见她不断对我从高处投射到院子里的影子吐唾沫，便打消了这个慈悲的念头。

后来，到她老得忘了向我的影子吐口水，我也不再把她放到心上了。她的死，我都是过了一年时间才知道的。即使这样，人们还是说，麦其家对得起傻瓜儿子的奶娘。

我想也是。

天晴时，我望着天上的星星这样想，天气不好的夜里，我睡在床上，听着轰轰然流向远方的河水这样想。后来我不再想她了，而去想那个不被土司接纳的新派僧人翁波意西。他有一头用骡子换来的毛驴，他有一些自己视为奇珍的经卷，他住在一个山洞里面。

等到风向一转，河岸上柳枝就变青，就开出了团团的绒花，白白的柳絮被风吹动着四处飞扬。是啊，春天说来就来，来得比冬天还快。

14. 人 头

就为了些灰色的罂粟种子，麦其土司成了别的土司仇恨的对象。

一个又一个土司在我们这里碰壁，并不能阻止下一个土司来撞一撞运气。近的土司说，我们联合起来一起强大了，就可以叫别的土司俯首称臣，称霸天下。麦其土司的回答是，我只想叫自己和百姓富有，没有称霸的想法。远的土司说，我们中间隔着那么宽的地方，就是强大起来，你们也可以放心。麦其土司说："对一个巨人来说，没有一道河流是跨不过去的。"

春天到来了，父亲说："没有人再来了。"

哥哥提醒父亲："还有一个土司没有露面呢。"

麦其土司扳了半天指头，以前连麦其在内是十八家土司。后来被汉人皇帝灭掉三家。又有兄弟之间争夺王位而使一个土司变成了三个。有一个土司无后，结果是太太和管家把疆土一分为二，结果，连麦其家在内，还是十八家土司。前前后后已经来了十六家土司，没有来的那一家是不久前才跟我们打了仗的汪波土司。父亲说："他们不会来，没那个脸。"

哥哥说："他们会来。"

"如果为了那么一点东西就上仇人的门，他就不是藏族人。那些恨我们的土司也会看不起他。"

"天哪，父亲你的想法多么老派。"

"老派？老派是什么意思。"

"没什么意思。他不一定弓着腰到我们面前来，他可以用别的办法。"

父亲叫道："他是我手下的败将，难道他会来抢？他的胆子还没有被吓破吗？"其实，麦其土司已经想到儿子要对他说什么了。他感到一阵几乎是绝望的痛楚，仿佛看到珍贵种子四散开去，在别人的土地上开出了无边无际的花朵。

我都感到了父亲心头强烈的痛苦，尝到了他口里骤然而起的苦味，体会到了他不愿提起那个字眼的心情。我们都知道，土司们都会那样干的，而我们根本没法防范。所以，你去提一件我们没有办法的事情，除了增加自己的痛苦外，没有什么用处。

聪明的哥哥在这个问题上充分暴露出了聪明人的愚蠢。他能从简单的问题里看出别人不会想到的复杂。这一天我们未来的麦其土司也是这样表现的。他得意洋洋地说："他们会来偷！"

那个字效力很大，像一颗枪弹一样击中了麦其土司。但他并没有对哥哥发火，只是问："你有什么办法吗？"

哥哥有办法，他要土司下令把罂粟种子都收上来，播种时才统一下发。土司这才用讥讽的语调说："已经快下种了，这时把种子收上来，下面的人不会感到失去信任了吗？再说，如果他们要偷，应该早就得手了。我告诉你，他们其实还可以用别的手段，比如收买。"

未来的土司望着现在的土司，说不出话来。

面对这种尴尬局面，土司太太脸上露出了开心的神情。

土司又说："既然想到了，还是要防范一下，至少要对得起自己。"

母亲对哥哥笑笑："这件事你去办了就是，何必烦劳你父亲。"

未来的土司很卖力地去办这件事情。

命令一层层用快马传下去，种子一层层用快马传上来。至于有多少隐匿，在这之前有没有落一些到别的土司手里，就不能深究了。正在收种子时，英果洛头人抓住了偷罂粟种子的贼。

他们是汪波土司的人。头人派人来问要不要送到土司官寨来。哥哥大叫道："送来！怎么不送来？！我知道他们会来偷。我知道他们想偷却没有下手。送来，叫行刑人准备好，叫我们看看这些大胆的贼人是什么样子吧！"

行刑人尔依给传来了。

官寨前的广场是固定的行刑处。

广场右边是几根拴马桩，广场左边就立着行刑柱。行刑柱立在那里，除了它的实际用途以外，更是土司权威的象征。行刑柱是一根坚实木头，顶端一只漏斗，用来盛放毒虫，有几种罪要绑在柱子上放毒虫咬。漏斗下面一道铁箍，可以用锁从后面打开，用来固定犯人的颈项。铁箍下面，行刑柱长出了两只平举的手臂，加上上面那个漏斗，远远看去，行刑柱像是竖在地里吓唬鸟儿的草人，加强了我们官寨四周田园风光的味道。其实那是穿过行刑柱的一根铁棒，要叫犯人把手举起来后就不再放下。有人说，这是叫受刑人摆出向着天堂飞翔的姿态。靠近地面的地方是两个铁环，用来固定脚踝。行刑柱的周围还有些东西：闪着金属光泽的大圆石头，空心杉木挖成的槽子，加上一些更小更零碎的东西，构成了一个奇特的景致，行刑柱则是这一景观的中心。这个场景里要是没有行刑人尔依就会减少许多意味。

现在，他们来了，老尔依走在前面，小尔依跟在后头。

两人都长手长脚，双脚的拐动像蹒跚的羊，伸长的脖子转来转去像受惊的鹿。从有麦其土司传承以来，这个行刑人家便跟着传承。在几百年漫长的时光里，麦其一家人从没有彼此相像的，而尔依们却一直都长得一副模样，都是长手长脚、战战兢兢的样子。他们是靠对人行刑——鞭打，残缺肢体，用各种方式处死——为生的。好多人都愿意做出这个世界上没有尔依一家的样子。但他们是存在的，用一种非常有力量的沉默存在着。行刑人向着官寨前的广场走来了。老尔依背着一只大些的皮袋，小尔依背着一只小些的皮袋。我去过行刑人家里，知道里面都装了些什么东西。

小尔依看到我，很孩子气地对我笑了一下，便弯下腰做自己的事情了。皮袋打开了，一样样刑具在太阳下闪烁光芒。偷种子的人给推上来，这是一个高大威武的家伙，差点就要比行刑柱还高。看来，汪波土司把手下长得最好的人派来了。

皮鞭在老尔依手里飞舞起来。每一鞭子下去，刚刚落到人身上，就像蛇一样猛然一卷，就这一下，必然要从那人身上撕下点什么，一层衣服或一块皮肤。这个人先受了二十鞭子。每一鞭子都是奔他腿下去的，老尔依收起鞭子，那家伙的腿已经赤裸裸地没有任何一点东西了。从鞭打的部位上，人们就可以知道行刑柱上是一个贼人。那人看看自己的双腿，上面的织物没有了，皮肉却完好无损。他受不了这个，立即大叫起来：“我是汪波土司的手下！我不是贼，我奉命来找主子想要的东西！”

麦其家的大少爷出场了，他说：“你是怎么找的，像这样大喊大叫着找的吗？还是偷偷摸摸地找？”

人群里对敌方的仇恨总是现成的，就像放在仓库里的银子，要用它的时候它立即就有了。大少爷话音刚落，人们立即大叫：“杀！杀！杀死他！”

那人叹息一声："可惜，可惜呀！"

大少爷问："可惜你的脑袋吗？"

"不，我只可惜来迟了一步。"

"那也免不了你的杀身之祸。"

汉子朗声大笑："我来做这样的事会想活着回去吗？"

"念你是条汉子，说，有什么要求，我会答应的。"

"把我的头捎给我的主子，叫他知道他的人尽忠了。我要到了他面前才闭上眼睛。"

"是一条好汉，要是你是我的手下，我会很器重你。"

那人对哥哥最后的请求是，送回他的头时要快，他说不想在眼里已经没有一点光泽时才见到主子。他说："那样的话，对一个武士太不体面了。"大少爷吩咐人准备快马。之后的事就很简单很简单了。行刑人把他的上身解开，只有脚还锁在行刑柱上，这样身子骨再硬的人也不得不往下跪了。行刑人知道大少爷英雄惜英雄，不想这人多吃苦，手起刀落，利利索索，那头就碌碌地滚到地上了。通常，砍掉的人头都是脸朝下，啃一口泥巴在嘴里。这个头却没有，他的脸向着天空。眼睛闪闪发光，嘴角还有点含讥带讽的微笑。我觉得那是胜利者的笑容。不等我把这一切看清楚，人头就用红布包起来，上了马背一阵风似的往远处去了。而我总觉得那笑容里有什么东西。哥哥笑话我："我们能指望你那脑袋告诉我们什么？"

不等我反驳，母亲就说："他那傻子脑袋说不定也会有一回两回是对的，谁又能肯定他是错的？"

大少爷的脾气向来很好，他说："不过是一个奴才得以对主子尽忠时的笑容罢了。"

聪明人就是这样，他们是好脾气的，又是互不相让的；随和的，又是固执己见的。

想不到汪波土司又派人来了。这一次是两个人，我们同样照此办理。那些还是热乎乎的人头随快马驰向远处时，大少爷轻轻地说："我看这事叫我操心了。"

汪波土司的人又来了，这次是三个人。这次，我的哥哥大笑起来，说："汪波是拿他奴隶的脑袋和我们开玩笑，好吧，只要他有人，我们就砍吧。"

只是这三个人的脑袋砍下来，没有再送过去了。我们这里也放了快马去，但马上是信差。信很简单，致了该致的问候后，麦其土司祝贺汪波土司手下有那么多忠诚勇敢的奴隶。汪波土司没有回信，只是自己派人来把三个人头取走了。至于他们的身子就请喇嘛们做了法事，在河边烧化了事。

有这么轰轰烈烈的事情发生，简直就没有人发觉春天已经来了。

刚刚收上来的罂粟种子又分发下去，撒播到更加宽广的土地里。

15. 失去的好药

家里决定我到麦其家的领地上巡行一次。

这是土司家儿子成年后必须的一课。

父亲告诉我，除了不带贴身侍女之外，我可以带想带的任何人。小小身子的塔娜哭了一个晚上，但我也没有办法。我自己点名带上的是两个小厮：索郎泽郎和将来的行刑人尔依。其他人都是父亲安排的。总管是跛子管家。十二个人的护卫小队，带着一挺机关枪和十支马枪。还有马夫，看天气的喇嘛，修理靴子的皮匠，专门查验食物里有没有毒物的巫师，一个琴师，两个歌手，一共就这么多人了。

如果没有这次出行，我都不知道麦其家的土地有多么广阔。如果不是这次出行，我也体会不到当土司是什么味道。

每到一个地方，头人都带着百姓出来迎接我。在远处时，他们就吹起了喇叭，唱起了歌谣。等我们近了，人群就在我们马队扬起的尘土里跪伏下去。直到我下了马，扬一扬手，他们才一齐从地上站起来，又扬起好大一片尘土。开始时，我总是被尘土呛住。下人们手忙脚乱为我捶背、喂水。后来，我有了经验，要走到上风头，才叫跪着的人们起身。一大群人呼啦啦站起来，抖擞着衣袖，尘土却飘到别的地方去了。我下马，把马枪交给索郎泽郎。我要说他真是个爱枪的家伙，一沾到枪，他就脸上放光。他端着枪站在我的身后，呼吸都比寻常粗重多了。在我和随从们享用敬献的各种美食时，他什么也不吃，端着枪站在我身后。

我们接受欢迎的地方，总是在离头人寨子不远的开阔草地上。我们在专门搭起的帐篷里接受跪拜、美食、歌舞，头人还要在这时把手下的重要人物介绍给我。比如他的管家、下面的寨子的寨首、一些作战特别勇敢的斗士、一些长者、一些能工巧匠，当然，还有最美丽的姑娘。我对他们说些自己觉得没有意思，他们却觉得很有意思的废话。我心里想什么嘴里就说什么。我说这些话没有什么意思。跛子管家说，少爷不能这样说，麦其家的祝福、麦其家的希望对于生活在麦其家领地上的子民来说，怎么会不重要呢。他是当着很多人对我说这话的，我想是因为他对我不够了解。于是，我压低了声音对他说："住口吧，我们住在一个官寨里，可是你也不知道我心里想些什么。"

说完这句话，我才对跪在面前的那些人说："你们不要太在意我，我就是那个人人知道的土司家的傻瓜儿子。"

他们对这句话的反应是保持得体的沉默。

这些事情完了，我叫索郎泽郎坐下吃我们不可能吃完的东西：整个整个的羊腿，整壶整壶的酒，大挂大挂的灌肠。稀奇一点的是从汉地来的糖果，包在花花绿绿的纸片里面，但我已经叫小尔依提前给他留了一点。索郎泽郎吃了这些东西，心满意足地打着嗝，又端着枪为我站岗。叫他去休息他怎么也不肯。我只好对他说："那你出去放几枪吧，叫尔依跟你去，给他也放一两枪。"

索郎泽郎就是放枪也把自己弄得很累。他不打死的靶子，而要打活动目标。小尔依很快就回来了，他说："索郎泽郎上山打猎去了。"

我问他为什么不跟着去。

他笑笑："太累人了。"

我开玩笑说："你是只对捆好的靶子有兴趣吧。"

小尔依还是笑笑。

山上响起了枪声，是我那支马枪清脆的声音。晚上，头人派出漂亮的姑娘前来侍寝。这段时间,每天,我都有一个新的女人,弄得下面的人也显得骚动不安。管家在有些地方也能得到相同的待遇。他的办法是叫人充分感到土司少爷是个傻子,这样人家就把他当成土司的代表,当成有权有势的重要人物。这样的办法是有效果的。他得到了女人,也得到了别的礼物。他太把我当成一个傻子了。有一天,我突然对管家说:"你怕不怕尔依。"

管家说:"他父亲怕我。"

我说:"也许有一天你会害怕他。"

他想再从我口里问出点什么来时,本少爷又傻乎乎地顾左右而言他了。这样的巡游不但愉快,而且可以叫人迅速成长。我知道自己什么时候应该显出是世界上最聪明的人,叫小瞧我的人大吃一惊。可是当他们害怕了,要把我当成个聪明人来对待的时候,我的行为立即就像个傻子了。比如吧,头人们献上来侍寝的女人,我在帐篷里跟她们调情做爱。人们都说,少土司做那种事也不知道避讳吗?我的随从里就有人去解释说,少土司是傻子,就是那个汉人太太生的傻子。索郎泽郎却不为帐篷里的响声所动,背着枪站在门口。这是对我的忠诚使然。小尔依对我也是忠诚的。他带着他那种神情,那种举止,四处走动,人家却像没看见他一样。所以,他知道人们在下面说些什么。我是从不问他的。当我们从一个头人的领地转向另外一个头人的领地,在长长的山谷和高高的山口,在河岸上,烈日当头,歌手们的喉咙变得嘶哑了,马队拉成长长一线时,小尔依便打马上来,清一清喉咙,那是他要对我讲听来的那些话了。

小尔依清一清喉咙作为开始，说这个人说了什么，那个人说了什么，都是客观冷静的叙述，不带一点感情色彩。我常对两个小厮说，你们必须成为最好的朋友。有个晚上，我不大喜欢此地头人送来的姑娘。因为她做出一副受委屈的样子。我问她为什么不高兴，她不回答。我问是不是有人告诉她我是傻子。她噘着嘴说："即使只有一个晚上，也要要我的人真心爱我，而少爷是不会的。"

我问她怎么知道我不会爱她。

她扭扭身子："都说你是个傻子嘛！"

那天夜里，我站在帐篷外面，叫我的小厮跟她睡觉。我听到索郎泽郎像一只落入陷阱的小熊那样喘息，咆哮。他出来时，月亮升起来了。我又叫小尔依进去。小尔依在里面扑腾的声音像一条离开了水的大鱼。

早上，我对那个姑娘说："他们两个会想你的。"

姑娘跪下来，用头碰了我的靴子。我说："下去吧，就说你是跟少爷睡的。"

我想，这事会惹这里的头人不高兴，便对他提高了警惕，酒菜上来时，我都叫验毒师上来，用银筷试菜，用玉石试酒，如果有毒，银筷和玉石就会改变颜色。这举动使头人感到十分委屈，他精心修饰过的胡子不断地战抖，终于忍不住冲到我面前，把每一样菜都塞进了嘴里，他把那么多东西一口咽下，噎得差点背过气去了。他喘过气来，说："日月可鉴，还没有一个麦其土司怀疑过我的忠心。少爷这样，还不如杀了我。"

我想自己犯了个不该犯的错误，但想到自己是傻子，心里立即又释然了。

跛子管家也对我说:"少爷对其他人怎么样我不管,但不可以对松巴头人这样。"

"那你们叫我带上一个验毒师干什么?"

跛子管家对头人说:"头人,你怪我吧,是我没有对少爷交代清楚。"

这顿饭松巴头人什么都没有吃。他不相信我刚才的举动是一个傻子的行为。喝餐后茶时,跛子管家坐在了他的身边。他们的眼睛不断地看我。我知道他们都说了些什么。

管家说:"少爷是傻子,老爷和汉人太太吃了酒生的嘛。"

头人说:"可谁又能保证他背后没有聪明人在捣鬼?"

管家笑了,说:"你说什么?你说他背后会有聪明人?笑死我了。你看看他背后那两个,背马枪的那个,还有脸像死人的那个,就是他的亲信,他们是聪明人吗?"

我想,这个松巴头人,既然他对麦其家非常忠诚,那么,我没有理由不喜欢他。我想要他高兴一下。便大声宣布,明天我们不走了,多在松巴头人这里待一天。弥补无意中对他造成的伤害。松巴头人的老脸上立即放出了光彩。我很高兴自己做出了使主人高兴的决定。

而我立即又叫他们吃惊了。

我宣布:"明天,我们在这里围猎。"帐篷里嗡一下,陡起的人声像一群马蜂被惊了。

小尔依在我耳边说:"少爷,春天不兴围猎。"

天哪,我也想起来了。这个季节,所有走兽都在怀胎哺乳,这时候伤一条性命，就是伤了两条乃至更多条生命。所以，这时严禁捕猎。而我竟然忘记了这条重要的规矩。平时，人们认为我是个傻子，我还有种将人愚弄了的得意，但这回，我知道自己真是个傻子。而我必须坚持，否则，就连一个傻子都不是了。

围猎刚开始，我就知道他们是在敷衍我。那么多人，那么多狗，却只包围了一条又短又窄的小山沟。就这样，还是跑出来了好多猎物。枪声很激烈，但没有一头猎物倒下。我只好自己开枪，打死两只獐子后，我也转身对着树丛射击了。

围猎草草结束，我吩咐把打死的东西喂狗。

下山的路上，我心里有点难过。

松巴头人和我走在一起。现在，他相信我的脑子真有问题了。松巴头人是好人。他要我原谅他。他说："我一个老头子为什么要对你那样？少爷你不要放在心上。"

我想说我是一个傻子嘛。但看他一脸诚恳，就把那句话咽回去，只说："有时，我也不这样。"

头人见我如此坦白，连说："我知道，我知道。"他要供献给我一种药物，要我答应接受。我答应了。

头人献的是种五颜六色的丸药。说是一个游方僧人献给他的，用湖上的风，和神山上的光芒炼成。真是一个奇怪的方子。离开松巴头人辖地那一天的路特别长，烈日晒得脑子像个蜂巢一样嗡嗡作响。我寂寞无聊，忍不住好奇心，取出一丸药丢进嘴里。我本以为里面的光会剑一样把我刺穿，风会从肚子里陡然而起，把我刮到天上。但我尝到的是满口鱼腥。接着，像是有鱼在胃里游动。于是，就开始呕吐。吐了一次又一次。吐到后来，便尝到了自己苦胆的味道。跛子管家抚着我的背说："难道少爷防范他是对的，这老家伙真对少爷下了毒手？"

"他对一个跛子和一个傻子下毒有什么好处？"我嘴上这么说，却还是把药悄悄扔到路边草丛里了。

后来我才知道，那丸药真的十分珍贵。要是把它们全吃下去，我的毛病肯定就好了。但我命该如此。我把松巴头人献上的灵药丢了。

16. 耳朵开花

用了整整一个春季，我们才巡游了麦其家领地的一半。

夏天开始时，我们到达了南方边界。接下来，就要回头往北方去了。管家告诉我，到秋天各处开镰收割时，巡游才能结束。

眼下，我们所在的南方边界，正是麦其和汪波两个土司接壤的地方。在这里，我见到家里派来的信差。土司要我在边界上多待些时候。土司的用意十分清楚。他想叫汪波土司袭击我们——由一个傻子少爷和一个跛子管家带领的小小队伍。对方并不傻，他们不愿意招惹空前强大的麦其土司，不想给人消灭自己的借口。我们甚至故意越过边界，对方的人马也只在暗处跟踪，绝不露面。

这天早上下雨，跛子管家说，今天就不去了，反正他们不敢下手。大家正好休息一天，明天，我们就要上路往北边去了。

雨淅淅沥沥地下着，马夫叮叮咣咣地给马儿换蹄铁。侍卫们擦枪。两个歌手一声高一声低应和着歌唱。管家铺开纸，给麦其土司写一封长信，报告边界上的情况。我躺在床上，听雨水嗒嗒地敲击帐篷。

中午时分，雨突然停了。闲着无聊，我下令上马。我们从老地方越过边界时，太阳从云缝里钻出来，火辣辣地照在背上。浓重的露水打湿了我们的双脚。在一片浅草地上，我们坐下来晒打湿的靴子。

树林里藏着汪波土司的火枪手，把枪瞄在我们背上。被枪瞄准的感觉就像被一只虫子叮咬，痒痒的，还带着针刺一样轻轻的痛楚。他们不敢开枪。我们知道这些枪手埋伏在什么地方。我们的机关枪里压满了子弹，只要稍有动静，就会把一阵弹雨倾泻在他们头上。所以，我有足够的悠闲的心情观赏四周的景色。观赏山间的景色就要在雨后初晴时，只有这时，一切都有最鲜明的色彩和最动人的光亮。往常，打马经过此地，我每次都看见路边的杉树下有几团漂亮的艳红花朵，今天，它们显得格外漂亮，我才把花指给管家看。管家一看，说："那是我们的罂粟花。"

他当时就是这么说的——"我们的罂粟花"。

现在，我们都看清楚了，确实是使麦其家强盛起来的花朵。一共三棵罂粟，特别苗壮地挺立在阳光下，团团花朵闪闪发光。跛子管家布置好火力。我们才向那些花朵走去。那些暗伏的枪手开枪了。哐！哐！哐！哐！一共是四声敲打破锣一样的巨响。枪手们一定充满了恐惧，不然不可能连开四枪才叫我手下的人一死一伤。验毒师脸朝下仆到地上，手里抓了一大把青草。歌手捂住肩头蹲在地上，血慢慢地从他指缝里渗出来。我觉得是稍稍静默了一阵，我的人才开枪。那简直就是一场突如其来的风暴。一阵枪声过后，树林里没有了一点声息，只有被撕碎的树叶缓缓飘落的声音。四个枪手都怕冷一样地蜷曲着身子，死在大树下了。

我想不起当时为什么不把罂粟扯掉了事，而要叫人用刺刀往下挖掘。挖掘的结果叫人大感意外。三棵罂粟下是三个方方正正的木匣，里面是三个正在腐烂的人头。罂粟就从三个人头的耳朵里生出来。只要记得我们把偷罂粟种子的人杀了头，又把人头还给汪波土司，就明白是怎么回事了。这些人被抓住之前就把种子装到了耳朵里面。汪波土司从牺牲者的头颅里得到了罂粟种子！

汪波用这种耳朵开花的方式来纪念他的英雄。

我们取消了计划中的北方之行，快马加鞭，回到了官寨。在路上，我和管家都说，这消息肯定会叫他们大吃一惊。

但是他们，特别是哥哥吃惊的程度还是超过了我们的想象。

这个聪明人从座位上跳起来，叫道："怎么可能，死人的耳朵里开出了花！"

在此之前，他对我非常友好，换句话说，土司家的弟兄之间，从没有哪个哥哥对弟弟这么好过。但这回不一样了，他对我竖起表示轻蔑的那根指头："你一个傻子知道什么？"接着，我的兄长又冲到管家面前，叫道："我看你们是做了噩梦吧！"

我真有点可怜哥哥。他是天下最聪明的人。他的弱点是特别怕自己偶尔表现得不够聪明。平常，他对什么事都显出漫不经心的样子。那并不表明他对什么事都满不在乎，那是他在表现他的聪明——毫不用心也能把所有事情搞得清清楚楚，妥妥帖帖。看到哥哥痛心疾首的样子，我真愿意是自己做了一场噩梦。一下醒来，还睡在南方边界的帐篷里，那场雨还淅淅沥沥地下着呢。

但这一切都是真的。我拍了拍手。

小厮索郎泽郎走进来，把手上的包袱打开。

土司太太立即用绸巾捂住了鼻子。塔娜不敢有这样的举动，恶臭在屋里四处弥漫，我听见她作呕声音：呃，呃，呃呃。大家慢慢走到腐烂的人头跟前，哥哥想证明罂粟是有人临时插进去的，动手去扯那苗子，结果把腐烂的人头也提起来了。他抖抖苗子。土司太太惊叫了一声。大家都看到那人头裂开了。那个脑袋四分五裂，落在地上。每个人都看到，那株罂粟的根子，一直钻进了耳朵里面深深的管道，根须又从管子里伸出来，一直伸进脑浆里去了。父亲看着哥哥说："好像不是人栽进去，而是它自己长起来的。"

哥哥伸长脖子，艰难地说："我看也是。"

一直没有说话的门巴喇嘛开口了。称他喇嘛是因为他愿意别人这样叫他。他其实是对咒术、占卜术都颇有造诣的神巫。他问我这些头颅埋在地下时所朝的方向。我说，北方，也就是麦其土司的方向。他又问是不是埋在树下。我说是。他说是了，那边偷去了种子，还用最恶毒的咒术诅咒过麦其了。他对哥哥说："大少爷不要那样看我，我吃麦其家的饭，受麦其家的供养，就要把我知道的都说出来。"

土司太太说："喇嘛你就放胆说吧。"

土司问:"他们诅咒了我们什么?"

门巴喇嘛说:"我要看了和脑袋在一起的有些什么东西才知道。不知道二少爷是不是把所有东西都带回来了。"

我们当然把所有东西都带回来了。

门巴喇嘛用他上等的白芸香熏去了房里的秽气,才离开去研究那些东西。哥哥也溜出去了。土司问管家是怎么发现的。管家把过程讲得绘声绘色。当中没有少说少爷起了多么重要的作用。土司听了,先望了我母亲一眼,才以一种前所未有的眼光看着我。然后,他叹了口气,我懂得那意思是说,唉,终究还是个傻子。他口里说的却是:"明年你再到北方巡游吧。那时我给你派更多的随从。"

母亲说:"还不感谢父亲。"

我坐在那里没有说话。

这时,门巴喇嘛进来报告:"汪波土司诅咒了我们的罂粟。要在生长最旺盛时被鸡蛋大的冰雹所倒伏。"土司长吁了一口气:"好吧,他想跟我们作对,那就从今天开始吧。"

大家开始议事,我却坐在那里睡着了。

醒来时,都快天亮。有人给我盖了条毯子。这时,我又想起了一件事,我对门巴喇嘛勾一勾手指。他过来了,笑着说:"少爷的眼睛又看见了什么?"

我把松巴头人给了我什么样的药物,又被我扔掉的事告诉他。他当即就大叫起来:"天哪!你把什么样的神药扔掉了,如今,谁还有功力能用风和光芒炼成药丸!"他说,"少爷呀,你一口都没有吃就扔了吗?"

我说："不是。"

他说："那你呕吐了，感到有虫子想从肚子里出来吗？"

管家说："不是虫子，少爷说是鱼。"

喇嘛跌足叹息："那就是了，就是了，要是把那些东西全吐出来，你的病就没有了！"喇嘛毕竟是喇嘛，对什么事都有他的说法。"也好，也好，"他说，"这件事不成的话，对付汪波就没有问题了。"

我问父亲："要打仗了吗？"

父亲点点头。

我又说："就叫罂粟花战争吧。"

他们都只看了我一眼，而没人把这句话记下来。在过去，刚有麦其土司时，就有专门的书记官记录土司言行。所以，到现在，我们还知道麦其家前三代土司每天干什么，吃什么，说什么。后来，出了一个把不该记的事也记下来的家伙，叫四世麦其土司杀了。从此，麦其就没有了书记官。从此，我们就不知道前辈们干过些什么了。书记官这个可以世袭的职位是和行刑人一起有的。行刑人一家到今天都还在，书记官却没有了。有时，我的傻子脑袋会想，要是我当土司，就要有个书记官。隔一段时间把记录弄来，看看自己说了什么，干了什么，肯定很有意思。有一次，我对索郎泽郎说："以后我叫你做我的书记官。"这个奴才当时就大叫起来，说："那我要跟尔依换，他当你的书记官，我当行刑人！"

我想，要是真有一个书记官的话，这时，他就会站在我背后，舔舔黑色的石炭笔芯。记下了那个好听的名字：罂粟花战争。

17. 罂粟花战争

母亲说，一种植物的种子最终要长到别的地方去，我们不该为此如此操心，就是人不来偷，风会刮过去，鸟的翅膀上也会沾过去，只是个时间问题。

父亲说，我们就什么也不干，眼睁睁地看着？

土司太太指出，我们当然可以以此作为借口对敌人发起进攻。只是自己不要太操心了。她还说，如果要为罂粟发动战争，就要取得黄特派员的支持。

破天荒，没有人对她的意见提出异议。

也是第一次，土司家的信件是太太用汉字写的。母亲还要把信封起来。这时，送信的哥哥说："不必要吧，我不认识汉人的文字。"

母亲非常和气地说："不是要不要你看的问题，而是要显得麦其家懂得该讲的规矩。"

信使还没有回来，就收到可靠情报，在南方边界上，为汪波土司效力的大批神巫正在聚集，他们要实施对麦其家的诅咒了。

一场特别的战争就要开始了。

巫师们在行刑人一家居住的小山岗上筑起坛城。他们在门巴喇嘛带领下，穿着五颜六色的衣服，戴着形状怪异的帽子，更不要说难以尽数的法器，更加难以尽数的献给神鬼的供品。我还看到，从古到今，凡是有人用过的兵器都汇聚在这里了。

从石刀石斧到弓箭，从抛石器到火枪，只有我们的机关枪和快枪不在为神预备的武器之列。门巴喇嘛对我说，他邀集来的神灵不会使用这些新式武器。跟我说话时，他也用一只眼睛看着天空。天气十分晴朗，大海一样的蓝色天空飘着薄薄的白云。喇嘛们随时注意的就是这些云彩，以防它们突然改变颜色。白色的云彩是吉祥的云彩。敌方的神巫们要想尽办法使这些云里带上巨大的雷声、长长的闪电，还有数不尽的冰雹。

有一天，这样的云彩真的从南方飘来了。

神巫们的战争比真刀真枪干得还要热闹。

乌云刚出现在南方天边，门巴喇嘛就戴上了巨大的武士头盔，像戏剧里一个角色一样登场亮相，背上插满了三角形的、圆形的令旗。他从背上抽出一支来，晃动一下，山岗上所有的响器：蟒筒、鼓、唢呐、响铃都响了。火枪一排排射向天空。乌云飘到我们头上就停下来了，汹涌翻滚，里面和外面一样漆黑，都是被诅咒过了的颜色。隆隆的雷声就在头顶上滚来滚去。但是，我们的神巫们口里诵出了那么多咒语，我们的祭坛上有那么多供品，还有那么多看起来像玩具，却对神灵和魔鬼都非常有效的武器。终于，乌云被驱走了。麦其家的罂粟地、官寨、聚集在一起的人群，又重新沐浴在明亮的阳光里了。门巴喇嘛手持宝剑，大汗淋漓，喘息着对我父亲说，云里的冰雹已经化成雨水了，可以叫它们落地了吗？那吃力的样子就像天上的雨水都叫他用宝剑托着一样。麦其土司一脸严肃的神情，说："要是你能保证是雨水的话。"

门巴喇嘛一声长啸，收剑入怀，山岗上所有的响器应声即停。

一阵风刮过，那片乌云不再像一个肚子痛的人那样翻滚。它舒展开去，变得比刚才更宽大了一些，向地面倾泻下了大量的雨水。我们坐在太阳地里，看着不远的地方下着大雨。门巴喇嘛倒在地上，叫人卸了头盔，扶到帐篷里休息去了。我跑去看门巴喇嘛刚才戴着的头盔，这东西足足有三四十斤，真不知道他有多大气力，戴着它还能上蹿下跳，仗剑作法。

土司进了门巴喇嘛休息的帐篷，一些小神巫和将来的神巫在为喇嘛擦拭汗水。父亲说："是要流汗。我儿子还不知道你的帽子有那么沉重。"

这时的门巴喇嘛十分虚弱，他沙哑着声音说："我也是在请到神的那一阵才不觉得重。"这时，济嘎活佛手下那批没有法术的和尚们念经的声音大了起来。我觉得这是没有什么用处的。冰雹已经变成雨水落在地上了。门巴喇嘛说："我看，汪波土司手下的人，这时也在念经，以为自己已经得手了。"

土司说："我们胜利了。"

喇嘛适时告诫了土司，他说这才是第一个回合。他说，为了保证法力，要我们不要下山，不要靠近女人和别的不洁的东西。

第二个回合该我们回敬那边一场冰雹。

这次作法虽然还是十分热闹，但因为头上晴空一碧如洗，看不到法术引起的天气的变化，我觉得没有多大意思。三天后，那边传来消息，汪波土司的辖地下了一场鸡蛋大的冰雹。冰雹倒伏了他们的庄稼，洪水冲毁了他们的果园。作为一个南方的土司，汪波家没有牧场，而是以拥有上千株树木的果园为骄傲。现在，他因为和我们麦其家作对，失去了他的果园。但是，我们不知道他们的罂粟怎么样了。因为没人知道汪波种了多少，种在什么地方，但想来，汪波土司土地上已经没有那个东西了。

父亲当众宣布，只等哥哥从汉地回来，就对汪波土司的领地发动进攻。

人们正在山岗上享用美食，风中传来了叮叮咚咚的铜铃声。土司说，猜猜是谁来了。大家都猜，但没有一个人猜中。门巴喇嘛把十二颗白石子和十二颗黑石子撒向面前的棋盘，叹了口气说，他不知道那个人是谁，但知道那个人时运不济，他的命石把不好的格子都占住了。我们走出帐篷，就看见一个尖尖的脑袋正从山坡下一点一点冒上来。后边，一头毛驴也耸动着一双尖尖的耳朵走上了山坡。这个人和我们久违了。听说，这个人已经快疯了。

他走到了我们面前。

人很憔悴，毛驴背上露出些经卷的毛边。

土司对他抬了抬帽子。

可是他对父亲说："今天，我不打算对土司说什么。但愿你不来干涉我们佛家内部的事情。"

土司笑了："大师你请便吧。"

当然，父亲还是补了一句："大师不对我宣谕天下最好的教法了吗？"

"不。"年轻僧人摇摇头说，"我不怪野蛮的土司不能领受智慧与慈悲的甘露，是那些身披袈裟的人把我们的教法毁坏了。"说完这句话，他径直走到济嘎活佛面前，袒露出右臂，把一顶黄色的鸡冠帽顶在了头上。这个姿势我们还是熟悉的。他是要求就教义上的问题和济嘎活佛展开辩论。在教法史上，好多从印度初到藏地的僧人就是以这种方式取胜而获得有权势者支持的。这场辩论进行了很长时间。后来济嘎活佛的脸变成了牛肝颜色。看来，活佛在辩论中失败了。但他的弟子们都说是师傅取得了胜利。而且都指责这个狂妄的家伙攻击了土司。说他认为天下就不该有土司存在。他说，凡是有黑头藏民的地方，都只能归顺于一个中心——伟大的拉萨。而不该有这样一些靠近东方的野蛮土王。

麦其土司一直在倾听，这时，他开口说话了："圣城来的人，祸事要落在你头上了。"

这个人用满是泪水的眼睛望着天空，好像那里就有着他不公平命运的影子。土司再要和他说什么，他也不愿意回答了。最后，他只是说："你可以杀掉我，但我要说，辩论时，是我获得了胜利。"

新派僧人翁波意西给绑了起来。济嘎活佛显出难受的样子。但那不过是他良心上小小的一点反应罢了。后来，父亲多次说过，要是济嘎活佛替那个人求情的话，他就准备放了他。没人知道土司的话是真是假。但那天，济嘎活佛只是难过而没有替对手求情。从那天起，我就不喜欢活佛了。我觉得他不是一个真正的活佛。一个活佛一旦不是活佛就什么都不是了。门巴不是喇嘛，但他却是法力高强的神巫。他不过就喜欢喇嘛这样一个称呼罢了。何况，那天，门巴喇嘛还对土司说："这个时候最好不要杀人，更不要杀一个穿袈裟的人。"

土司叫人把这个扬言土司们该从其领地上清除掉的人关到地牢里。

我们还留在山上。

门巴喇嘛做了好几种占卜，显示汪波土司那边的最后一个回合是要对麦其土司家的人下手。这种咒术靠把经血一类肮脏的东西献给一些因为邪见不得转世的鬼魂来达到目的。门巴喇嘛甚至和父亲商量好了，实在抵挡不住时，用家里哪个人作牺牲。我想，那只能是我。只有一个傻子，会被看成最小的代价。晚上，我开始头痛，我想，是那边开始作法了。我对守在旁边的父亲说："他们找对人了，因为我发现了他们的阴谋。你们不叫我作牺牲，他们也会找到我。"

父亲把我冰凉的手放在他怀里，说："你的母亲不在这里，要不然，她会心疼死。"

门巴喇嘛卖力地往我身上喷吐经过经咒的净水。他说，这是水晶罩，魔鬼不能进入我的身体。下半夜，那些叫我头痛欲裂的烟雾一样的东西终于从月光里飘走了。

门巴喇嘛说："好歹我没有白作孽，少爷好好睡一觉吧。"

我睡不着，从帐篷天窗里看着一弯新月越升越高，最后到了跟亮闪闪的金星一般高的地方。天就要亮了。我突然看到了自己的将来。我看得不太清楚，但我相信那朦朦胧胧的真是一个好前景。然后，我就睡着了。醒来的时候，我就把这件事情完全忘记了。

早上起来，我望着山下笼罩在早晨阳光里的官寨。看到阳光下闪着银光的河水向着官寨大门方向涌去。直碰到下面的红色岩石才突然转向。我还看到没有上山的人们在每一层回廊上四处走动。这一切情景都和往常一模一样。但我感到有什么事发生了。

我不想对任何人说起这事。我比别人先知道罂粟在别人的土地上开花，差点被别人用咒术要了性命。我又回到帐篷里睡下了。我睡不着，觉得经过一些事情，自己又长大一些了。脑子里那片混沌中又透进一些亮光。我走到外面。草上的露水打湿了我的双脚，我看到翁波意西的毛驴正在安详地吃草。有人打算杀掉它作为祭坛上的牺牲。我解开绳子，在它屁股上拍一巴掌。毛驴踱着从容的步子吃着草往山上走去。我宣布，这是一头放生的驴了。

父亲问我，到底是喜欢驴还是它的主人。

这个问题不好回答。于是，我就眯起双眼看阳光下翠绿的山坡。如果说我喜欢这头驴，是因为它听话的样子。如果我说喜欢那个喇嘛，就没有什么理由了。虽然我喜欢他，但他并没有表现出叫人喜欢的样子。

父亲对我说，要是喜欢驴子，要放生，就叫济嘎活佛念经，挂了红，披了符，才算是真正放生了。

"不要说那个喇嘛，就是他的驴也不会要济嘎活佛念经。"那天早上，我站在山岗上对所有的人大声说，"难道你们不知道毛驴和它的主人一样看不起济嘎活佛吗？"

父亲的脾气前所未有的好，他说："要是你喜欢那个喇嘛，我就把他放了。"

我说："他想看书，把他的经卷都交还给他。"

父亲说："没有人在牢里还那么想看书。"

我说："他想。"

是的，这个时候我好像看见了那个新教派的传布者，在空荡荡的地下牢房里，无所事事的样子。父亲说："那么，我就派人去看他是不是想看书。"

结果是翁波意西想看书想得要命。他带来一个口信，向知道他想看书的少爷表示谢意。

那一天，父亲一直用若有所思的眼光看着我。

门巴喇嘛说了，对方在天气方面已经惨败了。如果他们还不死心，就要对人下手了。他一再要求我们要洁净。这意思也就是说，要我和父亲不要下山去亲近女人。我和父亲在这一点上没有什么问题。要是我哥哥在这里，那就不好办了。你没有办法叫他三天里不碰一个女人。那样，他会觉得这个世界的万紫千红都像一堆狗屎。好在他到汉地去了。门巴喇嘛在这一点上和我的看法一样。他说："我在天气方面可以，在人的方面法力不高。好在大少爷不在，我可以放心一些。"

但我知道已经出事了。我把这个感觉对门巴喇嘛说了。他说，我也是这样想的。两个人把整个营地转了一遍。重要的人物没有问题，不重要的人也没有什么问题。

我说："山下，官寨。"

从山上看下去，官寨显得那样厚实、稳固。但我还是觉得在里面有什么事发生了。

门巴喇嘛把十个指头作出好几种奇特的姿势。他被什么困惑住了。他说："是有事了。但我不知道是谁,是土司的女人,但又不是你的母亲。"

我说："那不是查查头人的央宗吗?"

他说："我就是等你说出来呢,因为我不知道该叫她什么才好。"

我说："你叫我说出来是因为我傻吗?"

他说："有一点吧。"

果然,是三太太央宗出事了。

自从怀孕以后,她就占据了土司的房间,叫他天天和二太太睡在一起。这一点上,她起了围猎时那些大声吠叫的猎犬的作用。她把猎物赶到了别人那里。也是从那时起,我就再没有见过她了。只看见下人们早上把她盛在铜器里的排泄物倒掉,再用银具送去吃的东西。她的日子不太好过。她认为有人想要还未出世的孩子性命。但从送进送出的那些东西来看,她的胃口还是很好的。也可能是她保护肚子里小生命的欲望过于强烈,认为肚子才是惟一安全的地方,孩子才在她肚子里多待了好长时间。这天晚上,那边的法师找到了麦其家未曾想到设防的地方,她再也留不住自己的孩子了。这孩子生下来时,已经死了。看见的人都说,孩子一身乌黑,像中了乌头碱毒。

这是这场奇特的战争里麦其家付出的惟一代价。

孩子死在太阳升起时,到了下午,作法的小山岗上什么也没有了,就像突然给一场旋风打扫干净了一样。那个孩子毕竟是土司的骨血,寄放到庙里,由济嘎活佛带着一帮人为他超度,三天后,在水里下葬。

央宗头上缠着一条鲜艳的头巾出现在我们面前。

大家都说，她比原来更加漂亮了，但她脸上刚和父亲相好时在梦里漂浮一样的神情没有了。她穿着长裙上楼，来到了二太太面前，一跪到地，说："太太呀，我来给你请安了。"

母亲说："起来吧，你的病已经好了。我们姐妹慢慢说话吧。"

央宗对母亲磕了头，叫一声："姐姐。"

母亲就把她扶起来，再一次告诉她："你的病已经好了。"

央宗说："像一场梦，可梦没有这么累人。"

从这一天起，她才真正成为土司的女人。晚上，二太太叫土司去和三太太睡觉。可是土司却说："没有什么意思了，一场大火已经烧过了。"

母亲又对央宗说："我们俩再不要他燃那样的火了。"

央宗像个新妇一样红着脸不说话。

母亲说："再燃火就不是为我，也不会是为你了。"

第五章

18. 舌　头

我在官寨前的广场上和人下棋。

下的棋非常简单。非常简单的六子棋。随手折一段树枝在地上画出格子，从地上捡六个石子，就可以下上一局。规则简单明了。当一条直线上你有两个棋子而对方只有一个，就算把对方吃掉了。先被吃完六个石子的一方就是输家。和两只蚂蚁可以吃掉一只蚂蚁，两个人可以杀死一个人一样简单，却是一种古老的真理。就比如土司间的战争吧，我们总是问，他们来了多少人，如果来的人少，我们的人就冲上去，吃掉他们。如果来的人多，就躲起来，聚集更多的人，聚集更大的力量，再冲上去把对方吃掉。可到我下棋这会儿，这种规则已经没什么作用了。罂粟花战争的第二阶段，麦其家只用很少一点兵力，靠着先进的武器，平地刮起了火的旋风，飞转着差点洞穿了汪波土司全境。汪波土司偷种的那点罂粟也变成了灰烬，升上了天空。

这是又一个春天了。

等等，叫我想想，这可能不是一个春天，而是好多个春天了。可这又有什么关系呢？在这个世界上，如果说有什么东西叫人觉得比土司家的银子还多，那就是时间。好多时候，时间实在是太漫长了。我们早上起来，就在等待天黑，春天刚刚播种，就开始盼望收获。由于我们的领地是那样宽广，时间也因此显得无穷无尽。

是的，宽广的空间给人时间也无边无际的感觉。

是的，这样的空间和时间组合起来，给人的感觉是麦其家的基业将万世永存，不可动摇。

是的，这一切都远不那么真实，远远看去，真像浮动在梦境里的景象。

还是来说这个春天，这个早上，太阳升起来有一阵子了。空气中充满了水的芬芳。远处的雪山，近处被夜露打湿的山林和庄稼，都在朝阳下闪闪发光，都显得生气勃勃，无比清新。

好长一段时间了，我都沉迷于学了很久才会的六子棋中。

每天，我早早起床。用过早饭，就走出官寨大门，迎着亮晃晃的阳光坐在广场边的核桃树下。每天，我都要先望一阵刚出来的太阳，然后，才从地上捡起一段树枝，在潮润的地上画出下六子棋的方格。心里想着向汪波土司进攻的激烈场面，想起罂粟花战争里的日子。下人们忙着他们的事，不断从我面前走过，没人走来说："少爷，我们下上一盘吧。"这些人都是些知天命的家伙。只要看看他们灰色的、躲躲闪闪的目光就知道了。平时，和我一起下棋的是我那两个小厮。索郎泽郎喜欢被派在晚上做事，这样，他早上就可以晚些起来。也就是说，能不能看到太阳的升起在他不算回事。他总是脸也不洗，身上还带着下人们床铺上强烈的味道就来到我面前。小尔依，那个将来的行刑人可不是这样。他总是早早就起来，吃了东西，坐在他家所在那个小山岗上，看着太阳升起，见我到了广场上，画好棋盘，才慢慢从山上下来。

这天的情形却有些例外。

我画好了棋盘，两个小厮都没有出现。这时，那个银匠，卓玛的丈夫从我面前走过。他已经从我面前走过去了，又折回来，说："少爷，我跟你下一盘。"

我把棋子从袋子里倒出来，说："你用白色，银子的颜色，你是银匠嘛。"

我叫他先走。

他走了，但没有占据那个最要冲的中间位置。我一下冲上去，左开右阖，很快就胜了一盘。摆第二盘时，他突然对我说："我的女人常常想你。"

我没有说话。我是主子，她想我是应该的。当然，我不说话并不仅仅因为这个。

他说："卓玛没有对我说过，可我知道她想你，她做梦的时候想你了。"

我没有表示可否。只对这家伙说，她是我们主子调教过的女人，叫他对她好，否则主子脸上就不好看了。我对他说："我以为你们该有孩子了。"

他这才红着脸，说："就是她叫我告诉你这个。她说要少爷知道，我们就要有孩子了。"

她为什么这样做，我不知道。因为不可能是我傻子少爷的种。我想不出什么话来，就对银匠说："你对卓玛说，少爷叫她一次生两个儿子。"

我对银匠说，要真能那样，我要给每个孩子五两银子，叫他们的父亲一人打一个长命锁，叫门巴喇嘛念了经，挂在他们的小脖子上。银匠说："少爷真是一个好人，难怪她那么想你。"

我说："你下去吧。"

说话时，小行刑人已经走下山来，站在他身后了。银匠一起身就撞到了尔依身上。他的脸唰一下就白了。在我们领地上，本来是土司发出指令，行刑人执行，有人因此失去了一只眼睛，失去了一只手，或者丢了性命，但人们大多不会把这算在土司账上，而在心里装着对行刑人的仇恨，同时，也就在心里装下了对行刑人的恐惧。银匠从来没有在这么近的距离内和行刑人待在一起过，吓得脸都白了，一双眼睛惶惶地看着我，分明是问："我有什么过错，你叫行刑人来。"

我觉得这情景很有意思，便对银匠说："你害怕了，你为什么要害怕，你不要害怕。"

银匠嘴上并不服输："我不害怕，我又没有什么过错。"

我说："你是没有什么过错，但你还是害怕了。"

小尔依的脸上一点表情也没有，他用十分平静的声音说："其实你不是害怕我，你是害怕土司的律法。"

听了小尔依的话，银匠的脸仍然是白的，但他还是自己笑出声来，说："想想也是这个道理。"

我说："好了，你去吧。"

银匠就去了。

然后，我和小尔依下棋。他可一点也不让我，一上来，我就连着输了好几盘。太阳升到高处了。我的头上出了一点汗水。

我说："妈的，尔依，你这奴才一定要赢我吗？"

我要说尔依可是个聪明的家伙。他看看我的脸，又紧盯着我的眼睛，他是要看看我是不是真正发火了。今天，我的心情像天气一样好。他说："你是老爷，平常什么都要听你的。下棋输了你也要叫？"

我又把棋摆上，对他说："那你再来赢我好了。"

他说："明天又要用刑了。"

小尔依的话叫我吃了一惊。平常，领地上发生了什么事，有什么人犯了律法，将受什么样的处置，我总会知道。但这件事情我却一无所知。我说："下棋吧。领地上有那么多人，你们杀得完吗？"

小尔依说："我知道你喜欢他。你不会像那些人一样因为我们父子对他动刑就恨我吧。"

这下，我知道是谁了。

小尔依说："少爷要不要去看看他。"

我想我不会恨这个声音平板、脸色苍白的家伙，要知道是麦其家叫他成为这个样子的。我说："牢里不能随便进去。"

他对我举了举一个有虎头纹饰的牌子。那虎头黑糊糊的，是用烧红的铁在木板上烙成的。这是出入牢房的专门牌子。行刑人在行刑之前，都要进牢房先看看犯人的体格，看看受刑人的精神面貌，那样，行刑时就会有十分的把握。除非土司专门要叫人吃苦，行刑人总是力求把活干得干净利落。

我们走进牢房，那个想在我们这里传布新派教法的人，正坐在窗下看书。狱卒打开牢门让我们进去。我想他会装着看书

入了迷而不理会我们。平时，有点学问的人总要做出这样的
姿态。

但翁波意西没有这样。我一进去，他就收起书本，说："瞧
瞧，是谁来了。"他的脸容是平静的，嘴角带着点讥讽的笑容。

我说："喇嘛是在念经吗？"

他说："我在读历史。"前些时候，济嘎活佛送了他一本过
去的疯子喇嘛写的书。这本书很有意思。他说："你们的活佛
叫我放心地死，灵魂会被他收伏，做麦其家庙里的护法。"

这时，我并没有认真听他说话。我在倾听从高高的窗子外
面传来大河浩浩的奔流声。我喜欢这种声音。年轻的喇嘛静静
地望着我，好久，才开口说："趁头还在脖子上，我要对少爷
表示感谢。"

他知道经卷是我叫他们送还的，还知道毛驴也是我放生的。
他没有对我说更多的好话，也没有对我说别人的坏话。他把一
个小小的手卷送给我。上面的字都是他用募化来的金粉写下的。
他特别申明，这上面没有什么麦其不肯接受的东西。那是一部
每个教派都要遵循的佛的语录。我手捧那经卷，感到心口发烫。
这样的书里据说都是智慧和慈悲。我问这个就要刑罚加身的人，
书里是不是有这样的东西。

他说，有的，有。

我问，除了他的教派之外，别的教派的人，比如，济嘎活
佛那个派别是不是也要读这本书。得到了肯定的回答后，我心
中的疑问反而加深了："那你们为什么彼此仇恨？"

我想我问到了很关键的地方。他好半天没有说话，我又听

到了河水在官寨下面的岩岸下轰轰然向东奔流。翁波意西长叹了一口气，说："都说少爷是个傻子，可我要说你是个聪明人。因为傻才聪明。"他说，"你要原谅垂死的人说话唐突。"

我想说我原谅，但觉得说出来没多少意思，就闭口不言。我想，这个人要死了。然后，河水的喧腾声又涌进我脑子里。我也记住了他说的话，他的大概意思是，他来我们这个地方传播新的教派不能成功，促使他整整一个冬天都在想一些问题。本来，那样的问题是不该由僧人来想，但他还是禁不住想了。想了这些问题，他心里已经没有多少对别的教派的仇恨了。但他还必须面对别的教派的信徒对他的仇恨。最后他问："为什么宗教没有教会我们爱，而教会了我们恨？"

重新回到广场上，我要说，这里可比牢房里舒服多了。长长的甬道和盘旋的梯子上的潮湿阴暗，真叫人受不了。

小尔依说："明天，我想要亲自动手。"

我问他："第一次，你害不害怕？"

他摇摇头，苍白的脸上浮起女孩子一样的红晕。他说："是行刑人就不会害怕，不是行刑人就会害怕。"

这句话说得很好，很有哲理，可以当成行刑人的语录记下来。这一天里，没多少功夫，我就听见了两句有意思的话。先是牢房里那一句：为什么宗教没有教会我们爱，而教会了恨？小尔依又说了这一句。我觉得太有意思了，都值得记下来。可惜的是，有史以来，好多这样的话都已经灰飞烟灭了。

晚饭时，我借蜡烛刚刚点燃，仆人上菜之前的空子，问父亲："明天要用刑了吗？"

土司肯定吃了一惊。他打了一个很响的嗝。他打嗝总是在吃得太饱和吃了一惊的时候。父亲对我说："我知道你喜欢那个人，才没有把杀他的事告诉你。"父亲又说，"我还准备你替他求情时，减轻一点刑罚。"

开饭了，我没有再说话。

先上来的是酥油拌洋芋泥，然后，羊排，主食是荞面馍加蜂蜜。

这些东西在每个人面前堆得像小山一样。挖去了小山的一角，轮到塔娜，她只在那堆食物上留下一个小小的缺口。

晚上，我对塔娜说："你要多吃点东西，不然屁股老是长不大。"

塔娜哭了，抽抽搭搭地说我嫌弃她了。我说："我还只说到你的屁股，要是连乳房也一起说了，还不知你要哭成个什么样子。"她就用更大的声音把母亲哭到我们房里来了。太太伸手就给了她一个响亮的嘴巴。塔娜立即闭住了声音。太太叫我睡下，叫她跪在床前。一般而言，我们对于这些女人是不大在乎的，她们生气也好，不生气也好，我们都不大在乎。她要哭，哭上几声，觉得没有什么意思时就自己收口了。可我的母亲来自一个对女人的一切非常在乎的民族。当她开始教训塔娜时，我睡着了。睡梦里，我出了一身大汗，因为我梦见自己对行刑柱上的翁波意西举起了刀子。我大叫一声醒过来。发现塔娜还跪在床前。我问她为什么不上来睡觉。她说，太太吩咐必须等我醒了，饶了她，才能睡觉。我就饶了她。她上床来，已经浑身冰凉了。这人身上本来就没有多少热气，这阵，就像河里的卵石一样冰凉。当然，我还是很快就把她暖和过来了。

早晨醒来，我想，我们要杀他了。这时，我才后悔没有替他求情，在昨晚可以为他求情时。现在，一切都已经晚了。

官寨上响起了长长的牛角号声。

百姓们纷纷从沿着河谷散布的一个个寨子上赶来。他们的生活劳碌，而且平淡。看行刑可说是一项有趣的娱乐。对土司来说，也需要百姓对杀戮有一点了解，有一定的接受能力。所以，这也可以看成是一种教育。人们很快赶来了，黑压压地站满了广场。他们激动地交谈、咳嗽，把唾沫吐得满地都是。受刑人给押上来，绑到行刑柱上了。

翁波意西对土司说："我不要你的活佛为我祈祷。"

土司说："那你可以自己祈祷。不过，我并不想要你的性命。"

管家说："谁叫你一定要用舌头攻击我们信奉了许多代的宗教？"

大少爷宣布了土司最后的决定："你的脑子里有了疯狂的想法，可是，我们只要你的舌头对说出来的那些糊涂话负责任。"

这个人来到我们地方，传布他伟大的教义，结果却要失去他灵巧的舌头了。传教者本来是镇定地赴死的，一听到这决定，额头上立即就浸出了汗水。同样亮晶晶的汗水也挂在初次行刑的小尔依鼻尖上。人群里没有一点声音，行刑人从皮夹里取出专门的刀具：一把窄窄的、人的嘴唇一样弯曲的刀子。人的嘴巴有大有小，那些刀子也有大有小。小尔依拿了几把刀在传教者嘴边比划，看哪一把更适合于他。广场上是那么安静，以致所有人都听见翁波意西说："昨天，你到牢房里干什么来了？

那时怎么不比好？"

我想小尔依会害怕的，这毕竟是他的第一次。这天，他的脸确实比平常红一些。但他没有害怕。他说："我是看了，那时我看的是你的脖子，现在老爷发了慈悲，只要你的舌头。"

翁波意西说："你的手最好离开我的嘴远一些，我不能保证不想咬上一口。"

小尔依说："你恨我没有意思。"

翁波意西叹了口气："是啊，我心里不该有这么多的仇恨。"

这时，老尔依走到行刑柱背后，用一根带子勒住了受刑人的脖子。翁波意西一挺身子，鼓圆了双眼，舌头从嘴里吐出来。小尔依出手之快，也不亚于他的父亲兼师傅。刀光一闪，那舌头像一只受惊的老鼠从受刑人的嘴巴和行刑人的手之间跳出来，看那样子，它是想往天上去的，可它只蹿上去一点点，还没有到头顶那么高，就往下掉了。看来，凡是血肉的东西都难与灵魂一样高扬。那段舌头往下掉了，人们才听到翁波意西在叫唤。舌头落在地上，沾满了尘土，失去了它的灵动和鲜红的色泽。没有了舌头的叫声含混而没有意义。有人说，黑头藏民是因为一个人受到罗刹魔女诱惑而产生的种族，也许，祖先和魔女的第一个后代的第一声叫喊就是这样的吧：含混，而且为眼前这样一个混乱而没有秩序的世界感到愤懑。

小尔依放下刀子，拿出一小包药，给还绑在行刑柱上的翁波意西撒上。药很有效力，立即就把受刑人口里的血凝住了。老尔依从背后把绳子解开，受刑人滑到地上，从口里吐出来几团大大的血块。小尔依把那段舌头送到他面前，意思是说，要不要留一份纪念。他痛苦地看着自己的舌头，慢慢地摇摇头。小尔依一扬手，那段舌头就飞了出去。人群里响起一片惊呼声。一只黄狗飞跃而起，在空中就把舌头咬在了嘴里。但它不像叼住了一块肉，却像被子弹打中了一样尖叫一声，然后重重摔在了地上。不要说是别的人了，就是翁波意西也呆呆地看着狗被一段舌头所伤，哀哀地叫着。他摸摸自己的嘴巴，只从上面摸下了好多的血块，除了他的血肉之躯一样会被暴力轻易地伤害之外，什么也证明不了。狗吐出舌头，哀哀地叫着，夹着尾巴跑到很远的地方去了。人群也立即从舌头旁边跳开。传教者再也支持不住，头一歪昏过去了。

行刑结束了。

人群慢慢散开，回到他们所来的地方。

19. 书

传教者又回到了地牢里，他要在那里养好了伤才能出来。

这样一来，麦其家又多一个奴隶了。依照土司并不复杂难解的律法，该死的人，既然不死，就只能是我们的奴隶。就这样，翁波意西带着他认为是所向无敌的教法，没有被我们接纳。结果是他自己被他认为的野蛮人用这种极不开化的方式接纳了。

每天，小尔依都要去给他第一个行刑对象治伤。

我是行刑后十多天才到牢房里去的。

早晨，是那间牢房照得到阳光的短暂时光。我们进去时，翁波意西正望着窗口上显出的一小方天空。听到开门声，他转过身来，竟然对我笑了一下。对他来说，要做出能叫人看见的笑容是困难的。这不，一笑，伤口就把他弄痛了。

我举举手说："好了，不必了。"

这是我第一次在说话时，学着父亲和哥哥的样子举一举手，而且，立即就发现这样做的好处，是觉得手里真有着无上权力，心里十分受用。

翁波意西又对我笑了一下。

我想我喜欢这个人，我问他："你要点什么？"

他做了一个表情，意思是："我这样子还有什么想要的？"或者还可以理解为："我想说话，行吗？"

但我想给人点什么，就一定要给。我说："明天，我给你送书来。书，你不是爱书吗？"

他顺着石壁，慢慢滑到地上，垂下头不说话了。我想他喜欢这个。我一提起书，就不知触到了他心里什么地方。他就一直那样耷着肩头，再也没有把头抬起来。我们走出牢房时，小尔依对他说："你这家伙，少爷对你这么好，你也不道个别，不能用嘴了，还不能用眼睛吗？"

他还是没有抬头，我想他脑袋里面肯定装着些很沉重的东西，是以前读过的那些书吗？我心里有点怜惜他了。

虽然我是土司家的少爷，找书真还费了不少事。

首先，我不能大张旗鼓找人要书，谁都知道土司家两个少爷，聪明的那个，将来要当土司的那个才识字。至于那傻子，藏文有三十个字母，他大概可以认上三个五个。我要跛子管家找些经卷，他说，少爷跟我开什么玩笑。去经堂里找书也没有什么可能。就我所知，麦其家这么大一座官寨，除了经堂，就只有土司房里还有一两本书。准确地说，那不是书，而是麦其家有书记官时，记下的最早三个麦其土司的事情。前面说过，有一个书记官把不该记的事也记下来，结果，在土司的太阳下面，就再没有这种奴才了。我知道父亲把那几本书放在自己房间的壁橱里。自从央宗怀了孕，他从那一阵迷狂里清醒过来，就再没有长住那个房间了。就是母亲叫他偶尔去上一次，他也是只过一夜又回到二太太房里。

我进去时，央宗正坐在暗影里唱歌。我不知怎么对这个人说话，自从她进了麦其家门，我还没有单独跟她说过话呢。我说："你在唱歌吗？"

央宗说："我在唱歌，家乡的歌。"

我注意到，她的口音和我们这些人不大一样。她是南方那种软软的口音，发音时那点含混，叫一个北方人听了会觉得其中大有深意。

我说："我到南边打过仗，听得出来你像他们的口音。"

她问："他们是谁？"

我说："就是汪波土司他们。"

她说她的家乡还要往南。我们就再也找不到话了。因为谁也不知道该从哪里说起。我盯着壁橱，央宗盯着自己的一双手。我看见我要的东西就在那里，用一块黄绸布包得紧紧的，在一些要紧的东西和不太要紧的东西中间。但我就是不敢大大方方地走上前去，打开橱门，把我们家早期的历史取出来。我觉得这间屋子里尽是灰尘的味道。我说："呃，这房间该好好打扫一下了。"

她说："下人们每天都来，却没人好好干。"

又是沉默。

又是我望着壁橱，她望着自己的一双手。她突然笑了，问："少爷是有什么事吧？"

"我又没有说，你怎么知道？"

她又笑了："有时，你看起来比所有人都聪明，可现在，又像个十足的傻子。你母亲那么聪明，怎么生下了你？"

我不知道自己正做的事是聪明人还是傻子干的。我撒了一个谎，说好久以前忘了一样东西在这里。她说，傻子也会撒谎吗？并要我把想要的东西指给她看。我不肯指，她就走到壁橱前，把那包袱取出来。

她捧着那个黄绸包袱坐在我的面前，正对着我吹去上面的灰尘，有好一会儿，我都睁不开眼睛了。她说："呀，看我，差点把少爷眼睛弄瞎。"说着就凑过身子来，用舌头把灰尘从我眼里舐了出来。就这一下，我想我知道父亲为什么曾经那么爱她。她的身上有一股兰花的幽幽香气。我伸手去抱她。她挡住了我，说："记住，你是我的儿子。"

我说："我不是。"我还说："你身上有真正的花香。"

她说："正是这个害了我。"她说她身上是有花香，生卜来就有。她把那包东西塞到我手上，说："走吧，不要叫人看见。不要对我说那里面不是你们家的历史。"

走出她的房门，花香立即就消失了。走到太阳底下，她的舌头留在我眼睛里的奇妙感觉也消失了。

我和小尔依去牢里送书。

翁波意西在小小的窗子下捧着脑袋。奇怪的是，一夜之间，他的头发就长长了许多。小尔依拿出药包。他啊啊地叫着张开嘴，让我们看那半截舌头已经脱去了血痂和上面的药粉，伤口愈合了，又是一个舌头了，虽不完整，但终归是一个舌头。小尔依笑了，把药瓶装回袋子里，又从里面掏出来一小瓶蜂蜜。小尔依用一个小小的勺子，涂了点在翁波意西的舌头上，他的脸上立即出现了愉快的表情。小尔依说："看，他能尝到味道了，他的伤好了。"

"他能说话吗？"

"不，"小尔依说，"不能。"

"那就不要对我说他的舌头已经好了。如果那就算好舌头，我叫你父亲把你的舌头也割下来。反正行刑人不需要说话。"

小尔依低眉顺眼地站在一边，不说话了。

我把怀里的书掏出来，放在刚刚尝了蜂蜜味道的翁波意西面前。

他脸上尝了蜂蜜后愉快的神情消失了，对着书本皱起了眉头。我说："打开它们，看看吧。"

他想对我说什么，随即意识到自己已经没有用来说话的东西了，便带着痛苦的神情摇了摇头。

我说："打开吧，不是你以为的那种书。"

他抬起头来，用怀疑的眼光看着我。

"不是害了你的经书，是麦其家的历史。"

他不可能真正不喜欢书。我的话刚说完，他的眼里就放出了亮光，手伸向了那个包袱。我注意到他的手指很长，而且十分灵敏。包袱打开了，里面确实是一些纸张十分粗糙的手卷。听说，那个时候，麦其家是自己种麻，自己造纸。这种手艺的来源据说和使我们发财的鸦片来源一样，也是汉人地方。

小尔依第二天去牢里，回来对我说，翁波意西想从少爷手里得到纸和笔。我给了他。

没想到第二天，他就从牢里带了一封长信出来，指明要我转交给土司本人。我不知道他在上面都写了些什么。我有点不安。父亲说："都说你爱到牢里去，就是干这个去了？"

我没有话说，只好傻笑。没话可说时，傻笑是个好办法。

父亲说："坐下吧，你这个傻子。刚刚说你不傻，你又在犯傻了。"

看信的时候，土司的脸像夏天的天空一样一时间变了好多种颜色。看完信，土司什么也没说。我也不敢问。一直过了好多天，他才叫人把犯人从牢里提出来，带到他跟前。看着翁波意西的和尚头上新生的长发，土司说："你还是那个要在我的领地上传布新教的人吗？"

翁波意西没有说话，因为他不能说话。

土司说："我有时也想，这家伙的教法也许是好的，可你的教法太好了，我又怎么统治我的领地？我们这里跟西藏不一样。你们那里，穿袈裟的人统治一切，在这里不可以。你回答我，要是你是个土司也会像我一样？"

翁波意西笑了。舌头短了的人，就是笑，也像是被人掐着喉咙一样。

土司这才说："该死，我都忘了你没有舌头。"他吩咐人拿来纸笔，摆在传教者面前，正式开始了他们的交谈。

土司说："你已经是我的奴隶了。"

翁波意西写："你有过这样有学识的奴隶？"

土司说："以前没有，以前的麦其土司都没有，但是我有了。以前的麦其土司都不够强大，我是最强大的麦其。"

翁波意西写："宁可死，也不做奴隶。"

土司说："我不要你死，一直把你关在牢里。"

翁波意西写："也比做奴隶强。"

土司笑起来，说："是个好汉。说说你信里那些想法是从哪里来的？"

翁波意西在信里对土司其实只说了一个意思。就是他可以做我们家的书记官，延续起那个中断了多年的传统。他说，他看了我们家前几个土司的历史，觉得十分有意思。麦其土司想，他已经是有史以来最强大的麦其，就该给后人留下点银子之外的什么东西。叫他们记住自己。

土司问："你为什么要记这个？"

翁波意西回答："因为要不了多久，这片土地上就没有土司了。"他说，无论东边还是西边，到了那一天，就不会再容忍你们这些土王存在了。何况你们自己还往干柴上投了一把火。

土司问他那把火是什么。

他写："罂粟。"

土司说："你叫我不要那东西？"

他写："那又何必，所有的东西都是命定的，种了罂粟，也不过是使要来的东西来得快一点罢了。"

最后，麦其土司同意了他的要求，在麦其家的书记官传统中断了好多代以后，又恢复了。为了书记官的地位，两个人又争执了半天，最后，土司说，你要不做我的奴隶，我就成全你，叫你死掉好了。没有舌头的翁波意西放下笔，同意了。

土司叫他给主子磕头。他写："如果只是这一次的话。"

土司说："每年这个时候一次。"

没有舌头的人表现出了他的确具有编写历史的人应有的长远目光，他在纸上写道："你死以后呢？"

土司笑了："我不知道死前杀掉你吗？"

翁波意西把那句话在纸上又写了一遍："要是你死了呢？"

土司指着哥哥对他说："你该问他，那时候这个人才是你的主子。"

哥哥说："真到那个时候，就免了。"

没有舌头的人又走到我面前。我知道他要问我同样的问题，要我做出承诺，如果我做了土司不要他磕头。我说："你不要问我，人人都说我是个傻子，我不会做土司。"

但他还是固执地站在我面前，哥哥说："真是个傻子，你答应他不就完了。"

我说："好吧，要是哪一天我做了土司，就赏给你一个自由民身份。"这句话却又让我哥哥受不了了。我说："反正是假的，说说又有什么关系。"

翁波意西这才在我父亲面前跪下把头磕了。

土司对他的新奴隶下了第一个命令："今天的事，你把它记下来吧。"

20. 我该害怕什么

那些年，麦其家发动了好几次战争，保卫罂粟的独家种植权。

每一次战争，麦其家的新式武器都所向披靡。但我们终究还是没有办法不让别的土司得到使我们富裕和强大的东西。没过多少年头，罂粟花便火一样燃遍了所有土司的领地。面对此情此景，不光是我，就是父亲和哥哥也觉得当初发动那么多战争实在没有必要。

如果问那些土司是怎么得到罂粟种子的。

他们的回答肯定是，风吹来的，鸟的翅膀带来的。

这时，和麦其土司来往的汉人已不是黄特派员，而是联防军的一个姜团长。

黄特派员反对联防军帮着中央军打红色汉人而被明升暗降，成了有职无权的省参议员。黄特派员给麦其家带来了好运气，听说他栽了跟头，大家都为他叹息一声。姜的个子不算高大，但壮实，腰里一左一右别着两支手枪，喜欢肥羊和好酒。麦其土司问他："你写诗吗？"

姜的嗓门很大："我写他妈的狗屁诗，我吃多了没事干，要冒他妈的狗屁酸水！"

父亲说："好！"

姜意犹未尽，他说："我要是写诗，你们就看不起我好了！

我就不是土司的朋友！"

父亲和哥哥当时就大叫："姜是我们的朋友！我们是姜的朋友！"

比起黄特派员来，父亲和哥哥更喜欢和这人打交道。却不知道这人不光是黄特派员的对头，也是我们麦其家的对头。黄主张只使一个土司强大，来控制别的土司。姜的意见则是让所有土司都有那个东西，叫他们都得到银子和机关枪，自相残杀。姜一来，罂粟花就火一样在别的土司领地上燃开了。当年，鸦片价钱就下跌了一半还多。鸦片价越往下跌，土司们越要用更大面积的土地种植罂粟。这样过了两三年时间，秋天收获后，土司们都发现，来年的粮食要不够吃了。土司领地上就要出现几十年都没有过的事，要饿死自己的老百姓了。麦其家财大气粗，用不值钱的鸦片全部从汉人地方换回了粮食。汉人地方红色军队和白色军队正在打仗，粮食并不便宜，运到我们的领地就更加昂贵了。

开春时，麦其家派人四处探听消息，看别的土司往地里种什么。

春天先到南方，那里的土司仍然种下了大片罂粟。麦其土司笑了，但还是不能决定这年种什么，多种粮食还是多种罂粟，或者只种粮食还是只种罂粟。要做出这个决定可不轻松。麦其家的位置是在一群土司的中央，南方春天比我们来得早，但北方的春天比我们的晚，等待他们下种的消息使人备受煎熬。依我的感觉，这些日子，比我们发动任何一次罂粟花战争还要紧张。打仗时，我们并不怀疑能够取得胜利。眼下的情形就不同了。

要是北方土司还不开播，我们就会误了农时，那样，小麦收割时就要遇到雨水，玉米成熟时，又要遇到霜冻。那就意味着没有收成，比跟着别的土司种一样的东西还要糟糕。

我们的北方邻居也不傻，也在等着看麦其土司往地里撒什么种子。我们实在不能再等下去了。哥哥主张还是多种罂粟，父亲听了，不置可否，而把询问的目光转向了我。不知从什么时候开始，有什么事情，父亲都要看看我有什么意见了。我悄悄问身边的塔娜："你说种什么？"

她也说："罂粟。"

哥哥听见了，说："你还没傻到什么事情都问侍女的程度吧。"

我说："那你说的为什么跟她说的一样？"

不知从哪一天起，哥哥不像从前那样爱我了。这会儿，他就咬着牙根说："傻瓜，是你的下贱女人学着我说的。"

他的话真把我激怒了，我大声对父亲说："粮食，全部种粮食。"我要叫他知道，并不是天下所有人都要学着他的样子说话。

想不到父亲居然说："我也是这样想的。"

我喜不自胜，嘿嘿地笑了。

哥哥从房里冲出去了。

做出了种粮食的决定，父亲仍然没有感到轻松。如果要我这样当土司，我会倒在地上大哭一场。他担心北方土司们也学我们的样子，不种一棵罂粟，来年鸦片又值了钱，那样，南方的土司，包括汪波土司在内，可就要笑歪嘴巴了。父亲更担心的是，那样一来，他的继承人就要看轻他了，笑他居然听从了傻子的胡言乱语。他走到太太烟榻旁，对她说："你儿子叫我操心了。"

太太说："他是对的，就像当初我叫你接受黄特派员的种子一样是对的。"母亲的侍女告诉我，太太对土司说："你的大儿子才会叫你操心。"

我走到父亲身边，说："没有关系。北方老不下种不是他们聪明，而是他们那里天气不好，冬天刚刚过去又回来了一次。"

这事是书记官翁波意西告诉我的。

父亲没有正面回答我，而是说："我看你的朋友对你很尽心。我们虽然是土司，是这条河流两岸土地上的王，但我们还是要很多朋友，各种各样的朋友。我看到了你有各种各样的朋友。"

"哥哥说那些人都是奴才，他笑我。"

父亲告诉我，土司跟土司永远不会成为朋友。所以，有几个忠心耿耿的奴才朋友不是坏事。这是麦其土司第一次郑重其事地对傻瓜儿子讲话。第一次把他的手放在我肩上，而不是头上。

就在这天下午，传来确实的消息。

严重的霜冻使北方的几个土司没办法按时种下粮食，他们就只好改种生长期较短的罂粟了。消息传来，麦其一家上上下下都十分高兴。只有两个人例外。对三太太央宗来说，麦其家发生什么事情好像都跟她没什么关系。她的存在好像仅仅就为了隔三差五和土司睡上一觉。对此，大家都已经习以为常了。反常的是哥哥。他总是在为麦其家取得胜利而努力，但是，这一天，北方传来对我们有利的消息时，他却一点也不高兴。因为这件事证明了在需要计谋、需要动脑子时，他还不如傻子弟弟。这样的事情不止一次出现了。所以，他才在传来了好消息时黯然神伤。有一天，我专门对他说，那次选择粮食并不是因为塔娜对我说了什么。我说："哥哥你说得对，那个女人是很蠢的，她要我说罂粟，我知道她蠢，所以我说了粮食。"这句叫哥哥加倍生气的话不是我有意要说的，不是，这恰恰是我傻子脑袋发热的结果。

我开始管不住自己了。

北方传来的好消息使哥哥生气。在过去，我会想，不过是一个聪明人偶然的错误罢了。想完了，仍然安心当我的傻子。而这天不行。就在我走向哥哥，我亲爱的兄长时，心里隐隐知道这样做不对，但我还是说："你不要难过，麦其家的好事来了你却要难过，人家会说你不是麦其家的人。"

哥哥抽了我一个耳光，我向后倒在了地上。也就是这一天，我发现自己身上的痛觉并不发达，干脆就不知道什么是痛。过去，我也有痛的时候，比如，自己摔在地上了，再比如，被以前的卓玛和现在的塔娜掐了一把。但却没有人打过我。我是说从来没有人怀着仇恨打过我。我是说人家带着仇恨竟然打不痛我。

这一天，我到处找人，要证实一下，人家怀着仇恨就打不痛我。

我找到父亲。

他说："为什么？我为什么要打你？再说，我怎么会恨自己的儿子？"

找了一天，也没有人肯打我。这样，我在刚刚证明了自己有时也很聪明时重新成了众人的笑柄。我楼上楼下地找人打我。父亲不打，母亲也是一样。书记官翁波意西笑着对我摇头，在纸上写下一句话。我叫门巴喇嘛念给我听。纸上是这样写的："我失去了舌头，可不想再失去双手。再说，我也不是你家的行刑人。"他的话闪电一样照亮了我的脑子。

那天，我命令加上恳求，小尔依已经举起鞭子了。可是老行刑人冲了上来，对他儿子举起了鞭子。我还以为惨叫一声的是我，却看到小尔依抱着脑袋滚在地上了。这时，几个家丁冲了进来。他们是土司派来跟在身后保护我的，要看看有哪个下人敢犯上作乱，在太岁头上动土。索郎泽郎对我向来言听计从，但今天就是他也没有那个胆量。无奈，我只好再去求哥哥，把鞭子塞到他手上。哥哥拿着鞭子，气得浑身战抖。我说："你就狠狠打，解解你心头的气吧。"我还说，"母亲说了，我将来还要在你手下吃饭。"

大少爷把鞭子扔到地上，抓着自己的头发大叫："从我这里滚开，你这个装傻的杂种！"

晚上，好奇心没有得到满足的我，在果园里散步。

果园里有一眼甜水泉，官寨里的水都是从这里由女奴们背去的。下人们背水都是在晚上，一背就背到天亮。在这里，我遇到了前侍女桑吉卓玛。她用十分恭敬的口吻向少爷请安。我叫她从背上放下水桶，坐在我身边。她的手不再是以前那双带着香气，软软的，光滑的手了。她低声哭了起来。我想抱抱她。

可她说："我已经不配了，我会把少爷的身子弄脏。"

我问她："生儿子了吗？"

桑吉卓玛又嘤嘤地哭了。她的孩子生下来不久就病死了。她哭着，身上散发出泔水刺鼻的馊味，在薄薄的月光下，在淡淡的花香里。

就在这时，银匠从树丛里走了出来。

女人惊慌地问他怎么来了。他说，这一桶水也背得太久了，不放心，来看一看。他转过身来把脸对着我。我知道这人恨我。我把鞭子塞到了银匠手上。白天，我到处找人打我，众人都说傻子现在不止是傻，还发疯了。银匠就在院子里干活，当然也知道这事情。他问我："少爷真是像他们说的那样疯了吗？"

我说："你看老子像疯了？"

银匠冷冷一笑，跪下，磕了个头，鞭子就带着风声落到我身上了。我知道鞭子落在身上的部位，但感觉不到痛，这个人是怀着仇恨打的。而他的妻子，过去只轻轻拍我一下，我都是痛的。飞舞的鞭梢把好多苹果花都碰掉了。在薄薄的月光下，淡淡的花香里，我笑了。银匠吁吁地喘着气，手里的鞭子落在了地上。这下，他们两口子都在我面前跪下了。

银匠叫眼前的奇迹征服了，他说："以前，我的女人是你身边的人，现在，我也是你的人，你的牲口了。"

我说："你们去，好好过你们的日子吧。"

他们走了。我看着月亮在薄云里移动，心里空落落的很不好受。这不怪月亮，而要怪哥哥。对一个少爷来说，我就没有什么好害怕的，不怕挨饿，不怕受冻，更不怕……总而言之，就是没有平常人的种种害怕。如果说我还有一种害怕，那就是痛楚。从小到大，从来没人对我动过手。即使我干了很不好的事，他们也说，可怜的傻子，他知道什么。但害怕总是与生俱来就在那里的。今天，这种害怕一下就没有了，无影无踪了。我对自己生出迷茫的感觉。

这种感觉简直要把我变傻了。

我问侍女塔娜："我该害怕什么？"

她用更加迷茫的眼光望着我："什么都不害怕不幸福吗？"

但我固执地问她："我该害怕什么？"

她咯咯地笑起来，说："少爷又犯傻了。"

我想这句话的意思是说，少爷有些时候并不傻，只是在"犯"了的时候才傻。于是，就和她干那件事情。干事时，我把她想成是一只鸟，带着我越飞越高，接着，我又把她想成一匹马，带着我直到天边。然后，她屁股那里的味道叫人昏昏欲睡。于是，我就开始做梦了。

这并不是说，以前我的脑子在睡着的时候就没有活动过。不是这个意思。如果是这样的话，那我就是自己在打自己的嘴巴了。我是说，以前从来没有好好做过梦，没有做过一个完整的梦。从现在起，我开始做完整的梦了。

这一向，我常做的梦是往下掉。在梦里往下掉可真是妙不可言。你就那样掉啊，掉啊，一直往下，没完没了，到最后就飞起来了，因为虚空里有风嘛。平常我也不是没有从高处掉下来过，小时候从床上，大了，从马背上。但那绝对不能跟梦里相比。不在梦里时，刚刚开始往下掉，什么都来不及想，人就已经在地上了。而且，还震得脑子嗡嗡响，自己咬了自己的舌头。梦里就大不一样了。往下掉时，第一个念头当然还是想，我掉下去了。可这话在嘴里念了好多遍之后，都还没有落到地上。这时，便感到自己在有风的虚空里飘起来了。不好的地方是，你只是横着往下掉，想要直起身来，却怎么也办不到。这是没有办法的事情，没有办法就是没有办法。有时，好不容易转过身，就看见大地呼啸着扑面而来。我想，人其实害怕真实的东西。不然，我就不会大叫着从梦里醒来。是女人的手使我安静下来。我有点高兴，因为我至少有点可以害怕的东西了。这样活着才有了一点意思。你知道我害怕什么吗？

我害怕从梦里，那个明明是下坠，却又非常像是在飞翔的梦里醒来。如果一个人非得怕什么才算是活着，我就怕这个。

21. 聪明人与傻瓜

这年秋天，小麦丰收，接着晚秋的玉米也丰收了。

在此之前，大少爷总是说："看着吧，种下得那么迟，不等玉米成熟，霜冻就要来了。"

这也正是土司和我们大家都担心的。因为等待北方土司们的消息，下种足足晚了十好几天。

我对父亲说，哥哥的话不会算数。

父亲说："这家伙，像是在诅咒自己的家族。"

那些年，好运总在麦其土司这边。今年的天气一入秋就比往年暖和。霜冻没有在通常的日子出现。后来，玉米都熟透了，霜还不下。老百姓都说，该下一点霜了。成熟的玉米经一点霜，吃起来会有一点甜味。对于没有什么菜佐饭的百姓们，玉米里有没有这么一点甜味比较重要，有那一点甘甜，他们会觉得生活还是美好的，土司还是值得拥戴的。父亲叫门巴喇嘛作法下霜。喇嘛说，山上还有一点没有成熟。果然，高处几个寨子的玉米一成熟，当夜就是一个星光灿烂的大晴天，天快亮时就下霜了。一下就是冬天那种霜，早上起来，大地在脚下变硬了，霜花在脚下嚓嚓作响。麦其家本来就有一些粮食储备，现在，更是多得都快没地方装了。交粮队伍不时出现在大路上。院子里，跛子管家手拿账本，指挥人过斗。下人们一阵欢呼，原来是满得不能再满的一个仓房炸开了。金灿灿的玉米瀑布一样哗哗地泻到了地上。

哥哥说："这么多的玉米，要把官寨撑破的。"不知道为什么，哥哥越来越爱用这种腔调说话。以前，我们以为是因为姑娘们喜欢这种满不在乎的腔调。

父亲问："也许，两个儿子脑袋里有什么新鲜办法？"

哥哥哼了一声。

土司对我说："你不要想到自己是傻子，想到别人说你是傻子，就什么都不说。"

于是，我提出了那个最惊人的而又最简单的建议：免除百姓们一年贡赋。话一出口，我看到书记官的眼睛亮了一下。母亲很担心地看着我。父亲有好一阵没有说话。我的心都快从嗓子里跳出来了。

父亲玩弄着手上的珊瑚戒指，说："你不想麦其家更加强大吗？"

我说："对一个土司来说，这已经够了。土司就是土司，土司又不能成为国王。"

书记官当时就把我这句话记下了。因此，我知道自己这句话没有说错。麦其家强大了，凭借武力向别的土司发动过几次进攻。如果这个过程不停顿地进行下去，有一天，天下就只有一个土司了。拉萨会看到，南京也会看到。而这两个方向肯定都没人乐意看到这样的结果。所以，麦其家只要强大到现在这样，别的土司恨着我们而又拿我们没有一点办法就够了。在我们家里，只有哥哥愿意不断发动战争。只有战争才能显示出他不愧为麦其土司的继承人。但他应该明白历史上任何一个土司都不是靠战争来取得最终的地位。虽然每一个土司都沿用了国王这个称谓，却没有哪一个认真以为自己真正是个国王。在这些雪山下面的谷地里，你不能太弱小，不然，你的左邻右舍就会轮番来咬你，这个一口，那个再来一口，最后你就只剩下一个骨头架子了。我们有一句谚语说：那样的话，你想喝水都找不到嘴巴了。而我哥哥好像从来不想这些。他说："趁那些土司还没有强大，把他们吃掉就完事了。"

父亲说："吃下去容易，就怕吃下去屙不出来，那就什么都完了。"

历史上有过想把邻居都吃掉的土司，结果汉人皇帝派大军进剿，弄得自己连做原来封地上的土司都不行了。因为没有很好的道路通向汉地，所以，总有土司会忘记自己的土司封号是从哪里来的。脑子一热，就忘记了。过去有皇帝，现在有总统的汉地，并不只是出产我们所喜欢的茶、瓷和绸缎。哥哥是去过汉地的，但他好像连我们这里是一个军长的防区都不知道，连使我们强大的枪炮是从哪里来的都记不住。

好在父亲对自己置身的世界相当了解。

叫他难以理解的是两个儿子。聪明的儿子喜欢战争，喜欢女人，对权力有强烈兴趣，但在重大的事情上没有足够的判断力。而有时他那酒后造成的傻瓜儿子，却又显得比任何人都要聪明。在别的土司还没有为后继者发愁时，他脸上就出现了愁云。老百姓总是说当土司好，我看他们并不知道土司的苦处。在我看来做土司的家人而不是土司那才叫好。

要是你还是个傻子，那就更好了。

比如我吧，有时也对一些事发表看法。错了就等于没有说过，傻子嘛。对了，大家就对我另眼相看。不过，直到现在，我好像还没有在大地方错过。弄得母亲都对我说："儿子，我不该抽那么多大烟，我要给你出点子。"

要是那样的话，我倒宁愿她仍旧去吸大烟。反正我们家有的是这种看起来像牛屎一样的东西。可我想这样会伤了她的心。母亲总是喜欢说，你伤了我的心。父亲说，你的心又不是捏在别人手里，想伤就可以伤吗？哥哥说女人就爱讲这样的话。他以为自己跟好多姑娘睡过，就十分了解女人了。后来，他去了一两次汉人地方，又说，汉人都爱这样说。好像他对汉人又有了十分的了解。

土司免除了百姓一年赋税，老百姓高兴了，凑了钱请了一个戏班，在官寨前广场上热闹了四五天。大少爷是个多才多艺的人，混在戏班里上台大过其戏瘾。

又一件很重大的事情在他不在时决定了。

土司说，爱看戏的人看戏去吧。

父亲还说，戏叫老百姓他们自己看，我有事情要跟你们商量。这个"你们"其实就是母亲、我，和跛子管家。外面广场上锣鼓喧天，土司说出了他的决定，大家都说是个好主意。而大少爷没有听到土司这个好主意。

戏终于演完了。

父亲叫哥哥和南边边界的头人一起出发。就是叫他去执行他演戏时做出的那个决定。土司叫他在边界上选靠近大路的地方修座大房子，前面要有水，有一块平地，附近有放马的地方。哥哥问房子修起来干什么。土司说，要是现在想不出来，到把房子修成后就该想出来了。

"一边干一边想吧。"土司说，"不然，你怎么守住这么大一份基业。"

当哥哥回来复命时，人都瘦了一圈。他告诉土司自己如何尽职，房子又修得多么宏伟漂亮。土司打断了他，说："你说的这些我都知道，我知道你地址选得很好，知道你没有老去找姑娘。这些我都很满意，但我只要你告诉我，想出那个问题没有。"

他的回答叫我都在心里大叫了一声：大少爷呀！

他说："我知道政府不会让我们去吃掉别的土司，打仗的办法不行，我们要跟他们建立友谊，那是麦其家在边界上的行宫，好请土司们一起来消夏打猎。"

土司也生怕他聪明儿子回答错了，但没有办法。他确实错了。

土司只好说："现在，你到北方去，再修一座房子，再想一想还有没有别的用处。"

哥哥在房里吹笛子吹到半夜，第二天早上叫吃饭时，他已经出发往北方去了。我可怜的哥哥。本来，我想把房子的用途告诉他，但他走了。在我们家里，应该是我去爱好他那些爱好。他多看看土司怎么做事，怎么说话。在土司时代，从来没人把统治术当成一门课程来传授。虽然这门课程是一门艰深的课程。除非你在这方面有特别天赋，才用不着用心去学习。哥哥以为自己是那种人，其实他不是。打仗是一回事，对于女人有特别的魅力是一回事，当一个土司，当好一个土司又是另一回事。

又到哥哥该回来的时候了，父亲早就在盼着了。他天天在骑楼的平台上望着北方的大路。冬天的大路给太阳照得明晃晃的，两旁是落尽了叶子的白桦林。父亲的心境一定也是那样空空荡荡的吧。这一天，父亲更是很早就起来了。因为头天门巴喇嘛卜了一卦，说北方的大路上有客来到。

土司说："那是我儿子要回来了。"

门巴喇嘛说："是很亲的人，但好像不是大少爷。"

22. 英国夫人

我的叔叔和姐姐回来了！

叔叔从印度加尔各答。姐姐从英国。

　　姐姐先到了叔叔的印度，再和他经西藏回到了家乡。他们下马，上楼，洗去尘土，吃了东西，我都没有轮上跟他们说一句话。只是清清楚楚地看见了他们。叔叔那张脸叫我喜欢。他的脸有点像父亲，但更圆，更有肉，更多笑意。照我的理解，他不是什么都要赢的那种人。不想凡事都赢的人是聪明人，说老实话，虽然我自己傻，但喜欢聪明人。说说我认为的聪明人有哪些吧。他们不太多，数起来连一只手上的指头都用不完。他们是麦其土司、黄特派员、没有舌头的书记官，再就是这个叔叔了。看，才用了四根指头，还剩下一根，无论如何都扳不下去了。我只好让那根小指头竖在那里，显出很固执的样子。

　　叔叔对我说话了，他说："小家伙玩指头呢。"他招招手，叫我过去，把一个宝石戒指套在了那根竖着的手指上。

　　母亲说："礼重了，叔叔的礼重了，这孩子会把宝物当成石头扔掉的。"

　　叔叔笑笑："宝石也是石头，扔掉就算了。"他又俯下头问我："你不会把我的礼物扔掉吧？"

　　"我不知道，他们都说我是个傻子。"

　　"我怎么看不出来？"

　　父亲说："还没到时候嘛。"

　　这时，姐姐也对我说话了，她说："你过来。"

　　我没有马上听懂她的话，想是又到犯傻的时候了。其实，这不是我犯傻，而是她说自己母语时，舌头转不圆了。她完全知道那句话该怎么说，可舌头就是转不过来。她含糊不清地说："你过来。"我没有听清她要说什么。但看到她对我伸出手来，是叫我到她那边去的意思。在此之前，她给我们写的信口吻都十分亲密。就比如说我吧，她在信里总是说："我没见过面的弟弟怎么样，他可爱吧。"再就是说，"不要骗我说他是个傻子，当然，如果是也没有什么关系，英国的精神大夫会治好他。"母亲说，小姐是好人，她要接你去英国。现在，这个好人姐姐回来了，说了句含糊不清的话，然后对我伸出手。我走到姐姐面前，她却不像叔叔一样拉住我的手，而是用手和冷冰冰的眼光把我挡住了。屋子里很暖和，可她还戴着白白的手套。还是叔叔懂她的意思，叫我用嘴碰了下她的手背。姐姐笑笑，从皮夹里拿出些花花绿绿的票子，理开成一个扇面，递到我手上。叔叔教我说："谢谢夫人。"

我问："夫人是英国话里姐姐的意思吗？"

"夫人就是太太。"

姐姐已经嫁给英国一个什么爵爷了。所以，她不是我姐姐，而是太太，是夫人了。

夫人赏我崭新的外国票子。都是她从英国回来，一路经过的那些国家的票子。我想，她怎么不给我一个两个金币，不是说英国那里有很漂亮的金币吗？我想，她其实不喜欢我。我也不喜欢她。过去我想见到她。那是因为常常看到她的照片。看照片时，周围的气味是从麦其家的领地、麦其家的官寨的院子里升起来的。但现在，她坐在那里，身上是完全不同的味道。我们常常说，汉人身上没有什么气味，如果有，也只是水的味道，这就等于说还是没有味道。英国来的人就有味道了，其中跟我们相像的是羊的味道。身上有这种味道而不掩饰的是野蛮人，比如我们。有这种味道而要用别的味道镇压的就是文明人，比如英国人，比如从英国回来的姐姐。她把票子给了我，又用嘴碰碰我的额头，一种混合气味从她身上十分强烈地散发出来。弄得我都差点呕吐了。看看那个英国把我们的女人变成什么样子了。

她送给父亲一顶呢绒帽子，高高的硬硬的，像是一只倒扣着的水桶。母亲得到了一些光亮、多彩的玻璃珠子。土司太太知道这种东西一钱不值。她就是脱下手上一个最小的戒指，也可以换到成百串这种珠子。

叔叔后来才把礼品送到各人房间里。除了戴到我手上的戒指，他给我的正式礼物是一把镶着宝石的印度宝剑。他说："你要原谅我，所有人里，你得到最少的礼物。小少爷的命运都是这样的。"他还问我，"孩子，喜欢自己有个叔叔吗？"

我说："我不喜欢姐姐。"

他问我："哥哥呢。"

我说："他以前喜欢我，现在不了。"

他们并不是专门回来看我们的。

他们回来时，汉地的国民政府和共产党都跟日本人打起来了。那时的中央政府已不在我们祖先去过的北京，而在我们不熟悉的南京。班禅活佛也去了那里，所以，我们认为国民政府是好政府。藏族人的伟大活佛不会去没有功德的地方。我的叔叔做从印度到西藏的生意时常到日喀则，伟大班禅的札什伦布寺就在那里。因为这个原因，他的生意也跟着做到了南京。叔叔还捐了一架飞机给国民政府，在天上和日本人打仗。后来，国民政府失去南京。叔叔出钱的飞机和一个俄国飞行员落到了一条天下最大的河里。叔叔是这么说的："我的飞机和苏联小伙子一起落在天下最大的河里了。"班禅活佛想回西藏，叔叔带上资财前去迎接，顺便回来看看家乡。我看得出来，这时，就是父亲让位给他，他也不会当这个麦其土司了。当然，他对家里的事还是发表了一些看法。

他说，第一，从争斗的漩涡里退出来，不要再种鸦片了；

第二，他说，麦其家已经前所未有的强大，不要显得过于强大。他说，现在跟以前不一样了，土司不会再存在多久了。总有一天，西部雪域要倒向英国，东边的土司们嘛，自然要归顺于汉人的国家；

第三，在边境上建立市场是再好没有的想法，他说，将来的麦其要是还能存在，说不定就要靠边境贸易来获得财富了；

第四，他带侄女回来是要一份嫁妆。

父亲说："我把她给你了，你没有给她一份嫁妆吗？"

叔叔说："要嫁妆时，她巴不得再有两三个有钱的老子。"

父亲说："看你把她教成什么样子了。"

叔叔笑笑，没有说话。

姐姐的表现叫一家人都不喜欢。她要住在自己原来的房间，管家告诉她，这房间天天有人打扫，跟她没有离开时一模一样。但她却皱着鼻子，里里外外喷了好多香水。

她还对父亲说："叫人给我搬台收音机来。"

父亲哼了一声，还是叫人搬了台收音机给她。叔叔都没想到她居然从那么远的地方带了电池来。不一会儿，她的房间里就传出怪里怪气的刺耳的声音。她把收音机旋钮拧来拧去，都是这种声音。叔叔说："你省省吧，从来没有电台向这个地方发射节目。"

"回到伦敦我就没有新鲜话题了。"她说，"我怎么出生在这个野蛮地方！"

土司愤怒了，对女儿喊道："你不是回来要嫁妆的吗？拿了嫁妆滚回你的英国去吧！"

哥哥闻讯从北方边境赶回来了。说来奇怪，全家上下，只有他很欣赏姐姐，在我们面前做出这个英国夫人才是他真正亲人的样子。可亲爱的姐姐对他说："听说你总去勾引那些村姑，一个贵族那样做很不体面。你该和土司们的女儿多多往来。"哥哥听了，哭笑不得。好像她不知土司的女儿们都在好多天驿马的路程之外。并不是有月亮的晚上一想起，抬腿就可以走到的。

他恨恨地对我说："麦其家尽是些奇怪的人！"

我想附和他的意见，但想到他把我也包括在内就算了。

姐姐回来一趟，父亲给了她整整两驮银子，还有一些宝石。她不放心放在别的地方，叫人全部从地下仓房里搬到了四楼她的房间里。

父亲问叔叔说："怎么，她在英国的日子不好过吗？"

叔叔说："她的日子好得你们不能想象。"叔叔说，"她知道自己不会再回来了，所以，才要这么多银子，她就是想一辈子过你们想都不能想的好日子才那么看重那些东西。"

父亲对母亲说："天哪，我不喜欢她，但她小时候还是讨人喜欢的，我还是再给她些金子吧。"

母亲说："反正麦其土司种了几年鸦片，觉得自己比天下所有人都富有了。"

土司说："她实在长得像她母亲。"

土司太太说："金子到手后，她最好早点离开。"

叔叔说："你们不要心痛，我给她的东西比你们给她的东西多得多。"

姐姐得到了金子后，就说："我想上路了，我想我该回去了。"

土司太太说："夫人不再住些时候？"

姐姐说："不，男人离开女人久了，会有变故的，即使他是一个英国绅士。"

他们离开前，姐姐和哥哥出去散步，我和叔叔出去散步。瞧，我们也暂时有了一点洋人的习惯。哥哥有些举动越来越好笑了。大家都不喜欢的人，他偏偏要做出十分喜欢的样子。他们两个在一起时，说些什么我不知道，也不想知道。但我和叔叔散步却十分愉快。他对我说："我会想你的。"

我又一次问他："我真是个傻子吗？"

叔叔看了我半晌，说："你是个很特别的孩子。"

"特别？！"

"就是说，你和好多人很不相同。"

"我不喜欢她。"

叔叔说："不要为这事费脑子了，她不会再回来了。"

"你也不回来了吗？"

叔叔说："我会变成一个英国人吗？我会变成一个印度人

吗？不，我要回来，至少是死的时候，我想在这片天空下合上双眼。"

第二天，他们就上路走了。叔叔不断回头。姐姐换了一身英国人的白衣服，帽子前面还垂下一片黑纱。告别的时候，她也没有把那片黑纱撩起来一下。

姐姐就要永远离开了我们，离开家乡了。倒是父亲还在担心女儿的未来，他问叔叔："银子到了英国那边，也是值钱的东西，也是钱吗？"

叔叔说："是钱，到了英国也是钱。"

姐姐一直在跟叔叔谈论一路将经过些什么样的地方。我听到她一次又一次问："我们真会坐中国人的轿子吗？"

叔叔说："要是你愿意就坐。"

"我不相信黑衣服的汉人会把一座小房子抬在肩头上走路。"

哥哥说："那是真的，我坐过。"

叔叔说："我担心的不是这个，我担心路上有土匪。"

姐姐说："听说中国人害怕英国人，我有英国护照。"

说话时，他们已经到了山口上，我们在这里停下来，目送他们下山。姐姐连头都没回一下，叔叔不断回头对我们挥动帽子。

姐姐他们走后，哥哥又开始对我好了。他说，等他当了土司，要常常送姑娘给我。

我傻乎乎地笑了。

他拍拍我的脑袋："只要你听我的话。看看你那个塔娜，没有屁股，也没有胸脯。我要送给你大奶子大屁股的女人。"

"等你当上土司再说吧。"

"那样的女人才是女人，我要送给你真正的女人。"

"等你真当上土司了吧。"

"我要叫你尝尝真正女人的味道。"

我不耐烦了，说："我亲爱的哥哥，要是你能当上土司的话。"

他的脸立即变了颜色，不再往下说了，但我却问："你要送给我几个女人？"

"你滚开，你不是傻子。"

"你不能说我不是傻子。"

这时，土司出现了，他问两个儿子在争什么。我说："哥哥说我不是傻子。"

土司说："天哪，你不是傻子，还有谁是傻子？"

未来的土司继承人说："那个汉族女人教他装傻。"

土司叹息一声，低声说："有一个傻子弟弟还不够，他哥哥也快变成傻子了吗？"

哥哥低下头，急匆匆走开了。土司脸上漫起了乌云，还是我说了许多傻话，才使他脸上又有了一点笑容。他说："我倒宁愿你不是傻子，但你确实是个傻子嘛。"

父亲伸出手来，抚摸我脑袋。我心里很深的地方，很厉害地动了一下。那个很深很黑暗的地方，给一束光照耀一下，等我想仔细看看里面的情景时，那光就熄灭了。

第六章

23. 堡　垒

从麦其土司的领地中心，有七八条道路通向别的土司领地。也就是说，周围的土司们能从那七八条道路来到麦其官寨。

春天刚刚来临，山口的积雪还没有完全融化，就像当年寻找罂粟种子一样，每条道路上又都出现了前来寻找粮食的人。土司们带着银子，带着大量的鸦片，想用这些东西来换麦其家的粮食。

父亲问我和哥哥给不给他们粮食。

哥哥急不可耐地开口了："叫他们出双倍价钱！"

父亲看我一眼，我不想说话，母亲掐我一把，对着我的耳朵悄声说："不是双倍，而是双倍的双倍。"

我没有说双倍的双倍，而是说："太太掐我了。"

哥哥看了母亲一眼，父亲看了我一眼，他们两个的眼光都十分锐利。我是无所谓的。母亲把脸转到别的方向。

大少爷想对土司太太说点什么，但他还没有想好，土司就开口了："双倍？你说双倍？就是双倍的双倍还不等于是白送给这些人了？我要等到他们愿意出十倍的价钱。这，就是他们争着抢着要种罂粟的代价。"

哥哥又错了，一脸窘迫愤怒的表情。他把已经低下的头猛然扬起,说:"十倍?！那可能吗?那不可能！粮食总归是粮食,而不是金子,也不是银子！"

土司摸摸挂在胸前的花白胡须,把有些泛黄的梢子,托在手中,看了几眼,叹口气说:"双倍还是十倍,对我都没什么意义。看吧,我老了。我只想使我的继任者更加强大。"他沉吟了半晌,做出了一个重大的决定:"好了,不说这个了,现在,我要你出发到边境上去,你的兄弟也出发到边境上去。你们都要多带些兵马。"土司强调说,他是为了麦其土司的将来做出这个决定的。

父亲把脸转向傻瓜儿子,问:"你知道叫你们兄弟去干什么?"

我说:"叫我带兵。"

父亲提高了声音:"我是问,叫你带兵去干什么?"

我想了想,说:"和哥哥比赛。"

土司对太太说:"给你儿子一个耳光,他把我的意思全部弄反了！"

土司太太就给了我一个耳光,不是象征性的,而是重重的一个耳光。这样的问题,哥哥完全可以回答,但土司偏偏不去问他。而我总不能每次回答都像个傻子吧。偶尔,我还是想显得聪明一点。土司这样做就是要两个儿子进行比赛,特别要看看傻瓜儿子是不是比他哥哥更有做土司的天分。我看出了土司这意思,大胆地说了出来。

我这句话一出口,太太立即对土司说:"你的小儿子真是个傻子。"顺手又给了我一个耳光。

哥哥对母亲说："太太，打有什么用？怎么打他都是个傻子。"

母亲走到窗前，瞭望外边的风景。我呢，就呆望着哥哥那张聪明人的脸，露出傻乎乎的笑容。

哥哥大笑，尽管眼下没什么好笑的事情，但他还是禁不住大笑了。有些时候，他也很傻。父亲叫他去了南方边界，又派他去了北方边界，去完成建筑任务，他完成了，但却终于没能猜出这些建筑将做什么用途。直到麦其的领地上粮食丰收了，他才知道那是仓库。

土司吩咐我们两个到边界上严密守卫这些仓库，直到有人肯出十倍价钱。我到北方，哥哥去南方。

对前来寻求粮食的土司，麦其土司说："我说过鸦片不是好东西，但你们非种不可。麦其家的粮食连自己的仓库都没有装满。明年，我们也要种鸦片，粮食要储备起来。"土司们怀着对暴发了的麦其家的切齿仇恨空手而回。

饥荒已经好多年没有降临土司们的领地了，谁都没有想到，饥荒竟然在最最风调雨顺的年头降临了。

土司们空手而回，通往麦其领地的大路上又出现了络绎不绝的饥民队伍。对于这些人，我们说："每个土司都要保护自己的百姓，麦其仓库里的粮食是为自己的百姓预备的。"这些人肚子里装着麦其家施舍的一顿玉米粥，心里装着对自己土司的仇恨上路，回他们的饥馑之地去了。

我出发到北方边界的日子快到了。

除了装备精良的士兵，我决定带一个厨娘，不用说，她就是当过我贴身侍女的桑吉卓玛。依我的意思，本来还要带上没有舌头的书记官。但父亲不同意。他对两个儿子说："你们谁要证明了自己配带这样的随从，我立即就给他派去。"

我问："要是我们两个都配得上怎么办？麦其家可没有两个书记官。"

"那好办，再抓个骄傲的读书人把舌头割了。"父亲叹了口气说，"我就怕到头来一个都不配。"

我叫索郎泽郎陪着到厨房，向桑吉卓玛宣布了带她到北方边界的决定。这决定太出乎她的意料了。我看到她站在大铜锅前，张大了嘴巴，把一条油乎乎的围裙在手里缠来缠去。嘴里嗫嚅着说："可是，少爷……可是，少爷……"

从厨房出来，她的银匠丈夫正在院子里干活。索郎泽郎把我的决定告诉了他。小厮的话还没有说完，银匠就把锤子砸在了自己手背上，脸唰一下白了。他抬头向楼上望了一眼，真碰到我的眼光时，他的头又低了下去。我和索郎泽郎又往行刑人家里走了一趟。

一进行刑人家的院子，老行刑人就在我面前跪下了，小尔依却只是垂手站在那里，露出了他女孩子一样羞怯的笑容。我叫他准备一套行刑人的工具，跟我出发到边境上去。他的脸一下就涨红了，我想这是高兴的缘故。行刑人的儿子总盼着早点成为正式的行刑人，就像土司的儿子想早一天成为真正的土司。老行刑人的脸涨红了，他不想儿子立即就操起屠刀。我举起手，示意他不要开口。老行刑人说："少爷，我不会说什么，我只是想打嗝，我经常都要打嗝。"

"你们这里有多余的刑具吗？"

"少爷，从他刚生下来那天，我就为你们麦其家的小奴才准备好了。只是，只是……"

"说吧，只是什么？"

"只是你的兄长，麦其土司将来的继承人知道了会怪罪我。"

我一言不发，转身走出行刑人家的院子。

出发时，小尔依还是带着全套的刑具来了。

父亲还把跛子管家派给了我。

哥哥是聪明人，不必像我带上许多人做帮手。他常常说，到他当土司时，麦其官寨肯定会空出很多房间。意思是好多人在他手下要失去其作用和位置。所以，他只带上一队兵丁，外加一个出色的酿酒师就足够了。他认为我带着管家，带着未来的行刑人，特别是带着一个曾和自己睡过觉的厨娘，都是十分正常的，因为他弟弟是个傻子。我打算把塔娜带上，叫他见笑了。他说："有人群的地方就有女人，你为什么要带上这个小女人？你看我带了一个女人吗？"

我的回答傻乎乎的："她是我的侍女呀。"一句话惹得他哈哈大笑。

我对塔娜说："好吧，好吧，不要哭了，就在家里等我回来吧。"

去边界的路上，许多前来寻找粮食，却空手而归的人们走在我们队伍的前面和后面。我们停下来吃饭时，我就叫手下人给他们一点。因为这个，他们都说麦其家的二少爷是仁慈少爷。跛子管家对我说："就是这些人，要不了多久，就会饿狼一样向我们扑来。"

我说："是吗，他们会那样做吗？"

管家摇了摇头，说："怎么两个少爷都叫我看不到将来。"

我说："是吗，你看不到吗？"

他说："不过，我们肯定比大少爷那边好，这是一定的，我会好好帮你。"

走在我马前的索郎泽郎说："我们也要好好帮少爷。"

管家一鞭子抽在他身上。

我大笑，笑得差点从马背上跌下去了。

跛子管家对我说："少爷，你对下人太好了，这不对，不是一个土司的做法。"

我说："我为什么要像一个土司，将来的麦其土司是我的哥哥。"

"要是那样的话，土司就不会安排你来北方边界了。"他见我不说话，一抖马缰，走在和我并排的地方，压低了声音说："少爷，小心是对的，但你也该叫我们知道你的心思，我愿意帮助你。但要叫我知道你的心思才行啊。"

我狠狠地在他的马屁股上抽了一鞭，马一扬蹄，差点把麦其家忠心耿耿的跛子管家从马背上颠了下来。我又加了一鞭，马箭一样射出去了，大路上扬起了一股淡淡的黄尘。我收收缰绳，不一会儿，就落在后面，走在下人的队伍里了。这一路上，过去那个侍女，总对我躲躲闪闪的。她背着一口锅、一小捆引火的干柴，脸上竖一道横一道地涂着些浓淡不一的锅底灰。总之，她一点也不像当初那个教会我男女之事的卓玛了。她这副模样使我感到人生无常，心中充满了悲伤。我叫来一个下人，替她背了那口锅，叫她在溪边洗去了脸上的污垢。她在我的马前迈着碎步。我不说话，她也不说话。我不知道自己要干什么，我不会想再跟她睡觉，那么，我又想干什么呢，我的傻子脑袋没有告诉我。这时，卓玛的双肩十分厉害地抖动起来，她哭了。我说："你是后悔嫁给银匠吗？"

卓玛点点头，又摇摇头。

"你不要害怕。"

我没想到卓玛会说出这样的话："少爷，有人说你会当上土司，你就快点当上吧。"

她的悲伤充满了我的心间。卓玛要我当上土司，到时候把她从奴隶的地位上解放出来。这时，我觉得自己的确应该成为麦其土司。

我说："你没有到过边界，到了，看看是什么样子，就回到你的银匠身边去吧。"

她在满是浮尘的春天大路上跪下了，一个头磕下去，额头上沾满了灰尘。看吧，想从过去日子里找点回忆有多么徒劳无益。看看吧，过去，在我身边时总把自己弄得干干净净的姑娘成了什么样子。我一催马，跑到前面去了。马的四蹄在春天的大路上扬起了一股黄尘。后面的那些人，都落在尘埃里了。

春天越来越深，我们走在漫长的路上，就像是在往春天深处行走一样。到达边界时，四野的杜鹃花都开放了。迎面而来，到处寻找粮食的饥民也越来越多。春天越来越深，饥民们脸上也越来越多地显出春天里连天的青草，和涌动的绿水那青碧的颜色。

哥哥把仓库建得很好。我是说，要是在这个地方打仗，可真是个坚固的堡垒。

当然，我还要说，哥哥没有创造性。那么聪明，那么叫姑娘喜欢的土司继承人，却没有创造性，叫人难以相信。当我们到达边境，眼前出现了哥哥的建筑杰作时，跛子管家说："天哪，又一个麦其土司官寨嘛！"

这是一个仿制品。

围成个大院落的房子上下三层，全用细细的黄土筑成。宽大的窗户和门向着里边，狭小的枪眼兼窗户向着外边。下层是半地下的仓房，上两层住房可以起居，也可以随时对进攻的人群泼洒弹雨，甚至睡在床上也可以对来犯者开枪。我哥哥可惜了，他要是生活在土司之间边界未定的时代，肯定是一个世人瞩目的英雄。照我的理解，父亲可不是叫他到边界上来修筑堡垒。父亲正一天天变得苍老，经常把一句话挂在嘴边，说："世道真的变了。"

更多的时候，父亲不用这般肯定的口吻，而是一脸迷惘的神情，问："世道真的变了？"

我的兄长却一点也不领会这迷惘带给父亲的痛楚，满不在乎地说："世道总是要变的，但我们麦其家这么强大了，变还是不变，都不用担心。"

父亲知道，真正有大的变化发生时，一个土司，即使是一个前所未有的强大的土司，如果不能顺应这种变化，后果也不堪设想。所以，土司又把迷惘的脸转向傻子。我立即就感到了父亲心中隐隐的痛楚，脸上出现了和土司心中的痛楚相对应的表情。土司看到自己心里的痛楚，显现在傻瓜儿子的脸上，就像父子两人是一个身体。

父亲说世道变了，就是说领地上的好多东西都有所变化。过去，祖先把领地中心的土司官寨都修成坚固的堡垒，不等于今天边界上的建筑也要修成堡垒。我们当然还要和别的土司进行战争，枪炮的战争打过，我们胜利了。这个春天，我们要用麦子来打一场战争。麦子的战争并不需要一座巨大的堡垒。

我们权且在堡垒里住下。

这是一个饥荒之年，我们却在大堆的粮食上面走动，交谈，做梦。麦子、玉米一粒粒重重叠叠躺在黑暗的仓房里，香气升腾起来，进入了我们的梦乡。春天的原野上，到处游荡着青绿色面孔的饥民。其中有好多人，直到临死，想要做一次饱餐的梦都不能够。而我们简直就是在粮食堆上睡觉。下人们深知这一点，脸上都带着身为麦其家百姓与奴隶的自豪感。

24. 麦 子

该说说我们的邻居了。

拉雪巴土司百多年前曾经十分强大。强大的土司都做过恃强凌弱之事。他们曾经强迫把一个女儿嫁给麦其土司，这样，拉雪巴土司就成了麦其土司的舅舅。后来，我们共同的邻居茸贡土司起来把他们打败了。麦其土司趁便把自己兄弟的女儿嫁给拉雪巴土司做了第三任妻子，这样，又使自己成了拉雪巴土司的伯父。

一到边界，我就盼着亲戚早点到来。

但拉雪巴土司却叫我失望了。

每天，那些脸上饿出了青草颜色的饥民，围着我们装满麦子的堡垒绕圈子。一圈，一圈，又一圈，一圈，一圈，又一圈，绕得我头都晕了。要是他们想用这种方式来夺取堡垒那就太可笑了。但看着这些人老是绕着圈子，永无休止，一批来了，绕上两天，又一批来绕上三天，确实叫人感到十分不快。但我们过去的舅舅，后来的侄儿，却还不露面。他的百姓一个接一个死去，转着转着，就倒在地上，再也起不来了。或者，拉雪巴土司是想用这种方式唤起我的慈悲和怜悯。可他要是那样想的话，就不是一个土司了。在这片土地上，没有任何土司会把希望寄托在别人发慈悲上。只有可怜的百姓，才会有如此天真的想法。眼下，只有春天一天比一天更像春天。这一天，我把厨娘卓玛叫到跟前，吩咐她不做饭了，带十个下人架起十口炒锅，在院子里炒麦子。很快，火生起来，火苗被风吹拂着，呼呼地舔着锅底，麦子就在一字排开的十口炒锅里噼噼啪啪爆裂开了。管家不解地看着我，我说："我可不是只为了听听响声。"

管家说："是啊，要听响声，还不如放一阵机枪，把外面那些人吓跑算了。"

管家是真正的聪明人，他把鼻头皱起来，说："真香啊，这种味道。"然后，他一拍脑门，恍然大悟，说："天哪，少爷，这不是要那些饿肚子人的命吗。"他拉着我的手，往堡垒四角的望楼上登去。望楼有五层楼那么高，从上面，可以把好大一个地方尽收眼底。饥民们还在外面绕圈子，看来，炒麦子的香气还没有传到那里。管家对我说："想出好主意的人，你不要着急。"

我说："我有点着急。"

指挥炒麦子的卓玛仰头望着我们，看来，炒焦了那么多麦子，叫她心痛了。我对她挥挥手，她懂得我的意思，我身边的人大多都能领会我的意思。卓玛也挥一挥手，她的手下人又往烧得滚烫的锅里倒进了更多麦子。从这里看下去，她虽然没有恢复到跟我睡觉时的模样，但不再像下贱的厨娘了。

火真是好东西，它使麦子变焦的同时，又使它的香气增加了十倍百倍，在生命死亡之前全部焕发出来了。诱人的香气从堡垒中间升起来，被风刮到外面的原野上。那些饥民都仰起脸来，对着天贪婪地掀动着鼻翼，步子像是喝醉了一样变得跟跟跄跄。谁见过成百上千的人，不分男女老少全部喝醉的情景呢。我敢保证没有谁看到过。那么多人同时望着天，情景真是十分动人。饥饿的人群跟跟跄跄地走着，不看脚底而望着天上。终于，他们的脚步慢了下来，在原地转开了圈子。转一阵，站定，站一阵，倒下。

麦子强烈的香气叫这些饥饿的人昏过去了。

我亲眼看到，麦子有着比枪炮还大的威力。

我当下就领悟了父亲为什么相信麦子会增加十倍价值。

我下令把堡垒大门打开。

不知哥哥是在哪里找的匠人，把门造得那么好。关着时，那样沉重稳固，要打开却十分轻松。门扇下面的轮子雷声一样，隆隆地响着，大门打开了。堡垒里的人倾巢而出，在每个倒在地上的饥民面前，放上一捧炒熟的麦子，香气浓烈的麦子。做完这件事，已经是夕阳衔山的时候了。昏倒的人在黄昏的风中醒来，都发现了一捧从天而降的麦子。吃下这点东西，他们都长了力气。站起来，在黄昏暧昧光芒的映照下，一个接一个，趟过小河，翻过一道缓缓的山脊，从我的眼前消失了。

管家在背后咳嗽了一声，我没有以为他是受了风，感冒了。"你有什么话就说说吧。"我说。

"要是跟的不是你，而是大少爷，想到什么话，我是不敢说的。"

我知道他说的是老实话。但我还是问："因为我是个傻子吗？"

管家哆嗦一下，说："我要说老实话，你也许是个傻子，也许你就是天下最聪明的人。不管怎样，我都是你的人了。"

我想听他说，少爷是聪明人，但他没有那样说。我心里冷了一下，看来，我真是个傻瓜。但他同时对我表示了他的忠诚，这叫人感到十分宽慰。我说："说吧，想到什么话，你尽管说就是了。"

"明天，最多后天，我们的客人就要来了。"

"你就做好迎接客人的准备吧。"

"最好的准备就是叫他们以为，我们什么都没有准备。"

我笑了。

知道拉雪巴土司要来，我带了一大群人，带着使好多土司听了都会胆寒的先进武器，上山打猎去了。这天，我们的亲戚拉雪巴土司是在密集的枪声里走向边界的。我们在一个小山头上一边看着拉雪巴土司一行走向堡垒，一边往天上放枪，直到他们走进了堡垒。我们没有必要立即回去。下人们在小山头上烧火，烤兔子肉做午餐。

我还在盛开着杜鹃花的草地上小睡了一会儿。我学着那些打猎老手的样子，把帽子盖在脸上，遮挡强烈的日光。本来，我只是做做睡觉的样子，没想到真睡着了。大家等我醒来，才吃了那些兔子。大家都吃得太饱了，坐在毯子一样的草地上，没人想立即起身。附近牧场上的百姓又送来了奶酪。这样，我们就更不想起身了。

对于吃饱了肚子的人，这是一个多么美好的季节呀！

和风吹拂着牧场。白色的草莓花细碎、鲜亮，从我们面前，开向四面八方。间或出现一朵两朵黄色蒲公英更是明亮照眼。浓绿欲滴的树林里传来布谷鸟叫。一声，一声，又是一声。一声比一声明亮，一声比一声悠长。我们的人，都躺在草地上，学起布谷鸟叫来了。这可是个好兆头。所有人都相信，一年之中，第一次听见布谷鸟叫时，你的情形就是从现在到下次布谷鸟叫时的情形。现在，我们的情形真是再好不过了。山下，有人眼巴巴地望着我们满仓的麦子。我们在山上，用人家打仗都没有用过的好武器打了兔子，吃了，喝了可口的酸奶，正躺在草地上，布谷鸟就叫了。

这太好了。

我叫一声："太好了！"

于是，先是管家，后来是其他人，都在我身边跪下了。

他们相信我是有大福气的人。他们在我的周围一跪，也就是说，从今天起，他们都是对我效忠过的人了。我挥挥手说："你们都起来吧。"这也就是说，我接受了他们的效忠了。这不是简单的下跪，这是一个仪式。有这个仪式，跟没有这个仪式是大不一样的。一点都不一样。但我不想去说破它。我只一挥手："下山！"

大家都跃上马背，欢呼着，往山下冲去。

我想，我们的客人一定在看我们威武雄壮的队伍。

我很满意卓玛为我所做的事情。

她在每个客人面前都放上了小山一样、胀破三个肚皮也无法吃完的食物。客人们看来也没有客气。只有吃得非常饱的人，只有胃里再也装不下任何食物的人，脸上才会出现那样傻乎乎的表情。

桑吉卓玛说："他们就是三天不吃饭也不会饿了。"

我对她说："干得漂亮。"

卓玛脸红了一下，我想对她说，有一天，我会解除她的奴隶身份，但又怕这话说出来没什么意思。管家从我身后，绕到前面，到客人们落脚的房间里去了。卓玛看我看着她，脸又红了。她炒了麦子，又很好地款待了客人，这两件事，使她又有了昔日在我身边时那样的自信。她说："少爷，可不要像以前那样看我，我不是以前那个卓玛了，是个老婆娘了。"

她咯咯地笑着，女人发笑的时候，也会显出傻乎乎的样子来。我想，我该对她表示点什么，但怎么表示呢。我不会再跟她上床了，但我也不能只对她说今天的事做得很合我的心思。

正在为难，管家带着一个拖着脚走路、靴子底在地板上弄出唰唰声响的大胖子走了过来。

卓玛在我耳边说："拉雪巴土司。"

听说拉雪巴土司才四十多岁，看上去却比我父亲显老。可能是过于肥胖的缘故吧，走在平平整整的地板上，他也气喘吁吁的。他手里还攥着一条毛巾，不断擦拭脸上的汗水。一个肥胖到走几步路都气喘、都要频频擦汗的人是很可笑的。

我想笑，就笑了。

从管家看我的眼神里，知道他告诉我笑得正好，正是时候。这样，我就无须先同不请自来的客人打招呼了。

喉咙里有很多杂音的拉雪巴土司开口了："天哪，发笑的那个就是我的外甥吗？"他还记着很早以前我们曾有过的亲戚关系。这个行动困难的人不知怎么一下就到了我面前，像对一个睡着了的人一样，摇晃着我的双臂，带着哭腔说："麦其外甥，我是你的拉雪巴舅舅呀！"

我没有回答，转过脸去看天上灿烂的晚霞。

我本不想看什么晚霞，我只是不想看他。当我不想看什么时，我就会抬眼望天。

拉雪巴土司转向管家，说："天哪，我的外甥真是传说中那样。"

管家说："你看出来了？"

拉雪巴土司又对我说："我可怜的外甥，你认识我吗？我是你的拉雪巴舅舅。"

我突然开口了，在他没有料到时突然开口。他以为他的傻子侄儿见了生人，一定不敢开口，我说："我们炒了好多麦子。"

他擦汗的毛巾掉在了地上。

我说："拉雪巴家的百姓没有饭吃，我炒了麦子给他们吃，他们就回家了。要是不炒，落在地里发了芽，他们就吃不成了。"我说这话的时候，炒麦子的浓烈的香气还没有在城堡周围散尽呢。好多地方的鸟儿都被香气吸引到城堡四周来了，黄昏时分，鸟群就在宣告这一天结束的最后的明亮里欢歌盘旋。

说了这句话，我就上楼回房间去了。

在楼上，我听见管家向拉雪巴土司告辞。拉雪巴土司，那个以为麦其家的傻瓜好对付的家伙，结结巴巴地说："可是，我们的事情，还没有说呢。"

管家说："刚才少爷不是提到麦子了吗？他知道你不是光来走走亲戚。明天早点起来等他吧。"

我对随侍左右的两个小厮说："去通知卓玛，叫她明天早点起来，来了那么多鸟儿，好好喂一喂它们。"吩咐完毕，我上床睡觉，而且立即就睡着了。下人们在我下巴上垫了一条毛巾，不然的话，梦中，我流出的口水就要把自己打湿了。

早上，我被从来没有过的那么多鸟叫声惊醒了。

说老实话，我的脑子真还有些毛病。这段时间，每天醒来，我都不知道自己在什么地方。我睁开眼睛，看到天花板上条条木纹像水上的波纹曲曲折折，看到从窗子上射进来的光柱里悬浮着细细的尘土，都要问自己："我在哪里？"然后，才尝到隔夜的食物在口里变酸的味道。然后，再自己回答：是在哪里哪里。弄明白这个问题，我就该起床了。我不怕人们说我傻，但这种真正有的毛病，我并不愿意要人知道，所以，我总是在心里悄悄地问自己，但有时也难免问出声来。我原先不是这样的。原先，我一醒来就知道自己在什么地方，在哪一个屋顶下，在哪一张床上。那时，我在好多事情上还没有变得现在这么聪明，所以，也就没有这个毛病。一点也没有。这样看来，我的傻不是减少，而是转移了。在这个方面不傻，却又在另一个方面傻了。

我不想让人看到我已经在原来傻的方面变聪明了，更不想叫别人看出我傻在哪些方面。最近这种情况又加剧了。大多数时候，我只问自己一个问题，有时，要问两个问题才能清醒过来。

第二个问题是："我是谁？"

问这个问题时，在睡梦中丢失了自己的人心里十分苦涩。

还好，这天早上只出现了一个问题。

我悄悄对自己说："你在麦其家的北方边界上。"

我走出房门时，太阳已经高高升起，拉雪巴土司和他的手下的一干人都站在下面楼层上。他们在等我起床。卓玛指挥手下人在院子中央用炒锅使麦子发出更多的香气。鸟们都飞到堡垒四周来了。我叫了一声卓玛，她就停下来。先派人给我送上来一大斗炒开了花的麦子，下人们也每人端了一些在手上，当我向鸟群撒出第一把麦子，大家都把麦子往空中撒去。不到片刻功夫，宽敞的院子里就落满了各种各样的鸟。卓玛把堡垒沉沉的大门打开，一干人跟着她，抛撒着麦子，往外面去了。

这场面，把我们的客人看得目瞪口呆。

我说："他们拉雪巴土司领地上，鸟都快饿死了，多给它们吃一点吧。"说完，把斗交到小尔依手上。这个总是苍白着一张死人脸的家伙，往楼下院子里大把大把撒下麦子时，脸上涌起血色了。

我请客人一起用早饭。

拉雪巴土司再不说我是他侄儿了，而是说："我们是亲戚，麦其家是拉雪巴家的伯父。"

我哈哈大笑。见我高兴，他们脸上也显出了高兴的神情。

终于谈到粮食了。

一谈粮食麦其家的二少爷就显得傻乎乎的。这个傻子居然说："麦其家仓库里装的不是粮食，而是差不多和麦子一样重的银子。"

拉雪巴土司嗓子里不拉风箱了，他惊呼："那麦子不是像银子一样重了吗？"

我说："也许是那样的。"

拉雪巴土司断然说："世上没有那么贵的粮食，你们的粮食没有人买。"

我说："麦其家的粮食都要出卖，正是为了方便买主，伟大的麦其土司有先见之明，把粮仓修到你们家门口，就是不想让饿着肚子的人再走长路嘛。"

拉雪巴土司耐下性子跟傻子讲道理："粮食就是粮食，而不是银子，放久了会腐烂，存那么多在仓库里又有什么用处呢。"

"那就让麦子腐烂，让你的百姓全饿死吧。"

我们的北方邻居们受不了了，说："大不了饿死一些老百姓，反正土司家的人不会饿死。"

我没有说话。

拉雪巴土司想激怒我，说："看看吧，地里的麦苗都长起来，最多三个月，我们的新麦子就可以收割了。"

管家帮补了一句："最好赶在你的百姓全部饿死之前。"

我说："是不是拉雪巴家请了巫师把地里的罂粟都变成了麦子？"

拉雪巴土司差点就叫自己的汗水淹死了。

我们很好地款待他们。然后，把他们送过边境。送客时，我们十分注意不越过边界一步。我对我们的邻居们保证过，绝对不要人马越过边界一步。分手时，我对可以说是舅舅，也可以说是侄儿的拉雪巴土司说："你还会再来。"

他张了张口，却说不出那句争气的话，是的，他不敢说："我再也不来了。"

他又喘了几口粗气，什么也没有说，就打马进了山沟。

我们一直目送他们消失在边界那边幽蓝的群山里。

25. 女土司

拉雪巴土司刚走没几天，茸贡土司就到了。

茸贡土司也是我们北方的邻居，在拉雪巴土司西边。

说到茸贡土司，就要说到这片土地上一个有趣的现象。我们知道，土司在一定程度上，就是一个皇帝，一个土皇帝。每个土司都不止有一个女人，但好像从来没有哪个土司有很多孩子，八个，十个，从来没有过。最常见的倒是，有的土司娶了一房又一房，还是生不出儿子继承自己的王位。每个土司家族都曾经历过这种苦恼。这种命运也落到了茸贡家族头上。从好多代前开始，不管茸贡土司讨多少女人，在床上怎么努力，最后都只能得到一个儿子。为了这个，他们到西边的拉萨去过，也到东边的峨眉山去过，却都无济于事。后来，他们干脆连一个儿子也生不出来了。

这样，就会有强悍精明的女人出来当家。

最初，女土司只是一种过渡方式。她上台第一件事，就是招婿上门，生下儿子后，就把位子移交给他。这时，哪家土司多了一两个儿子，送一个去当上门女婿是一条不错的出路。

茸贡女土司上台后，却没有哪个上门女婿能叫她们生出半个男人来。前来与我相会这个，据说已经是第四代女土司了。传说她在床上十分了得。第一个男人只三年就痨死了。第二个活得长一些，八年，给她留下了一个女儿。而她居然就再不招婿上门了。土司们一片哗然，都说不能要茸贡永远是女人当家。土司们打算兴兵讨伐，茸贡女土司只好又招了一个众土司为她挑选的男人。这人像头种牛一样强壮。

他们说："这回，她肯定要生儿子了。"

可是，不久就传来那男人死去的消息。

据说，女土司常常把她手下有点身份的头人、带兵官，甚至喇嘛招去侍寝，快快活活过起了皇帝一样的日子。正因为如此，我一直把这个北方邻居看成聪明人。但是，她也把土地全种了罂粟，使她的百姓在没有灾害的年头陷入了饥荒。

茸贡女土司在我盼着她时来了。

　　她们刚刚从点缀着稀疏的老柏树的地平线出现，就叫我的人望见了。

　　整整一个下午，我都站在望楼上。茸贡女土司的队伍却在快要到达时停下来了。在那些柏树之间，是大片美丽的草地，草地上是蜿蜒的溪流，她们就在那美丽的地方，在那个我一眼就能望见的地方停下来了，全不管我是多想早点跟女土司见面。她们把马卸了鞍，放出去吃草。随后，袅袅的青烟从草地上升起来，看来，这些家伙会吃得饱饱的，再越过边界。

　　我对管家说："谁说女土司不如男土司厉害！"

　　管家说："她们总不会带上一年的粮食，在那里待到冬天。"这话很有道理。我下去吃饭。吃完饭，大路上还是没有一点动静。我忍不住，又爬到望楼上去了。她们竟然在草地上下了一圈帐篷，看来是要在那里过夜了。这下，我生气了，对管家说："一粒粮食也不给她！"

　　管家笑了："少爷本来打算给她们吗？"

　　这天晚上，我知道自己肯定睡不好，就为自己要了一个女人。索郎泽郎说："可是，我们没有准备漂亮姑娘呀！"

　　我只说："我要一个姑娘。"

　　他们想出一个办法，等我睡下了，吹灭了灯，便把一个依他们看不太漂亮的姑娘塞到我床上。这是个豹子一样猛烈的女人，咿咿唔唔地咆哮着，爬到了我身上。我享受着这特别的愉快，脑子里突然想，茸贡女土司跟男人睡觉，会不会也是这样。我想点上灯，看看这个猛烈的、母马一样喷着鼻子的女人，是不是也像传说中的茸贡女土司带点男人的样子。但我醒来时已经是早上了，从窗口射进来的阳光落在床上。不容我问自己那个特别的问题，小尔依就冲进来，叫道："来了！少爷，来了！"

我听见楼上到处都有人跑动，看来不止是我在为女土司前来而激动。我穿上衣服，洗好脸，走出去，正看到一共四匹马向我们的堡垒走来。一匹红马，一匹白马，两匹黑马。四匹马都压着细碎的步子，驮着四个女人向我们走来了。

骑在红马上的肯定是女土司。她有点男人样子，但那只是使她显得更漂亮，更像一个土司。女土司一抬腿，先从马背上下来。然后是黑马上两个带枪的红衣侍女。她们俩一个抓住白马的缰绳，一个跪在地上。马背上的姑娘掀起了头巾。

"天哪！"我听见自己叫了一声。

天哪，马背上的姑娘多么漂亮！

过去，我不知道什么样的女人是漂亮的女人，这回，我知道了！

我在平平的楼道里绊了一下，要不是栏杆挡着，我就落在楼下，落到那个貌若天仙的美女脚前了。管家笑了，在我耳边说："少爷，看吧，这个女人不叫男人百倍地聪明，就要把男人彻底变傻。"

我的双脚不由自主往楼下移动了。一步又一步，但我自己并不知道。我只看着马上那个貌若天仙的姑娘。她踩着侍女的背下到地上来了。

我早已不知不觉走到楼下。我想把那姑娘看得仔细一点，她母亲，也就是女土司却站到了我面前，宽大的身子遮住了我的视线。我竟然忘记了这个人是赫赫有名的女土司，我对她说：

"你挡住我的眼睛了，我看不见漂亮姑娘。"

管家站在背后，咳嗽了一声，才使我清醒过来了。女土司明白面前这人就是麦其土司和汉族太太生的傻瓜少爷。她笑了，把斜佩在身的盒子枪取下，交给红衣侍女。对我稍稍弯一下腰，说："二少爷正是我想象的那个样子。"

不管这样开始合不合乎两家土司相见的礼仪，但我喜欢，因为这样轻松，显得真是两家土司在这里相见。

于是，麦其家的二少爷笑了："都说女土司像男人，但我看还是女人。"

女土司说："麦其家总是叫客人站在院子里吗？"

管家这才大喊一声："迎客了！"

大卷的红地毯从楼上，顺着楼梯滚下来。滚地毯的人很有经验，地毯不长不短，刚好铺到客人脚前。这些年来，强大起来的麦其家总是客人不断，所以，下人们把迎客的一套礼仪操练得十分纯熟了。我说："我们上去吧。"

大家踩着红地毯上楼去。我想落在女土司后面，再看看她漂亮的女儿，但她手下的侍女扶住我说："少爷，注意你脚下。"又把我推到和女土司并排的位置上去了。

下人们上酒上茶时，管家开口了："都到我们门口了，你们还要在外面住一晚上，少爷很不高兴。"

女土司说："我看少爷不是自寻烦恼那种人。"

我不喜欢女土司这种自以为是的态度，但我还是说："麦其家喜欢好好款待客人。"

女土司笑了，说："我们茸贡家都是女人，女人与别人见面前,都要打扮一下。我,我的女儿,还有侍女们都要打扮一下。"

直到这时，她的女儿才对我笑了一下。不是讨好的、有求于人的笑容，而是一个知道自己有多么漂亮的女人的笑容。她母亲的笑容，是知道天下只有自己一个女土司那一种。这两个女人的笑容都明白地告诉我，她们知道是在和一个脑子有毛病的家伙打交道。

我提高了嗓门，对管家说："还是让客人谈谈最要紧的事情吧。"

管家说："那么，我们还是先谈最要紧的事情吧。"

茸贡土司还要装出并不是有求于人的样子，说："我的女儿……"

我说："还是说麦子吧。"

女土司的深色皮肤泛起了红潮，说："我想把女儿介绍给你认识。"

我说："我向你介绍了我的管家，还有我自己，你都没有介绍，现在已经过了介绍的时候，你就跟我的管家谈谈粮食的事情。"

说完，我就带着两个小厮起身离开了。女土司要为小瞧人而后悔了。女土司犯了聪明人常犯的错误：小看一个傻子。这个时候，小瞧麦其家的傻子，就等于小瞧了麦子。在我身后，管家对女土司说："少爷这次很开心，你们一来，就铺了红地毯，而且马上叫我跟你们谈粮食，上次，拉雪巴土司来，等了三天，才谈到粮食，又谈了三天，他们才知道，不能用平常的价钱买到粮食。"

我对两个小厮说："我的管家是个好管家。"

可这两个家伙不明白我的感叹里有什么意思。我干脆对小尔依说："将来，你会是我的好行刑人吗？"

他总是有些为将来要杀人而感到不好意思。

倒是索郎泽郎抢着对我说："我会成为你的好带兵官，最好的带兵官。"

我说："你是一个家奴，从来没有一个家奴会成为带兵官。"

他一点也不气馁，说："我会立下功劳，叫土司给我自由民的身份，我再立功，就是一个带兵官了！"

又碰到了那个问题：谁是那个手持生死予夺大权的土司？

我说："你们跟着我什么都得不到。"

他们两个笑了，我也跟着笑了。我们笑啊笑啊，最后，索郎泽郎直起腰来，说："少爷，那姑娘多么漂亮呀！"

是的，这样漂亮的女人，大概几百年才会有一个吧。我都有点后悔了，刚才该让茸贡土司把她女儿介绍给我。可我已经出来了，总不能又老着脸皮回去吧。

管家上楼来对我说："女土司想用漂亮女儿叫你动心，那是她的计策。你没有中计，少爷，我没有看错，你真不是个一般的人，我愿意做你叫我做的任何事情。"

我呻吟了一声，对他说："可我已经后悔离开你们了。我一出来，就开始想那个姑娘了。"

管家说："是的，世间有如此美貌的女人，少爷不动心的话，也许真像别人说的，是个傻子了。"

我只能说："我尽量躲在屋里不出来，你跟她们谈吧。"

管家看我的样子实在可怜，说："少爷，你就是犯下点过错，土司也不会怪罪的。"

我说："你去吧。"

他走了，跟着就叫人给我送来一个姑娘。要是把茸贡土司的女儿比做一朵花，眼前这个，连一片树叶都算不上。我把她赶走了。这个走了，又来了一个。管家想给我找一个暂时抵消那个美女诱惑的姑娘，但他错了，没有人能替代那个姑娘。我并不是马上就想跟那个姑娘上床。我只想跟她说说话。我脑子里有个念头，只要跟那姑娘说说话，也许，我的脑子就会清清楚楚，麦其家的二少爷就再不是不可救药的傻子了。

26. 卓 玛

这天晚上，管家的殷勤使我生气。他又派人到外面去找姑娘。是半夜时分了吧，我好不容易把茸贡家姑娘的面容从眼前赶走，浅浅入睡，却被一阵疾驰的马蹄声惊醒了。

索郎泽郎和小尔依都还站在我床前。我真恨得咬牙切齿，对小尔依说："去，把那个骑马的人杀了，把那匹马的四只腿都给我砍了。"

索郎泽郎笑了，对我说："使不得，是管家派的人，给少爷找侍寝的姑娘。"

又一个姑娘站在了我的面前，我只看着她肚子以下的部位，根本不想费力抬起头来，说："去，是谁找来的，就叫谁消受吧。"

下人们拥着那个姑娘往外走，这时一股风从外面吹来，带来了一股青草的香味。我把姑娘叫回来，也不看她的脸，只把她的衣襟拉到鼻前。是的，青草味是从她身上来的，我问："是牧场上的姑娘？"

"我是，少爷。"她回答。

从她口里吹送出来草地上细碎花朵的芬芳。我叫下人们退下，让这姑娘陪我说话。下人们出去了，我对姑娘说："我病了。"

她笑。

好多姑娘在这时，都要洒几滴眼泪，虽然，她们在床上时都很喜欢，但都要做出不情愿的样子。我说："牧场上来的姑娘，我喜欢你。"

"少爷还没有好好看过我一眼呢。"

"把灯熄了，跟我说说牧场上的事情吧。"

灯一灭，我就被牧场上的青草味道和细细花香包围起来了。

第二天，我把管家留下陪远客，自己带着昨晚得到的姑娘，到她的牧场上去了。

牧场上的百姓在温泉边为我搭起漂亮的帐篷。我把自己泡在温泉里，仰看天上的朵朵流云，把女土司的女儿都忘记了。牧场姑娘为我准备了好多吃的，才来到泉边，看着水中赤条条的我说："少爷上来吃点东西吧，牛虻叫我要招架不住了。"

这个姑娘壮健、大方。几年前，我有一个侍女卓玛，想不到，这个世界还按原样为我藏了一个卓玛在这牧场上，浑身散发着牧场上花草的芬芳。我说："你叫卓玛吗？"

"不，"她说，"我不叫卓玛。"

"卓玛！"多年以前，早上醒来，我就抓住了一个卓玛的手。

于是，我对正在忙活着安顿我们一大群人的厨娘桑吉卓玛喊起来："卓玛，这里有个人跟你的名字一样！"

牧场姑娘看了看桑吉卓玛，一下就明白过来了。她说："我不要到官寨里去做厨娘，我要留在牧场上。我是这里的姑娘。"

我说："我答应你了。你不做厨娘，你留在牧场上，嫁给你心爱的男人。但现在你就叫卓玛。"

她脱光衣服下来了，在温暖的水里和我一起躺在了软软的沙底上。我说："水把你身上的香气淹掉了。"

她滚到我怀里，抽抽搭搭地哭开了。她说："要发生什么事情，就早点发生吧。"我把她压在下面，大声呼唤："卓玛！卓玛！"这使她，也使我十分兴奋。她知道我是同时呼喊着两个人。我的老师和她。是的，她连身体都和侍女卓玛差不多一模一样。我已经是一个大人了，不再被卓玛壮健的身体淹没，而像驱驰着一匹矫健的骏马。骑在马上飞奔的骑手们都是要大声欢呼的。我大叫着，她身体像水波一样漾动。厨娘卓玛听见我的叫声，以为有什么事情叫她去做，竟然一下冲到水波激荡的温泉边上，这下，她看到了青春时的自己正和我做爱。我依然大叫：卓玛！卓玛！马跑到了尽头，那里出现了一段高高的悬崖，我从马背上飞起来，落到悬崖下面去了。好久，才在蜜蜂嘤嘤的吟唱里清醒过来，我看见厨娘卓玛跪在我的面前："你怎么在这里？"

她说："老爷呀，我听见你在叫我的名字，以为有什么事要吩咐，结果就看见了。"

我让她跪在那里，一边穿衣服，一边对我刚得到的卓玛说：

"当年，她就像你。"

是的，她的乳房、屁股、大腿，她的身体隐秘部位散发出来的气体，都和当年的卓玛一模一样。

我又转脸对正在老去的卓玛说："她跟你年轻时一模一样。"

她哭着跪在地上："老爷呀，我不是有意要看见的呀！"

我笑了，问她："看见了就怎么样？"

她说："按照刑罚要挖掉眼睛。我不愿当一个瞎子女人，要是那样的话，你就叫尔依杀了我吧。"

我对教会了我男女之事的老师说："你起来，好好洗个澡吧。"

她说："让我洗得干干净净，体体面面地去死吧。"

厨娘却准备好去死了。

她在温泉中开始唱歌。歌是她在我身边时唱过的老歌，但从来没有唱得这么响遏行云。她纷披着湿漉漉的头发，半躺在水中，依然结实的乳房半露在水面，她在歌唱，如醉如痴。她下水之前，还撒了许多花瓣在水面上，这样，还没有嫁给银匠曲扎，没有成为厨娘的桑吉卓玛又复活了。她从水里对我露出了灿烂的笑容。我说："不要担心，我饶恕你了，我不会杀你。"

她脸上灿烂的笑容一下就没有了，赤条条地从水里钻出来，一双手捂在两腿之间的那个地方，坐在地上哭了起来。我知道自己干了一件傻事。我当然应该饶恕她，但也该等她洗完了澡，唱完了歌再告诉她。她这种人，只有在意识到自己就要死了，下嫁的男人又不在身边时，才能回到过去的日子，短暂地复活一下曾经的浪漫。而我，却把一个厨娘一生仅有的一次浪漫破坏了。我该等到她自己洗完澡，回到了现实中，跪在我面前请死时，才对她说："我赦免你了。"

那样，她会觉得少爷不忘旧情，觉得没有白白侍奉主子一场。但我没有找一个好时机。所以，她从水里跳起来，哭了几声，对我说："我恨你，我比死了还难受。"

我傻了，站在那里连手该放在哪里都不知道。

"你叫我死吧！"

"不。"我说，"不。"

她扯断了好多青草，把泥巴也从地里带起来，涂在了脸上。我的心里怀着痛楚，看着她又变回到厨娘去。在水中，她的乳房是挺立着的，现在，却向下掉，让我想起了银匠那双手。她也开始犯错误了，哭一声两声之后，就该穿上衣服了。她又叫道："叫我死吧！"

我从她身边走开了。听见卓玛对卓玛说："你不该这样，少爷有好多操心的事情，你还要叫他不开心！"

我想厨娘清醒了，因为身后的哭声立即止住了。但已经完了，我和她的缘分，我对她的牵挂，在这一天，就像牛角琴上的丝弦一样，嘣一声，断了。人的一生，总要不断了断一些人，一些事。好吧，侍女卓玛，我再也不会挂念你了，当你的厨娘去吧，做你的银匠老婆去吧！我心里说着这些话，向草原的深处走。两个小厮，还有牧场上的卓玛远远跟在后边。走累了，我躺下来，看了一会儿天上来来去去的云彩，又起身往回走。草原很宽，我却从三人中间穿过去。索郎泽郎闪开慢了一些，挨了一个耳光，又脆又响。挨了打的家伙对卓玛说："好了，没事了，他已经高兴了。"

我站下来，回过身去，说："再打你一下，我会更高兴。"

两个小厮迎上来，一左一右，在我身边蹲下，我就坐在了两人肩头上，慢慢回我们宿营的地方。人们都从帐篷里跑出来了。传说雪域大地上第一个王，从天上降下来时，就是这样让人直接用肩抬到王位上去的。好大一片人在我面前跪了下来。而我并不知道历史上有过以肩为舆的人是第一个国王。看到那么大一片人齐齐地跪下，我还以为是父亲或别的什么更尊贵的人物出现了。我回过头看看身后，只见一条黄褐色的大路直直地穿过碧绿草原，一些云停在长路的尽头天地相连的地方。

风在草海深处翻起道道波澜。

第七章

27. 命运与爱情

茸贡土司带着她漂亮的女儿追到牧场上来了。

她们到达时，我正在做梦，一个十分喧闹的梦。是那些在水边开放得特别茂盛的花朵在喧哗。有一两次我都快醒了，隐隐听见人说："让他睡吧，当强大土司的少爷是很累的。"

模模糊糊地，我想："要是当一个强大的土司就更累了。"

是半夜吧，我又醒了一次，听见外面很大的风声。便迷迷糊糊地问："是吹风了吗？"

"不，是流水声。"

我说："他们说晚上流水声响，白天就是大晴天。"

"是这样，少爷很聪明。"一个有点陌生的声音回答。

这天晚上，我睡得很好。正因为这个，到早上醒来，我都不想马上睁开眼睛。我在早晨初醒时常常迷失自己，不知道身在何时何地。我要是贸然睁开双眼，脑子肯定会叫强烈的霞光晃得空空荡荡，像只酒壶，里面除了叮叮咣咣的声音，什么也不会有了。我先动一下身子，找到身上一个又一个部位，再向中心，向脑子小心靠近，提出问题：我在哪里？我是谁？

我问自己："我是谁？"

是麦其家的二少爷，脑子有点毛病的少爷。

这时，身边一只散发着强烈香气的手，很小心地触了我一下，问："少爷醒了吗？"

我禁不住回答："我醒了。"

那个声音喊道："少爷醒了！"

我感觉又有两三个浑身散发着香气的人围了过来，其中一个声音很威严："你要是醒了，就把眼睛睁开吧。"

平常，睁开眼睛后，我要呆呆地对什么东西望上一阵，才能想起来，自己是在什么地方。这样，我才不会丢失自己。曾经有过一两次，我被人突然叫起来，一整天都不知道自己身在何时何地。这次也是一样，我刚把眼睛睁开，来不及想一想对我十分重要的问题，弄清自己在这个世界上的位置，身边的人便都笑起来，说："都说麦其家的少爷是傻子，他却知道躲到这个地方来享清福。"

一只手落在我的肩头上，摇了摇说："起来吧，我有事跟你商量。"

不等我起身，好多双手把我从被子里拽了出来。在一片女人们哄笑声里，我一眼就看到自己了，一个浑身赤条条的家伙，胯间那个东西，以骄傲的姿势挺立着。那么多女人的手闹哄哄地伸过来，片刻工夫，就把我装扮起来了。这一来，我再也想不起来自己是在什么地方了。帐篷里的布置我还是熟悉的。但我上首的座位却被女土司坐了。几双手把我拽到她跟前。

我问："我在哪里？"

她笑了。不是对我，而是对拽我的几个侍女说："要是早上一醒来，身边全是不认识的人，我也会不知道自己在哪里。"

她们都笑了。这些女人，在这连我都觉得十分蹊跷的时候，不让她们叽叽嘎嘎一通怎么可能呢。

我说："你们笑吧，可我还是不知道这是在哪里。"

女土司没有回答我的问题，而是说："你认不出我来了吗？"

我怎么认不出她？但却摇了摇头。

她一咬牙，挥起手中的鞭子，细细的鞭梢竟然在帐篷顶上划开了一道口子。我说："我的人呢？他们到哪里去了。"

"你的人？"

"索郎泽郎，尔依，卓玛。"

"卓玛，侍候你睡觉的那个姑娘？"

我点点头，说："她跟厨娘，跟银匠的老婆一样的名字。"

女土司笑了，说："看看我身边这些姑娘。"

这些姑娘都很漂亮，我问："你要把她们都送给我吗？"

"也许吧，要是你听我的话，不过，我们还是先吃饭吧。"

我发现，送饭进来的人里面也没有我的下人。我吃了几口，尝出来不是桑吉卓玛做的。趁饭塞住了女土司的嘴，我拼命地想啊，想啊，我是在什么地方，手下人都到哪里去了。但我实在想不起来。就抱着脑袋往地上倒去。结果却倒在了一个姑娘怀里。女土司一点都不生气，反而说："只要你这样，我们的事情就好办了。"

我捧着脑袋，对那姑娘说："我的头要炸开了。"

这个姑娘芬芳的手就在我太阳穴上揉起来。女土司吃饱了，她问我："你可以坐起来了吗？"

我就坐起来。

"好，我们可以谈事情了。"女土司说，"知道吗？你落到我手里了。"

"我不知道。"

"你不知道？！"

"我在什么地方？"

"不要装傻，我看你并不是传说中的那个傻子。我不知道是传说中麦其家的二少爷并不傻，还是你不是麦其的二少爷。"

我十分真诚地对她说，要是不告诉我现在在哪里，我就什么也想不出来，一点都想不出来。

"好吧，"她说，"难道你不是为了躲我，藏到这有温泉的牧场来了吗？"

我狠狠一拍额头，脑子里立即满满当当，什么都有了，什么都想起来了。我说："昨天我睡了。"

女土司冷冷一笑："什么话，昨天你睡了，今天，你起来了。"

交谈慢慢深入，我终于明白，自己被女土司劫持了。她从管家那里，没得到一粒麦子。管家说，粮食是麦其家的，他不能做主。

她建议："我们到外面走走？"

我同意："好吧，我们到外面走走。"

我的下人们被带枪的人看起来了。看，这就是当老爷和下人的不同。就是在这种境况下，少爷也被一群漂亮的女人所包围。走过那些可怜巴巴的下人身边，看看脸色我就知道，他们饿了。我对女土司说："他们饿了。"

她说："我的百姓比他们更饿。"

我说："给他们吃的。"

"我们谈好了就给他们吃。"

"不给他们吃就永远不谈。"

女土司说："瞧啊，我跟一个傻子较上劲了。"

说完，就叫人给他们送吃的去了。我的下人们望着我，眼睛里露出了狗看见主人时那种神色。我和女土司在草原上转了个不大不小的圈子，回到帐篷里，她清清喉咙，我知道要谈正事了，便抢先开口："我们什么时候出发？"

她脸上出现了吃惊的神情，问我要去哪里。

我说："去坐茸贡家的牢房。"

她笑了，说："天哪，你害怕了，我怎么会做那样的事，不会的，我只要从你手上得到粮食。瞧，因为我的愚蠢，百姓们要挨饿了。你要借给我粮食。我只要这个，但你躲开了。"

太阳已经升得很高了。帐篷里很闷热。我有些难受。看得出来，女土司比我还要难受。我说拉雪巴土司一来，就说想得到粮食。她来可没有说要粮食。我说："你没有说呀，我只看到你带来了美丽的姑娘。"

她打断我的话头，说："可是拉雪巴土司要了也没有得到！"

"我们两个吵架了。他说他是我舅舅，我说我是他的伯父。我们吵架了。"

这句话把她逗笑了："是的，是的，他会把好多好多年前的亲戚关系都记得清清楚楚。"

"他没钱，父亲说了，麦其家的粮食在这年头，起码要值到平常十倍的价钱。"

女土司叫了起来："十倍？！告诉你，我只是借，只是借，一两银子也没有！听见了吗，一两也没有！"

我笑笑，说："太闷了，我想出去。"

她只好起身，跟着我在一座座帐篷之间穿来穿去。我在心里把她当成了贴身的奴才。她走得不耐烦了，说："我可从来没有跟着一个傻瓜这样走来走去，我累了，不走了。"

这时，我们正好走到了温泉边上。我脱光衣服下到水里，让身子在池子里漂浮起来。女土司装出没有见过赤裸男人的样子，把背朝向了我。我对着她的后背说："你带来了很多银子吗？"

"你就这样子跟我谈正经事情？"

"父亲说过，要有十倍的价钱，才准我们出卖。他知道你们只种鸦片，不种粮食，就把粮仓修到你们门口来了。父亲说，不这样，你们不等把买到的粮食运回家，在路上就吃光了。"

女土司转过身来，她的脸上现出了绝望的神情，她叫手下人退下，这才带着哭腔说："我是来借粮食的，我没有那么多银子，真的没有。你为什么要逼我。谁都知道我们茸贡家只有女人了，所以，我们的要求是没有人拒绝的。你为什么要拒绝？拒绝一个可怜的女人。"

"这个世界上从来没有人会欺负一个傻子，女人就可以随便欺负一个傻子吗？"

"我已经老了，我是一个老婆子了。"

女土司叫来两个侍女，问我够不够漂亮，我点了点头。她叫两个侍女下水来跟我一起。我摇了摇头。她说："天哪，你还想要什么，我可是什么都没有了。"

我傻乎乎地笑了："你有，你还有个女儿不是吗？"

她痛心疾首地叫了一声："可你是个傻子啊！"

我没有再说什么，长吸一口气，把头埋到水里去了。从小，一到夏天我就到河边玩这种游戏，一次又一次，可以在水里憋很长时间。我沉到水底下好长时间，才从水里探出头来。女土司装作没有看见。我继续玩自己拿手的游戏：沉下去，又浮上来。还像跑累了的马一样噗噗地喷着响鼻。温泉水又软又滑。人在水里扑腾，搅起一阵又一阵浓烈的硫黄味，这味道冲上去，岸上的人就难受了。我在水里玩得把正和女土司谈着的事情都忘记了。女人总归只是女人，这水可比女人强多了。要是书记官在这里，我会叫他把这感受记下来。如果回去时，我还没有忘记这种感受，也要叫他补记下来：某年月日，二少爷在某地有某种感受，云云。我相信，没有舌头的家伙能使我的感受有更深的意义。也可能，他用失去了舌头之后越来越锐利的眼光，含着讥讽的笑容对我说：这有什么意义？但我还是坚持要他记下来。我一边在水里沉下浮上，一边想着这件事情。水一次又一次灌进耳朵，在里面发出雷鸣一样的轰然声响。

女土司生气了，扯下颈上的一串珊瑚，打在我头上。额头马上就肿了。我从水里上来，对她说："要是麦其上司知道你打了他的傻瓜儿子，就是出十倍价钱你也得不到一粒粮食。"

女土司也意识到了这一举动的严重性，呻吟着说："少爷，起来，我们去见我女儿吧。"

天哪，我马上就要和世上最美丽的姑娘见面了！

麦其家二少爷的心猛烈地跳动了。一下，又一下，在肋骨下面撞击着，那么有力，把我自己撞痛了。可这是多么叫人幸福的痛楚呀！

在一座特别漂亮的帐篷前，女土司换上了严肃的表情，说："少爷可是想好了，想好了一定要见我的女儿吗？"

"为什么不？"

"男人都一样，不管是聪明男人还是傻瓜男人。"女土司深深看我一眼，说，"没有福气的人得到了不该得到的东西要倒大霉，塔娜这样的姑娘不是一般人能得到的。"

"塔娜？！"

"对，我女儿的名字叫塔娜。"

天哪，这个名字叫我浑身一下热起来了。在这里，我遇到了一个比以前的卓玛更美妙的卓玛。现在，又一个和我贴身侍女同名的姑娘出现了。我连让下人掀起帐篷帘子也等不及，就一头撞了进去。结果，软软的门帘把我包裹起来，越挣扎，那道帘子就越是紧紧地缠住我。最后，我终于挣脱出来了，大喘着气，手里拿着撕碎的帐篷帘子，傻乎乎地站在了塔娜面前。这会儿，连我手上的指甲都发烫了，更不要说我的心、我的双眼了。好像从开天辟地时的一声呼唤穿过了漫长的时间，终于在今天，在这里，在这个美丽无比的姑娘身上得到了应答。现在，她就在帐篷上方，端坐在我面前，灿烂地微笑，红红的嘴唇里露出了洁白的牙齿。衣服穿在她身上，不是为了包藏，而是为了暗示，为了启发你的想象。我情不自禁大叫："就是你！就是你……"前一声高昂、欢快，后一声出口时，我一身发软，就要倒在地上了。但我稳住了身子没有倒下。

麦其家的傻瓜儿子被姑娘的美色击中了。

塔娜脸上出现了吃惊的表情，望着她的母亲，问："你来找的就是这个人吗，阿妈？"

女土司神情严肃，深深地点了点头，说："现在，是他来找你了，我亲爱的女儿。"

塔娜用耳语一样的声音说："我明白了。"

说完，她的一双眼睛闭上了，这样的情景本该激发起一个人的怜悯之心。我也是有慈悲心肠的。但塔娜就是命运，就是遇到她的男人的命运。她闭眼时，颤动着的长长的彩虹一样弯曲的睫毛，叫我对自己没有一点办法。

我连骨头里面都冒着泡泡，叫了一声："塔娜。"

她答应我了！

塔娜的眼角沁出了一滴泪水。她睁开眼睛，脸上已经换上了笑容，就在这时，她回答我了："你知道我的名字，也告诉我你的名字吧。"

"我是麦其家的傻子，塔娜啊。"

我听见她笑了！我看见她笑了！她说："你是个诚实的傻子。"

我说："是的，我是。"

她伸出一只手放在我的手里，这只手柔软而冰凉，她问："你同意了？"

"同意什么？"

"借给我母亲粮食。"

"同意了。"

我的脑袋里正像水开锅一样，咕咕冒泡，怎么知道同意与不同意之间有什么不同。她的手玉石一样冰凉。她得到了肯定的回答，就把另一只手也交到了我手里。这只手是滚烫的，像团火一样。她对我笑了一下。这才转过脸对她母亲说："请你们出去。"

她的土司母亲和侍女们就退出去了。

帐篷里只有我们两个人了。

地下，两张地毯之间生长出一些小黄花，我不敢看她，一只眼睛看着那些细碎的花朵，一只眼睛看着两双握在一起的手。这时，她突然哭出声来，说："你配不上我，你是配不上我的。"

我知道这个，所以，才不敢贸然抬头看她。

她只哭了几声，半倚半靠在我身上，说："你不是使我倾心的人，你抓不住我的心，你不能使我成为忠贞的女人，但现在，我是你的女人了，抱着我吧。"

她这几句话使我的心既狂喜又痛楚，我紧紧地把她抱在了怀里，像紧抱着自己的命运。就在这时，我突然明白，就是以一个傻子的眼光来看，这个世界也不是完美无缺的。这个世界上任何东西都是这样，你不要它，它就好好地在那里，保持着它的完整，它的纯粹，一旦到了手中，你就会发现，自己没有全部得到。即便这样，我还是十分幸福，把可心可意的美人抱在怀里，把眼睛对着她的眼睛，把嘴唇贴向她的嘴唇，我是这个世界上最最幸福的人了。我说："看，你把我变成一个傻子，连话都不会说了。"

　　这句话竟把塔娜惹笑了："变傻了？难道你不是远近有名的傻子吗？"她举起手，挡住我正要吻下去的嘴，自言自语说，"谁知道呢，也许你是个特别有趣的男人。"

　　她让我吻了她。当我把手伸向那酥胸，她站起来，理理衣服，说："起来，我们出去，取粮食去吧。"

　　此时此刻的我，不要说脑子，就是血液里，骨头里都充满了爱情的泡泡，晕晕乎乎跟着她出去了。我已经和她建立了某种关系，什么关系呢，我不知道。女土司把我的人放了。一行人往我们的堡垒——边界上的粮仓走去。我和塔娜并马走在队伍最前面。后面是女土司，再后面是茸贡家的侍女和我的两个小厮。

　　看见这情景，管家吃惊得张大了嘴巴。

　　我叫他打开粮仓，他吃惊的嘴巴张得更大了。他把我拉到一边，说："可是，少爷，你知道老爷说过的话。"

　　"把仓库打开！"

　　我的眼睛里肯定燃烧着疯狂的火苗。自信对主子十二万分忠诚便敢固执己见的管家没有再说什么。他从腰上解下钥匙，扔到索郎泽郎手上。等我转过身子，才听到他一个人嘀咕，说，到头来我和聪明的哥哥一样，在女人面前迷失了方向。管家是一个很好的老人，他看着索郎泽郎下楼，打开仓房，把一袋又一袋的麦子放在了茸贡家的牲口背上，对我说："可怜的少爷，你不知道自己干了什么，是吧？"

　　"我得到了世上最漂亮的女人。"

　　"她们没有想到这次会得到粮食，只带了不多的牲口。"

她们把坐骑也腾出来驮运麦子了。就这样，也不到三十匹牲口，连一个仓房里的四分之一都不能装完。这样的仓房我们一共有二十五个，个个装得满满当当。女土司从驮上了麦子的牲口那边走过来，对我说，她的女儿要回去，等麦其土司前去求亲。她还说："求亲的人最好来得快一点。"最好是在她们赶着更多的牲口来驮麦子前。

驮麦子的马队走远了，我的塔娜也在云彩下面远去了。

管家问我："那个漂亮女人怎么走了？"他脸上出现了怪怪的神情，使我明白他的意思了。他认为我中了女土司的美人计。我也后悔把塔娜放走了。要是她不回来，这些该死的粮食又算什么？什么也算不上。真的什么都算不上。我的心变得空空荡荡。晚上，听着风从高高的天上吹过，我的心里仍然空空荡荡。我为一个女人而睡不着觉了。

我的心啊，现在，我感觉到你了。里面，一半是痛苦，一半是思念。

28. 订 婚

麦其土司到边界上巡行。

他已经去过了南边的边界。

在南方，哥哥跟我们的老对手汪波土司干上了。汪波土司故伎重演，想用偷袭的方式得到麦子和玉米，反而落在哥哥设下的埋伏圈里。只要是打仗，哥哥总能得手。汪波土司一个儿子送了命，土司本人叫绊马绳绊倒，摔断了一只胳膊。父亲说：

"你哥哥那里没有问题，你这里怎么样？"

土司这句话一出口，管家马上跪下了。

麦其土司说："看来我听不到好消息。"

管家就把我们怎么打发拉雪巴土司，最后却怎么叫女土司轻易得到粮食的事说了。父亲的脸上聚起了乌云，他锐利地看了我一眼，对管家说："你没什么错，起来吧。"

管家就起来了。

父亲又看了我一眼。自从我家有了失去舌头的书记官，大家都学会用眼睛说话了。麦其土司叹口气，把压在心头的什么东西吐出来。好了，二少爷的行为证明他的脑子真有毛病，作为土司，他不必再为两个儿子中选哪一个做继承人而伤脑筋了。管家告退，我对父亲说："这下，母亲不好再说什么了。"

我的话使父亲吃了一惊，沉默了半晌才说："我不知道你是怎么回事。"

"我知道我当不上土司。"

父亲并不打算因为白送了别人麦子而责备我，他问："茸贡家的女儿怎么样？"

"我爱她，请你快去给我定亲吧。"

"儿子，你真有福气，做不成麦其土司，也要成为茸贡土司，她们家没有儿子，当上了女婿就能当上土司。"他笑笑说，"当然，你要聪明一点才行。"

我不知道自己是不是有足够支用的聪明，但我知道自己有足够的爱，使我再也不能忘记塔娜了。

亲爱的父亲问我："告诉我爱是什么？"

"就是骨头里满是泡泡。"

这是一句傻话，但聪明的父亲听懂了，他笑了，说："你这个傻瓜，是泡泡都会消散。"

"它们不断冒出来。"

"好吧，儿子，只要茸贡土司真把她女儿给你，我会给她更多的麦子。我马上派人送信给她。"

马上就要派出信使了，父亲又问我："茸贡家的侍女都比我们家的漂亮？"

我的答复非常肯定。

父亲说："女土司是不是用个侍女冒充她女儿？"

我说，无论她是不是茸贡的女儿，她都是塔娜，我都爱她。

父亲当即改变了信使的使命，叫他不送信，而是去探听塔娜是不是茸贡土司的女儿。这一来，众人都说我中了美人计，叫茸贡家用一个下贱侍女迷住了。但我不管这些，就算塔娜是侍女，我也一样爱她。她的美丽不是假的，我不在乎她是土司的女儿，还是侍女。每天，我都登上望楼，等探子回来。我独自迎风站在高处，知道自己失去了成为麦其土司的微弱希望。头上的蓝天很高，很空洞，里面什么也没有。地上，也是一望无际开阔的绿色。南边是幽深的群山，北边是空旷的草原。到处都有人，都是拉雪巴土司和茸贡土司属下的饥民在原野上游荡，父亲一来，再没人施舍食物给他们了。但他们还是在这堡垒似的粮仓周围游荡，实在支持不住了，便走到河边，喝一肚子水，再回来鬼魂一样继续游荡。

有一天，天上电闪雷鸣，我在望楼上，被风吹得摇摇晃晃。

这时，一道闪电划过，我突然看到了什么，突然看到了我说不出来的什么。就对父亲大叫。告诉他，马上就有什么大事情发生了。我要看着这样的大事情发生。父亲由两个小厮扶着上了望楼，对着傻瓜儿子的耳朵大声叫道："什么狗屁大事！雷把你劈死了才是大事！"

话一出口，就叫风刮跑了，我换了个方向，才听清他的喊叫。

但确实是有什么事情要发生了。我的心都要跳到身体外面了。我对父亲喊道："你该把书记官带到这里来！这个时候，他该在这里！"

一个炸雷落在另一座望楼上，一团火球闪过，高耸的塔楼坍塌了，变成了被雨水打湿的大堆黄土，上面，是几段烧焦的木头和一个哨兵。

不管傻瓜儿子怎样挣扎，麦其土司还是叫人把他拉了下去。这回，他真生气了："看看吧，这就是你说的大事，你想我跟你死在一起吗？"

他给了我一个耳光。他打痛我了，所以，我知道他是爱我的。恨我的人打不痛我。我痛得躺倒在地上。管家把狂怒的土司拉住了。大雨倾盆而下。雷声渐渐小了。不，不是小了，而是像一个巨大的轮子隆隆地滚到远处去了。我想就躺在这里，叫泪水把自己淹死。但就是这个时候，我看到所有人都竖起了耳朵。是的，我也听见了，马蹄敲打地面的声音。不是一匹，也不是一百匹，我想是二三十匹吧。父亲看了我一眼，知道我的感觉是正确的。他下令人们拿起武器。我从地上跳起来，欣喜地大叫："塔娜回来了。"

响起了急促的打门声。

大门一开，女土司带着一群人，从门外蜂拥进来。我从楼上冲下去。大家都下了马，塔娜却还坐在马上。她们每个人都给淋得像刚从水里捞出来一样。我看不见其他人，我只看见她。我只看见塔娜湿淋淋地坐在马上。就像满世界的雨水都是她带来的。就像她本来就是雨神一样。

是我把她从马背上抱下来的。

塔娜把双手吊在我的脖子上，深深地扎进了我的怀里。她是那么冷，光靠体温是不够的，还有火，还有酒，才使她慢慢暖和过来。

我们没有足够的女人衣服供她们替换。女土司苍白着脸，还对麦其土司开了句玩笑："怎么，麦其家不是很富有的土司吗？"

父亲看了看女土司，笑笑，带着我们一大群男人出去了。他亲手带上房门，大声说："你们把衣服弄干了，我们再说话吧。"

本来，两个土司见面，礼仪是十分烦琐的。那样多的礼仪，使人感到彼此的距离。这场雨下得真好。这场雨把湿淋淋的女土司带到我们面前，一切就变得轻松多了。两个土司一见面，相互间就有了一种随和的气氛。女土司在里面，男土司在外面，隔着窗户开着玩笑。我没有说话，但在雨声里，我听得见女人们脱去身上湿衣服的声音，听到她们压着嗓子，发出一声声低低的尖叫。我知道，塔娜已经完全脱光了，坐在熊皮褥子上，火光抚摸着她。要命的是，我脑子里又塞满了烟雾一样的东西，竟然想象不出一个漂亮姑娘光着身子该是什么样子了。父亲拍拍我的脑袋，我们就走开了，到了另一个暖和的屋子里。

土司望着渐渐暗下来的天色说："那件事干得很漂亮。"

管家看看我，我看看管家，不知道他指的是哪件事。

土司的眼光从雨中，从暮色里收回来，看着我说："这件事，干得很漂亮，我看，你会得到想要的漂亮女子。"

管家说："主子要说的，怕还不止这个意思吧？"

土司说："是的，是不止这个意思。她们在路上遇到了什么事情，不管遇到什么事情，女土司一家，都要靠我们的帮助了。可她们遇到了什么事情？"

管家口都张开了，土司一竖手指，管家就明白了，改了口说："少爷知道，说不定，还是他设下的圈套呢。"

这时，我的脑子还在拼命想象光身子的塔娜。父亲把询问的目光转向我，我知道是要我说话，于是，心头正在想着的事情就脱口而出了："女土司那天换了三次衣服，今天却没有了，要光着身子烤火。"我问道，"谁把她们的衣服抢走了？"这个问题一直在我脑子里打转，但想不出一个结果来。这么一问，却被土司和管家看成是我对他们的启发。

父亲说："是的，被抢了！你的意思是她们被抢了！"

管家接着说："她们有人有枪，一般土匪是下不了手的，对！对对！拉雪巴！"

"拉雪巴的祸事临头了。"父亲拍拍我的脑袋，"你的麦子不止得到了十倍报酬。"

说老实话，我不太明白他们两人的话到底是什么意思。父亲拍拍手掌，叫人上酒。我们三个人一人干了一大碗。父亲哈哈大笑，把酒碗丢到窗外去摔碎了，这碗酒叫我周身都快燃起来了。

雨不知什么时候停了。晚霞灿烂。我要记住这一天。暴雨后的天空，晚霞的光芒是多么动人，多么明亮。

我和父亲带着酒气回到刚刚穿好衣服的女人们中间。酒、火、暖和干燥的衣服和可口的食物使惊慌失措的女土司镇定下来。她想重新在我们之间划出一道使她有安全感的距离。这一企图没有成功。

女土司要补行初见之礼，父亲说："用不着，我们已经见过面，看看，你的头发还没有干透，就坐在火边不要动吧。"这一句话，使想重新摆出土司架子的她无可奈何地坐在火炉边，露出了讨好的笑容。麦其土司对自己这一手十分满意，但他并不想就此停下来，哪怕对手是女人也不停下。他说："拉雪巴要落个坏名声了，他怎么连替换的衣服都不给你们留下。"

女土司脸上现出了吃惊的表情。麦其土司说对了！她们在路上被拉雪巴土司抢了。我送给她们的麦子落到了别人手上。茸贡土司想装出无所谓的样子，但她毕竟是女人，眼泪开始在眼眶里打转。

父亲说："不要紧，麦其家会主持公道。"

女土司转过脸擦去了泪水。

这样一来，她就把自己放在一个不平等的地位上了。我还没有把她劫持我的事说出来呢。要那样的话，她的处境就更不利了。塔娜看看我，起身走出去了。

我跟着走了出去。身后响起了低低的笑声。

雨后夜晚的空气多么清新啊。月亮升起来，照着波光粼粼的小河。河水上烂银一般的光亮，映照在我心上，也照亮了我的爱情。塔娜吻了我。

我叫她那一吻弄得更傻了，所以才说："多么好的月亮呀！"

塔娜笑了，是月光一样清冷的笑，她说："要紧事都说不完，你却说月亮！"

"多么亮的河水呀！"我又说。

她这才把声音放软了："你是存心气我吗？"

"我父亲就要正式向女土司求婚了。"说完，我要去吻她。她让我的腿、我的胸脯都靠在她同样的部位上，却把我的嘴用手挡住，问我："你不会对你父亲说那件事情吧？"

我当然知道她是指什么，于是我说："我在牧场上得到了你，我只把这个告诉了父亲。"

她倒在了我的怀里。我想把她带到我房里去，她却说，她要回母亲那里。我沐浴在月光里，把她久久抱在怀里。

说起路上被抢的情形，塔娜眼里涌起了泪光。

她这种神情，使我心中充满了愤怒与痛苦。我问："他们把你们女人怎么样了？"塔娜明白，我问的是，她是不是被人强奸了。她把脸捂了起来，还踢了踢脚，压低了声音说，她和土司有卫兵保护，冲出来了。我并没有想过一定要娶一个处女做妻子，我们这里，没有人进行这样的教育。但我还是问了她这个问题。塔娜回答之后，觉得我有些荒唐，反问："你问这个干什么？"

我说不知道。

女土司半路被抢，跟我没有一点关系。但父亲和管家都把我给女土司粮食，看成有意设下的圈套。土司几次问管家，给粮食到底是谁的主意，管家都说是少爷。于是，父亲便来问我，接下来打算怎么干。我回答，该怎么干就怎么干。我说话的底气很足，因为我的心里憋着火，土司的礼仪允许我和美丽的塔娜在一起，但不能像跟没身份的侍女那样，随便上床。按照礼仪，我们要在成婚后，才能睡在一起。所以我才很不耐烦地回答："该怎么干就怎么干。"

父亲击掌大笑。

两个土司在边界上为我们订了婚。本来，土司的儿女订婚，应该有很讲排场的仪式。但我们是在一个非常的时期，更是在一个特殊的地方，所以，就一切从简了。我的订婚仪式，就是大家大吃东西。大家不停地吃啊吃啊吃了好多好吃的东西。桑吉卓玛在厨房里操持一切，最后她上来了，把一大盘亲手做好的东西摆在了我和塔娜面前，她还低声对我说："少爷，恭喜了。"

吃完东西，他们就把我们分开了，要到结婚时才能见面了。我们交换了一些东西：手上的戒指，颈上的项链，还有系在腰带上的玉石。晚上，我想着塔娜，无法入睡，听到有轻轻的脚步声从下面客房里响起，向楼上走来。不多会儿，隔壁父亲的房间里就响起了牲口一样的喘息。最后，听见麦其土司说："世界上，两个土司在一起干这事，还很少见。"

女土司笑了，说："你还不老嘛。"

"我还行。"

"但也不年轻了。"

女土司一直跟塔娜睡在一个房间，尽管管家给了母女俩各人一间客房。我想，两个土司正忙着，我也不能放过眼前的机会。我摸下楼，摸到那张床上，不要说人，连塔娜的一丝气味都没有了。我才知道，订婚宴后的当天夜里，她就被人送走，回她们的官寨去了。随同去的还有麦其家的人马，扛着机关枪，押着给茸贡家的大批粮食，只要拉雪巴的人出现，就给他们迎头痛击。

我问父亲是怎么回事。

"你不是说该怎么干就怎么干吗？"他向我反问时，他脸上出现了委屈的神情。真是太有意思，太有意思了。好像我是麦其土司，他变成了傻瓜少爷一样。

我说："那么，好吧。"

麦其土司还对儿子说，他把女土司留下，是为了迷惑拉雪巴的人，但光住在这堡垒里，人家看不见。父亲喜欢野外，这个我知道。我对他说："你们骑上马出去，拉雪巴的人不就看见了吗？"

两个土司就带着些侍卫出去了。我不知道父亲是在施行计策，还是去跟女土司野合。我又站到望楼上了。晚上下了雨，白天天气很好，举目可以看到很远的地方。饥民们明知不该从我们这里，而应从他们的土司那里得到救济，但还是不断有人来到这个储备了很多粮食的地方。离开这里时，绝望的人们已经走得摇摇晃晃的了，但没有人死在我们堡垒下面。要是真有那样的事情发生，我会受不了的。但这些人，只是来看一眼传说中有很多粮食的地方是个什么样子，就又掉头从来路回去了。

他们到这里来，就像朝圣一样，辛辛苦苦到了，只是怀着对圣地一样的感情，对这个最接近天国的地方看上一眼，然后，就返身回到他们所来的地方，尘土中的地方，没有灾害也要挨饿的地方。和这些人比起来，麦其家的百姓是天国的选民，是佛祖特别宠爱的一群。

远处的蓝色山谷，吃肉的飞禽在天上盘旋，越来越多，肯定有很多人死在了那里。

我熟知那些山谷景色，这个季节，溪水一天比一天丰盈，野樱桃正在开花。他们在归路上就饿死在那些树下。不知花香会不会帮助他们进入天国。既然他们的主子不能使他们走入天国，他们当然有理由请花香帮忙。父亲带着女土司策马走过那些茫然的人群。他们走到小河边停下，平静的河水映出了他们的倒影。但他们只是看着远方，而不去看自己在水里的影子。

每天，他们都走同一条路线。

每天，我都爬上望楼看着他们，心里越来越强烈地希望他们不要停下，而是一直往前，走进拉雪巴土司领地上那些蓝色山谷。在那里，他们会被人杀死。我总觉得，两个土司一走进蓝色山谷，就会被拉雪巴土司的人杀死。这想法刚开始出现时，还叫人觉得好玩，但到后来，我觉得它难以抑制，心里就有了犯罪的感觉。加上小尔依总像条狗一样不声不响地跟在我身后，这种犯罪感更强烈了。

所以，我对父亲说："你们不要再出去了。"

父亲没有回答我，而用得意的眼光看了这段时间天天跟他睡觉的女人一眼，意思是："我没说错吧，我这个儿子！"

原来，他们已经决定不再出去了。

这些年来，好运气总是跟着麦其家，也跟着我转。我这句话又歪打正着，不知怎么又对了父亲的心思。于是，便笑了笑。一个带点傻气的人笑起来，总有些莫测高深的味道。

29. 开始了

这天晚上，我睡得十分香甜。平常，我总要想好久塔娜才能入睡，但这一天没有想。这一段时间，早上醒来，我也总是一下就想到塔娜。这天早晨，一醒来，还来不及想，就听到院子里人喊马嘶。

又有好多马驮上了给茸贡家的麦子。不一会儿，这些马队，还有女土司的背影就从我们眼前消失了。父亲显得十分疲倦，回屋睡觉去了。

临睡前，他说："开始了就叫醒我。"

我没有问他什么要开始了。对我来说，最好的办法就是静静等待。哥哥正在南方的边界上扩大战果。他的办法是用粮食把对方的百姓吸引过来变成自己的百姓。等我们的父亲一死，他就有更多的百姓和更宽广的土地了。他在南方战线上处处得手时，我们却把许多麦子送给了茸贡土司。所以，他说："那两个人叫茸贡家的女人迷住了，总有一天，女土司会坐到麦其官寨里来发号施令。"

他说这话的口气，分明把父亲和我一样看成了傻子。

哥哥这些话是对他身边最亲近的人讲的，但我们很快就知道了。父亲听了，没有说什么。等到所有人都退下去，只有我们两个在一起时，他问我："你哥哥是个聪明人，还是个故作聪明的家伙？"

我没有回答。

说老实话，我找不到这两者之间有多大的区别。既然知道自己是个聪明人，肯定就想让别人知道这份聪明。他问我这个问题就跟他总是问我，你到底是个傻子，还是个故意冒傻气的家伙是一样的。父亲对我说："你哥哥肯定想不到，你干得比他还漂亮。该怎么干就怎么干，这话说得对。我要去睡了，开始了就叫我。"

我不知道什么就要开始了，只好把茫然的眼睛向着周围空旷的原野。

地上的景色苍翠而缺乏变化，就像从来就没有四季变迁，夏天在这片旷野上已经两三百年了。面对这样的景色，我也打起了呵欠。我大张着的嘴还没有闭拢，两个小厮也跟着打起呵欠。我想踢他们两脚，但又不想用劲。我只想到底是什么就要开始了。越想越想不出来，只好学着父亲的口吻对两个小厮吼道："不准打呵欠，开始了就叫我！"

他们说："是！少爷！"

"什么开始？"

"事情开始，少爷！"

我从他们嘴里也问不到答案。后来，我的脑子就有些糊涂了。好像是看到了一件什么事情，但却怎么也看不清楚。睁开眼睛时，我知道自己刚才是睡着了。趴在楼层的回廊栏杆上就睡着了。再睁开眼睛，我看到天空的深蓝里泛起了浅浅的灰色。云彩丝丝缕缕被风吹动，比贴着墙根游走的蛇还快。时间已经是下午了，我站着睡了很长时间。我问："开始了吗？"

两个小厮溜走了。

没有人回答问题，我有些慌了。这时，背后响起了脚步声。一听，就知道是麦其土司，是我的父亲。他走近，说："你真是好福气。我在床上一刻也没有睡着，可你站着就睡着了。"

既然如此，就该我问他了："开始了吗？"

父亲摇摇头，脸上出现了茫然的神情，说："按说该开始了，那地方离这里不远。他们该走到了。"他还伸出手去指了指远处有群峰耸起的地方，那里也正是有好多饥民饿死的地方。

这下，我对将发生什么事情知道个八九不离十了，便打了一个长长的呵欠。父亲说："你进屋去睡吧，开始了我叫你。"

我进屋，在床上躺下来。睡着以前，我用被子把头全部蒙起来，睡着以后，是不是还蒙着，就不去管它了。想管也没法子去管。我刚刚进入一片黑暗，突然觉得好像什么地方传来了巨大的响动。这种响动也像是巨大的亮光，把什么都照亮了。我掀开被子，冲出屋门，大声喊："开始了，开始了！"

这时，整个堡垒正笼罩在这一天里最后，也最温暖的阳光里。人们本来无事可干，这时，都在阳光下，懒洋洋地显出一副全心全意享受生活的样子。两个小厮正在下六子棋，在这个世界上，只有他们两个，无论我干什么，都不会有一点吃惊的表示。我大叫的时候，小尔依连头都没抬一下，索郎泽郎对我傻乎乎地笑了一下，又埋头下棋了。

使我吃惊的是，土司和管家盘腿坐在地上，也在下六子棋。阳光也一样斜斜地洒在他们身上。

我的喊声好像没有惊动他们。我想他们只是假装没有听到罢了。他们不想叫我感到尴尬。大家都知道今天有什么事要发生，他们一直在等着，这时，哪怕有一个人悄悄对自己说，那个什么事情开始了，那么多双竖起的耳朵也会听到的。何况我是那么大声地叫唤："开始了！"

在父亲眼里，我的形象正在改变，正从一个傻子，变成一个大智若愚的人物。而我所有的努力，都在这一声愚蠢的喊叫里，烟消云散了。下人们从楼下的院子里望着我，为了准确地找到声音所来的方向，他们把该死的手举在额头上遮住刺眼的阳光。而管家和土司依然一动不动。

我的喊声消失了。下午的阳光倾泻着，照亮了近处和远处的一切。

我不可救药，我是个不可救药的傻子。那就让我是一个傻子吧！让天下所有人，土司、管家、下人、男人、女人，偷偷地笑我吧，把口水吐在我的脸上吧，说哈哈，傻子！说呸！傻子。去你妈的，傻子要唱歌了。于是，我按照"国王本德死了"那首歌谣的调子唱起来：

> 开始了，开始了，
> 谋划好的事情不开始，
> 没谋划的事情开始了，
> 开始了！

开始了！

我一边唱，一边还示威一样，在回廊上走来走去，一脚脚踢着廊子上的栏杆，以此来掩饰对自己的失望与愤怒。再唱下去的话，麦其家的傻瓜儿子就要为自己的愚蠢痛哭了。

但，且慢，让我把眼泪收回去吧！

因为，事情就在这个时候，在我歌唱的时候开始了。这时，我的心里充满了绝望之情，所以，事情开始了我也没有听见。我唱着，唱着，看见下棋的人把棋子抛到了天上，看见下人们在楼下奔跑。我用嘴唱着，用眼睛看着混乱的景象，心想，这些人，他们以为我会因为悲伤而跳楼。父亲冲过来，对我挥着手，然后，指指远处山谷的方向。这时，我也听见了，从父亲指着的方向传来了激烈的枪声。

我不唱了。

父亲对着管家大叫："他预先就知道，他比我们先就知道！他是世界上最聪明的傻瓜！"

管家也喊道："麦其家万岁！他是未卜先知！"

他们喊着，跑过来想对我说点什么。可我没有什么好说的。也许刚才唱歌用去了我太多的气力，我对他们说："我累了，我想睡觉了。"

他们就一直跟着我走到了屋子里。枪声在远处山谷里激烈地响着。只有麦其家的武器才能发出这样密集而欢快的声音。我睡下了。管家说："少爷，放心睡吧。麦其家的武器，没什么人对付不了。"

我说："你们出去吧，你们对付得了。"

他们就出去了。

麦其土司派人在山里设下了埋伏，等待拉雪巴土司出来抢女土司的粮食。现在，谜底揭开了，我要睡觉了。明天醒来时，这世界将是什么样子，现在我不想知道。

我，只……想……睡觉……

为了粮食，我们的两个北方邻居打起来了。

在这片土地上，只要一有土司打仗，就有不愿闲待着的土司屁颠屁颠地跑来跑去，做点化解工作。

这次，北方两个邻居间为小麦而起的战争，被看成是麦其家挑动起来的。说客来到了我们这里，父亲很不客气地说："你们也想得到我家的麦子，我想你们最好不要说话。"

麦其的傻瓜儿子对他们说："要是你们手里不是大粪一样的鸦片，而有很多麦子，就能想说什么就说什么。"

管家则张罗了丰盛的酒席招待这些不速之客。

他们还有什么话好说呢？他们确实感到自己没有话说。

送走这些人，父亲也要动身回官寨去了。临走，他只对我嘱咐了一句话："让他们打吧。"这句话意思很明确，没有什么会引起误会的地方。

我说："好的，让他们打。"

土司拍拍我的肩头，带着几个卫兵上路回官寨去了。

土司骑上马走出去好长一段了，马都放开步子小跑起来，他突然把马头勒得高高的，回过身来对我喊："该怎么干就怎么干！"

我说："这句话怎么有些耳熟？"

索郎泽郎说："是你对他说过的。"

我问跛子管家："我这样说过吗？"

"好像说过吧。"一旦接触到父亲和我的关系，管家总是有点闪烁其词。我不怪他。他替我办许多事情，比如眼下吧，既然父亲和我一样，认为该怎么干就怎么干，我就叫管家用粮食把茸贡家的人马喂得饱饱的，暗中对付饿着肚子的拉雪巴土司的人马。我给女土司派出几个机枪手，一些手榴弹投掷手。这样一来，一场土司间的战争刚刚开始，胜负就要由我来决定了。

30. 新臣民

让女土司取得胜利，这就是该干的，我就干了。

接着，我又准备干另一件事情。

开始我就说过，哥哥不该在边界上建筑一个堡垒。麦其家的官寨是一个堡垒，但那是麦其家常常挨打时代修筑的，是在没有机关枪，没有手榴弹和大炮时代修筑的。时代不同了，风水轮流转，麦其家再不用像过去，老是担心别人的进攻了。就是身处边界也不用担心。现在是轮到别人担心我们了。我要做的只是在别人打仗时，插上一手，事先就把胜负的结果确定下来。我们的两个北方邻居不知道他们打的是一场没有悬念的战争。这样做，对我来说并不怎么费事，只等女土司的人来了，就给他们的牲口驮上麦子，给机枪手补充一些子弹就行了。形势好，心情也好，就是一个傻子也会比平常聪明，任何一个动作都成了神来之笔。

好了，还是来干我想干的事情吧。

我叫厨娘卓玛在河边架起一排五口大锅。麦子倒进大锅里，放一点盐，再放一点陈年的牛油，大火煮开后，诱人的香气在晴空下顺风飘到很远的地方。我又向饥民们发出了施食的信号。不到半天时间，消失了一段时间的饥民又出现了。走到离堡垒不远的那条小河边，饥民们就想躺下，好像他们只要证实香气是由麦子散发出来的就心满意足了。还是厨娘桑吉卓玛挥动着勺子，喊道："睡下的人就吃不到东西了，站起来吧！"

他们才又站起来，梦游一样蹚过河来。

每个人都从卓玛那里得到了一大勺在油汤里煮熟的麦子。

现在，卓玛也尝到一点权力的味道了。我想，她喜欢这种味道，不然，她不会累得汗如雨下也不肯把施舍的勺子放下。这样美妙的感觉，留在官寨里当厨娘，永远也体会不到。只有跟了我，她才可能对一大群眼巴巴盯着她双手的饥民，十分气派地挥动勺子。

"每人一勺，不多也不少！"她中气十足地不断叫喊，"吃了这顿还想吃下顿的人，都要去干活。为我们仁慈而慷慨的少爷干活去吧！"

拉雪巴的百姓，吃了有油水的煮麦饭，来为我干活了。

管家依我的意思，指挥这些人把四方形的堡垒拆掉一面。

我要把向东的一排房子拆掉。这样，早晨的太阳刚升起来，她的光芒就会毫无遮挡地照耀我们了。同时，这个建筑因为有了一个敞开的院子，也就和整个广阔的原野连成一片了。跛子管家想用拆下来的土坯在什么地方垒一道墙。我没有同意。那样做没有必要。我想我看到了未来的景象，在那样的景象里，门口什么地方有一道墙，跟没有墙都是一样的。我问他："你没有看到未来的景象吗？"

"我看到了。"他说。

"好吧，说说你看到了什么？"

"可以用机枪把大群进攻的人在开阔地上杀掉，比如冲锋的骑兵。"

我禁不住哈哈大笑。是的，机枪可以轻易把试图向我们进攻的人杀掉，像杀一群羊一样。但我想的不是这个。鸦片使麦其土司发了财，有了机枪。鸦片还使另外的土司遭了殃。这里面有个时运的问题。既然如此，又何必修一个四面封闭的堡垒把自己关在里面。只用了四五天时间，堡垒的一面没有了，再也不是堡垒了，而只是一座巨大的房子，一座宏伟的建筑了。卓玛问我还煮不煮饭。我说煮。再煮五天。这五天里，混饭的饥民把拆下来的土坯和石头搬走，扔在河里了。河水把土泡软，冲走，清澈的河水浑浊了好些天。最后，河里的土坯都没有了，只有石头还在，露出水面的闪闪发光，沉入水底的，使水溅起浪花，荡起波浪。是的，河里有了石头，更像是一条河了。这天，我对自己说，河水该完全清澈了。

可是，我还没来得及看看河水，就给眼前的景象吓了一跳。

在向着原野敞开的院子里，黑压压地站满参加了拆除工程的饥民。完工后，桑吉卓玛带着人把河滩上施食的大锅也搬回来了。他们离开也已经好几天了，我以为他们不会再来了。结果，他们回去把家里人都带来了。饥民站满了院子，又蔓延到外面，把房子和小河之间的草地都站满了。我一出现，这一大群人就跪下了。

我从来没有见过这么多人聚在一起。这么多人聚在一起，即使他们什么都不做，也形成了一股巨大的压力。

管家问我怎么办。

我说我也不知道怎么办。

他们就坐在外面，散开了，黑压压地占据了好大一片地方。我不在时，他们就坐着，或者站着，我一出现，他们就跪下去。这时，我真后悔叫人拆了那道墙壁。一天过去了，两天也快过去了，他们还在外面，没有吃过一口东西。饿了，就到河边喝水。正常情况下，人喝水总是很少的。只有牛呀马呀，才一头扎进水里，直到把自己憋得喘不过气，直到把肚子灌得鼓起来，里面尽是咣当摇荡的水声了才肯罢休。现在，这些人喝起水来就像牛马一样。就是在梦中，我也听到他们被水呛得大口喘气的声音，听到他们肚子里咣当咣当的水响。他们并不想惊扰我这个好心人，要不，他们不会小心翼翼地捧着肚子走路。到第三天头上，有些人走到河边喝水，一趴下去，就一头栽在水里，再也起不来了。栽在齐膝深的浅水里，就一动也不动了。最多半天工夫，水里的人就像只口袋一样涨满气，慢慢从水上漂走了。没去水边的人也有死掉的，人们还是把他们抬到河边，交给流水，送到远远的天边去了。

看看吧，拉雪巴土司的百姓是多么好的百姓。在这样绝望而悲惨的境地里，他们也一声不吭，只是对另一个不是他们主子的好心人充满了期待。

我就是那个好心人。

三天了，没有从我指缝里漏出去一粒粮食，但他们也不抱怨。我不是他们的主子，没什么好抱怨的。刚来时，还有一片嗡嗡的祈祷声。但现在，一切都停止了，只有一个又一个人，相继死去。死了，在水边，叫阳光烤热，叫水发涨，变成一个个胀鼓鼓的口袋，顺水流到天边去了。第三天晚上，我就开始做噩梦了。第四天早上，还没有睁开眼睛，我就知道那些人还在外面，头发上都结起了露水。那种很多人聚在一起而形成的沉默不是一般的寂静，可以使人感到它巨大的压力。

我大叫："受不了了，我受不了了！"

我一直有很好的吃食，所以精气都很充足。声音在有薄雾的早晨传到很远的地方。饥民们都把深埋在两腿之间的头抬起来。这时，太阳冲出地平线，驱散了雾气。是的，这些人用耐心，这些人用比天下所有力量加在一起还要强大的绝望的力量把我制服了。我起不了床了。我呻吟着，吩咐手下人："煮饭吧，煮饭，煮饭……给他们饱吃一顿，叫他们说话，叫他们大哭，叫他们想怎么样就怎么样吧。"

而我的手下人，管家、卓玛、两个小厮，还有别的下人背着我，早把一切都准备好了，只等我一句话，把锅下的柴草点着就行了。

火一点燃，我的手下人就欢呼起来。但饥饿的人群却悄无声音。开始发放食物了，他们也没有一点声音。我说不上是喜欢这样的百姓还是害怕他们。

于是，我又一次大叫："告诉他们，只有这一顿，只有这一顿，吃了，他们就有上路的精神了，叫他们回到自己的地方！"

我的话，从每一个掌勺子的人口里，传达给饥民们。

卓玛一边说，一边还流着眼泪："不要叫我们好心的主子为难了，回去找你们的主子吧，回去找自己的主子，上天不是给我们都安排下了各自的主子吗？"

他们的主子的日子也不好受。

茸贡土司的人马吃得饱饱的，正跟在拉雪巴的队伍后面穷追猛打。这其实可以理解为，我在北边找了人替麦其家打仗，哥哥比我能干，所以，他在比这里炎热，也比这里崎岖的南方山地，亲自带着队伍冲锋陷阵。

越来越多的人开始认为，虽然他是个聪明人，好运气却永远在他那傻子弟弟一边。我自己也有这种感觉，好运气像影子一样跟着我。有一两次，我清楚地感到这个神秘的东西挨我很近，转过身去跺了跺脚，可惜，它只像影子，而不像狗。狗可以吓走，影子是吓不走的。

小尔依问我跺脚想吓什么。

我说，影子。

他笑了，说，不是影子。然后，这张没有血色的行刑人的脸上泛起了光亮。我知道他要说什么了。作为一个行刑人，他对幽冥世界有特别的兴趣。果然，他脸上闪烁着兴奋的光芒对我说："要吓走鬼，跺脚不行，要吐口水。"他还对着我的背后做了个示范的样子："要这样子……"

可不能等他把行刑人的口水吐出来，要是真有个好运气一天到晚巴巴地跟在我身后，岂不被他用驱邪的手段吓跑了。我给他一耳光，说："不要说你们这些奴才，就是我自己对身后吐了口水，你也可以对我用刑，用红铁烙我的嘴巴！"

小尔依脸上的光熄灭了。

我说："下去，掌一会儿勺子去吧。"在我的手下就是最穷的穷光蛋，今天也尝到了施舍的甜蜜味道。在这个世界上，能够给予的人有福了。我让每一个人都掌一会儿勺子，尝试一下能够施舍是多么好的滋味。我听到他们心里都在喊二少爷万岁。那些吃饱了的人群还停留在旷野里。我对着笑眯眯地拖着跛脚走来的管家喊："该结束了，叫他们走开，走开！"

管家是看着最后一个人把最后一勺麦面粥吸到口里，带着心满意足的心情上楼来的。听见我的喊声，他一边爬楼梯，一边说："他们马上就要回去了，他们向我保证过了。"

就是这时，人群开始移动了，虽然口里没有一点声音，但脚步却有力了，能在地上踩出来一点声音了。一个人一点声音，这么一大群，想数也数不过来的人踩出的声音汇合在一起，令大地都有些摇晃。这么大一群人走动着，在身后扬起了好大一片尘土。等这片尘土散尽，他们已经走远了，到了河的对岸。

我禁不住长长地吐了一口气。

可他们在河对岸的旷野里停了下来。男人们离开了女人和孩子，走到了一起。他们聚到一起干什么？是吃饱了想向我们进攻吗？要真是那样的话，我倒巴不得他们早点开始。因为从天黑到上床睡觉这段时间，实在是无事可做。如果他们进攻，我们就开枪，到战斗结束，正该是睡觉的时候。这样，没有哪个土司遇到过的局面就可以结束了。天啊，叫我遇上的事情是过去的土司们曾经面对过的事情吧。男人们坐下了，坐了很久，后来，在他们内部发生了一场小小的混乱。下午的阳光遮住了我的视线，只看到那混乱的中心，像一个小小的漩涡，翻腾一阵，很快又平静了。几个人走出人群，涉过河水向我们走来。在他们背后，所有的人都站起来，目送他们。

这几个人走过大片空地的时间真是太漫长了。

他们在我面前跪下了。这些人把仍然忠于拉雪巴土司的头人和各个寨子的寨首都杀掉了，带来了他们的脑袋，放在我的脚前。我问："你们这是为了什么？"

他们回答，拉雪巴土司失去了怜爱之心，也失去了过去的拉雪巴土司具有的审时度势的精明与气度，所以，他的百姓要背弃他。麦其土司将统治更大的领地和更多的人民，是天命，也是众望所归。

我把小尔依叫来，把他介绍给这些想归顺我们的人。并不是所有土司都有专门的行刑人。就是有过专门行刑人的，也没有延续到这样久远。他们都好奇地打量着眼前这个长手长脚，脸色苍白的家伙。这时，我开口了："谁是杀了自己的主子的带头人？"

所有人都再次跪下来，这是一群精明而勇敢的人，他们共同承担了这个责任。我已经喜欢上他们了，对他们说："起来吧，我不会杀掉你们中任何一个，这么多人叫我的行刑人杀谁好呢。"

他们都笑了。

拉雪巴土司手下有好几千人投到了我们麦其家。有人说，拉雪巴土司的领地像一株大树。这株大树是由一条一条的山沟构成的。一条越来越大的河，在山间冲出一个越来越宽的谷地，这是树干，水像雷声一样轰鸣的河口地区是大树的根子。在河的上游，好多支流冲出的山沟，就是这株大树上主要的枝干。晚上，管家把地图拿来，我在灯下看呀看呀，看了好久才从曲折不等的线条里看出一株大树的样子。这一次，我从这株大树上斫下了两根最粗壮的树枝。我把面前这几个人任命为新的头人和寨首。他们要我给他们派去新的首领。我告诉他们我只给他们麦子，而不给他们首领。

我说："你们自己就是自己的首领。然后，我是你们的首领。"

第二天真是十分忙碌，我分发给他们足够度过饥荒的粮食，还有来年的种子。这天晚上，他们没有离开。这些获救了的人们，在河滩的旷地上燃起了篝火。濒死的人们焕发出无比的激情。我只在远远的地方挥了挥手，他们的欢呼就像春雷一样在天地之间隆隆滚动。我走到他们中间，几千人一起跪下去，飞扬起来的尘土把我呛住了。我不太相信这些人转眼之间都成了我的百姓。真的不敢相信。尘土起来时，两个小厮一左一右站在了贴近我身体的地方。他们怕有人对我下手。但我把他们推开了。这没有必要。我们几个人落在这么一大群人中间，要是他们真想吃掉我们，还不够一人来上小小的一口。但他们不会。他们是真正的归附于我们了。我的运气好。运气好的意思就是上天照顾，命运之神照顾，谁也不会把我怎么样。

我想说点什么，却被他们搅起的灰尘呛住了，这也是他们的命。他们的命叫他们大多数人听不到新主子的声音。我只挥了挥手，跪着的人们立起来了。老老少少，每个人额头上都沾上了尘土。他们背弃了主子，并不是说他们不要主子了，他们的脑子里永远不会产生这样的念头，谁要试着把这样的想法硬灌进他们的脑袋，他们只消皱皱眉头，稍一用劲就给你挤掉了。看吧，现在，在篝火的映照下，他们木然的脸上一双眼睛明亮而又生动，看着我像是看到了神灵出现一样。他们望着我离开，也像是目送神灵回到天上。

早上，他们都离开了。只剩下一大片空旷的河滩。热闹了这么多天，一下冷清下来，我的心里也感到空落落的，我还隐隐担心一个问题，但我不需要说出口来。每一个我担心的问题，都是别人也会想到的。所以，还是由别人说出来好。果然，吃早饭时，管家说："那些人不要是拉雪巴土司派来骗我们麦子的，那样大少爷就要笑话我们了。"

索郎泽郎说："你要是不相信小少爷，就去跟大少爷，这里有我们。"

管家说："你是什么人，配这样跟我说话？"他把手举起来，看看我的脸色，终于没有打下去。索郎泽郎脸上显出了得意的神情。

管家就对小尔依说："打他两个嘴巴。"

小尔依就打了他的伙伴两个嘴巴。但明显，他打得太轻了。于是，管家就只好自己动手惩罚行刑人了。是的，其他人犯了错有行刑人惩罚，行刑人犯了错，也就只有劳当老爷的人自己动手了。管家把自己的手打痛了。索郎泽郎得意地笑了，我也笑了，但随即一变脸，对小尔依喊了一声："打！"

这下，小尔依真正下手了，不要看小尔依很单薄瘦弱的样子，只一下就把身体强壮的索郎泽郎打倒在地上。

这下，大家都笑了。笑完过后，我叫管家写信，告诉麦其土司，他的领地又扩大了，在北方的边界上，他又多了几千百姓。管家本来是想叫我等一等的。但他也知道，这一向，我总是正确的，所以就把信送出去了。北方边界上形势很好。有我的支持，女土司把拉雪巴土司打得溃不成军。

我问管家："拉雪巴土司还能做些什么？"

"拉雪巴土司吗？我想他只好再到我们这里来。"

我眼前出现了肥胖的拉雪巴土司不断拿一条毛巾擦汗的样子，忍不住笑了。

第八章

31. 边境市场

拉雪巴土司又来了。

他看到封闭的堡垒变成了一个开放的宏伟建筑，还以为自己走错了地方。

这回，他再不说是我舅舅了。虽然，我这里连道大门都没有了，他还是在原来大门所在的地方滚鞍下马。我说滚，可没有半点糟蹋他的意思。拉雪巴土司实在太肥胖了，胖到下马时，都抬不起腿来。要想姿势优美地上马下马，把腿抬到足够高度是首要条件。肥胖使曾经的马上英雄失去了矫健。拉雪巴土司歪着身子，等屁股离开马鞍，利用重力，落在了马前奴才们的怀里。

他吃力地向我走来，还隔着很远，我就听到他大口喘气，呼哧，呼哧，呼哧。他肯定伤风了，嘶哑着嗓子说："麦其家最最聪明和有善心的少爷呀，你的拉雪巴侄儿看你来了。"

"我对他们说，拉雪巴会给我们带来好礼物。"

"是的，是的，我带来了。"

他的抖索的双手从怀里掏出些乱七八糟的东西，塞到我手上。我叫管家一样样打开来看，却是一叠厚厚的、很有些年头的纸片，几颗铜印。他的百姓背弃了他，拉雪巴土司只好把那些投靠了我的寨子的合法文书与大印送来，表示他承认既成事实。这些东西都是过去某个朝代的皇帝颁发的。有了这些东西，我就真正拥有那些地方了。

一句话涌到嘴边，但我没有说。反正有人会说。果然，管家开口了，说："我们少爷说过，谁得到麦子都要付出十倍的代价。你不听，现在，可不止付出了十倍代价。"

拉雪巴土司连连称是，问："现在，我们可以得到麦子了吗？"他说牲口背上都驮着银子。

我说："要不了那么多银子，我卖给你麦子，只要平常年景的价钱。"

他本以为我会拒绝，但我没有拒绝他。这个绝望的人差点就流出了泪水，带着哭腔说："天哪，麦其家可是把你们的拉雪巴侄儿害苦了。"

"人都是需要教训的。"

依照胜者的逻辑来说，麦其家付出了更大的代价。

可不是吗，要是他们不跟着我们种植鸦片，还需要费这么多事吗？想起这些，我的气真正上来了，说："我们的麦子对所有人都是一样的价钱，是平常价钱的三倍，对你们也是一样。"

"可是，你刚才还说只要……"

但他看着我冷冰冰的眼色再不敢说下去了，而是换上了一张可怜巴巴的笑脸，说："我不说了，麦其伯父一会儿再改主意我就吃不消了。"

管家说："知道是这样，就到客房里去吧，已经备下酒肉了。"

第二天早上，拉雪巴土司带来的牲口背上都驮上了麦子，而我并没有真要他付三倍的价钱。分手时，他对我说："你叫我的人有饭吃了，也叫他们不要再挨打了吧。"

我知道他指的是什么，便在他马屁股上抽了一鞭。马就驮着他跑开了。我在背后对他喊，麦子没有了再来买，麦其家在边境上修的不是堡垒，而是专门做生意的市场。是的，到现在，我可以说了，这里不是堡垒，而是市场。在小河两边有着大片的空地，正好做生意人摆摊和搭帐篷的地方。

管家说："女土司那边，也该有所表示了。"

我叫他给女土司写信，说说这个意思。

女土司没有立即回信。因为她的人有麦面吃，又对拉雪巴土司打了胜仗。回信终于来了，信中说，她还没有为女儿备好嫁妆，因为，她得像男人一样带兵打仗。她甚至在信中对我发问："请想做我未来女婿的人告诉我，茸贡土司是不是该找个男人来替她做点女人的事情，比如，替她女儿准备嫁妆？"

吃着麦其家的麦子，仗着麦其家的机关枪掩护，打了点小胜仗，女土司像发情的母马把尾巴翘起来了。

她是一个能干的女人，但这个女人不够聪明，她该知道，世界正在变化。当这世界上出现了新的东西时，过去的一些规则就要改变了。可是大多数人都看不到这一点。我真替这些人惋惜。女土司也在我为之叹息的人中间。其实，她说出来的话正是我希望她说的。塔娜在这里时，我爱她，被她迷得头昏脑涨。但一离开，时间一长，我这脑子里，连她的样子的轮廓都显不出来了。这就等于女土司最有力的武器失去了效力。所以，她说出这样的话来真叫我高兴。仅仅过了两天，我派出去的机枪手和投弹手全部回来了。女土司派人追他们回去。追兵都在母鸡一样咯咯叫的机枪声里躺倒在大路上了。但是，一个骄傲的人不容易意识到自己正在犯下什么样的错误，更不要说是一个骄傲的女人了。

她不知道，拉雪巴土司也从我这里得到了麦子。

拉雪巴土司长长的马队每到一个磨坊，就卸下一些麦子，还没有回到中心地带，麦子就没有了。于是，马队又走在回边界的路上。这一回，他记住了我说过要在北方边界建立市场，就干脆带着大群下人，在河滩上搭起帐篷住下来，从领地上运来了各种东西，专门和我进行粮食交易。

拉雪巴土司吃饱了麦面的队伍立即恢复了士气。面对复苏了士气的队伍，没有机关枪是很糟糕的。茸贡家的队伍已经不习惯在没有机枪掩护的条件下作战了。他们退得很快，一退就退过了开始进攻时的战线。

拉雪巴土司不再回领地了，就在边界市场上住下了。他常常请我到河边帐篷里喝酒。在天气好的日子里，在北方开阔的边界上，坐在河边喝酒是叫人非常开心的事情。

拉雪巴土司和我做起了真正的生意。

他不仅用银子买我的东西。而且还运来好多药材与皮毛，还有好马。我的管家说，这些东西运到汉区都能赚大钱。管家组织起大批马队，把这些东西运到东边汉人的地方卖掉，又买回来更多的粮食。很快，在北方边界上，一个繁荣的边境市场建立起来了。越来越多的土司来到这里，在河对岸的平地上搭起了帐篷。他们带来了各种各样的好东西。而他们需要的只是粮食。麦其家的粮食再多也是有限的。但我们靠近汉地，这个位置，在汉人政权强大时，使我们吃了不少苦头，这也是麦其土司从来不能强大的首要原因。后来，他们革命，他们打仗了。麦其土司才时来运转，得到了罂粟种子。罂粟使麦其强大，又使别的土司陷入了窘迫的境地。我们把麦子换来的东西运到汉地，从那里换成粮食回来，再换成别的东西。一来一去，真可以得到十倍的报偿。管家仔细算过，就是缺粮的年头过去，在平常年景，不运粮食了，运别的东西，一来一往，也会有两三倍利润。

在有土司以来的历史上，第一个把御敌的堡垒变成了市场的人是我。每当意识到这一点，我就会想起我们家没有舌头的书记官。要是他在这里，相信他会明了这样的开端有什么意义。而在这里，在我的身边，众人都说，这是从来没有过的，从来没有过的。其他，就再也说不出什么来了。我想书记官会有一些深刻的说法。

32. 南方的消息

我感到不安。

让我这样的人来替大家动脑子，这个世道是个什么世道？这是个不寻常的世道。可要是说不寻常就不寻常在要傻子替大家思想这一点上，我是不大相信的。可是，要问不在这点又在哪点上，我也答不上来。好些晚上，我睡在床上，一个人自问自答，连身边睡着的女人都忘记了。这个姑娘是新近背弃了拉雪巴土司那些寨子送来的。我的脑子一直在想不该我想的问题。所以，姑娘睡在我床上好几个晚上了，我连她是什么名字都没有问过。不是不问，是没有想到，确确实实没有想到。好在这个姑娘脾气很好，并不怨天尤人。她来到我身边，替那么多从死亡边缘活过来的人报答我。但我一直没有要她。我老要想，我们生活在一个什么样的世界上。

第一次要她是早上。平常我醒来，总要迷失了自己。总要问：我在哪里？我是谁？但这天早上没有。一醒来，我就没有意识到自己这两个问题。而是把身边这个身上散发着小母马气味、睡得正香的姑娘摇醒，问她："你是谁？"

她的眼睛慢慢睁开，看那迷迷糊糊的眼神，我想，这一阵子，她也不知道自己是谁吧。她慢慢清醒过来，脸上浮起了红晕。那红晕和结实乳房上的乳晕同样深浅。我笑着把这个告诉她。她的脸更红了，伸出手来，把我搂住，结结实实的身体都贴在我身上了。

"你知道我是谁？"我问她。

"他们说你是个好心的傻子，聪明的傻子，如果你真是一个傻子的话。"

看看，人们已经形成了对我固定的看法了。我说："不要说别人，你看我是个什么样的人？"

姑娘笑起来："一个不要姑娘的傻子。"

就这一句话把我的欲望唤醒了。这个姑娘是一头小小的母牛，挣扎，呻吟，扭动，用一对硕大的乳房把我的脸掩藏，散发出一身浓烈的奶香。但她就是不对我敞开那个又湿又黑的洞穴。那里面，是我现在想要进去的地方。她的整个身子都像一张牛皮一样对我打开了，却又紧紧夹着双腿，不要我进到她里面。所以，等她终于敞开洞口，我立即就在里面炸开了。

她笑了，说："就像好久没有要过姑娘一样。"

我是有好些时候没有要过姑娘了。

我突然想，正在南方作战的哥哥，绝对不会这么久不沾姑娘。要是有人告诉他，弟弟跟一个姑娘睡了两三天，才想起干那事情，他会大笑着说："真是个傻瓜！"但他能笑的就仅此一点了。终于，从南方传来了哥哥兵败的消息。他天天打胜仗，其实是人家躲开了锐不可当的进攻锋头。他一直推进到汪波土司领地上纵深的地方，并没有多少实际的战果。在他兵锋所指的地方，不要说人，活着的牛羊也难见到，更不要说金银财宝了。麦其家的大少爷，将来的麦其土司，掌握着威力强大的先进武器，但却没人可杀。他见到的人，大多都已饿死了，活着的，也饿得奄奄一息，不愿再同命运挣扎了。他的士兵把这些人的耳朵割下来，冒充战果。麦其家的大少爷残暴名声开始流传。他实在是推进得太远了。在进攻的路上，他见不到敌人，敌人却总有机会对他下手，今天一个人，明天一支枪。几个月下来，他已经用麦其家的武器替人家搞起了一支精悍的武装。结果，汪波土司用他送去的武器，把没留多少人守卫、我们家在南方边界上的堡垒攻占了。等他再打回来，里面的粮食已经运走一多半了。他想再领兵进攻，但父亲没有允许。

麦其土司对他的继承人说："你送去了枪、粮食，都是他们没有的，十分想要的东西。等你打听清楚了汪波土司还缺什么，你再动手不迟。"

哥哥病了。

父亲叫他养病。

哥哥在边界的堡垒里住着，一边害病，一边等待汪波土司发动进攻。他准备好了要给进攻者以毁灭性的打击。

而新继位的汪波土司却绕了很远的路，来到我开辟的市场上，做生意来了。

看看吧，完全因为我，和平才降临到了这片广大的土地之上。在没有任何土司的影响曾经到达过的广大地区，人们都知道了我。傻子，这个词在短短的时间里，被我赋予了新的、广泛的意义。现在，因为我，这个词和命运啦，福气啦，天意啦，这些词变成了同样的意思。

现在，只有拉雪巴土司和茸贡土司之间还有零星的战斗，但也马上就要结束了。我对女土司来了个釜底抽薪。我没想到自己会对她来上这么一手。我把她当成岳母，但她好像不愿意我做她的女婿。没有我的支持，女土司很快就被打得招架不住了。她给我来信了。在信中，她说需要未来女婿的支援。我听管家念了信，没说什么。还是管家替我回了信，说："我们的少爷脑子有问题，他不知道自己为什么是你家的女婿。"

回信又来了，言辞有点痛心疾首。说，茸贡家未来的女婿，也就等于是未来的茸贡土司。

管家笑了，但我没有笑。这一段时间我没事可干，又开始想塔娜了。于是管家又回信说："少爷说，都想不起塔娜的样子了。"

这是非常时期，一个傻子就能决定许多聪明人的命运，女土司不好再坚持土司之间的礼仪，不等举行正式婚礼，就把女儿给我送来了。

塔娜是早上到的，下人来通报时，我正跟脸会红出跟乳晕一个颜色的姑娘在床上。我不是说我们在干事。没有。这段时间，我们在晚上就干够了。早上总是醒得很晚。索郎泽郎站在床前大声咳嗽。我醒来，但只睁开了一只眼睛，我看见他的嘴巴在动，听不见他是说塔娜到了，便迷迷糊糊地说："好吧，好吧。"

要是塔娜真的在这种情形下闯进来，局面就不大好看了。好在管家早已起床，索郎泽郎正要传我的糊涂话时，塔娜已经叫他带到别的房间里去了。我把身边的姑娘摇醒。她翻一下身，叹了口气，又睡着了，差点把我急坏了。好在，她只睡了一小会儿，好像不是为了睡去，而是为了重新醒来。她只重新睡了一小会儿，就醒来了。她格格地笑着，问："我在哪里？"

我告诉了她，并问她："我是谁？"

她也回答了。

这时，索郎泽郎沉着脸走进来，对我说："你的未婚妻都等急了。"

"谁？！"

"塔娜！"

这下，我像只青蛙一样从床上跳起来，差点没有光着身子跑出房间。索郎泽郎想笑又不敢，床上的姑娘却笑了。她咕咕地笑着，自己还光着身子，就跪在床上给我穿上衣服。笑着笑着，就流泪了，泪珠大颗大颗落在两个乳房上。

我告诉她，塔娜将是我的妻子，她是茸贡土司的女儿。她就不哭了。

我又告诉她，泪水挂在她乳房上就像露水挂在苹果上一样。她就破涕为笑了。

一见塔娜的面，她的美又像刚刚出膛的滚烫的子弹把我狠狠地打中了，从皮肤到血管，从眼睛到心房，都被这女人的美弄伤了。把我变回为一个真正的傻子很容易，只要给我一个真正的美丽女人就行了。

人一变傻，脸上的皮肤就绷紧了。看一个人是不是傻子，只要看看他的笑容就行了。傻子笑时，脸上的肌肉不听使唤，所以，傻子只能做出冻死在冰雪中的人脸上那种表情。那种人的笑，把牙齿全都露出来了，脸上却见不到一点漾动的光彩。

还是塔娜先开口："没想到我来得这么快吧？"

我说是没有想到。一说话我脸上的肉就活泛了。脸一活泛，整个脑子立即就跟着活泛了。

但我还是不知道自己该干什么。过去，我跟女人不需要任何客套就直接上床睡觉。有什么山高水长的意思，也要等睡过几次，表示起来，才能挥洒自如。但对将成为我妻子的塔娜可不能这样，但不这样，又该怎样，我就不知道了。好在我有一个跛子管家。他把我该想到的事都替我想到了。他对着我耳朵小声说："叫他们进来，少爷。"

我相信管家。于是，我很气派地挥挥手，果然，就有下人从外面进来了。他们在塔娜面前放下好多珠宝。现在，我也是个商人了，这么些珠宝并不在话下，所以，可以不停地挥手。

下人们便鱼贯而进，把来自土司们领地和汉地的各种好东西放在塔娜面前。这个早上，我不停地挥手，我想，塔娜她故作镇定，到最后还是会感到吃惊的，但她咯咯地笑起来，说："我到死也用不了这么多东西，我饿了。"

下人们又在楼下的厨房和楼上的客房之间奔忙起来，我的管家是一个好管家，塔娜一到，就准备下这么丰厚的礼品。我的厨娘领班也是天下最好的，塔娜一到，就备下了这么丰盛的食品。塔娜又是格格一笑："我一口也吃不下了，这么多东西，看都看饱了。"

我挥了挥手，下人们把食品都撤下去了。我突然想，要是再挥一挥手，他们会把塔娜面前的珠宝像食品一样搬走吗。心里想着，手上便来了一下。这一挥，我的人，从管家开始，都退出去了。只有护送塔娜来的两个红衣侍女还站在她身后。

塔娜说："你们也下去吧。"

宽大的屋里只有我和她了。我不知该对她说点什么。她也不说话。屋里很明亮，一半因为外面的太阳，另一半却要归功于堆在塔娜面前的珠宝。她叹息了一声，说："你坐下吧。"

我就在她身边坐下了。

她又叹息了一声，使我心都碎了。要是她一直叹气的话，会要了我的性命的。好在，她只叹息了两声，就歪着身子，倒在了我的怀里。然后，我们的嘴唇碰到了一起。这次，我也像一个长途跋涉而终于到达目的地的人一样叹息了一声。

虽然她的嘴唇冰凉，但有了这一下，我可以说话了。

我对躺在怀里的她说："你冰一样的嘴唇会把我冻伤。"

她说："你要救救我的母亲，你们答应过她的。再把你的机枪手派回去吧。"

我说："不为这个，你不会到我身边来，是吗？"

她想了想，点点头，眼角上泪光闪闪。

塔娜这样子，使我的心隐隐作痛。我走到外面走廊上，眺望远处的青山。正是太阳初升的时候，青山在阳光的纱幕后若隐若现，就像突然涌上我心头的悲伤。同得到了东西时的悲伤相比，得不到东西时的悲伤根本算不上是悲伤。管家等在门外，见了我的样子，也深深叹气。他走过来，光看他眼里的神情我也知道他是要问我，她从不从我。我说："你不要过来，我要好好看看早晨的山。"

美丽无比的塔娜，她使我伤心了。

我站在楼上看山。

我手下的人都站在楼下，看我。

太阳升起来，斜射的光线造成的幕布一消失，远山清晰地显现在眼前，就没有什么可看了。屋子里静悄悄的，就像没有一个美丽的姑娘坐在一大堆珠宝中间。我是自己走出来的，只好自己走回去。

太阳从窗口照亮了那些珠宝，珠宝的光芒映射在塔娜身上，珠光宝气使她更美丽了。我不想破坏这种美景，只是说："叫你的侍女把这些东西收起来吧。"

侍女进来问我："这里不是我们的地方，不知道该放在哪里？"

我叫人给了她两只大箱子。这时，我才用鞭子敲着靴筒对塔娜说："走吧，我们去找拉雪巴土司，救你母亲，救茸贡女土司吧。"

我一直在用鞭子抽打着靴筒，一直没有回身去看跟在我身后的塔娜。下了楼，在牲口面前，索郎泽郎说："少爷把靴筒上的漆皮敲坏了。"

管家抽了索郎泽郎一个嘴巴："少爷心里不好受，坏一双靴子算什么，快拿双新的来！"

管家的命令从一张张嘴里一下就传到了鞋匠那里。鞋匠捧着一双崭新的靴子从作坊里跑出来。他脸上的笑容是真诚的。自从这里开辟成市场后，他干了不少私活。他做的靴子样子不是最漂亮的，却十分结实。来来去去做生意的人们走着长路，穿他的靴子再好不过了。

鞋匠穿着一双快掉底的靴子，啪哒啪哒地跑过来。

他在马前跪了下来，脱掉我脚上的靴子，穿上新的。这边完了，又跑到另外一边。

鞋匠干完活，我问他："看看你的脚吧，鞋匠没有一双好的靴子？你想在来来往往的人面前丢我的脸吗？"

这个家伙，把一双粗黑的手在皮围裙上擦来擦去，嘿嘿地笑着。昨天晚上来了一个人，急着等靴子穿，把他脚上的一双都换走了，而他就只好穿那人的破靴子了。

我用马鞭敲敲鞋匠的头，把刚从脚上脱下伤了漆皮的靴子赐给了他。

我们骑马涉过小河，一直走到拉雪巴土司帐篷前。

不等我掀帐篷帘子，拉雪巴土司已经在我们面前了。他那么肥胖，又穿得十分臃肿，像是从帐篷里滚出来的。拉雪巴土司一看见塔娜，脸上就现出了惊愕的表情。

这个肥胖家伙，我敢保证他从来没有见过这样美丽的姑娘，就是在梦里也没有见过。

塔娜非常习惯自己出现时造成的特别效果，坐在马背上格格地笑了。天啊，你给了一个人美丽的外貌，却还要给她这么美妙的声音！

拉雪巴土司在这笑声里有点手足无措，他涨红了脸对我说："这样美丽的姑娘不是仙女就是妖精！"

我说："是茸贡将来的女土司！"

拉雪巴土司脸上又一次现出惊愕的神情。

我用鞭子柄在她柔软的腰上捅了一下："塔娜，见过拉雪巴土司。"

塔娜正在笑着，这时，一下就叫自己的笑声哽住了，打了一个嗝，很响亮，像是一声应答："呃！"

拉雪巴土司对着我的耳朵说："告诉我，她是仙女还是妖精？"

大家在帐篷里层层叠叠的地毯上坐下来，我才对拉雪巴土司说："她不是仙女也不是妖精，塔娜是我的未婚妻。"

拉雪巴土司又笑了："你有当土司的命咧，麦其家没有位子，茸贡家给你腾了出来。"

我也笑了，说："可是，塔娜说，你的人马快把她将来的领地全占领了。将来我到什么地方去，到拉雪巴去当土司吗？"

拉雪巴土司懂了，茸贡家的土地、百姓是大大的一块肥肉，他已经把好大一块都咬在口中了，现在却不得不松开牙齿，吐出来。我笑着对他说："你够胖了，不能再吃了，再吃，肚子就要炸开了。"

他的眼圈红了，点了点头，说："好吧，我下令退兵就是了。"看看现在的我吧，自从开辟并掌握了市场，说话多有分量。拉雪巴还说："我做出了这么重大的承诺，我们还是喝一碗酒吧。"

我说："不了，就一碗茶。"

喝茶时，拉雪巴土司对塔娜说："知道最大的赢家是谁吗？不是你，也不是我，是他。"

我想说什么，但一口热茶正在嘴里，等把茶吞下去，又什么也不想说了。

从帐篷里出来，塔娜竟然问我："那个胖子真正是拉雪巴土司吗？"

我放声大笑，并在马屁股上狠狠抽了一鞭。马驮着我向一座小山岗冲去。我这匹马只要你一抽它，它就往高处冲。这很有意思。据我所知，还没有马匹一定要这样。它一直冲到旷野中央最高的小山岗上才停下。现在，河流、旷野、我在旷野上开辟出来的边境市场，都尽收在眼底了。塔娜的坐骑也是一匹好马，跟在我后面冲上了山岗。和风送来了她的笑声，格格，格格格，早春时节，将要产蛋的斑鸠在草丛里就是这样啼叫的。

她的笑声是快乐的笑声。

这证明，我能给心爱的女人带来快乐。

她骑在马上笑着向我冲过来了。鞭梢上的红缨在空中旋舞。我冲着她大叫："你是真正的茸贡女土司吗？"

塔娜大笑，叫道："我不是！"

她大叫着，向我冲过来，我从马背上一跃而起，向着另一匹马背上的她扑了过去。她发出一声能钻进人骨髓的尖叫。马从我们两个的下面冲出去了。塔娜的手抱住了我。有一阵子，我们两个在空中飞起来了。然后，才开始下落。下落的速度并不太快，至少我还来得及在空中转一个身，让自己先摔在地上。然后，才是我的美丽的塔娜。下落的时候，我还看得见她眼睛和牙齿在闪光。

老天爷，夏天的草地是多么柔软呀！

刚一落地，我们的嘴唇就贴在了一起。这回，我们都想接吻了。我闭上眼睛，感到两张嘴唇间，呵护着一团灼热而明亮的火焰。这团火把我们两个都烧得滚烫，呻吟起来。

有一阵子，我们两个分开了，躺在草地上，望着天空中的白云。

塔娜喃喃地说："我本来不爱你，但冲上山岗时，看着你的背影，又一下就爱上了。"

她又来吻我了。

我躺在清风吹拂的小山岗上，望着云团汹涌的天空，好像是落在大海的漩涡里了。

我告诉塔娜自己有多么爱她。

她用鹿茸花绸布一样的黄色花瓣盖住了我的眼睛，说："没有人看见我而不爱上我。"

"我只不过是个傻子。"

"天下有你这样的傻子吗？我害怕，你是个怪人，我害怕。"

33. 世　仇

饥荒还没有结束。

虽然土司们大多认为自己的领地就在世界中央，认为世界中央的领地是受上天特别眷顾的地方，但还是和没有土司的地方一样多灾多难：水火刀兵，瘟疫饥荒。一样都躲不过去，一样也不能幸免。闹到现在，连没有天灾的年头也有饥荒了。看来，土司们的领地是叫个什么力量给推到世界边上了。

百姓们认为，一到秋天，饥荒就会过去。

但那是依照过去的经验。过去，一到秋天，地里就会有果腹的东西下来：玉米、麦子、洋芋、蚕豆和豌豆。没有饿死在春天和夏天的人，就不用操心自己的小命了。但现在的问题是，大多数土司的大多数土地上，没有庄稼可以收获，而是一望无际茂盛的罂粟迎风起舞。有些土司，比如拉雪巴吧，猛然醒悟，把正在出苗的罂粟毁了，虽然季节已过，只补种了些平时作饲料的蔓菁和各种豆子，却有了一份实实在在的、使其治下百姓心安的收获。

我问拉雪巴土司，传说当初铲除烟苗时，他流了泪水是不是真的。

他没有正面回答我，而是说，当初他铲烟苗时，别的土司都笑话他，现在，国民政府正在抗日，也正在禁烟，该他们对着越发滥贱的鸦片哭鼻子了。

麦其家又迎来一个丰收年，玉米、麦子在晒场上堆积如山。

麦其家的百姓有福了。麦其家的百姓不知道这么好的运气是从哪里来的。看看天空，还是以前那样蓝着。看看流水，还是以前那样，顺着越来越开阔的山谷，翻卷着浪花，直奔东南方向。

我有点想家了。我在这里没什么事做。有什么事情，管家便一手做了。管家做不过来，桑吉卓玛便成了他的好帮手。管家对我说："桑吉卓玛是个能干的女人。"

我说："你是个能干的人，当然，你是男人。"

不多久，他又来对我说："桑吉卓玛是个好人。"

我说："你也是好人。"

他是暗示想跟桑吉卓玛睡觉。他当然想跟厨娘卓玛睡觉，卓玛离开银匠丈夫太久了，也想跟他睡觉。我注意观察了一下，卓玛不像刚来时那么想她的银匠了。管家对我说："我有些老了，腿脚不方便了。"好像他本不是跛子，在此之前，他的腿脚是方便的一样。

我明白他的意思，便说："找一个帮手吧。"

"我找了一个。"他说。

"告诉她好好干。"我说。

管家把桑吉卓玛提升成他的助手。跛子在当了二十多年管家后，真正摆开了管家的派头。他用银链子把个大大的珐琅鼻烟壶挂在脖子上。在脑子里没主意出来之前，他要来一小撮鼻烟，对下人们发出指令后，他也要来一小撮鼻烟。吸了鼻烟的他，打着响亮的喷嚏，脸上红光闪闪，特别像一个管家。我把这话说给他听了。在我说话时，他把烟壶细细的瓶颈在指甲盖上轻轻地叩击，等我说完，他也不回话，只把堆着鼻烟的指甲凑近鼻孔，深吸了一下，这样，他就非得憋住气不可了，好打出响亮的喷嚏。这样，他就可以不回答我的问题了。

在北方边界上，所有的麦子，都得到了十倍的报酬。更重要的是，我使麦其家的领地扩大了。而比这更重要的是，我得到了一个绝色美女做妻子，只等丈母娘一命归西，我就是茸贡土司了。当然，这样做也是有危险的。曾经想做茸贡土司的男人都死了。

但我不怕。

我把这想法对塔娜说了。

塔娜说："你真的不怕？"

我说："我只怕得不到你。"

她说："可你已经得到我了。"

是的，要是说把一个姑娘压在下面，把手放在她乳房上，把自己的东西刺进她的肚子里，并使她流血，就算得到了的话，那我得到她了。但这不是一个女人的全部，更不是一个女人的永远。塔娜使我明白什么是全部，什么是永远。于是，我对她说："你使我伤心了。你使我心痛了。"

塔娜笑了："要是不能叫男人这样，我就不会活在这世上。"

一个恶毒的念头突然涌上了心头，要是她真不在这世上了，我一定会感到心安。我说："你死了，也会活在我心里。"

塔娜倒在了我的身上："傻子啊，活在你心里有什么意思。"后来，她又哭了，说："活在你眼里还不够，还要我活在你心里。"

我说："我们出去走走吧。"

我爱她，但又常常拿她没有办法。每到这时候，我总是说，我们出去走走吧。大多数时候，她都愿意自己待着。这样，我就可以脱身走开了。看看管家和他的女助手在干什么，看看拉雪巴土司在干什么。看看又有什么人到这里做生意来了。看看市场上的街道上又多了家什么商号。麦其土司关闭了南方边界上的堡垒。把全部粮食都送到我这里。粮食从这里走向四面八方，四面八方的好东西都聚集到我的手里。

这天，她却说："好吧，我们出去走走吧。"

于是，我们两个下了楼。漂亮的女人就是这样，刚才还在掉泪，现在，却又一脸笑容了。

在楼下，两个小厮已经备好了马。

我们上了马，索郎泽郎和小尔依紧跟在后面。塔娜说："看看你的两个影子，看看他们就知道你是什么样的人。"

我说："他们是天下最忠诚的。"

塔娜说："但他们一点也不体面。"

看看吧，这些自以为聪明、自以为漂亮、自以为有头有脸的人要体面，而不要忠诚。这天，虽然没有举行婚礼，但已经是我妻子的塔娜还说："你的管家是个跛子，找一个厨娘做情人。"她痛心疾首地问我："你身边怎么连个体面的人都没有？"

我说："有你就够了。"

我们两个已经习惯于这样说话了。要是说话，我们就用这种方式。对说话的内容，并不十分认真，当然，也不是一点都不认真。和她在床上时，我知道该怎么办。但一下床，穿上衣服，就不知该怎么和她相处了。她是聪明人。主动权在她手上。但我看她也不知道怎么对我才好。像别的女人那样尊重丈夫吧，他是个傻子。把他完全当成个傻子吧，他又是丈夫，又是个跟别的傻子不一样的傻子。虽然我是个傻子，也知道一个男人不能对女人低三下四。再说，只要想想她是怎么到我手里，没办任何仪式就跟我睡在了一个床上，就不想对她低三下四了。正因为这样，每当我们离开床，穿上衣服，说起话来就带着刺头，你刺我一下，我也刺你一下。

让一个女人经常使自己心痛不是个长久之计。

我们来到小河边。河水很清，倒影十分清晰。这是多么漂亮的一红一白的两匹马啊。而马背上的两个人也多么年轻，漂亮！

这天，以水为镜，我第一次认真看了自己的模样，要是脑子没有问题，麦其土司的二少爷真是个漂亮的小伙子。我有一头漆黑的、微微鬈曲的头发，宽阔的额头很厚实，高直的鼻子很坚定，要是眼睛再明亮一些，不是梦游一般的神情，就更好了。就是这样，我对自己也很满意了。

我突然对塔娜说："你不爱我，就走开好了。去找你爱的男人，我不会要你母亲还我粮食。"

这句话把塔娜吓坏了。

她咬着嘴唇，呆呆地看着水中我的影子，没有说话。我只对我的坐骑说"驾"，马就从岸上下到水里，把那对男女的影子踩碎了。塔娜，还没人对你说过这样的话吧？我过了河。她没有下人帮忙，自己从牲口背上滑下来，呆呆地坐在河岸上。

我过了河，却想不起有什么可去的地方。任随马驮着在市场上四处走动。塔娜把我脑子搞乱了。市场上的帐篷越来越少，代之而起的是许多平顶土坯房子。里面堆满了从土司领地各个角落汇聚来的东西。他们甚至把好多一钱不值的东西都弄到这里来了。这些土坯房子夹出了一条狭长的街道。地上的草皮早叫人马践踏光了，雨天一地泥泞。今天是晴天，尘土和着来自四面八方人群的喧闹声四处飞扬。这样的场景，完全是因为我才出现的。所以，我一出现在街头，人们都停止了交易，连正在进行的讨价还价也停在舌尖上，停在宽大的袍袖里不断变化的手指上了。他们看着土司领地上第一个固定市场的缔造者骑马走过，谁也想不明白，一个傻子怎么可能同时是新生事物的缔造者。我在尘土、人声、商品和土坯房子中间穿行，但我的心是空的。大多数时候，我心里都满满当当。现在却有个地方空着。我的马已经来来回回在街上走了十来趟。拉雪巴土司坐在一个土坯房子前，一言不发地看着我，终于走到我面前，把马拉住了。

他看了看我身后，问："少爷是不是换了贴身小厮？"

我说："也许他想做我贴身的小厮吧。"

今天，我一到市场上，一个人便影子一样跟在我身后，跟着我来来回回，在小街上走了七八趟了。这人只让我感到他的存在，却不叫我看清脸。这是一个公式，这是复仇者出现时的一个公式。他用这种方式告诉我，麦其家的仇人来了。我今天把两个小厮和塔娜留在了河那边，好像是专门等他来了。过去，想到父亲的仇人，麦其家另外一个什么人的仇人会来找我复仇时，我觉得有点可怕。现在，仇人真正来了，我却一点也不害怕。

我问拉雪巴土司生意如何，他说可以。我突然转身，想看见那人的脸，但还是只看到一顶帽子，帽檐很宽的帽子。看见他腰间一左一右，悬着两把剑。左边的长一些，是一把双刃剑，右边的宽一些，是一把单刃剑。

拉雪巴土司一笑，眼睛就陷到肉褶子里去了，他问："少爷也有仇人？"

我说："要是你不恨我，我想我还没有仇人。"

"那就是说，你是替父亲顶债了。"

"是替哥哥也说不定。"

拉雪巴土司扬了扬他肥胖的下巴，两个精悍的手下就站在了他身边，他问我："去把那家伙抓来？"

我想了想，说："不。"

这时，我的脖子上有一股凉幽幽的感觉，十分舒服。原来，刀贴着肉是这样的感觉。我提了提马缰，走出了市场，一直走到河边才停下。我从水中看着身后。复仇者慢慢靠近了。这个人个子不高，我想，他从地上够不到我的脖子。他快靠近了。我突然说："我坐得太高了，你够不到，要我下来吗？"

我一出声，他向后一滚，仰面倒在了地上，一手舞一把短刀，用刀光把自己的身体罩住了。他的帽子摔掉了。我终于看清了他的脸，立即就知道他是谁了。

"起来吧，我认识你父亲。"我说。

他父亲就是当年替麦其家杀了查查头人，自己又被麦其家干掉了的多吉次仁。

他打个空翻，站起来，但不说话。

我说："多吉次仁不是有两个儿子吗？"

他走到我的马前，两只手里都提着明晃晃的刀子。这时，隔河传来了女人的尖叫声。塔娜还待在那个地方。我看了看惊叫的塔娜。这时，仇人已经走到跟前了。这人个头不高，但踮了踮脚尖，还是把长长的双刃剑顶在了我的喉咙上。剑身上凉幽幽的感觉很叫人舒服。我想好好看看这个杀手的脸。他要杀我了，就该让我好好看看他的脸。不然的话，他就算不上是个好杀手了。但他用剑尖顶着我的喉咙，让我眼望天空。他可能以为我从没看过天空是什么样子。我望着天空，等着他说话。我想，他该说话了。但他就是不说话。要是他连话都不说一句两句，也不能算是个好杀手。这时，剑尖顶着的那个地方，开始发烫了，剑尖变成了一蓬幽幽的火苗。我想，我要死了。但他又不肯挥挥手，把我一剑挑下马来。

我听见自己笑了："让我下来，这样不舒服。"

仇人终于开口了："呸！上等人，死也要讲个舒服。"

我终于听到他的声音了，我问："这么低沉，真像是杀手的声音。"

他说："是我的声音。"

这回，他声音没那么低沉了。这可能是他平常的声音。是仇恨使他声音低沉，而且发紧。看来，在我身上，他的仇恨不大够用，所以，只说了一句话，他的声音就开始松弛。

"你叫什么？"

"多吉罗布，我的父亲是多吉次仁，麦其土司把他像只狗一样打死在罂粟地里，我的母亲把自己烧死了。"

"我要看看你像不像多吉次仁。"

他让我下马。我的脚刚一落地，他又把刀搁在了我的脖子上。这回，我看清楚他的脸了。这人不很像他父亲，也不很像杀手。这下好了，一刀下去，什么人都不用担心我，也不用恨我了。哥哥用不着提防我。塔娜也用不着委屈自己落在傻子手里了。

杀手却把刀放下了，说："我为什么要杀你，要杀就杀你父亲和你哥哥。那时，你还跟我一样没有长大。再说，杀一个傻子，我的名声就不好了。"

我说："那你来干什么？"

"告诉你的父亲和哥哥，他们的仇人来了。"

"你自己去吧，我不会告诉他们。"

我还在答话，转眼间，他却不见了。

这时，我才开始发呆。望望天空，天空里的云啊，风啊，鸟啊都还在。望望地上，泥巴啊，泥里的草啊，草上的花啊，花丛里我的脚啊，都还在。好多夏天的小昆虫爬来爬去，显得十分忙碌。我看看水，看见水花飞溅，看见水花里的塔娜。我想，塔娜过河来了。这时，她已经从水花里出来了，到了我跟前。她说："傻子，血啊，血！"

我没有看见血。我只看见，她从河里上来后，水花落定，河里又平静了。塔娜从河里上来，抓起我的一只手，举到我眼前，说："傻子啊，看啊，血！"

手上是有一点血，但塔娜太夸张了，那么一点血是不值得大呼小叫的。

我问她："是谁的血？"

"你的！"她对着我大叫。

我又问她："是谁的手？"

"你的手！"这回，她是脸贴着脸对我大叫，"人家差点把你杀了！"

是的，是我的手。是人家差点杀了我，而不是我差点杀了人家，血又怎么会沾到我手上呢？我垂下手，又有细细的一股血，虫子一样从我宽大袍子的袖口里钻出来。我脱掉袖子，顺着赤裸的手臂，找到了血的源头，血是从脖子上流下来的。麦其家的仇人多吉罗布收刀时把我划伤了。我在河里，把脖子、手都洗干净，血不再流了。

叫我不太满意的是，血流进水里，没有一小股河水改变颜色。

塔娜手忙脚乱，不知该怎么办了。

她把我的脑袋抱住，往她的胸口上摁。我没有被她高挺的乳峰把鼻子堵住，而在两峰之间找到了呼吸的地方。塔娜把我摁在怀里好久才松开。她问我："那个人为什么想杀你？"

我说："你哭了，你是爱我的。"

"我不知道爱不爱你。"她说，"但我知道是母亲没有种麦子，而使一个傻子成了我的丈夫。"她喘了一口气，像对一个小孩子一样捧住了我的脸，"那个人也是为了麦子吗？"

我摇摇头。

她像哄小孩子一样说："你告诉我吧。"

我说："不。"

"告诉我。"

"不！"

"告诉我！"她又提高声音来吓我了。

她真把我当成一个傻子了。她为了麦子嫁给我，但不爱我。这没有关系。因为她那么漂亮，因为我爱她。但我绝对不要她对我这样。一个仇人都不能把我怎么样，她还能把我怎么样。于是，我重重地给了她一个耳光。这个美女尖叫一声，她用十分吃惊的眼神看着我，接下来，我有点不知道该怎么办了。

好在我的人远远地看见了有人想杀我。他们赶到我身边时，没有看见仇人，却看见我在打老婆。跛子管家把我拉住了。这么多人里只有他马上就知道发生了什么事情。他问我："来了吗？"

我点了点头。

一大群人就向刚刚建起的那条小街蜂拥而去。我的手下人大呼小叫在街上走了好几个来回。他们并不认识那个杀手，当然不能从这街道上找到他。我看见一个人，跟刚刚要杀我的人长得十分相像，只不过身子更瘦长一些罢了。这个人在这里已经有些时候了。他在街上开了一个酒馆。门前，一只俄式大茶炊整天冒着滚滚热气。里面，大锅里煮着大块的肉，靠墙摆着大坛的酒。这是麦其土司领地上出现的第一家酒馆，所以，有必要写在这里。我听人说过，历史就是由好多的第一个第一次组成的。在此之前，我们的人出门都自带吃食，要是出门远一些，还要带上一口锅，早上烧茶，晚上煮面片汤。所以，刚刚出现的酒馆还只是烧一点茶，煮一点肉，卖一点酒，没有更多的生意。我的人在街上来来去去，我却在酒馆里坐下。店主人倒一碗酒，摆在我面前。我觉得他十分面熟，便把这想法说了。他不置可否地笑笑。我把面前这碗酒喝了下去。

"酒很好，"我说，"可是我没有带银子。"

店主人一言不发，抱着一个坛子，又把酒给我满上了。

我给呛得差点喘不过气来了。一喘过气来，我又说："我好像在什么地方见过你。"

他说："你没有见过。"

"我不是说见过你，我是说我在什么地方见过你这张脸。"

"我懂你的意思。"他说。他就端着坛子站在旁边，我喝下一碗，他又给我斟满。几碗酒下去，我有些醉了。我对店主说："他们连杀手的脸都没有看到，却想抓到他。"

说完，我自己便大笑起来。

店主什么都没有说，又给我倒了一碗酒。很快，我就喝醉了，连管家什么时候进来都不知道。我问他，他带着人在外面跑来跑去干什么。他说抓杀手。我禁不住又大笑起来。管家可不管这个，他丢了些银子付我的酒账，又出去找杀手了。他都走到门口了，还回过头来对我说："我就是把这条街像翻肠子做灌肠一样翻个转，也要把他找出来。"

管家拐着腿走路，没有威风，但一到马背上，就有威风了。

我对店主人说："他们找不到他。"

他点点头："是找不到，他已经离开这里了。"

"你说他要上哪里去？"

"去找麦其土司。"

我再看看他的脸，虽然醉眼蒙眬，但还是把该看出来的都看出来了。我对店主说："你的脸就是杀我的人那张脸。"

店主笑了。他笑得有点忧伤，有点不好意思："他是我的弟弟。他说要杀你，但他到底没杀你。我对他说了，仇人是麦其土司。"

我问他有没有在酒里下毒药。他说没有。他说除非你的父亲和哥哥已经不在了我才能杀你。我问他，要是他弟弟有去无回，他杀不杀我。店主又给我倒了一碗酒说："那时也不杀你，我会想法去杀他们。要是他们都死了，又不是我杀的，我才来杀你。"

这天，我对我们家的仇人保证，只要他照规矩复仇，我就像不认识他一样。

这天晚上，被揍了的塔娜却对我前所未有的热烈。她说："想想吧，有复仇的人想杀你，有杀手想杀你，你有一个仇人。"

我说："是的，我有一个仇人，我遇到了一个杀手。"

我想我的表现也很不错。不然，她不会前所未有地在我身子下嗷嗷大叫。她大叫："抓紧我呀！抓痛我呀！我要没有了，我要不在了！"

后来，她不在了，我也不在了。我们都化成轻盈的云彩飞到天上去了。

早上，她先我醒来。她一只手支在枕上，一双眼睛在研究我。而我只能问她，也必须问她：我是谁，我在哪里。她一一回答了，然后咯咯地笑了起来，说："你睡着之后，没有一点傻相，一醒过来，倒有点傻样了。"

对这个问题，我无话可说，因为我看不见睡着后的自己。

家里的信使到了，说哥哥已经回去了，叫我也回去。

管家表示，他愿留在这里替我打点一切。我把武装的家丁给他留下。桑吉卓玛也想回去，我问她："想银匠了？"

她的回答是："他是我丈夫。"

"回去看看你就回来吧，管家需要帮手。"

卓玛没有说话，我看她是不知道自己该不该再回来。她不知道是该做银匠的妻子，还是管家的助手。我不想对此多费唇舌。我觉得这是管家的事情，既然卓玛现在跟他睡觉，那当然就是他的事情，与我无关。

离家这么久了，要给每个人准备一份礼品。父亲、母亲、哥哥自不必说，就是那个央宗我也给她备下了一对宝石耳环。当然，还有另一个叫作塔娜的侍女。准备礼品时，管家带着我走进一个又一个仓房，直到这时，我才知道自己是多么富有了。准备礼品，把银元、银锭装箱用了我两三天时间。最后那天，我想四处走走，便信步走到街上。这几天，我都快把麦其土司的仇人忘记了。走进他的酒馆，我把一个大洋扔在桌子上，说："酒。"

店主抱来了酒坛。

我喝了两碗酒，他一声不吭。直到我要离开了，他才说："我弟弟还没有消息。"

我站了一阵，一时不知该说什么。最后，我安慰他说："可能，他不知道该对现在的麦其土司还是未来的麦其土司下手。"

店主喃喃地说："可能真是这样吧。"

"难是难一点，但也没有办法，你们逃跑的时候，已经立过誓了。他非杀不可，至少要杀掉一个。"

店主说："可是母亲为什么要用儿子来立誓呢？"

这是一个很简单，仔细想想却很不简单的问题。我可回答不上来。但我很高兴自己能在仇人面前表现得如此坦然。我对他说："明天，我就要动身回去了。"

"你会看见他吗？"

"你的弟弟？"

"是他。"

"最好不要叫我看见。"

34. 回　家

回家时，我们的速度很快。不是我要快，而是下人们要快。我不是个苛刻的主子，没有要他们把速度降下来。

本来，在外面成功了事业的人在回去的路上，应该走得慢一点，因为知道有人在等着，盼着。

第四天头上，我们便登上最后一个山口，远远地望见麦其土司官寨了。

从山口向下望，先是一些柏树，这儿那儿，站在山谷里，使河滩显得空旷而宽广，然后，才是大片麦地被风吹拂，官寨就像一个巨大的岛子，静静地耸立在麦浪中间。马队冲下山谷，驮着银子和珍宝的马脖子上铜铃声格外响亮，一下使空旷的山谷显得满满当当。官寨还是静静的在远处，带着一种沉溺与梦幻的气质。我们经过一些寨子，百姓们都在寨首的带领下，尾随在我们身后，发出了巨大的欢呼声。

跟在我后面的人越来越多，欢呼声越来越大，把官寨里午寐的人们惊醒了。

麦其土司知道儿子要回来，看到这么多人马顺着宽阔的山谷冲下来，还是紧张起来了。我们看到家丁们拼命向着碉楼奔跑。

塔娜笑了："他们害怕了。"

我也笑了。

离开这里时，我只是个无足轻重的傻子，现在，我却能使他们害怕了。我们已经到了很近的，使他们足以看出是自家人的距离，土司还是没有放松警惕。看来，他们确实是在担心我，担心我对官寨发动进攻。塔娜问："你的父亲怎么能这样？"

我说："不是我的父亲，而是我的哥哥。"

是的，从这种仓促与慌乱里，我闻到了哥哥的气味。南方的出人意料的惨败，足以使他成为惊弓之鸟。塔娜用十分甜蜜的口气对我说："就是你父亲也会提防你的，他们已经把你看成我们茸贡家的人了。"

我们走得更近了，官寨厚重的石墙后面还是保持着暧昧的沉默。

还是桑吉卓玛打破了这个难堪的局面。她解开牲口背上一个大口袋，用大把大把来自汉地的糖果，向天上抛撒。她对于扮演一个施舍者的角色，一个麦其家二少爷恩宠的散布者已经非常在行了。我的两个小厮也对着空中抛散糖果。

过去，这种糖果很少，土司家的人也不能经常吃到。从我在北方边界做生意以来，糖果才不再是稀奇的东西了。

糖果像冰雹一样从天上不断落进人群，百姓们手里挥动着花花绿绿的糖纸，口里含着蜂蜜一样的甘甜，分享了我在北方边界巨大成功的味道，在麦其官寨前的广场上围着我和美丽的塔娜大声欢呼。官寨门口铁链拴着的狗大声地叫着。塔娜说："麦其家是这样欢迎他们的媳妇吗？"

我大声说："这是聪明人欢迎傻子！"

她又喊了句什么，但人们的欢呼声把她的声音和疯狂的狗叫都压下去了。从如雷声滚动的欢呼声里，我听到官寨沉重的大门咿呀呀呻吟着洞开了。人们的欢呼声立即停止。大门开处，土司和太太走出来。后面是一大群女人，里面有央宗和另外那个塔娜。没有我的哥哥。他还在碉楼里面，和家丁们待在一起。

看来，他们的日子过得并不顺心。父亲的脸色像霜打过的萝卜。母亲的嘴唇十分干燥。只有央宗仍然带着梦游人的神情，还是那么漂亮。那个侍女塔娜，她太蠢了，站在一群侍女中间，呆呆地望着我美丽的妻子，一口又一口咬自己的指甲。

土司太太打破了僵局。她走上前来，用嘴唇碰碰我的额头，我觉得是两片干树叶落了头上。她叹息了一声，离开我，走到塔娜的面前，把她抱住了，说："我知道你是我的女儿，让我好好看看你。让他们男人干他们的事情吧，我要好好看看我漂亮的女儿。"

土司笑了，对着人群大喊："你们看到了，我的儿子回来了！他得到了最多的财富！他带回来了最美丽的女人！"

人群高呼万岁。

我觉得不是双脚，而是人们高呼万岁的声浪把我们推进官寨里去的。在院子里，我开口问父亲："哥哥呢？"

"在碉堡里，他说可能是敌人打来了。"

"难怪，他在南面被人打了。"

"不要说他被打怕了。"

"是父亲你说被打怕了。"

父亲说："儿子，我看你的病已经好了。"

这时，哥哥的身影出现了，他从楼上向下望着我们。我对他招招手，表示看见了他，他不能再躲，只好从楼上下来了。兄弟两个在楼梯上见了面。

他仔细地看着我。

在他面前，是那个众人皆知的傻子，却做出了聪明人也做不出来的事情的好一个傻子。说老实话，哥哥并不是功利心很重、一定要当土司那种人。我是说，要是他弟弟不是傻子，他说不定会把土司位置让出来。南方边界上的事件教训了他，他并不想动那么多脑子。可他弟弟是个傻子。这样，事情就只能是现在这个样子了。他作为一个失败者，还是居高临下拍了拍我的肩膀。然后，他的眼光越过我，落在了塔娜身上。他说："瞧瞧，你连女人漂不漂亮都不知道，却得到了这么漂亮的女人。我有过那么多女人，却没有一个如此漂亮。"

我说："她的几个侍女都很漂亮。"

我和哥哥就这样相见了。跟我设想过的情形不大一样。但总算是相见了。

我站在楼上招一招手，桑吉卓玛指挥着下人们把一箱箱银子从马背上抬下来。我叫他们把箱子都打开了，人群立即发出了浩大的惊叹声。麦其官寨里有很多银子，但大多数人——头人、寨首、百姓、家奴可从来没有看到过如此多的银子在同一时间汇聚在一起。

当我们向餐室走去时，背后响起了开启地下仓库大门沉重的隆隆声。进到了餐室，塔娜对着我的耳朵说："怎么跟茸贡家是一模一样？"

母亲听到了这句话，她说："土司们都是一模一样的。"

塔娜说："可边界上什么都不一样。"

土司太太说："因为你的丈夫不是土司。"

塔娜对土司太太说："他会成为一个土司。"

母亲说："你这么想我很高兴，想起他到你们家，而不在自己家里，我就伤心。"

塔娜和母亲的对话到此为止。

我再一次发出号令，两个小厮和塔娜那两个美艳的侍女进来，在每人面前摆上了一份厚礼，珍宝在每个人面前闪闪发光。他们好像不相信这些东西是我从荒芜的边界上弄来的。我说："以后，财富会源源不断。"我只说了上半句，下半句话没说。下半句是这样的：要是你们不把我当成是傻子的话。

这时，侍女们到位了，脚步沙沙地摩擦着地板，到我们身后跪下了。那个马夫的女儿塔娜也在我和土司出身的塔娜身后跪下来。我感觉到她在发抖。我不明白，以前，我为什么会跟她在一起睡觉。是的，那时候，我不知道姑娘怎样才算漂亮。他们就随随便便把这个女人塞到了我床上。

塔娜用眼角看看这个侍女，对我说："看看吧，我并没有把你看成一个不可救药的傻子，是你家里人把你看成一个十足的傻子。只要看看他们给了你一个什么样的女人就清楚了。"然后，她把一串珍珠项链交到侍女塔娜手里，用每个人都能听到的声音说："我听说你跟我一个名字，以后，你不能再跟我一个名字了。"

侍女塔娜发出蚊子一样的声音说："是。"

我还听到她说："请主子赐下人一个名字。"

塔娜笑了，说："我丈夫身边都是懂事的人，他是个有福气的人。"

已经没有了名字的侍女还在用蚊子一样的声音说："请主子赐我一个名字。"

塔娜把她一张灿烂的笑脸转向了麦其土司。"父亲，"她第一次对我父亲说话，并确认了彼此间的关系，"父亲，请赐我们的奴仆一个名字。"

父亲说："尔麦格米。"

这个不大像名字的名字就成了马夫女儿的新名字。意思就是没有名字。大家都笑了。

尔麦格米也笑了。

这时，哥哥跟我妻子说了第一句话。哥哥冷冷一笑，说："漂亮的女人一出现，别人连名字都没有了，真有意思。"

塔娜也笑了，说："漂亮是看得见的，就像世界上有了聪明人，被别人看成傻子的人就看不到前途一样。"

哥哥笑不起来了："世道本来就是如此。"

塔娜说："这个，大家都知道，就像世上只有胜利的土司而不会有失败的土司一样。"

"是茸贡土司失败了，不是麦其土司。"

塔娜说："是的，哥哥真是聪明人。所有土司都希望你是他们的对手。"

这个回合，哥哥又失败了。

大家散去时，哥哥拉住我的手臂："你要毁在这女人手里。"

父亲说："住口吧，人只能毁在自己手里。"

哥哥走开了。我们父子两个单独相对时，父亲找不到合适的话说了。我问："你叫我回来做什么？"

父亲说："你母亲想你了。"

我说："麦其家的仇人出现了，两兄弟要杀你和哥哥，他们不肯杀我，他们只请我喝酒，但不肯杀我。"

父亲说："我想他们也不知道拿你怎么办好。我真想问问他们，是不是因为别人说你是个傻子，就不知道拿你怎么办了。"

"父亲也不知拿我怎么办吗？"

"你到底是聪明人还是傻子？"

"我不知道。"

这就是我回家时的情景。他们就是这样对待使麦其家更加强大的功臣的。

母亲在房里跟塔娜说女人们没有意思的话，没完没了。

我一个人趴在栏杆上，望着黄昏的天空上渐渐升起了月亮，在我刚刚回到家里的这个晚上。

月亮完全升起来了，在薄薄的云彩里穿行。

官寨里什么地方，有女人在拨弄口弦。口弦声凄楚迷茫，无所依傍。

第九章

35.奇 迹

我在官寨里转了一圈。

索郎泽郎、尔依，还有桑吉卓玛都被好多下人围着。看那得意的模样，好像他们都不再是下人了似的。

老行刑人对我深深弯下腰："少爷，我儿子跟着你出息了。"

索郎泽郎的母亲把额头放在我的靴背上，流着泪说："我也是这个意思，少爷啊。"要是我再不走开，这个老婆子又是鼻涕又是口水的，会把我的靴子弄脏的。

在广场上，我受到了百姓们的热烈欢呼。但今天，我不准备再分发糖果了。这时，我看到书记官了。离开官寨这么久，我想得最多的倒不是家里人，倒是这个没有舌头的书记官。现在，翁波意西就坐在广场边的核桃树荫下，对我微笑。从他眼里看得出来，他也在想我。他用眼睛对我说："好样的！"

我走到他面前，问："我的事他们都告诉你了？"

"有事情总会传到人耳朵里。"

"你都记下来了？都写在本子上了？"

他郑重其事地点点头，气色比关在牢里时，比刚做书记官时好多了。

我把一份礼物从宽大的袍襟里掏出来，放在他面前。

礼物是一个方正的硬皮包，汉人军官身上常挂着这种皮包。我用心观察过，他们在里面装着本子、笔和眼镜。这份礼物，是我叫商队里的人专门从汉人军队里弄来的，里面有一副水晶石眼镜，一支自来水笔，一叠有胶皮封面的漂亮本子。

通常，喇嘛们看见过分工巧的东西，会为世界上有人竟然不把心智用来进行佛学与人生因缘的思考而感到害怕。书记官不再是狂热的传教僧人了。两个人对着一瓶墨水和一支自来水笔，却不知道怎样把墨水灌进笔里。笔帽拧开了又盖上，盖上了又拧开，还是没能叫墨水钻进笔肚子里去。对着如此工巧的造物，智慧的翁波意西也成了一个傻子。

翁波意西笑了。他的眼睛对我说："要是在过去，我会拒绝这过分工巧的东西。"

"可现在你想弄好它。"

他点了点头。

还是土司太太出来给笔灌满了墨水。离开时，母亲亲了我一口，笑着对书记官说："我儿子给我们大家都带回来了好东西。好好写吧，他送你的是一支美国钢笔。"

书记官用笔在纸上写下了一行字。天哪，这行字是蓝色的。而在过去，我们看到的字都是黑色的。书记官看着这行像天空一样颜色的字，嘴巴动了动。

而我竟然听到声音了！

是的，是从没有舌头的人嘴里发出了声音！

他岂止是发出了声音，他是在说话！他说话了！！！

虽然声音含含糊糊，但确确实实是在说话。不只是我听到，他自己也听到了，他的脸上出现了非常吃惊的表情，手指着自己大张着的嘴，眼睛问我："是我在说话？我说话了？！"

我说："是你！是你！再说一次。"

他点点头，一字一顿地说了一句话，虽然那么含糊不清，但我听清楚了，他说道："那……字……好……看……"

我对着他的耳朵大喊："你说字好看！"

书记官点点头："……你……的……笔，我的……手，写的字……真好看。"

"天哪，你说话了。"

"……我，说……话……了？"

"你说话了！"

"我……说话了？"

"你说话了！"

"真的？"

"真的！"

翁波意西的脸被狂喜扭歪了。他努力想把舌头吐出来看看。但剩下的半截舌头怎么可能伸到嘴唇外边来呢。他没有看见自己的舌头。泪水滴滴答答掉下来。泪水从他眼里潸然而下。我对着人群大叫一声："没有舌头的人说话了！"

广场上，人们迅速把我的话传开。

"没有舌头的人说话了！"

"没有舌头的人说话了？"

"他说话了！"

"说话了！"

"说话了？"

"说话了？！"

"说话了！"

"书记官说话了！"

"没有舌头的人说话了！"

人们一面小声而迅速地向后传递这惊人的消息，一面向我们两个围拢过来。这是一个奇迹。激动的人群也像置身奇迹里的人，脸和眼睛都在闪闪发光。济嘎活佛也闻声来了。几年不见，他老了，脸上的红光荡然无存，靠一根漂亮的拐杖支撑着身体。

不知翁波意西是高兴，还是害怕，他的身子在发抖，额头在淌汗。是的，麦其家的领地上出现了奇迹。没有舌头的人说话了！土司一家人也站在人群里，他们不知道出现这样的情形是福是祸，所以，都显出紧张的表情。每当有不寻常的事情发生时，总会有一个人出来诠释，大家都沉默着在等待，等待那个诠释者。

济嘎活佛从人群里站出来，走到我的面前，对着麦其土司，也对着众人大声说："这是神的眷顾！是二少爷带来的！他走到哪里，神就让奇迹出现在哪里！"

依他的话，好像是我失去舌头又开口说话了。

活佛的话一出口，土司一家人紧张的脸立即松弛了。看来，除了哥哥之外，一家人都想对我这个奇迹的创造者表示点什么，跟在父亲身后向我走来。父亲脸上的神情很庄重，步子放得很慢，叫我都有点等不及了。

但不等他走到我跟前，两个强壮的百姓突然就把我扛上了肩头。猛一下，我就在大片涌动的人头之上了。震耳欲聋的欢呼声从人群里爆发出来。我高高在上，在人头组成的海洋上，在声音的汹涌波涛中飘荡。两个掮着我的人开始跑动了，一张张脸从我下面闪过。其中也有麦其家的脸，都只闪现一下，便像一片片树叶从眼前漂走了，重新隐入了波涛中间。尽管这样，我还是看清了父亲的惶惑、母亲的泪水和我妻子灿烂的笑容。看到了那没有舌头也能说话的人，一个人平静地站在这场陡起的旋风外面，和核桃树浓重的荫凉融为了一体。

激动的人群围着我在广场上转了几圈，终于像冲破堤防的洪水一样，向着旷野上平整的麦地奔去了。麦子已经成熟了。阳光在上面滚动着，一浪又一浪。人潮卷着我冲进了这金色的海洋。

我不害怕，但也不知道他们为什么如此欣喜若狂。

成熟的麦粒在人们脚前飞溅起来，打痛了我的脸。我痛得大叫起来。他们还是一路狂奔。麦粒跳起来，打在我脸上，已不是麦粒而是一粒粒灼人的火星了。当然，麦其土司的麦地也不是宽广得没有边际。最后，人潮冲出麦地，到了陡起的山前，大片的杜鹃林横在了面前，潮头不甘地涌动了几下，终于停下来，哗啦一声，泄完了所有的劲头。

回望身后，大片的麦子没有了，越过这片被践踏的开阔地，是官寨，是麦其土司雄伟的官寨。从这里看起来显得孤零零的，带点茫然失措的味道。一股莫名的忧伤涌上了我心头。叫作人民、叫作百姓的人的洪水把我卷走，把麦其家的其他人留在了那边。从这里望去，看见他们还站在广场上。他们肯定还没有想清楚发生了什么事情，才呆呆地站在那里。我也不清楚怎么会这样。但我知道有严重的事情发生了。这件事情，在我和他们之间拉开了这么远的一段距离。拉开时很快，连想一下的工夫都没有，但要走近就困难了。眼下，这些人都跑累了，都瘫倒在草地上了。我想，他们也不知道这样干是为了什么。这个世界上就是有奇迹出现，也从来不是百姓的奇迹。这种疯狂就像跟女人睡觉一样，高潮的到来，也就是结束。激动，高昂，狂奔，最后，瘫在那里，像叫雨水打湿的一团泥巴。

两个小厮也叫汗水弄得湿淋淋的，像跳到岸上的鱼一样大张着愚蠢的嘴巴，脸上，却是我脸上常有的那种傻乎乎的笑容。

天上的太阳晒得越来越猛，人们从地上爬起来，三三两两地散开了。到正午时分，这里就只剩下我和索郎泽郎、小尔依三个人了。

我们动身回官寨。

那片麦地真宽啊，我走出了一身臭汗。

广场上空空荡荡。只有翁波意西还坐在那里。坐在早上我们两个相见的地方。官寨里静悄悄的没有一点声音。我真希望有人出来张望一眼，真希望他们弄出点声音。秋天的太阳那么强烈，把厚重的石墙照得白花花的，像是一道铁铸的墙壁。太阳当顶了，影子像个小偷一样蜷在脚前，不肯把身子舒展一点。

翁波意西看着我，脸上的表情不断变化。

自从失去了舌头，他脸上的表情越来越丰富了。短短的一刻，他的脸上变出了一年四季与风雨雷电。

他没有再开口，仍然用眼睛和我说话。

"少爷就这样回来了？"

"就这样回来了。"我本来想说，那些人他们像洪水把我席卷到远处，又从广阔的原野上消失了。但我没有这样说。因为说不出来背后的意思，说不出真正想说的意思。洪水是个比喻，但一个比喻有什么意思呢？比喻仅仅只是比喻就不会有什么意思。

"你不知道真发生了奇迹吗？"

"你说话了。"

"你真是个傻子，少爷。"

"有些时候。"

"你叫奇迹水一样冲走了。"

"他们是像一股洪水。"

"你感到了力量？"

"很大的力量，控制不了。"

"因为没有方向。"

"方向？"

"你没有指给他们方向。"

"我的脚不在地上，我的脑子晕了。"

"你在高处，他们要靠高处的人指出方向。"

我想我有点明白了："我错过什么了？"

"你真不想当土司？"

"让我想想，我想不想当土司。"

"我是说麦其土司。"

麦其家的二少爷就站在毒毒的日头下面想啊想啊，官寨里还是没有一点动静。最后，我对着官寨大声说："想！"

声音很快就在白花花的阳光里消失了。

翁波意西站起来，开口说："……奇……迹……不会……发……生……两……次！"

现在，我明白了，当时，我只要一挥手，洪水就会把阻挡我成为土司的一切席卷而去。就是面前这个官寨阻挡我，只要我一挥手，洪水也会把这个堡垒席卷而去。但我是个傻子，没有给他们指出方向，而任其在宽广的麦地里耗去了巨大的能量，最后一个浪头撞碎在山前的杜鹃林带上。

我拖着脚步回到自己的房间，还是没有一个人出来见我。连我的妻子也没有出现。我倒在床上，听见一只靴子落在地板上，又一只靴子落在地板上，声音震动了耳朵深处和心房。我问自己："奇迹还是洪水？"然后，满耳朵回荡着洪水的声音，慢慢睡着了。

醒来时，眼前已是昏黄的灯光。

我说："我在哪里？"

"我也不知道你在哪里。"这是塔娜的声音。

"我是谁？"

"你是傻子，十足的傻子。"这是母亲的声音。

两个女人守在我床前，她们都低着头，不肯正眼看我。我也不敢看她们的眼睛。我的心中涌起了无限忧伤。

还是塔娜清楚我的问题，她说："现在你知道自己在哪里了吗？"

"在家里。"我说。

"知道你是谁了吗？"

"我是傻子，麦其家的傻子。"说完这句话，我的泪水就下来了。泪水在脸上很快坠落，我听到唰唰的滴落声，听见自己辩解的声音，"慢慢来，我就知道要慢慢来，可事情变快了。"

母亲说："你们俩还是回到边界上去吧，看来，那里才是你们的地方。"母亲还说，现任土司"没有"了之后，她也要投奔她的儿子。母亲知道等待我的将是个不眠之夜，离开时，她替我们把灯油添满了。我的妻子哭了起来。我不是没有听过女人的哭声，却从来没有使我如此难受。这个晚上，时间过得真慢。这是我第一次清晰地感觉到时间。塔娜哭着睡着了，睡着了也在睡梦中抽泣。她悲伤的样子使我冲动，但我还是端坐在灯影里，身上的热劲一会儿也就过去了。后来，我又感到冷了。塔娜醒来了，开始，她的眼色很温柔，她说："傻子，你就那样一直坐着？"

"我就一直坐着。"

"你不冷吗？"

"冷。"

这时，她真正醒过来了，想起了白天发生的事，便又缩回被窝里，变冷的眼里再次淌出成串的泪水。不一会儿，她又睡着了。我不想上床。上了床也睡不着，就出去走了一会儿。我看到父亲的窗子亮着灯光。官寨里一点声息都没有，但肯定有什么事情正在进行。在白天，有一个时候，我是可以决定一切的。现在是晚上，不再是白天的状况了。现在，是别人决定一切了。

月亮在天上走得很慢，事情进行得很慢，时间也过得很慢。

谁说我是个傻子？我感到了时间。傻子怎么能感到时间？

灯里的油烧尽了。月光从窗外照进来。

后来，月亮也下去了。我在黑暗里坐着，想叫自己的脑子里想点什么，比如又一个白昼到来时，我该怎么办。但却什么都想不出来。跛子管家曾说过，想事情就是自己跟自己说悄悄话。但要我说话不出声，可不太容易。不出声，又怎么能说话。我这样说，好像我从来没有想过问题一样。我想过的。但那时，我没有专门想，我要想什么什么。专门一想，想事情就是自己对自己说悄悄话，我就什么也不能想了。我坐在黑暗里，听着塔娜在梦里深长的呼吸间夹着一声两声的抽泣。后来，黑暗变得稀薄了。

平生第一次，我看见了白昼是怎么到来的。

塔娜醒了，但她装着还在熟睡的样子。我仍然坐着。后来，母亲进来了，脸色灰黑，也是一夜没睡的样子。她又一次说："儿子，还是回边界上去吧，再不行，就到塔娜家里，把你的东西全部都带到那里去。"

只要有人跟我说话，我就能思想了，我说："我不要那些东西。"

塔娜离开了床，她的两只乳房不像长在身上，而是安上去的青铜制品。麦其家餐室的壁橱里有好几只青铜鸽子，就闪着和她乳房上一样的光芒。她穿上缎子长袍，晨光就在她身上流淌。别的女人身上，就没有这样的光景。光芒只会照着她们，而不会在她们身上流淌。就连心事重重的土司太太也说："天下不会有比你妻子更漂亮的女人。"

塔娜没有正面回答，而是看着镜子里的自己说："我丈夫像这个样子，也许，连他的老婆也要叫人抢走。"

土司太太叹了口气。

塔娜笑了："那时候，你就可怜了，傻子。"

36. 土司逊位

在麦其家，好多事情都是在早餐时定下来的。今天，餐室里的气氛却相当压抑，大家都不停地往口里填充食物。大家像是在进行饭量比赛。

只有我哥哥，用明亮的眼睛看看这个，又看看那个。我发现，他看得最多的还是土司父亲和我漂亮的妻子。早餐就要散了，土司太太适时地打了一个嗝："呃……"

土司就说："有什么话你就说吧。"

土司太太把身子坐直了，说："呃，傻子跟他妻子准备回去了。"

"回去？这里不是他们的家吗？当然，当然，我懂你的意思。"土司说，"但他该清楚，边界上的地方并不能算是他们的地方。我的领地没有一分为二，土司才是这块土地上真正的王。"

我说："让我替王掌管那里的生意。"

我的哥哥，麦其家王位的继承人，麦其家的聪明人说话了。他说话时，不是对着我，而是冲着我妻子说："你们到那地方去干什么？那地方特别好玩吗？"

塔娜冷冷一笑，对我哥哥说："原来你所做的事情都是为了好玩？"

哥哥说："有时候，我是很好玩的。"

这话，简直是赤裸裸的挑逗了。

父亲看看我，但我没有说什么。土司便转脸去问塔娜："你也想离开这里？"

塔娜看看我的哥哥，想了想，说了两个字："随便。"

土司就对太太说："叫两个孩子再留些日子吧。"

大家都还坐在那里，没有散去的意思。土司开始咳嗽，咳了一阵，抬起头来，说："散了吧。"

大家就散了。

我问塔娜要不要出去走走。她说："你以为还有什么好事情发生吗？对付我母亲时，你很厉害嘛，现在怎么了？"

我说："是啊，现在怎么了？"

她冷冷一笑，说："现在你完了。"

我从官寨里出来，广场上一个人都没有。平时，这里总会有些人在的。眼下，却像被一场大风吹过，什么都被扫荡得干干净净了。

我遇到了老行刑人，我没有对他说什么，但他跪在我面前，说："少爷，求你放过我儿子吧，不要叫他再跟着你了。将来他是你哥哥的行刑人，而不是你的。"我想一脚踹在他的脸上。但没有踹便走开了。走不多远，就遇到了他的儿子，我说："你父亲叫我不要使唤你了。"

"大家都说你做不成土司了。"

我说："你滚吧。"

他没有滚，垂着尔依家的长手站在路旁，望着我用木棍抽打着路边的树丛和牛蒡，慢慢走远。

我去看桑吉卓玛和她的银匠。银匠身上是火炉的味道，卓玛身上又有洗锅水的味道了。我把这个告诉了她。卓玛眼泪汪汪地说："我回来就对银匠说了，跟上你，我们都有出头之日，可是……可是……少爷呀！"她说不下去，一转身跑开了。我听见银匠对他妻子说："可你的少爷终归是个傻子。"

我望着这两个人的背影，心里茫然。这时，一个人说出了我心里的话："我要杀了这个银匠。"索郎泽郎不知什么时候站在了我身后。他说："我要替你杀了这些人，杀了银匠，我要把大少爷也杀了。"

我说："可是我已经当不上土司了。我当不上了。"

"那我更要杀了他们。"

"他们也会杀了你。"

"让他们杀我好了。"

"他们也会杀我。他们会说是我叫你杀人的。"

索郎泽郎睁大了眼睛，叫起来："少爷！难道你除了是傻子，还是个怕死的人吗？做不成土司就叫他们杀你好了！"

我想对他说，我已经像叫人杀了一刀一样痛苦了。过去，我以为当不当土司是自己的事情，现在我才明白，土司也是为别人当的。可现在说什么都已经晚了。我围着官寨绕了个大圈子，又回到了广场上。翁波意西又坐在核桃树荫凉下面了。他好像一点没有受到昨天事情的影响，脸上的表情仍然非常丰富。我坐在他身边，说："大家都说我当不上土司了。"

他没有说话。

"我想当土司。"

"我知道。"

"现在我才知道自己有多想。"

"我知道。"

"可是,我还能当上土司吗?"

"我不知道。"

以上,就是那件事情后第一天里我所做的事情。

第二天早餐时,土司来得比所有人都晚。他见大家都在等他,便捂着一只眼睛说:"你们别等我了,你们吃吧,我想我是病了。"

大家就吃起来。

我端碗比大家稍慢了一点,他就狠狠地看了我一眼。我以为土司的眼睛出了毛病,但他眼里的光芒又狠又亮,有毛病的眼睛是不会这样的。他瞪我一眼,又把手捂了上去。他的意思是要使我害怕,但我并不害怕。我说:"父亲的眼睛没有毛病。"

"谁告诉你我的眼睛有毛病?"

"你的手。人病的时候,手放在哪里,哪里就有毛病。"

看样子,他是要大大发作一通的,但他终于忍住了。他把捂在眼睛上的手松开,上上下下把我看了个够,说:"说到底,你还是个傻子。"大概是为了不再用手去捂住眼睛吧。土司把一双手放在了太太手里。他看着土司太太的神情不像是丈夫望着妻子,倒像儿子望着自己的母亲。他对太太说:"我叫书记官来?"

"要是你决定了就叫吧。"太太说。

书记官进门时，几大滴眼泪从母亲眼里落下来，吧吧嗒嗒落在了地上。土司太太对书记官说："你记下土司的话。"

书记官打开我送他的本子，用舌头舔舔笔尖，大家都把手里的碗放下了，麦其土司很认真地把每个人都看了一眼，这才哼哼了一声说："我病了，老了，为麦其家的事操心这么多年，累了，活不了几年了。"

我想，一个人怎么会在一夜之间就变成这个样子。我问："父亲怎么一下就累了、老了，又病了？怎么这几样东西一起来了？"

土司举起手，说："叫我说下去吧。你要不是那么傻，你的哥哥不是那么聪明，我不会这么快又老又累又病的，你们的父亲已经有好多个晚上睡不着觉了。"土司把头垂得很低，一双手捂住眼睛，话说得很快，好像一旦中断就再也没有力量重新开始了。

他的声音很低，但对我们每个人来说，都太响亮了。

"总之，一句话，"他说，"我要在活着的时候把土司的位置让出来，让给合法的继承人，我的大儿子旦真贡布。"

土司宣布，他要逊位了！

他说，因为众所周知的原因，也为了他自己的心里的原因，他要逊位了，把土司的位子让给他聪明的大儿子。土司一个人就在那里说啊说啊，说着说着，低着的头也抬起来了。其实，他的话大多都是说给自己听的。准备让位的土司说给不想让位的土司听。有时候，一个人的心会分成两半，一半要这样，另一半要那样。一个人的脑子里也会响起两种声音。土司正在用一个声音压过另一个声音。最后，他说，选大儿子做继承人绝对正确。因为他是大儿子，不是小儿子。因为他是聪明人，不是傻子。

麦其土司想安慰一下他的小儿子，他说："再说，麦其家的小儿子将来会成为茸贡土司。"

塔娜问："不配成为麦其土司的人就配当茸贡土司？"

麦其土司无话可说。

没有人想到，昨天刚能说话的书记官突然开口了："土司说得很对，大儿子该做土司。但土司也说得不对。没有任何重要的事情证明小少爷是傻子，也没有任何重要的事情证明大少爷是聪明人。"

土司太太张大了嘴巴望着书记官。

土司说："那是大家都知道的。"

书记官说："前些时候，你还叫我记下说傻瓜儿子不傻，他做的事情聪明人也难以想象。"

土司提高了声音："人人都说他是个傻子。"

"但他比聪明人更聪明！"

土司冷笑了："你嘴里又长出舌头了？你又说话了？你会把刚长出来的舌头丢掉的。"

"你愿意丢掉一个好土司，我也不可惜半截舌头！"

"我要你的命。"

"你要好了。但我看到麦其家的基业就要因为你的愚蠢而动摇了。"

土司大叫起来："我们家的事关你什么相干？！"

"不是你叫我当书记官吗？书记官就是历史，就是历史！"

我说："你不要说了，就把看到的记下来，不也是历史吗？"

书记官涨红了脸，冲着我大叫："你知道什么是历史？历史就要告诉人什么是对，什么是错。这就是历史！"

"你不过还剩下小半截舌头。"马上就要正式成为麦其土司的哥哥对书记官说，"我当了土司也要一个书记官，把我所做的事记下来，但你不该急着让我知道嘴里还有半截舌头。现在，你要失去舌头了。"

书记官认真地看了看我哥哥的脸，又认真地看了看土司的脸，知道自己又要失去舌头了。他还看了我一眼。但他没有做出是因为我而失去舌头的表情。书记官的脸变得比纸还白，对我说话时，声音也嘶哑了："少爷，你失去的更多还是我失去的更多？"

"是你，没有人两次成为哑巴。"

他说："更没有人人都认为的傻子，在人人都认为他要当上土司时，因为聪明父亲的愚蠢而失去了机会。"

我没有话说。

他说："当然，你当上了也是因为聪明人的愚蠢。因为你哥哥的愚蠢。"

我俩说话时，行刑人已经等在楼下了。我不愿看他再次受刑，就在楼上和他告别。他用大家都听得见的声音对我漂亮的妻子说："太太，不要为你丈夫担心，不要觉得没有希望，自认聪明的人总会犯下错误的！"

这句话，是他下楼受刑时回头说的。他后来还说了些什么，但一股风刮来，把声音刮跑了，我们都没有听到。哥哥也跟着他下楼，风过去后，楼上的人听见哥哥对他说："你也可以选择死。"

书记官在楼梯上站住了，回过身仰脸对站在上一级楼梯上那个得意忘形的家伙说："我不死，我要看你死在我面前。"

"我现在就把你处死。"

"你现在就是麦其土司了？土司只说要逊位，但还没有真正逊位。"

"好吧，先取你的舌头，我一当上土司，立即就杀掉你。"

"到时候，你要杀的可不止我一个吧？"

"是的。"

"告诉我你想杀掉谁？我是你的书记官，老爷。"

"到时候你就知道了。"

"你的弟弟？"

"他是个不甘心做傻子的家伙。"

"土司太太？"

"那时候她会知道谁更聪明。"

"你弟弟的妻子呢？"

哥哥笑了，说："妈的，真是个漂亮女人，比妖精还漂亮。昨晚我都梦见她了。"

书记官笑了，说："你这个聪明人要做的事，果然没有一件能出人意料。"

"你说吧，要是说话使你在受刑前好受一点。"

温文尔雅的书记官第一次说了粗话:"妈的,我是有些害怕。"

这也是我们听到他留在这世界上的最后一句话。

塔娜没有见过专门的行刑人行刑,也没有见过割人舌头,起身下楼去了。土司太太开口了,她对土司说:"你还没有见过另一个土司对人用刑,不去看看吗?"

土司摇摇头,一脸痛苦的神情。他是要人知道,做出逊位决定的人忍受着多么伟大的痛苦。

土司太太并不理会这些,说:"你不去,我去,我还没见过没有正式当上土司的人行使土司职权。"说完,就下楼去了。

不一会儿工夫,整座楼房就空空荡荡了。

土司面对着傻瓜儿子,脸上做出更痛苦的表情。我心里的痛苦超出他十倍百倍,但我木然的脸上却什么都看不出来。我又仰起脸来看天。天上有风,一朵又一朵的白云很快就从窗框里的一方蔚蓝里滑过去了。我不想跟就要下台的土司待在一起,便转身出门。我都把一只脚迈出去了,父亲突然在我身后说:"儿子啊,你不想和父亲在一起待一会儿吗?"

我说:"我看不到天上的云。"

"回来,坐在我跟前。"

"我要出去,外面的天上有云,我要看见它们。"

土司只好从屋里跟出来,和我站在官寨好多层回廊中的一层,看了一会儿天上的流云。外面广场上,不像平时有人受刑时那样人声嘈杂。强烈的阳光落在人群上,像是罩上了一只光闪闪的金属盖子。盖子下面的人群沉默着,不发出一点声响。

"真静啊！"土司说。

"就像世界上不存在一个麦其家一样。"

"你恨我？"

"我恨你。"

"你恨自己是个傻子吧？"

"我不傻！"

"但你看起来傻！"

"你比我傻，他比你还傻！"

父亲的身子开始摇晃，他说："我头晕，我要站不住了。"

我说："倒下去吧，有了新土司你就没有用处了。"

"天哪，你这个没心肝的家伙，到底是不是我的儿子？"

"那你到底是不是我的父亲？"

他自己站稳了，叹息一声，说："我本不想这样做，要是我传位给你，你哥哥肯定会发动战争。你做了比他聪明百倍的事情，但我不敢肯定你永远聪明。我不敢肯定你不是傻子。"

他的语调里有很能打动人的东西，我想对他说点什么，但又想不起来该怎么说。

天上不知从什么地方飘来一片乌云把太阳遮住了，也就是这个时候，广场上的人群他们齐齐地叹息了一声："呵……"叫人觉得整个官寨都在这声音里摇晃了。

我从来没有听到过这么多人在行刑人手起刀落时大声叹息。我想，就是土司也没有听到过，他害怕了。我想，他是打算改变主意了。我往楼下走，他跟在我的身后，要我老老实实地告诉他，我到底是个聪明人还是个傻子。我回过身来对他笑了一下。我很高兴自己能回身对他笑上这么一下。他应该非常珍视我给他的这个笑容。他又开口了，站在比他傻儿子高三级楼梯的地方，动情地说："我知道你会懂得我的心的。刚才你听见了，老百姓一声叹息，好像大地都摇动了。他们疯了一样把你扛起来奔跑，踏平了麦地时，我就害怕了，我真的害怕了。连你母亲都害怕了。就是那天，我才决定活着的时候把位子传给你哥哥。看着他坐稳，也看着你在他手下平平安安。"

这时，我的心里突然涌上来一个想法，舌头也像有针刺一样痛了起来。我知道书记官已经再次失去舌头了，这种痛楚是从他那里传来的。于是，我说："我也不想说话了。"

这话一出口，舌头上的痛楚立即就消失了。

37. 我不说话

我突然决定不再开口说话了。

我的朋友翁波意西再次，也就是永远失去了舌头。他是因为我而失去了舌头的。纵使这天空下再发生什么样的奇迹，翁波意西也不可能第三次开口说话。这一次，行刑人把他的舌头连根拔去了。我走上广场时，天上的乌云已经散开了，阳光重新照亮了大地。书记官口里含着尔依家的独门止血药躺在核桃树下，一动不动地眼望天空。我走到他的跟前，发现他在流汗，便把他往树荫深处移动了一下。我对他说："不说话好，我也不想说话了。"

他看着我，眼角流出了两大滴泪水。我伸出手指蘸了一点，尝到了里面的盐。

两个尔依正在收拾刑具。在广场另一边，哥哥和我的妻子站在官寨石墙投下的巨大的阴影里交谈。大少爷用鞭子一下一下抽打着墙角蓬勃的火麻。塔娜看上去也有点不安，不断用一只手抚摸另一只手。他们是在交换看一个人失去舌头的心得吗？我已经不想说话了，所以，不会加入他们的谈话。土司太太可能对他们的话题感兴趣，向他们走过去了。但这两个人不等她走到跟前，便各自走开，上楼去了。上楼之前，我的妻子也没往我这边望上一眼。望了我一眼的是母亲。她看我的眼神就像此时我看着翁波意西的眼神一样。

这时，我看到官寨厚重的石墙拐角上，探出了一张鬼祟的脸。我觉得自己从这脸上看出了什么。是的，一看这张脸，就知道他很久没有跟人交谈过了，他甚至不在心里跟自己交谈。这张比月亮还要孤独的脸又一次从墙角探出来，这次，我看到了孤独下面的仇恨。立即，我就想起他是谁了。他就是麦其家的世仇，替死去的父亲报仇来了。我还在边界上时，这个人就已经上路了，不知为什么，直到今天才在这里出现。母亲就要走进大门了，她又回身看了我一眼。但我既然决定不说话了，就不必把杀手到来的消息告诉她，反正，杀手也不会给女人造成什么危险。

我坐在核桃树下，望着官寨在下午时分投下越来越深的影子，望着明亮的秋天山野。起先，翁波意西在我身边，后来，两个行刑人把他弄走了。最后，太阳下山了，风吹在山野里囇囇作响，好多归鸟在风中飞舞像是片片破布。是吃晚饭的时候了，我径直往餐室走去。

一家人都在餐室里，大家都对我露出了亲切的笑容。我想，那是因为我重新成为于人无害的傻子的缘故吧。大家争着跟我说话，但我已做出了决定，要一言不发。哥哥嘴里对我说话，脸却对着坐在我侧边的塔娜："弟弟再不开口，连塔娜也真要认为你是傻子了。"他对美丽无比的弟媳说："傻子们怄气都是在心里怄，不会像我们一样说出来。"

塔娜的眼睛里冒起了绿火，我以为那是针对得意忘形的兄长，不想，那双眼睛却转向了我："现在，你再不能说自己不是傻子了吧？"

我把过去的事情从头到尾想了一遍，想不起什么时候对她说过我不是傻子。但我已经决定不说话了。

父亲说话了："他不想说话，你们不要逼他，他也是麦其家一个男人，他为麦其家做下了我们谁都不曾做到的事情。他这样子，我心里十分难过。"

后来，大家都起身离开了，但我坐着没动。

父亲也没动，他说："我妻子走时没有叫我。你妻子走时也没有叫你。"

我一言不发。

父亲说："我知道你想回到边界上去，但我不能叫你回去。要是你真傻，回去也没有什么用处，要是你不是傻子，那就不好了，说不定麦其家两兄弟要用最好的武器大干一场。"

我不说话。

他告诉我："跛子管家派人来接你回去，我把他们打发回去了。"他说,"我不敢把所有的一切托付给你,你做了些漂亮的事情,但我不敢肯定你就是聪明人。我宁肯相信那是奇迹,有神在帮助你,但我不会靠奇迹来做决定。"

我起身离开了,把他一个人丢在餐室里,土司把头深深地埋下去,埋下去了。

房间里,我漂亮的妻子正对着镜子梳头,长长的头发在灯光下闪着幽幽的光泽。我尽量不使自己的身影出现在镜子里她美艳的脸旁。

她对着镜子里的自己发笑,对着镜子里那张脸叹息。我静静地躺在床上。后来,她说话了,她说:"你一整天都不在我身边。"

风在厚厚的石墙外面吹着,风里翻飞着落叶与枯草。

她说:"这世界上没有人相信像我这么漂亮的女人,男人却一天都不在身边。"

风吹在河上,河是温暖的。风把水花从温暖的母体里刮起来,水花立即就变得冰凉了。水就是这样一天天变凉的。直到有一天晚上,它们飞起来时还是一滴水,落下去就是一粒冰,那就是冬天来到了。

"你哥哥跟我说了一会儿话,他还算是个有意思的男人,虽然他打过败仗。"

塔娜还在对镜子里的自己左顾右盼。我躺在床上,眼前出现了冬天到来时的景象。田野都收拾干净了。黑色的红嘴鸦白色的鸽子成群结队,漫天飞舞,在天空中盘旋鸣叫。就是这样,冬天还是显不出热闹。因为河,因为它的奔流才使一切显得生机勃勃的河封冻了，躺在冰层下面了。

塔娜一笑，说："没想到你还真不说话了。"

她终于离开镜子，坐到了床边，又说："天哪，世界上有一个傻子不说话了，怎么得了呀！"

这时，响起了敲门声，塔娜掩掩衣襟，又坐回镜子前面。

哥哥推门进来，坐在我床边。他背对我坐在床边，塔娜背对着我们两兄弟坐在镜子跟前，哥哥在镜子里看着女人说："我来看看弟弟。"

于是，他们两个就在镜子里说上话了。

塔娜说："来也没有用处，他再也不说话了。"

"是你不要他说，还是他自己不说了？"

"麦其家的男人脑子里都有些什么东西？"

"我跟他不一样。"

他们两个一定还说了好多话，我迷迷糊糊睡了一会儿，醒来时，他们正在告别。塔娜还是面对镜子，背对着大少爷。大少爷已经走到门口了，又回过头来说："我会常来看看弟弟的。小时候，我就很爱他。后来，因为想当土司，他开始恨我了。但我还是要来看他的。"

塔娜把纷披的头发编成了辫子，现在，她又对着镜子把辫子一绺绺解开。

大少爷在窗子外面说："你睡吧，这么大一个官寨，你那么漂亮，不要担心没有人说话。"

塔娜笑了。

哥哥在窗外也笑了，说："弟弟真是个傻子，世界上不可能有比你更美的姑娘，但他却不跟你说话。"在他离开时缓慢的脚步声里，塔娜吹熄了灯，月光一下泄进屋子里来了。深秋的夜里，已经很有些凉意了，但塔娜不怕，她站在床前，一件件脱去身上的衣服，又站了一阵，直到窗外的脚步声消失，才上床躺下。她说："傻子，我知道你没有睡着，你不要装睡着了。"

我躺着不动。

她笑了："等明天早上也不说话，你才算真正不说话呢。"

早上，我醒得比往常晚，睁开眼睛时，塔娜早已收拾打扮了，穿着一身鲜红的衣裳，坐在从门口射进的一团明亮阳光里。天哪，她是那么美，坐在那里，就像在梦里才开放的鲜花。她见我醒过来，便走到床前，俯下身子说："我一直在等你醒来。他们说妻子就该等着男人醒来。再说，你还有老问题要问，不是吗？不然，你就更要显傻了。"

这个美丽的女人向着我俯下身子，但我还是把嘴巴紧紧闭着。

她说："你要再不说话，真要成为一个十足的傻子，成为不知道自己是谁，也不知道自己在哪里的傻子，你还是说话吧。"

因为睡了一个晚上，更因为不肯讲话，我一直闭着的嘴开始发臭了。我哈出一股臭气，她就把鼻子掩起来，出门去了。我像个濒死的动物，张着嘴，大口大口哈出嘴里的臭气。直到嘴里没有臭气了，我才开始想自己的问题：我是谁？我在哪里？我躺在床上想啊，想啊，望着墙角上挂满灰尘和烟火色的蛛网，后来，那些东西就全部钻到我脑子里来了。

这一天，我到处走动，脸上挂着梦中的笑容，为的是找到一个地方，提醒自己身在何处。但眼前的一切景象都恍如隔世，熟悉又陌生。土司官寨是高大雄伟的，走到远处望上一眼，有些倾斜，走到近处，贴近地面的地方，基础上连石头都有些腐朽了。我想起了智者阿古登巴的故事。有一天他走到一个圣地，也是在一个广场上，他想跟严肃的僧侣开个玩笑，便叫那家伙抱住广场中央的旗杆。僧人不信旗杆会倒，但还是上去把旗杆扶住了。旗杆很高，聪明的僧人抱着它向天上望去，看见天空深处，云彩飘动，像旗帜一般。最后，旗杆开始动了。他用尽全身气力，旗杆才没有倒下。要不是后来云彩飘过去了，僧人就会把自己累死在旗杆下面。现在，我望着天空，官寨的石墙也向着我的头顶压下来了。但我并不去扶它，因为我不是个聪明人，而是个傻子。天上云彩飘啊飘啊，头上的石墙倒啊倒啊，最后，我们大家都平安无事。于是，我对着天空大笑起来。

那个麦其家的仇人，曾在边界上想对我下手的仇人又从墙角探出头来，那一脸诡秘神情对我清醒脑子没有一点好处。他磨磨蹭蹭走到我身边坐下，撩起衣服，叫我看他曾对我舞动的长剑和短刀，说："我要杀了你的父亲和你的哥哥。"

我笑。

杀手咬咬牙，神不知鬼不觉地消失了。

母亲把我领进她屋里，对我喷了几口鸦片烟。我糊涂的脑子有些清楚了。母亲流下了眼泪，说："你不要怕，你是在母亲身边，我的傻瓜儿子。"

她又对我喷了几口烟，鸦片真是好东西，不一会儿我就睡着了。而且，在睡梦里，我一直在悠悠忽忽地飞翔。醒来时，又是一个早上了。母亲对我说："儿子，你不想对别人说话，你就对我说话吧。"

我对她傻笑。

土司太太的泪水下来："不想对他们说话，就对我说，我是你的母亲呀。"

我穿好衣服，走出了她的房间。身后，母亲捂着胸口坐在了地上。我的胸口那里也痛了一下，我站下来，等这股疼痛过去。没有什么疼痛不会不过去的，眼前的疼痛也是一样。疼痛利箭一样扎进我胸口，在咚咚跳动的心脏那里小停了一会儿，从后背穿出去，像只鸟飞走了。从土司太太房间下一层楼，拐一个弯，就是我自己的房间了。这时，两个小厮站在了我身后，他们突然出声，把我吓了一跳。这时，太阳正从东方升起来，我跳起来，落下去时，又差点把自己的影子踩在了脚下。

索郎泽郎对我说："少爷为什么不和塔娜睡一起，昨晚，大少爷去看她了，她唱歌了。"

尔依把手指头竖起来："嘘——"

屋子里响起塔娜披衣起床的声音，绸子摩擦肌肤的声音，赤脚踩在地毯上的声音。象牙梳子滑过头发的嚓嚓声响起时，塔娜又开始歌唱了。我还从来没有听过她唱歌。

我带着两个小厮往楼下走去。到了广场上，也没有停步，向着行刑人家住的小山岗走去。行刑人家院子里的药草气味真令人舒服。我的脑子清楚些了。想起我曾来过这里一次。记得去看过储藏死人衣服的房间。走到那个孤独的房间下面，两个小厮扛来了梯子。尔依说，他常常到这里来，和这里的好几件衣服成了朋友。

索郎泽郎笑了，他的声音在这些日子里又变粗了一些，嘎嘎的听上去像一种巨大的林子里才有的夜鸟。他说："你的脑子也像少爷一样有毛病吗？衣服怎么能做朋友？"

尔依很愤怒，平时犹豫不决的语调变得十分坚定，他说："我的脑子像少爷脑子一样没有毛病，这些衣服不是平常的衣服，这些衣服都是受刑的死者留下的，里面有他们的灵魂。"

索郎泽郎想伸手去摸，手却停在了半空中，嘴里喘起了粗气。

尔依笑了，说："你害怕了。"

索郎泽郎把一袭紫红衣服抓在了手里。好多尘土立即在屋子里飞扬起来，谁能想到一件衣服上会有这么多的尘土呢。我们弯着腰猛烈地咳嗽，屋子里那些颈子上有一圈紫黑色血迹的衣服都在空中摆荡起来，倒真像有灵魂寄居其间。尔依说："他们怪我带来了生人，走吧。"

我们从一屋子飞扬的尘土里钻出来，站在了阳光下面。索郎泽郎还把那件衣服抓在手里，这真是一件漂亮的衣服，我不记得在哪里见到过紫得这么纯正的紫色。衣服就像昨天刚刚做成，颜色十分鲜亮。我们还没有来得及记住这是一种怎样的紫色，它就在阳光的照射下黯淡、褪色了，在我们眼前变成另一种紫色。这种紫色更为奇妙，它和颈圈上旧日的血迹是一个颜色。我抑制不了想穿上这件衣服的冲动。就是尔依跪着恳求也不能使我改变主意。穿上这件衣服，我周身发紧，像是被人用力抱住了。就是这样，我也不想脱下这件衣服。尔依抓些草药煮了，给我一阵猛喝，那种被紧紧束缚的感觉便从身上消失了。人也真正和衣服合二为一了。

这件衣服也不愿说话，或者说，我满足了它重新在世上四处行走的愿望，它也就顺从了我要保持沉默的愿望。

现在，眼前的景象都带着一点或浓或淡的紫色。河流、山野、官寨、树木、枯草都蒙上了一层紫色的轻纱，带上了一点正在淡化，正在变得陈旧的血的颜色。

土司太太躺在烟榻上，说："多么奇怪的衣服，我记不得你什么时候添置过这样的衣服。"

塔娜见到我，脸上奕奕的神采就像见了阳光的雾气一样飘走了。她想叫我换下身上这衣服。她把大大的一个衣橱都翻遍了，但她取出来的每件衣服都被我踩在脚下。她跌坐在一大堆五颜六色的衣服中间，脸像从河底露出来叫太阳晒干了水气的石头一样难看。她不断说："我受不了了。我受不了了。"从房间里溜出去了。

我穿着紫衣，坐在自己屋子里，望着地毯上一朵金色花朵的中心，突然从中看到，塔娜穿过寂静无人的回廊，走进大少爷的房子。大少爷正像我一样盘腿坐在地毯上，这时，他弟弟美艳的妻子摇摇晃晃到了他面前，一头扎进他怀里。她简直就是站立不住才倒下的，手肘重重地撞在少土司的鼻子上。漂亮的女人倒在怀里的时候，他的鼻血也滴滴答答流下来了。少土司是个浪漫的人物，却没想到跟世界上最美丽的女人的风流史这样开始。

"你叫我流血了。"

"抱紧我，抱紧我。不要叫我害怕。"

少土司就把她紧紧抱住，鼻子上的血滴到她的脸上。但塔娜不管。少土司说："你把我碰流血了。"

"你流血了？你真的流血了。你是真正的人，我不害怕了。"

"谁不是真正的人？"

"你的兄弟。"

"他是一个傻子嘛。"

"他叫人害怕。"

"你不要害怕。"

"抱紧我吧。"

这时，老土司也坐在房里。这些天，他都在想什么时候正式传位给打过败仗的大儿子。想到不想再想时，就把自己喝得醉眼蒙眬。突然，他被不请自来的情欲控制住了。这些天，他都是一个人待着，没有人来看他。于是，他带着难以克制的欲望，也许是这一生里最后爆发的欲望走向太太的房间。太太躺在烟榻上吞云吐雾，一张脸在缥缥缈缈的烟雾后面像是用纸片剪成的一样。那张脸对他笑了笑。老土司却站不住，一脸痛苦的神情跪在了烟榻前。太太以为土司要改变主意了，便说："后悔了？"

老土司伸手来掀太太的衣襟，嘴里发出野兽一样的声音。这声音和土司嘴里的酒气唤醒了她痛苦的记忆，她把老东西从身上推下来，说："老畜生，你就是这样叫我生下了儿子的！你滚开！"

土司什么也不想说，灼热的欲望使他十分难受。于是，他去了央宗的房里。央宗正在打坐，正在一下比一下更深更长地呼吸。老土司扑了上去。

这时，我的妻子也被哥哥压在了身子下面。

痛苦又一次击中了我。像一支箭从前胸穿进去，在心脏处停留一阵，又像一只鸟穿出后背，吱吱地叫着，飞走了。

两对男女，在大白天，互相撕扯着对方，使官寨摇晃起来了。我闭着眼睛，身子随着这摇晃而摇晃。雷声隆隆地从远远的地方传来。官寨更剧烈地摇晃起来。我坐在那里，先是像风中的树一样左右摇摆，后来，又像筛子里的麦粒一样，上下跳动起来。

跳动停止时，桑吉卓玛和她的银匠冲了进来。银匠好气力，不知怎么一下，我就在他背上了。很快，我们都在外面的广场上了。众目睽睽之下，父亲和三太太、我哥哥和我妻子两对男女差不多是光着身子就从屋子里冲出来了。好像是为了向众人宣称，这场地震是由他们大白天疯狂的举动引发的。大群的人在下面叫道："呵……！"像是地震来到前大地内部传出来的声音，低沉，但又叫人感到它无比的力量。

两对男女给这声音堵在楼梯口不敢下来了。这时，他们才发现自己差不多是光着身子站在众人面前。土司没什么，他是跟自己的三太太在一起，但我的兄长就不一样了，他是和自己弟弟漂亮的妻子在一起。正当他们拿不准先回去穿上衣服，还是下楼逃命的时候，大地深处又掀起了一次更强烈的震动。

大地又摇晃起来了。地面上到处飞起了尘土。楼上的两对男女，给摇得趴在地上了。这时，哗啦一声，像是一道瀑布从头顶一泻而下，麦其家官寨高高的碉楼一角崩塌了。石块、木头，像是崩溃的梦境，从高处坠落下来，使石头和木头黏合在一起，变成坚固堡垒的泥土则在这动荡中变成了一柱烟尘，升入了天空。大家都趴在地上，目送那柱烟尘笔直地升入天空。我想大家看着这股烟尘，就好像看到麦其家的什么在天空里消散了。烟尘散尽，碉堡的一角没有了，但却依然耸立在蓝天之下，现出了烟熏火燎的内壁。只要大地再晃动一次两次，它肯定就要倒下了。

但大地的摇晃走到远处去了。

大地上飞扬的尘埃也落定了。

麦其土司和大少爷又衣冠楚楚地站在了我们面前，两个女人却不见了。他们来到官寨前，对趴在地上的人群说，你们起来吧，地动已经过去了。我起来时，哥哥还扶了我一把，说："看你，老跟下人们搅在一起，脸都沾上土了。"他从怀里掏出一张绸巾，擦干净傻子弟弟的脸，并把绸巾展开在我的面前，是的，那上面确实沾上了好多尘土。

傻子弟弟扬起手来，给了他一个耳光。

他那张聪明人的脸上慢慢显出来一个紫红色的手掌印。他口里咝咝地吸着凉气，捂住了脸上的痛处，说："傻子，刚才我还在可怜你，因为你的妻子不忠实，但我现在高兴，现在我高兴，我把你的女人干了！"

他想伤害曾经对他形成巨大威胁的弟弟。一般而言，这种伤害会使聪明人也变得傻乎乎的，更不要说对我了。但今天不一样。我穿上了一件紫红的衣裳。现在，我感到这件衣服的力量，它叫我转过身来，不理会这个疯狂的家伙，上楼去了。我一直走进自己的屋子。塔娜依然坐在镜子前，但神情已经不像地震之前那样如梦如幻了。她打了一个寒噤："天哪，哪里来的一股冷风。"

我听到自己说话了："从我的屋子里滚出去，你不再是我的老婆了。快滚到他那里去吧。"

塔娜回过身来，我很高兴看到她脸上吃惊的神情。但她还要故作镇定，她笑着说："你怎么还穿着这件古怪的衣服，我们把它换下来吧。"

"从这里滚出去吧。"

这下，她哭了起来："脱了你的衣服，它使我害怕。"

"跟丈夫的哥哥睡觉时，你不害怕吗？"

她倒在床上，用一只眼睛偷着看我，只用一只眼睛哭着。我不喜欢这样，我要她两只眼睛都哭。我说："给你母亲写封信，说说地震的时候，你光着身子站在众人面前是什么滋味。"

她不爱我，但她没有那个胆量，跑去跟土司家的大少爷住在一起。就是她敢，恐怕聪明的大少爷也没有那个胆量。我派人去叫书记官，她就真正在用两只眼睛哭起来了。她说："你真狠啊，一开口就说出这么狠心的话来了！"

是的，我又说话了！我一说话，就说出了以前从来也不会说出来的话。能够这样，我太高兴了。

第十章

38. 杀　手

塔娜想上床，被我一脚踢下去了。

她猫一样蜷在地毯上，做出一副特别可怜的样子。她说："我不愿意想什么事情了，我想不了那么多，我要睡了。"

但她一直没有睡着，即将成为麦其土司的那个家伙也没有来看他的情人。楼上的经堂里，喇嘛们诵经的声音嗡嗡地响着，像是从头顶淌过的一条幽暗河流。牛皮鼓和铜钹的声音此起彼伏地响着，像是河上一朵又一朵的浪花。这片土地上每出点什么事情，僧人们就要忙乎一阵了。要是世界一件坏事都不发生，神职人员就不会存在了。但他们从不为生存担心，因为这个世界上永远都有不好的事情不断发生。

我对塔娜说："睡吧，土司们今天晚上有事做，不会来找你了。"

塔娜的身子在地毯上蜷成一团，只把头抬起来，那样子又叫我想起了蛇。这条美丽的蛇她对我说："你为什么总要使一个女人，一个美丽的女人受到伤害？"她做出的样子是那么楚楚动人，连我都要相信她是十分无辜的了。我不能再和她说话，再说，犯下过错的人，就不是她，而是我了。

我开口说话是一个错误，不说话时，我还有些力量。一开口和这些聪明人说话，就处于下风了。我及时吸取教训，用被子把头蒙起来，不再说话了。睡了一会，我好像梦见自己当上了土司。后来，又梦见了地震的情景。梦见整个官寨在大地隆隆的震荡里，给笼罩在一大股烟尘里，烟尘散尽时，官寨已不复存在了。我醒来，出了一点汗。我出去撒尿。过去，我是由侍女服侍着把尿撒在铜壶里。自从跟茸贡土司美丽的女儿一起睡觉后，就再没有在屋子里撒过尿了。她要我上厕所。半夜起来，到屋子外面走上一遭，听自己弄出下雨一样的声音，看看天上的月亮和星星也很好。晚上，就是没有月亮和星星，河水也会闪现出若有若无的沉沉光芒。从麦其土司宣布逊位那一天，我就再不去厕所了。我是个傻子，不必要依着聪明人的规矩行事。这天晚上也是一样，我走出房门，对着楼梯栏杆间的缝子就尿开了，过了好一会儿，楼下的石板地上才响起有人鼓掌一样的声音。我提起了裤子，尿还在石板上响了一会儿。我没有立即回屋里去，而是在夜深人静的半夜里，楼上楼下走了一遭。

　　不是我要走，是身上那件紫色衣服推着我走。我还看见了那个杀手。他在官寨里上上下下，里里外外已经好多天了。这时，他正站在土司窗前。我的脚步声把他吓跑了。他慌乱的脚步声又把土司惊醒了。土司提着手枪从屋里冲出来，冲着杀手的背影放了一枪。他看见我站在不远处，又举起枪来，对准了我。我一动不动，当他的枪靶。想不到他惊恐地大叫一声，倒在了地上。好多的窗口都亮起了灯。人们开门从屋里出来，大少爷也提着枪从屋里跑出来。土司被人扶起来，他又站起来，抖抖索索的手指向我。我想，他要和聪明儿子杀死我了。哥哥却像是怎么都看不见我。越来越多的人拥出屋子，把备受惊吓的土司围了起来。

还是长话短说吧。

父亲把我看成了一个被他下令杀死的家伙。这是因为我身上那件紫色衣裳的缘故。

从行刑人家里穿来的紫色衣服使他把我看成了一个死去多年的人，一个鬼。大多数罪人临刑时，都已经向土司家的律法屈服了，但这个紫衣人没有。他的灵魂便不去轮回，固执地留在了麦其家的土地上，等待机会。紫衣人是幸运的。麦其家的傻瓜儿子给了他机会，一个很好的机会。麦其土司看见的不是我，而是另外一个被他杀死的人。土司杀人时并不害怕，当他看到一个已经死去多年的人站在月光下面，就十分惊恐了。

他们闹哄哄折腾一阵，就回屋去睡了。

塔娜真是个不一般的女人，屋子外面吵翻了天，她就不出去看上一眼，而趁我出去，爬上床睡了。现在，轮到我不知该不该上床了。塔娜看我进退无据的样子，说："没有关系，你也上来吧。"

我也就像真的没什么关系一样，爬上床，在她身边躺下了。

这一夜就差不多过去了。

早上，要是想和大家都见上一面，就必须到餐室去。我去了。父亲头上包着一块绸巾，昨天晚上，他把自己的脑袋碰伤了。他对聪明的儿子说："想想吧，怎么会一下就发生了这么多奇怪的事情。"

大少爷没有说话，专心对付面前的食物。

土司又对两个太太说："我是不是犯了一个错误？"

央宗从来都不说什么。

母亲想了想，说："这个我不知道，但要告诉你的儿子，不是当了土司就什么都能做。"

塔娜明白是指她和哥哥的事情，马上给食物噎住了。她没想到麦其家的人会如此坦率地谈论家里的丑事。她对我母亲说："求求你，太太。"

"我已经诅咒了你，我们看看你能不能当上新土司的太太吧。"母亲又问我，"你不想干点什么吗？我的儿子。"

我摇了摇头。

父亲呻吟了一声，说："不要再说了，我老了，一天不如一天。你们总不会要我死在逊位之前吧？"

哥哥笑着对父亲说："你要是担心这个，不如早一点正式把权力交给我。"

土司呻吟着说："我为什么会看见死去的人呢？"

哥哥说："可能他们喜欢你。"

我对父亲说："你看见的是我。"

他对我有些难为情地笑笑，说："你是笑我连人都认不准了吗？"

和这些自以为是的人多谈什么真是枉费心机，我站起身，故意在土司面前抻抻紫红衣服，但他视而不见。他对下人们说："你们扶我回房里去吧，我想回去了。"

"记住这个日子，土司不会再出来了。"人们都散去后，书记官从角落里站起来，盯着我，他的眼睛这样对我说。

我说："这么快，你就好了。"

他脸上还带着痛苦的表情，他的眼睛却说："这是不能离开的时候，有大事发生的时候。"他拿着我送他的本子和笔走到门口，又看了我一眼："记住，今天是个重要的日子。"

书记官没有说错，从这一天起，土司就再也没有出过他的房间了。翁波意西口里还有舌头时，我问过他历史是什么。他告诉我，历史就是从昨天知道今天和明天的学问。我说，那不是喇嘛们的学问吗？他说，不是占卜，不是求神问卦。我相信他。麦其土司再没有出门了。白天，他睡觉。晚上，一整夜一整夜，他的窗口都亮着灯光。侍女们出出进进，没有稍稍停息一下的时候。两个太太偶尔去看看他，我一次也没有去过，他的继承人也是一样。有时，我半夜起来撒完尿，站在星光下看着侍女们进进出出，我想，父亲是病了。他病得真是奇怪，需要那么多水，侍女们川流不息，从楼下厨房里取来一盆又一盆热水。热水端进房里不久，就冷了。一冷就要倒掉，静夜里，一盆盆水不断从高楼上泼出去，跌撒在楼下的石板地上，那响声真有点惊心动魄。

我高兴地看到，我不忠实的妻子害怕这声音。一盆水在地上哗啦一声溅开时，她的身子禁不住要抖索一下，就是在梦里也是一样。每到这时候，我就叫她不要害怕。她说："我害怕什么？我什么都不害怕。"

"我不知道你害怕什么，但我知道你害怕。"

"你这个傻子。"她骂道，但声音里却很有些妩媚的味道了。

我出去撒尿时，还穿着那件紫色的受刑而死的人的衣裳。

要问我为什么喜欢这件衣裳，因为这段时间我也像落在了行刑人手里，觉得日子难过。

听惯了侍女们惊心动魄的泼水声，我撒尿到楼下的声音根本就不算什么。不知又过了多少日子，冬天过去，差不多又要到春天了。这天半夜，我起来时，天上的银河，像条正在苏醒的巨龙，慢慢转动着身子。这条龙在季节变换时，总要把身子稍稍换个方向。银河的流转很慢很慢，一个两个晚上看不出多大变化。我开始撒尿了，却连一点声音都没有听见。听不到声音，我就不敢肯定自己是不是尿出来了。要是不能肯定这一点，我就没有办法回去使自己再次入睡。

楼下，高大的寨子把来自夜空的亮光都遮住了，我趴在地上，狗一样用鼻子寻找尿的味道。和狗不一样的是，它们翕动鼻翼东嗅西嗅时，是寻找伙伴的味道，而我却在找自己的味道。我终于找到了。我确实是尿了，只是护理病中土司的下人们倒水的声音太大太猛，把我排泄的声音压过了。我放心地吐一口长气，直起身来，准备上楼。就在这时，一大盆水从天而降，落在了我头上，我觉得自己被温热的东西重重打倒在地，然后，才听见惊心动魄的一声响亮。

我大叫一声，倒在地上。许多人从土司房里向楼下冲来，而在我的房间，连点着的灯都熄掉了，黑洞洞的没有一点声息。可能，我那个不忠诚的女人又跑到大少爷房里去了。

下人们把我扶进土司的房间，脱掉了一直穿在身上的紫色衣裳。这回，我没有办法抗拒他们。因为，紫色衣服上已结上一层薄冰了。我没有想到的是，塔娜也从屋外进来了。

她说："我下楼找了一圈，你干什么去了？"

我狗一样翕动着鼻翼，说："尿。"

大家都笑了。

这次，塔娜没有笑，她卷起地上那件紫色衣服，从窗口扔了出去。我好像听到濒死的人一声绝望的叫喊，好像看到一个人的灵魂像一面旗帜，像那件紫色衣服一样，在严冬半夜的冷风里展开了。塔娜对屋子里的人说："他本来没有这么傻，这件衣服把他变傻了。"

在我心里，又一次涌起了对她的爱，是的，从开始时我就知道，她是那么漂亮，举世无双，所以，不管她犯下什么过错，只要肯回心转意，我都会原谅她的。

土司突然说话了："孩子们，我高兴看到你们这个样子。"

想想吧，自从那次早餐以来，我还从没有见过他呢。他还没有传位给我哥哥，也没有像我想的那样变得老态龙钟，更没有病入膏肓。是的，他老了，头发白了，但也仅此而已。他的脸比过去胖，也比过去白了。过去，他有一张坚定果敢的男人的脸，现在，这张脸却像一个婆婆。惟一可以肯定他有病，或者说，他使自己相信有病的方法就是，差不多浑身上下，都敷上了热毛巾。他身上几乎没穿什么东西，但都给一条又一条热毛巾捂住了，整个人热气腾腾。

父亲用比病人还像病人的嗓门对我说："过来，到你父亲床边来。"

我过去坐在他跟前，发现他的床改造过了。以前，土司的床是多少有些高度的，他们把床脚锯掉了一些，变成了一个矮榻。并且从屋子一角搬到了中间。

父亲抬起手，有两三条毛巾落到了地上。他把软绵绵的手放在我的头上，说："是我叫你吃亏了，儿子。"他又招手叫塔娜过来，塔娜一过来就跪下了，父亲说："你们什么时候想回到边界上去就回去吧，那是你们的地方。我把那个地方和十个寨子当成结婚礼物送给你们。"父亲要我保证在他死后，不对新的麦其土司发动进攻。

塔娜说："要是他进攻我们呢？"

父亲把搭在额头上的热毛巾拿掉："那就要看我的小儿子是不是真正的傻子了。"

麦其土司还对塔娜说："更要看你真正喜欢的是我哪一个儿子。"

塔娜把头低下。

父亲笑了，对我说："你妻子的美貌举世无双。"说完这句话，父亲打了个中气很足的喷嚏。说话时，他身上有些热敷变凉了。我和塔娜从他身边退开，侍女们又围了上去。父亲挥挥手，我们就退出了房子。回到自己的屋子，上床的时候，楼下又响起了惊心动魄的泼水声。

塔娜滚到了我的怀里，说："天啊，你终于脱掉了那件古怪的衣服。"

是的，那件紫色衣服离开了，我难免有点茫然若失的感觉。塔娜又说："你不恨我吗？"

我真的不恨她了。我不知道是不是因为脱去了附着冤魂的衣服。土司家的傻瓜儿子和他妻子好久都没有亲热过了。所以，她滚到我怀里时，便抵消了那种茫然若失的感觉。我要了塔娜。带着爱和仇恨给我的所有力量与猛烈，占有了她。这女人可不为自己的过错感到不安。她在床上放肆地大叫，过足了瘾，便光着身子蜷在我怀里睡着了。就像她从来没有在我最困难的时候投入到别的男人——而这个男人恰好又是我的哥哥和对手——怀里一样。她睡着了，平平稳稳地呼吸着。

我努力要清楚地想想女人是个什么东西，但脑子满满当当，再也装不进什么东西了。我摇摇塔娜："你睡着了吗？"

她笑了，说："我没有睡着。"

"我们什么时候回去？"

"在麦其土司没有改变主意之前。"

"你真愿意跟我回去吗？"

"你真是个傻子，我不是你的妻子吗？当初不是你一定要娶我吗？"

"可是……你……和……"

"和你哥哥，对吗？"

"对。"我艰难地说。

她笑了，并用十分天真的口吻问我："难道我不是天下最美丽的女人吗？男人们总是要打我的主意的。总会有个男人，在什么时候打动我的。"

面对如此的天真坦率，我还有什么话说。

她还说："我不是还爱你吗？"

这么一个美丽的女人跟就要当上土司的聪明人睡过觉后还爱我，还有什么可说的呢。

塔娜说："你还不想睡吗？这回我真的要睡了。"

说完，她转过身去就睡着了。我也闭上了眼睛。就在这时，那件紫色衣服出现在我眼前。我闭着眼睛，它在那里，我睁开眼睛，它还是在那里。我看到它被塔娜从窗口扔出去时，在风中像旗子一样展开了。衣服被水淋湿了，所以，刚刚展开就冻住了。它（他？她？）就那样硬邦邦地坠落下去。下面，有一个人正等着。或者说，正好有一个人在下面，衣服便蒙在了他的头上。这个人挣扎了一阵，这件冻硬了的衣服又粘在他身上了。

我看到了他的脸，这是一张我认识的脸。

他就是那个杀手。

他到达麦其家的官寨已经好几个月了，还没有下手，看来，他是因为缺乏足够的勇气。

我看到这张脸，被仇恨，被胆怯，被严寒所折磨，变得比月亮还苍白，比伤口还敏感。

从我身上脱下的紫色衣服从窗口飘下去，他站在墙根那里，望着土司窗子里流泻出来的灯光，正冻得牙齿嗒嗒作响。天气这么寒冷，一件衣服从天而降，他是不会拒绝穿上的。何况，这衣服里还有另外一个人残存的意志。是的，好多事情虽然不是发生在眼前，但我都能看见。

紫色衣服从窗口飘下去，虽然冻得硬邦邦的，但一到那个叫多吉罗布的杀手身上，就软下来，连上面的冰也融化了。这个杀手不是个好杀手。他到这里来这么久了，不是没有下手的机会，而是老去想为什么要下手，结果是迟迟不能下手。现在不同了，这件紫色的衣服帮了他的忙，两股对麦其家的仇恨在一个人身上汇聚起来。在严寒的冬夜里，刀鞘和刀也上了冻。他站在麦其家似乎是坚不可摧的官寨下面，拔刀在手，只听夜空里锵琅琅一声响亮，叫人骨头缝里都结上冰了。杀手上了楼，他依照我的愿望在楼上走动，刀上寒光闪闪。这时，他的选择也是我的选择，要是我是个杀手，也会跟他走一样的路线。土司反正要死了，精力旺盛咄咄逼人的是就要登上土司的位子的那个人，杀手来到了他的门前，用刀尖拨动门闩，门像个吃了一惊的妇人一样"呀"了一声。屋子里没有灯，杀手迈进门槛后黑暗的深渊。他站着一动不动，等待眼睛从黑暗里看见点什么。慢慢地，一团模模糊糊的白色从暗中浮现出来，是的，那是一张脸，是麦其家大少爷的脸。紫色衣服对这张脸没有仇恨，他恨的是另一张脸，所以，立即就想转身向外。杀手不知道这些，只感到有个神秘的力量推他往外走。他稳住身子，举起了刀子，这次不下手，也许他永远也不会有足够的勇气举起刀子了。他本来就没有足够的仇恨，只是这片土地规定了，像他这样的人必须为自己的亲人复仇。当逃亡在遥远的地方时，他是有足够仇恨的。当他们回来，知道自己的父亲其实是背叛自己的主子才落得那样的下场时，仇恨就开始慢慢消逝。但他必须对麦其家举起复仇的刀子，用刀子上复仇的寒光去照亮他们惊恐的脸。是的，复仇不仅是要杀人，而是要叫被杀的人知道是被哪一个复仇者所杀。

但今天，多吉罗布却来不及把土司家的大少爷叫醒，告诉他是谁的儿子回来复仇了。紫色衣服却推着他去找老土司。杀手的刀子向床上那个模糊的影子杀了下去。

床上的人睡意蒙眬地哼了一声。

杀手一刀下去，黑暗中软软的扑哧一声，紫色衣服上的仇恨就没有了。杀手多吉罗布是第一次杀人，他不知道刀子捅进人的身子会有这样软软的一声。他站在黑暗里，闻到血腥味四处弥漫，被杀的人又哼了睡意浓重的一声。

杀手逃出了屋子，他手里的刀让血蒙住，没有了亮光。他慌慌张张地下楼，衣袂在身后飘飞起来。官寨像所有人都被杀了一样静。只有麦其家的傻子少爷躺在床上大叫起来："杀人了！杀手来了！"

塔娜醒过来，把我的嘴紧紧捂住，我在她手上狠狠咬了一口，又大叫起来："杀人了！杀手多吉罗布来了！"

在这喊声里，要是有哪个人说不曾被惊醒，就是撒谎了。一个窗口接着一个窗口亮起了灯光。但当他们听清楚是我在大叫，又都躺下去了。一个又一个窗口重新陷入了黑暗。塔娜恨恨地说："好吧，光是当一个傻子的妻子还不够，你还要使我成为一个疯子的妻子吗？"

塔娜其实不配做情人。土司家大少爷被人一刀深深地扎在肚子上，她却一点感觉都没有。我告诉她："哥哥被杀手在肚子上扎了一刀。"

她说："天哪，你那么恨他。不是他要抢你的妻子，是你妻子自己去找他的，你不是说他讨姑娘喜欢吗？"

我说："一刀扎在肚子上，不光是血，屎也流出来了。"

她翻过身去，不再理我了。

这时，杀手逃到了官寨外面，他燃起了一个火把，在广场上大叫，他是死在麦其家手里的谁谁的儿子，叫什么名字，他回来报仇了。他叫道："你们好好看看，这是我的脸，我是报仇来了！"

这回，大家都跑到外面去了，望着楼下那个人，他用火把照着自己的脸。他就骑在马背上大叫。他把火把扔在地上，暗夜里一阵蹄声，响到远处去了。

火把慢慢在地上熄灭了，土司才喊追。我说："追不上了。还是去救人吧，他还没有死。"

"谁？"老土司的声音听上去十分惊恐。

我笑了，说："不是你，是你的大儿子，杀手在他肚子上杀了一刀，血和屎一起流在床上了。"

老土司说："他为什么不杀我？"

他其实是用不着问的，我也用不着去回答。还是他自己说："是的，我老了，用不着他们动手了。"

"他是这样想的。"我说。

父亲说："你一个傻子怎么知道别人是怎么想的？"

塔娜在我耳边说："你叫他害怕了。"

"就是因为我是个傻子才知道别人是怎么想的。"我回答。

土司叫人扶着，到继承人的房间里去了。眼前的情景正跟我说的一样，大少爷的屋子充满了血和粪便的味道。他的肠子流到外面来了。他的手捂在伤口上，闭着眼睛，睡意蒙眬地哼哼着。那种哼哼声，叫人听来，好像被人杀上一刀是十分舒服的事情。好多人在耳边喊他的名字，他都没有回答。

老土司的眼睛在屋子里扫来扫去，最后，定定地落在了我妻子身上。我对塔娜说："父亲想要你去叫。"

父亲说："是的，也许你会使他醒来。"

塔娜的脸红了，她看看我，我的脑子开始发涨了，但我还是胡乱说了些救人要紧的话。塔娜喊了，塔娜还说："要是听到了我叫你，就睁一下眼睛吧。"但他还是把眼睛紧紧闭着，没有睁开的意思。门巴喇嘛只能医眼睛看不见的病，对这样恐怖的伤口没有什么办法。还是把行刑人传来，才把伤口处置了。两个行刑人把肠子塞回到肚子，把一只盛满了药的碗扣在伤口上用布带缠住了，哥哥不再哼哼了。老尔依擦去一头汗水，说："大少爷现在不痛了，药起作用了。"

麦其土司说："好。"

天开始亮了。哥哥的脸像张白纸一样。他沉沉地睡着，脸上出现了孩子一样幼稚的神情。

土司问行刑人能不能治好他。

老尔依说："要是屎没有流出来，就能。"

尔依很干脆地说："父亲的意思是说，大少爷会叫自己的粪便毒死。"

土司的脸变得比哥哥还苍白。他挥挥手，说："大家散了吧。"大家就从大少爷的屋子里鱼贯而出。尔依看着我，眼里闪着兴奋的光芒，我知道他是为我高兴。塔娜的一只手紧紧地抓住我，她的意思我也知道。是的，哥哥一死，我就会名正言顺地成为麦其土司了。我不知道该为自己高兴，还是替哥哥难受。每天，我都到哥哥房里去两三次，但都没有见他醒过来。

这年的春天来得快，天上的风向一转，就两三天时间吧，河边的柳枝就开始变青。又过了两三天，山前、沟边的野桃花就热热闹闹地开放了。

短短几天时间，空气里的尘土就叫芬芳的水气压下去了。

哥哥在床上一天天消瘦下去，父亲却又恢复了精神。他不再整夜热敷了。他说："看吧，我要到死才能放下肩上的担子。"他那样说，好像只有一个儿子。那个儿子还没有死去，就开始发臭了。哥哥刚开始发臭时，行刑人配制的药物还能把异味压下去。那都是些味道很强烈的香草。后来，香草的味道依然强烈，臭味也从哥哥肚子上那只木碗下面散发出来。两种味道混合起来十分刺鼻，没人能够招架，女人们都吐得一塌糊涂，只有我和父亲，还能在里面待些时候。我总是能比父亲还待得长些。这天，父亲呆了一阵，退出去了。在外面，下人们把驱除秽气的柏烟扇到他身上。父亲被烟呛得大声咳嗽。这时，我看到哥哥的眼皮开始抖动。他终于醒了，慢慢睁开了眼睛。他说："我还在吗？"

我说："你还在自己床上。"

"我怎么了？"

"仇人，刀子，麦其家仇人的刀子。"

他叹口气，摸到了那只扣在肚子上的木碗，虚弱地笑了："这个人刀法不好。"

他对我露出了虚弱的笑容，但我不知道该对他说些什么，便说："我去告诉他们你醒过来了。"

大家都进来了，但女人们仍然忍不住要吐，麦其家的大少爷脸上出现了一点淡淡的羞怯的红晕，问："是我发臭了吗？"

女人们都出去了，哥哥说："我发臭了，我怎么会发臭呢？"

土司握着儿子的手，尽量想在屋里多待一会儿，但实在呆不住了。他狠狠心，对儿子说："你是活不过来了，儿子，少受罪，早点去吧。"说完这话，老土司脸上涕泪横流。

儿子幽怨地看了父亲一眼，说："要是你早点让位，我就当了几天土司。可你舍不得。我最想的就是当土司。"

父亲说："好了，儿子，我马上让位给你。"

哥哥摇摇头："可是，我没有力气坐那个位子了。我要死了。"说完这句话，哥哥就闭上了眼睛，土司叫了他好几声他也没有回答，土司出去流泪。这时，哥哥又睁开眼睛，对我说："你能等，你不像我，不是个着急的人。知道吗？我最怕的就是你，睡你的女人也是因为害怕你。现在，我用不着害怕了。"他还说，"想想小时候，我有多么爱你啊，傻子。"是的，在那一瞬间，过去的一切都复活过来了。

我说："我也爱你。"

"我真高兴。"他说。说完，就昏过去了。

麦其家的大少爷再没有醒来。又过了几天，我们都在梦里的时候，他悄悄地去了。

大家都流下了眼泪。

但没有一个人的眼泪会比我的眼泪更真诚。虽然在此之前，我们之间早年的兄弟情感已经荡然无存。我是在为他最后几句话而伤心。塔娜也哭了。一到半夜，她就紧靠着我，往我怀里钻。我知道，这并不表示她有多爱我，而是害怕麦其家新的亡灵，这说明，她并不像我那样爱哥哥。

母亲擦干眼泪，对我说："我很伤心，但不用再为我的傻子操心了。"

父亲重新焕发了活力。

儿子的葬礼，事事他都亲自张罗。他的头像雪山一样白，脸却被火化儿子遗体的火光映得红红的。火葬地上的大火很旺，燃了整整一个早上。中午时分，骨灰变冷了，收进了坛子里，僧人们吹吹打打，护送着骨灰往庙里走去。骨灰要供养在庙里，接受斋醮，直到济嘎活佛宣称亡者的灵魂已经完全安定，才能入土安葬。是的，一个活人的骨头正在坛子里，在僧人们诵念《超生经》的嗡嗡声里渐渐变冷。土司脸上的红色却再没有退去。他对济嘎活佛说："好好替亡人超度吧，我还要为活人奔忙呢。又到下种的时候了，我要忙春天的事情了。"

39. 心向北方

这一年，麦其家的土地，三分之一种了鸦片，三分之二种了粮食。其他土司也是这么干的。经过了一场空前的饥荒，大家都知道该怎么办了。

我在家里又待了一年，直到哥哥的骨灰安葬到麦其家的墓地。

父亲对土司该做的事情，焕发出了比过去任何时候都高的热情。他老了，女人对他没有了吸引力，他不吸鸦片，只喝很少一点酒。他还减去了百姓们大部分赋税。麦其家官寨里的银子多得装不下了。麦其土司空前强大，再没有哪个土司不自量力，想和我们抗衡。百姓们从来没有像现在这样安居乐业，从来没有哪个土司领地上的百姓和奴隶像现在这样为生在这片土地上而自豪。有一天，我问父亲，要不要叫在边界上的跛子管家回来，他不假思索地说："不，他就待在那里，他一回来，我就无事可干了。"

那天，我们两个在一起喝茶。

喝完茶，他又说："谁说傻瓜儿子不好，我在你面前想说什么就说什么。在你死去的哥哥面前，我可不能想说什么就说什么。"

"是的，你不必提防我。"

土司脸上突然布满了愁云，说："天哪，你叫我为自己死后的日子操心了。"他说，"麦其家这样强大，却没有一个好的继承人。"

塔娜说："你怎么知道我的丈夫不是好继承人？"

土司变脸了，他说："还是让他先继了茸贡土司的位，再看他是不是配当麦其土司。"

塔娜说："那要看你和我母亲哪个死在前头。"

父亲对我说："傻子，看看吧，不要说治理众多的百姓，就是一个老婆，你也管不了她。"

我想了想，说："请土司允许我离开你。我要到边界上去了。"

父亲说："但要说好，边界上的地方是我借给你的，等女土司一死，你就把那地方还给我。"

土司太太笑了，说："听见没有，麦其土司是不死的，他要在这个世界上，跟着仓库里的银子活一万年。"

土司说："我觉得自己越来越壮实了。"

塔娜对土司说："这样的话传出去，杀手又会上门来的。上一次，他就因为你做出快死的样子才杀了你儿子。"

土司盼着我们早点出发。他准我带上第一次去边界时的原班人马。两个小厮索郎泽郎和尔依没有什么问题，卓玛好像不想离开她的银匠。我叫人把银匠找来，叫他也跟我们一起去。但他拒绝了。他说土司要请很多银匠来打造银器，并已允诺他做班头。我说，那你们两个就只好分开了，因为我也不想卓玛老做厨娘。我问卓玛是不是想老是做下贱的厨娘，卓玛光流泪，不回答。我知道她不想做厨娘。出发那天，我满意地看到卓玛背着自己一点细软站在队列里。我叫尔依牵一匹青色马给她。另外，我还从父亲那里得到了书记官。

我们的马队逶迤离开时，回望麦其家的官寨，我突然有一个感觉，觉得这座雄伟的建筑不会再矗立多久了。背后，风送来了土司太太的声音，但没有人听得出来，她在喊些什么。我问书记官，要是老土司不死的话，我的母亲是不是也不会死去？

书记官用眼睛说，怎么会有不死的肉体，少爷？

我们都知道灵魂是不断轮回的。我们所说的死，是指这个轮回里的这个肉体。谁又真正知道上一世和下一世的事情呢。我问书记官："父亲为什么会觉得自己不会死去呢？"

他用眼睛说，权力。

看看吧，一有书记官在，我就是这个世界上的聪明人了。路上，书记官写了一首诗献给我。诗是这样写的：

你的嘴里会套上嚼子，

你的嘴角会留下伤疤；

你的背上将备上鞍子，

鞍上还要放一个驮子；

有人对你歌唱，

唱你内心的损伤。

有人对你歌唱，

唱你内心的阳光。

跛子管家到半路上来接我们了。

他用迎接土司的隆重礼节来迎接我。

"让我好好看看，少爷都走了两年了。"

"是有这么长时间了。"

"大家都好吧。"

"我把桑吉卓玛也带回来了。"

管家的眼睛有点红了，说："少爷真是好人，你回来了就好，你们都好就好。"

塔娜说："这有什么用处，我们走时是什么样子，回来还是什么样子。"

管家笑了，说："太太不要操心，少爷会当上土司的。"

住在半路的这个晚上，帐篷外面是一地月光。等塔娜睡熟之后，我起身到月光下漫步。哨兵手里的枪刺在不远的岩石后面闪着寒光。走过管家帐篷时，我咳嗽了一声，然后走到远些的地方。不久，一个人从管家帐篷里出来，往另一个方向去了。

看那背影，像是桑吉卓玛。我笑了。她刚嫁给银匠时，我心里曾十分难受，现在，这种感觉已经没有了。她和管家都是我所喜欢的人，就叫他们在一起吧。管家来到我面前说："我听见是少爷的声音。"

我说："起来看看月亮。"

管家笑了："那你好好看看。"我便看着月亮。这里是北方，是高原，月亮比在麦其家官寨所在的地方大多了。这里，月亮就在伸手可及的天上，月亮就在潺潺的溪流声里微微晃荡。管家的声音像是从月亮上传来："从麦其每传来一个消息，我都担心你回不来了。"

我不用去看管家的脸，他的话是真诚的，何况是在这样一个月光如水的晚上，人要撒谎也不会挑这时候。我说："我回来了。"

我回来了，但我的心里有着隐隐的痛楚。这一去，我的妻子背叛过我，我的哥哥，也是我的对手死了。老土司稳坐在高位之上，越活越有味道了。我把希望寄托在土司太太身上，她一向是想让我继承土司位子的，但哥哥一死，她的态度就变得暧昧起来。她说我父亲再也不会去找一个新的女人了，所以，她的儿子不必着急，这样对大家都有好处。但我没有看到什么好处。离开那天，她又对我说，她不是反对我当麦其土司，而是害怕我的妻子成为麦其土司太太，因为，她还有些年头要活，她已经做惯了土司太太。

管家叫了我一声。

"你有什么话就说。"

他这才从怀里掏出一封信，是塔娜的母亲，茸贡女土司来的，我不识字，管家说，女土司信里的意思是叫女儿女婿不必忙着回去看她。管家告诉我这一切后，说："少爷你不必伤心。"

我说："他们死时我才会伤心。"说完，我拿着茸贡土司的信往帐篷里走。心里想，这下，可要在边境上住下去了。我望了望天上的月亮，想起了远走他乡的叔叔。今天，我特别想他，就像他是我惟一的亲人一样。管家在我身后说："我回去睡了。"

我听见自己说："唔。"

管家蹚着月光走了。我掀开帐篷门，一方月光跟着溜进来，落在塔娜身上。她笑了。她就是刚从梦中醒来，笑容也十分灿烂动人。我放下门帘，她的笑脸重新陷入了黑暗，看不见了。但她的笑声还在黑暗里回荡："出去找姑娘了？"

我摇摇头，信纸在我手上沙沙作响。

"你要说话嘛，傻子，我知道你在摇头，你却不知道在黑暗里摇头人家看不见吗？"

我又把帐篷门帘掀开，让月光照亮，这回，她不仅知道，而且也能看见了。在这月光如水的深夜里，塔娜笑了："你是一个很有意思的人。"

我又摇摇手中的信纸。塔娜是识字的。她说："把灯点上吧。"

灯光下，她说："是母亲来的。"我在被窝里躺下了，她看完信，不再说话了。我说："她也不想我们去她那里。"

塔娜说："她叫我们不必挂念她。"

我说："要是有人挂念土司，那是挂念土司的位子。"

塔娜说："母亲说，我已经是麦其家的人了，叫我们不要

操心茸贡家的事情。"茸贡女土司在信中说，麦其家发生了那
么多事，够叫你们操心了，你们该替承受了丧子之痛的老土司
多担些事情了，虽然女婿是个傻子，但也是个不一般的傻子，
是个偶尔会做出聪明事情的傻子。她说："听说你们又要到北
方了，不在土司官寨待着，到边界上去干什么？"最后，我的
岳母说："你们不要太牵挂我，现在，饥荒已经过去了。"

塔娜还以为自己永远是母亲的掌上明珠，永远是茸贡土司
千娇百媚的女儿，她含泪对着信纸说："母亲，你不要女儿了。"

信纸在她手中沙沙作响，她想再看一遍信，灯里的油却烧
尽了。黑暗中弥漫开一股浓烈的动物油脂气味。塔娜靠在我怀
里，说："傻子啊，你要把我带到什么地方？"

"我们自己的地方。"

"你会叫天下最美丽的太太受到委屈吗？"

"你会成为土司太太。"

"你不会叫我受伤害吧？我是天下最美丽的姑娘，你听过
我唱的歌吗？"

我当然听过。而且，那支歌现在就在我耳边响起了。我们
做了好久没有做过的事情。完事后，她的手指还在我胸口上游
动，我问她是不是在起草给茸贡女土司的回信。她却把一滴眼
泪落在了我胸口上。眼泪有点烫人，我禁不住颤抖一下。她说：
"跟你哥哥睡觉伤了你，是吗？"

这个女人！我没想到她会问这样的问题。就是我这个傻子
也不会对人问这样的问题，去唤醒别人心头的痛苦。那时，我
想杀了我哥哥。后来，杀手，还加上一件紫色衣服合力把哥哥

结果了，使这个风流倜傥的家伙散发了那么多的臭气。想到这些，就像是我下手把哥哥杀死的一样。但那只是心里的感觉，负罪感只是在心里。我听到自己的声音十分冷酷："好在，你身上没有他那令人恶心的臭气。"

"我的身子是香的，你闻闻，不用香料就有香气。"

我闻了。

她又说："傻子啊，可不要再让别的男人叫我动心了。"绝色女子总有男人打主意，这个我知道。要是他们来抢，我能竭尽全力保护。但她甘心情愿到别人床上，那谁也没有办法。她大概猜到我此时的想法，一边用手指在我胸口上乱画，一边漫不经心地说："好了，不要生气了，到了边界上，叫管家给你找个姑娘。我们俩已经绑在一起，分不开了。"

她到现在才认识到这一点，真叫我感到心酸。

重新上路时，我一直在想她这句话。管家说，像她这么漂亮的女人肯这么想就不错了。我想也是这样的。什么事一想通，走起路来也轻快多了。

我又回到边界上了！

我要给书记官一个合适的房间。我对他说："要离我近，清静，宜于沉思默想，空气清新，还要光线明亮，是这样吗？"他一个劲点头，脸上红光闪闪。我敢说，从第一次被割去舌头时起，他还从没有这样激动过。他不大相信边界上不是一座堡垒，而是一座开放的建筑。他更不相信，这里会有一个巨大的，汇聚天下财富的市场。作为一个记载历史的人，在官寨里，他记载了麦其土司宣布逊位而并不逊位，记载兄弟之间关于土司位子的明争暗斗，记载土司继承人被仇家所杀，觉得所有这一切，都是过去历史的重复。现在，他却在边界看到了前所未有的崭新的东西，一双眼睛灼灼发光。他会把这一切都详详细细地写下来。我亲自带他到喧闹的市场上转了一圈。我带着他进了仇人的酒馆，这是我很熟悉的地方。店主看看我，笑笑，好像我没有离开两年，昨天还在店里醉过一样。我问店主，他弟弟回来了吗？他看了看书记官。我说这个人没有舌头。他说，做了那种事的人总是要藏一藏的，不然就不像个杀手了，每个行当都有每个行当的规矩。

街道真是个好东西，坐在店里看着那么多的人骑马，或者步行，在眼前来来去去，空气中飞扬着尘土，虽然我要用手罩住酒杯，遮挡尘土，这酒喝起来却分外顺口。我正和店主说话，两个小厮进来了，说是管家正在找我。我给两个小厮一人要一碗酒，叫他们慢慢喝着。

40. 远　客

向北走出街口，是河，管家在河上架起了一座漂亮的木桥。桥的另一头，正对着我那个开放的院落。管家等在桥头，说："猜猜谁和我们一起吃晚饭。"

我猜不出来。管家笑笑，领着我们向着餐室走去。桑吉卓玛穿着光鲜的衣服站在门口，迎接我们。我说："好嘛，我没当上土司，你倒升官了。"

她一撩衣裙就要给我下跪，我把她扶住了。我说："管家叫我猜猜谁来和我们吃晚饭。"

她笑了，对着我的耳朵说："少爷，不要理他，猜不出来不是傻子，猜出来了也不是聪明人。"

天哪，是麦其家的老朋友，黄初民特派员站在了我面前！

他还是那么干瘦的一张脸，上面飘着一绺可怜巴巴的焦黄胡子，变化是那对小眼睛比过去安定多了。我对这位远客说："你的眼睛不像过去那么劳累了。"

他的回答很直率："因为不替别人盘算什么了。"

我问他那个姜团长怎么样了。他告诉我，姜团长到很远的地方，跟红色汉人打仗，在一条河里淹死了。

"他没有发臭吧？"

黄初民睁大了眼睛，他不明白我为什么要问这样的问题。可能他终于明白是在跟一个傻子说话，便笑了，说："战场上，又是热天，总是要发臭的。人死了，就是一身肉，跟狗啊牛啊没什么不同。"

大家这才分宾主坐了。

我坐在上首拍拍手，卓玛又在门口对外面拍拍手，侍女们鱼贯而入。

我们每个人面前，都有一个长方形朱红木盘，上面用金粉描出据说是印度地方的形状奇异的果子和硕大的花朵。木盘里摆的是汉地瓷器和我们自己打造的银具。酒杯则是来自锡兰的血红的玛瑙。酒过三杯，我才开口问黄初民这次带来了什么。多年以前，他给麦其家带来了现代化的枪炮和鸦片。有史以来，汉人来到我们地方，不带来什么就要带走什么。

黄初民说："我就带来了我自己，我是投奔少爷来了。"他很坦然地说，自己在原来的地方待不下去了。我问他是不是红色汉人。他摇摇头，后来又接着说："算是红色汉人的亲戚吧。"

我说："汉人都是一个样子的，我可分不出来哪些是红色，哪些是白色。"

黄初民说："那是汉人自己的事情。"

我说："这里会有你一间房子。"

他拍拍自己的脑袋，小眼睛灼灼发光，说："也许这里面有些东西少爷会有用处。"

我说："我不喜欢通过中间人说话。"

他说："今天我就开始学习你们的语言。最多半年，我们说话，就可以不通过翻译了。"

"姑娘怎么办，我不打算给你姑娘。"

"我老了。"

"不准你写诗。"

"我不用装模作样了。"

"我就是不喜欢你过去那种样子，我要每月给你一百两银子。"

这回该他显示一下自己了，他说："我不要你的银子，我老了，但我找得到自己花的银子。"

就这样，黄初民在我这里住下了。我没有问他为什么不去投奔麦其土司，而来找我。我想这是一个比较难于回答的问题。我不想叫人回答不好回答的问题，所以没有问他。这天，我到仇人店里正喝着，店主突然告诉我，昨天晚上，他的弟弟回来了一趟。我问那杀手在哪里。店主看着我，研究我脸上的表情。而我知道，他弟弟就在这屋子里，只要一掀通向里屋的帘子，肯定会看到他正对着一碗酒，坐在小小的窗户下面。我说："还是离开的好，不然，规矩在那里，我也不会违反。"

他说："弟弟放过你一次，你也放他一次。"

他是在诱使我服从不同的规则。当一个人来到这个世界，就会发现，人家已经准备下一大堆规则。有时，这些规则是束缚，有时，却又是武器，就像复仇的规则。麦其土司利用了他们的父亲，又杀了他们的父亲，他们复仇天经地义，是规则规定了的。店主的兄弟不在河边上杀我，因为我不是麦其土司。杀我他就违反了复仇的规则，必将受到天下人的嘲笑。

我说："他不杀我，是不该杀我。现在，我要杀他，因为他杀了我哥哥，要是我看见了他，而不杀死他，天下人就要笑话我了。"

店主提醒说，我该感谢他弟弟，给了我将来当土司的机会。

我提醒他，他们可不是为了让我当上土司才杀人的。我说："我不知道你怎么样，你的弟弟可是个胆小的杀手，我不想看见他。"

里屋的窗子响了，然后，是一串马蹄声响到了天边。店主说："他走了。我在这里垒了个窝，干完那件非干不可的事，我们就有个窝了。是少爷你逼得他无家可归。"

我笑了："这样才合规矩。"

店主说："我和大家一样，以为你是个不依规矩的人，我们错了。"

我们两个坐在桌前，桌面上，带刀的食客们刻下了不少乱七八糟的东西：神秘的符号和咒语、手、鸟儿、银元上的人头，甚至还有一个嘴唇一样的东西。我说那是女阴，店主一定说是伤口。他其实是说我使他受了伤害。他第三次说那是伤口，我的拳头便落在了他脸上。他从地上爬起来，脸上沾满了尘土，眼睛里蹿出了火苗。

这时，黄初民进来了，大模大样地一坐，便叫人上酒，表示要把带来的几个贴身保镖交给我，编入队伍里。

"我不要你任何东西。"

"难道，在这里我还要为自己的安全操心吗？"

看看吧，黄初民才是个真正的聪明人。他落到了眼下这地步，便把自己的命运完完全全地交到了我手上。他是明白人，晓得真要有人对他下手，几个保镖是无济于事的。他把保镖交出来，就不必为自己操心了。该为他操心的，就变成了我。他惟一的损失是走到什么地方，就不像有保镖那么威风了。但只要不必时刻去看身后，睡觉时不必竖着一只耳朵，那点损失又算得上什么。他喝了一碗酒，咧开嘴笑了，几滴酒沾在黄焦焦的胡子上面。我叫他想喝酒时就上这个酒店里来。他问我是不是就此失去了自由，连喝酒都要在固定的地方。我告诉他，到这个店里喝酒他不必付账。他问我是不是免去了这个店主的税。店主说："不，我记下，少爷付账。"

黄初民问："你是他的朋友吗？少爷有些奇怪的朋友。"

店主说："我也不知道，我想因为我的弟弟是个杀手。"

黄初民立即叫酒呛住了，那张黄色的脸也改变了颜色。

我带着他走出店门时，他的脚步像是喝醉了一样跟跟跄跄。我告诉他，这个杀手是专报家仇的那种，他才放心了。我倒是觉得酒有些上头，在桥上，吹了些河风，酒劲更上来了。黄初民叫我扶住他的肩头。他问我："他弟弟真是一个杀手吗？"

我说："这个我知道，我只是不知道你是干什么的。"

他想了想，说："落到这个地步，我也不知道自己是干什么的，这样吧，我就当你的师爷吧。"他用了两个汉字：师爷。我的傻子脑袋里正有蜂群在嗡嗡歌唱，问他："那我是什么人？"

他想了想，大声地对着我的耳朵喊："现在你什么人都不是，但却可能成为你想成为的任何一种人！"

是的，要是你是一个土司的儿子，而又不是土司继承人的话，就什么都不是。哥哥死后，父亲并没有表示要我做继承人。我岳母又写了信来，叫我不必去看她。她说，麦其土司遭到了那么伤心的事情，她不能把麦其土司最后一个儿子抢来做自己的继承人。但管家对我暗示，有一天，我可以同时是两个土司。黄师爷把这意思十分明确地告诉了我。

当然，他们都告诉我，这一切要耐心地等待。

好吧，我说，我们就等着吧，我不着急。

这样，春花秋月，日子一天一天过去了。管家和师爷两个人管理着生意和市场，两个小厮还有桑吉卓玛办些杂事。这样过了几年，麦其家的傻子少爷已经是这片土地上最富有的人了。管家捧着账本告诉我这个消息。

我问："甚至比过了我的父亲？"

"超过了。"他说，"少爷知道，鸦片早就不值钱了。但我们市场上的生意好像刚刚开始。"

这天，我带着塔娜打马出去，路上，我把这个消息告诉了她。回到边界上后，她没有再去找别的男人。我觉得这样很不错。她问："你真是土司里最富有的人了吗？"

我说："是的。"

她说："我不相信，看看跟在你后边的是些什么人吧。"

我看了看，是我那些最亲近的人们跟在后面。塔娜对着天空说："天老爷，看看你把这个世界交到了些什么样的人手上吧。"我知道，她是高兴才这样说的。

是的，看看吧，我的管家是跛子，师爷是个胡子焦黄的老头，两个小厮可能是跟我太久的缘故吧，一大一小两张脸对着什么东西都只有一种表情，尔依脸上的表情是羞怯，索郎泽郎的表情是凶狠。索郎泽郎已经是专管收税的家丁头目了，他很喜欢为收税的家丁特制的衣服。卓玛现在是所有侍女和厨娘的领班，她发胖了，对这个年纪的女人来说，男人已经不是十分重要了，所以，她已经开始忘记银匠了，她好像也忘记给我当侍女的时光了。

塔娜问我："桑吉卓玛怎么不怀孩子呢？跟过你，跟过银匠，又跟了管家。"

她问了个我回答不上来的问题。于是，我用她的问题问她，问她怎么不给我生个孩子。

塔娜的回答是，她还不知道值不值得为我生孩子，她说："要是你真是个傻子怎么办，叫我也生个傻子？"

我美丽的妻子还没有肯定丈夫是傻子，我想。

我对她说："我是个傻子，你的肚子要一辈子空着了。"

塔娜说："等到我觉得你真是个傻子时，我要另外找一个人叫我怀个女儿。"

我不相信孩子能想要就要，想不要就不要。塔娜叫我看了些粉红色的药片，她说是从印度来的。印度本来就有不少神奇的东西，英国人又带了不少神奇东西去那地方。所以，要是什么东西超过我们的理解范围，只要说是从印度来，我们就会相信了。就是汉地传来的罂粟，黄师爷说也是百十年前英国人从印度弄到汉地的。所以，我相信粉红色的药片可以叫塔娜想不要孩子就不要，想要哪个人的就要哪个人的，就像我们想吃哪个厨娘做的就吃哪个厨娘做的。我和塔娜的关系就是这样赤裸裸的，但我还是喜欢这份坦率和真实。我敬佩塔娜能使我们的关系处在这样一种状况。她有操纵这类事情的能力。她还很会挑选讨论这类事情的时机。

风从背后推动着，我们骑在马上跑了好长一段。最后，我们站在了小山岗上。面前，平旷的高原微微起伏，雄浑地展开。鹰停在很高的天上，平伸着翅膀一动不动。这时，具体的事情都变得抽象了，本来会引起刻骨铭心痛楚的事，就像一颗灼热的子弹从皮肤上一掠而过，虽然有着致命的危险，但却只烧焦了一些毫毛。我的妻子说："看啊，我们都讨论了些什么问题啊！"

眼前开阔的景色使我的心变得什么都能容忍了，我说："没有关系。"

塔娜笑了，露出一口洁白整齐的牙齿，说："回去后，这些话又要叫你心痛了。"

这个女人，她什么都知道！

是的，这些话，在房子里，在夜半醒来时，就会叫我心痛。成为我心头慢慢发作的毒药。但现在，风在天上推动着成堆成团的白云，在地上吹拂着无边的绿草，话语就变得无足轻重了。我们还谈了很多话，都被风吹走了，在我心里，连点影子都没留下。

突然，塔娜一抖缰绳，往后面跑了。这个女人是撒尿去了。索郎泽郎一抖缰绳上来，和我并排行走。这几年，他已经长成个脖子粗壮、喉结粗大的家伙了。他把眼睛望着别处，对我说："总有一天，我要杀了这个妖精。"收税人的褐色制服使他的脸看起来更加深沉严肃。他说："少爷放心，要是她真正做出婊子养的事来，我会替你杀了她。"

我说："你要是杀了我妻子，我就把你杀了。"

他没有说话。他对主子的话不会太认真。索郎泽郎是个危险的家伙。管家和师爷都说，这样的人，只有遇到我这样的主子才会受到重用。我这样的主子是什么样的主子？我问他们。师爷摸着焦黄的胡子，从头到脚地看着我，点点头，又摇摇头。管家说，跟着干，心里轻松。他说，主子不是土司，所以，就不怕主子怀疑有谋反之心。

塔娜回来了。

这一天，我好像看见了隐约而美好的前程，带领大家高举着鞭子，催着坐骑在原野上飞奔，鸟群在马前惊飞而起，大地起伏着，迎面扑来，每一道起伏后，都是一片叫人振奋的风景。

那天，我还收到一封从一个叫重庆的汉人地方来的信。信是叔叔写来的。叔叔那次从印度回来，除了来为我们家那个英国穷男爵的夫人取一份嫁妆外，就是为了从汉地迎接班禅喇嘛回西藏的。但大师在路上便圆寂了。叔叔又回到了汉人地方。

叔叔的信一式两份，一份用藏文，一份用汉文。两种文字说的都是一个意思。叔叔在信里说，这样，就没有人会把他的意思向我做错误的转达了。他知道我在边界上的巨大成功，知道我现在有了巨大的财力，要我借些银子给他。因为日本人快失败了，大家再加一把劲，日本人就会失败，班禅大师的祈祷就要实现了，但大家必须都咬着牙，再加一把劲，打败这个世界上最残忍的恶魔。他说，等战争胜利，他回到印度，就用他所有的宝石偿还债务。他说，那时，叔叔的一切东西都是我这个侄儿的。他要修改遗书，把我们家里那个英国夫人的名字改成我的名字。他在信里说，要是侄儿表示这些钱是个人对国家的贡献，他会十分骄傲，并为麦其家感到自豪。

我叫他们准备马驮运银子到叔叔信中说的那个叫重庆的地方。

黄师爷说不用这么麻烦，要是长做生意，把银子驮来驮去就太麻烦了，不如开一个银号。于是，我们就开了一个银号。黄师爷写了一张条子，我的人拿着这张盖了银号红印的纸，送到成都，说是我叔叔就可以在中国任何地方得到十万银元了。这是黄师爷说的。后来，叔叔来信了，他果然收到了十万银元。从此，我们的人到汉地做生意再也不用驮上大堆的银元了。同样，汉地的人到这里来，也不用带着大堆银元，只带上一张和我们的银号往来的银号的纸条就行了。黄师爷当起了银号老板。

书记官说这是最有意义的一件事情。

我问："没有过的事情就都有意义吗？"

"有意义的事情它自会有意义。"

"你这些话对我的脑子没有意义。"

我的书记官笑了。这些年来，他的性格越来越平和了，他只管把看到的事情记下来。没事时，就在面前摆一碗掺了蜂蜜的酒，坐在阳光里慢慢品尝。后来，我们在院里栽的一些白杨树长大了，他的座位就从门廊里，移到了大片白杨树的荫凉下。

他就坐在树下，说："少爷，这日子过得慢！"

我说："是啊，日子真是过得缓慢。"

我的感慨叫管家听见了，他说："少爷说的是什么话呀。现在的日子过得比过去快多了！发生了那么多想都想不到的事情，这些事情放在过去，起码要五百年时间，知道吗？我的少爷，五百年时间兴许也不够，可你还说时间过得慢。"

书记官同意管家的说法。

我无话可说，也无事可干，便上街到酒馆里喝酒。

店主跟我已经相当熟悉了，可是，迄今为止，我连他叫什么名字都不知道。我曾对他说我们的关系不像世仇。店主说，他们兄弟的世仇是麦其土司，而不是在边界上做生意，在市场上收税、开银号的少爷。我说："总有一天我会当上土司。"

他笑笑："那时，你才是我们的世仇，但那还是很遥远的事情。"

生活在这里的人，总爱把即将发生的事情看得十分遥远。

我问他有没有感觉到时间过得越来越快了。

店主笑了:"瞧,时间,少爷关心起时间来了。"他说这话时,确实用了嘲笑的口吻。我当然要把酒泼在他脸上。店主坐下来,发了一阵呆,想说什么,欲言又止,好像脑袋有了毛病,妨碍他表达。最后,他把脸上的酒擦干净,说:"是的,时间比以前快了,好像谁用鞭子在抽它。"

41. 快与慢

边界上的日子十分悠闲。

这么些年来,我一直住在同一个房间。每天早上醒来,看见的都是同一个天花板,就是不睁开眼睛看,上面的每一条木纹都清晰地映现在眼前。窗外,大地上永远是那几道起伏的线条。上千个日出,上千个日落,每天,我都在同一个窗口射进的亮光里醒来,那两个长期存在的问题再也不来打搅我了。

我记不清这事发生在两年还是三年前。

那天早晨,塔娜一只手支在枕头上,用探究的目光望着我。看见我醒来,她更低地俯下身子,把探究的目光对着我的眼睛。她的乳峰蹭在我脸上,女人的浓烈气息扑鼻而来。她还在望我的眼睛,好像能从那里望见我身体内部。而我只感到她肉体散发的气息。她跟我在一个床上睡了这么多年,我还从来没有意识到在清晨,当晨光透过窗子落在床上时,她的身上会有如此动人的气息。她的身子上不用香料味道也很好闻。平常,她用很多香料,我还以为她身上也像别的女人,臭烘烘的。

塔娜身上的气味使人头昏脑涨，我像突然给人卡住了脖子似的喘起了粗气。塔娜笑了，她的脸上浮起了红云，一只手蛇一样从我胸口上滑下去，滑过肚子，握住了我坚挺而灼热的小弟弟。我想，小弟弟把她手烫了，她打了个抖，说："呵！"跟着，她的身子也变得滚烫了。塔娜是个很好的骑手。上马一样轻捷地翻到我身上。她像骑在马上飞奔一样起伏着身子，带着我一直奔向遥远的天边。

我不知道眼前掠过了些什么，是些实在的景物还是只是些彩色的泡泡。我听见自己发出了一匹烈马的声音。

骑手也在马背上大叫。

最后，骑手和马都跌倒了。汗水把我们粘在一起，后来，汗水干了。几只蜜蜂从外面撞击着窗玻璃，叮叮作响。

塔娜把嘴唇贴在我脸上说："我们都忘了你的问题了。"

我说："我知道我在哪里，我也知道自己是谁。"

塔娜一下从床上坐起来，脸和乳房在早晨闪着动人的光芒。她大声问："知道自己是谁？"

我从床上跳下来，站在地毯上，大声回答了。

"你在哪里？"

"在等着当土司的地方！"

塔娜顶着被子从床上跳下来，两个人赤条条地在地毯上抱着又躺了半天。就是这天早上，她保证再不吃不怀孩子的药了。我问她，要是我真是傻子怎么办。我是真心问的。她说："不怕，天下没有等着当两个土司的傻子。"

我向来把身边的人看得比自己聪明，更不要说美丽的塔娜了。如果聪明是对一个人最高的肯定，我可以毫不犹豫宣布她为天下最聪明的人。但我要说的并不是这个，并不是时间缓慢流淌时，一对夫妻一次特别美好的性事。虽然我鼻子里又满是女人身子的撩人的气息，但我还是要说，虽然要我立即从要说的事情本身说起是困难的。打个比方吧，我在湖边看过天鹅起飞，它们的目的是飞起来，飞到高高的天上，却要先拖着笨重得叫人担心的身子在水上拼命拍打翅膀，拼命用脚掌划着水奔跑，最后，才能飞上天空。

我要说的是，有一天，我开始注意到这片土地上时间流逝得多么缓慢。

我愿意和人讨论我注意到的问题，也许是由于我不容易注意到什么问题才产生这样的欲望。书记官和黄师爷，还有跛子管家都是讨论问题的好对手。书记官则要更胜一筹。也就是这时，时间开始加速了。讨论的结果，我比较同意书记官的看法。他认为时间加快，并不是太阳加快了在天上的步伐，要是用日出日落来衡定时间的话，它永远是不变的。而用事情来衡量，时间的速度就不一样了。书记官说，事情发生得越多，时间就过得越快。时间一加快，叫人像是骑在快马背上，有些头晕目眩。我是从麦其家种鸦片那年开始懂事的，已经习惯于超越常规地不断发生些离奇的事情。哥哥死后这些年，我除了在边界上收税、设立银号之外，土司们的土地上可以说什么事都没有发生。经过种植鸦片的疯狂和历史上时间最长、范围最广的饥荒后，这片土地在长久的紧张后，又像产后的妇人一样松弛下来，陷入昏昏沉沉的睡眠中去了。土司们像冬眠的熊，躲在各自的官寨里，再也不出来抛头露面了。

可是在边界上，那么多人来来往往，却没有一个土司前来看我。想来，这里有很多东西值得他们学习，但他们害怕，因为学着麦其土司种鸦片吃了大亏，度过饥荒以后，他们都躲着，再不肯来和我们会面了。

但这没有什么了不起，手下人向我指出一个光明的前途：总有一天，我会同时成为麦其土司和茸贡土司。他们说，是我自己用智慧把茸贡土司惟一的女儿娶到了手上，我的运气又使杀手杀死了哥哥。最使我高兴的是，叔叔常常给我来信。而我总是通过银号，给他寄去一张又一张银票。

叔叔给我寄来过两张照片。

一张是和已故的班禅大师在一起。一张是收到我第一张银票时寄来的，他和一些白色汉人的将军在一起。他们站在一大片不长草的平地上，背后停着一些很大的东西。黄师爷告诉我说，那就是飞机，铁鸟，可以从天上向着人们的头顶开枪打炮。我问黄师爷十万银票可以买多少飞机。黄师爷说，一只翅膀吧。我立即叫他又汇了十万，我喜欢在中国的天上有我两只铁翅膀。叔叔在信里说，中国的皇帝曾是我们的皇帝，现在，中国的政府也是我们的政府。黄师爷说，等打胜了这一仗，这个国家又要变得强大了。

我问他有没有什么办法叫叔叔也看到我。

他说，买一台照相机不就行了吗？在等待照相机的日子，我觉得时间过得更慢了。一个白天比三个白天还长。照相机终于来了。黄师爷还弄来了一个照相师傅。这一来，日子就过得快了。我们在各种地方，各种时候，照了很多相片。大家都为此发狂。照相师傅不想在这里久待，我叫尔依跟着他学习手艺。在我喜欢的下人里，行刑人是惟一的手艺人，他不学习照相，谁又学习照相呢？书记官也对我提出了这个要求，但我没有同意。他说，这也是历史。我不同意。那不过是一门手艺，用不着动他拿笔的手。

说一件好笑的事吧。

有一天，尔依怪叫着从照相师傅的黑屋子里跑出来，一张脸给恐惧扭歪了。

索郎泽郎问，是不是师傅要他的热屁股。照相师傅从来不打女人的主意，所以，有人说，他可能是个喜欢男人的家伙。尔依不知为什么，总惹喜欢男人的男人喜欢。遇到这种人，就是女人遇到不愿意的男人也不会叫出他那样使人难受的声音。但这天，他并没有遇到这样的事情。他从屋子里冲出来，说："鬼，鬼，从师傅泡在水里的纸上出来了。"

黄师爷大笑，说，那不是鬼，是照在底片上的人显影了。后来，我去看了一次照相师傅给照片显影。人影从纸上，从手电光下慢慢显现出来时，我只能说有点怪，而不能说有多么吓人。但我将来的行刑人却给吓得屁滚尿流。有人笑他是个胆小鬼。但他动手行刑时，可从来没有含糊过。后来，尔依学到了手艺，照相师傅离开了。尔依进暗房时，也要叫一个人进去作伴。

自从有了照相机，我们的日子就快起来了。我把第一张照片寄给了在重庆的叔叔。

我不知道这一年是哪一年，反正是在一个比往年都热的夏

天。叔叔给我写了一封信，他要我等到秋季，天气凉一些时，
到他那里去一趟。黄师爷说，抗战就要胜利了，国家将变得统一，
强大。在没有皇帝的好几十年里，我们这些土司无所归依，这
种情形很快就要结束了。管家说，你叔叔要你认识些大官。打
仗才叫这些人来到离我们最近的地方，打完仗，他们又要离开，
那时，再要见这些人，就要走长路了。书记官说，这两个人的
意思合起来，正是我叔叔的意思。等待秋天来临的日子里，时
间又过得慢起来了。

塔娜对于照相的热情不减，因为照相，又热心和裁缝打交
道，很少来烦我了。

人们说，少爷又到犯傻的时候了，他们只见我呆呆地望着
天边，而不知道我是想要第一个看到秋天来到，看见最初的霜，
怎样使树披上金灿灿的衣装。那时，我就要上路了。

麦其土司派人送来一封信。从我离开官寨后，我们就没有
通过音信。麦其土司的信很短，他问我在边界上干些什么。我
回了一封信，大家都认为没有必要提将去重庆和叔叔见面的事，
只告诉他照相的事就够了。他的信很短，我也没有必要回他一
封更长的。麦其土司的信很快又来了。信里说，我的母亲想念我。
信里还说，有那么新鲜的东西，土司的儿子为什么没有想到叫
土司也享受一下。塔娜说，去他妈的。大家都知道她是个任性
的女人。但我不会像她那样。我知道信还没有念完，叫人接着
往下念。土司在信里说了好多没什么意思的啰嗦话。最后，他问，
能不能回官寨来，给太太照照相。"顺便，"信里是这样写的，"顺
便，我们可以讨论一下关于将来的事情，我感到我真的老了。"

他已经感到过一次自己的老，后来，又恢复了活力。

所以，我决定不回去，只派尔依带着照相机去了一趟。

尔依给他们照了几天相，离开时，土司又对他说自己老了，没有力气和智慧了。尔依这才说："老爷，少爷叫我问，要是他死了，你会不会再年轻一次。"

不多久，尔依又带着照相机和羞怯的神情回来了。

他带来了一封土司充满怨恨之情的信。信里说，要是我这次回去了，他就会跟我讨论麦其土司的将来，但是我自己没有回去，是我不关心麦其家族的未来，而不是他。就在这一天，我还接到了另一封信，不是叔叔写的，而是一个汉人将军写的。

信里说，我的叔叔，一个伟大的藏族爱国人士，坐一条船到什么地方去，给日本飞机炸到江里，失踪了。

我想，汉人跟我们还是很相像的。比如，一件不好的事，直接说出来，不好听，而且叫人难受，就换一个说法，一个好听的说法，一个可以不太触动神经的说法。他们不说我的叔叔给炸死了，死了，还连尸体都找不到了，而只是用轻轻巧巧的两个字：失踪。

可能正是因为这两个字的缘故，我没有感到多么痛苦，我对下人们说："他把自己水葬了。"

"少爷节哀吧。"

"我们不用去重庆了。"

"我们不知道叔叔叫我们去见谁。"

"写信的将军也没有邀请我们。"

"我不想再出银子给他们买飞机了。"

又过了些日子，日本人就投降了。

听说，个子矮小的日本人是到一条船上去承认自己失败的。再后来，红色汉人和白色汉人又打起来。黄师爷的脸更黄了，他开始咳嗽，不时，还咳出些血丝来，他说这不是病，而是因为爱这个国家。我不知道他这种说法是不是真的，但我知道失去了叔叔的悲伤。有时，我望着他的照片，眼睛里一热，泪水便啪哒啪哒流出来，我叫一声："叔叔啊！"连肠子都发烫了。

他不答应我，只是待在照片上，对我露出有很多钱的人的那种笑容。他还没有来得及回印度。本来，他说，回到印度后，他要修改遗书，让我继承他存在加尔各答英国银行里的全部宝石。有一两次，塔娜都说她梦见了那些宝石。但现在不行了，那个英国穷男爵的夫人将根据没有修改的遗嘱得到它们了。

我的妻子因此深恨没有早一点动身去重庆。

我们没有早点去汉人地方见叔叔，是怕那里的热天。麦其家有一个祖先去过南京，结果给活活热死在路上了。所以，凡是到汉地见皇帝的土司都是秋天出发，春天回来，躲过汉人地方要命的夏天。好了，我不想说这些事情了。我只想说，叔叔死后，时间又变快了。一件事情来了，另一件事情又跟着来了。时间，事情，它们越来越快，好像再也不会慢下来了。

第十一章

42. 关于未来

整整一个冬天，我越来越深地沉浸在失去叔叔的悲伤里，迎风流泪，黯然神伤。

父母继续给我写充满了抱怨的信，叫不知底细的人看了，还以为是傻瓜儿子把老子抛弃在那老旧的堡垒式官寨里了。而不是他迫使我离开了家。

我不想管他。

我躺在床上，望着窗外的天空，又想起了叔叔，泪水哗哗地流下面颊。恍然间，我看见了叔叔。他对我说，他顺一条大水，灵魂到了广大的海上，月明之时，他想去什么地方，就去什么地方。我问他是不是长了飞机那样的翅膀。回答是灵魂没有翅膀也能去任何地方。他告诉我不用如此悲伤。他说，从有麦其家以来，怕是还没有人像他那样快乐。从这一天起，悲伤就从我心里消失了。

美丽的夏天来到，我再想起叔叔时，心里再也没有悲伤，只是想象着海洋是个什么模样。塔娜想要一个孩子，为了这个，我们已经努力好久了。

刚跟我时，她怕怀上一个傻瓜儿子，吞了那么多印度的粉红色药片。现在，她又开始为怀不上我的儿子而担惊受怕了。

因为这个，我们的床上戏完全毁掉了。她总是缠着我。我越不愿意，她越要缠着我。每次干那事情，她那张急切而又惶恐的脸，叫我感到兴味索然。但她还是蛇一样缠着我。她并不比以前更爱我，充其量，她只是更多的体会到我并不是个很傻的傻瓜。她只是想在肚子里揣上我的骨血。她的阴部都被这焦灼烤干了，粗糙而干涩，像个苦行者待的山洞，再不是使人开心的所在了。没有人愿意去一个冒着焦灼火苗的地方。今天，她又把我约到了野外。为了挑起我的兴致，她给我跳了一段骨碌碌转动眼珠的肚皮舞。她把一身衣服在草地上甩得到处都是。我干了。但里面太干涩了，不等喷出生命的雨露我便退了出来。我告诉她，焦灼和那些印度药片把她下面烧干了。

她哭着捡起一件件衣服，胡乱穿在身上。

一个漂亮的女人衣衫不整地哭泣是叫人怜爱的。虽然我胯下还火辣辣的，我还是捧着她脸说："塔娜，不怪你，是我，是我不行，你去另找个小伙子试一试，好吗？"

松开的头发遮住了她的脸，但我还是看到她眼睛里闪出了一道亮光。

她呆坐了一会儿，幽幽地说："傻子，你不心痛吗？"

我摸摸自己的胸口，里面确实没有当初她和我哥哥睡觉时的那种感觉。我打了个口哨，两匹马跑到跟前。我们上路了。我听人说过，跟阴部不湿润的女人睡觉要折损寿命的。我不知道这是不是真的，但我知道自己叫她搞得很累了。在马上，我对塔娜说："你要一个儿子做什么？看看我的父亲和母亲，他们巴不得没有子息。"

塔娜说："这只是他们年老了，快死了，害怕最后日子还没有到来，就被人夺去了土司的位子。"

有一段路，我们没有说话，只听到马蹄不紧不慢的声响。后来，还是塔娜再次问我说那话时心痛不痛。

我说，没有当初她和我哥哥睡觉时那种感觉了。

塔娜伤伤心心地哭了。她哭了好长一路。她嘤嘤的声音细细的，在这声音里，马走得慢了。好大一群蜜蜂和蜻蜓跟在我们身后。大概，塔娜的哭声太像它们同类的声音了。

我们走进镇子，身后的小生物们就散去，返身飞回草原上的鲜花丛里。

是的，现在人们把市场叫做镇子了。镇子只有一条街道。冬天，只有些土坯房子。夏天，两头接上不少的帐篷，街道就变长了。平时，街道上总是尘土飞扬。今天却不大一样。前些天下了几场不大不小的雨，使街道上的黄泥平滑如镜，上面清晰地印着些碗口样的马蹄印子。街上的人都对我躬下了身子。塔娜说："傻子，你不爱我了。"

她这样说，好像从来就是她在爱我，而不是我在爱她，这就是女人，不要指望她们不根据需要把事情颠倒过来。

我望着街道上那些碗口样的马蹄印子，说："你不是想要儿子吗？我不能给你一个儿子，我不能给你一个傻瓜儿子。"瞧瞧吧，我说的，也并不就是我想的，这就是男人。但我毕竟是个傻子，于是，我又说："人家说，和下面不湿的女人干事会折寿命的。"

塔娜看着我，泪水又渗出了眼眶，打湿了又黑又长的睫毛。

她对坐下马猛抽一鞭，跑回家去了。这会儿，我的心感到痛楚了。

塔娜不叫我进屋，我敲了好久门，她才出声，叫我另外找地方睡觉。管家和桑吉卓玛都说，再哄哄，她就要开门了。但我没有再哄她，吩咐桑吉卓玛给我另安排房间。我们又不是穷人家，没有多余的房间和床褥。房间很快布置好了。我走进去，里面一切都是崭新的、银器、地毯、床、床上的丝织品、香炉、画片都在闪闪发光。桑吉卓玛看我有点手足无措的样子，点上了气味浓烈的印度香。熟悉的香味压住了崭新东西的陌生气味，但我还是有些手足无措。桑吉卓玛叹了口气，说："少爷还是跟原来一样啊！"

我为什么要跟原来不一样？

卓玛说我一个人睡在不熟悉的环境里，早上醒来又会不知自己身在何处，她要给我找个姑娘。我没有同意。她问我早上醒来，没人回答我的问题怎么办。我叫她走开。她说："这是十分要紧的时候，少爷可不要再犯傻啊。"

我说我只是不要女人。

她悄声说："天哪，不知那个美得妖精一样的女人把我们少爷怎么样了。"

她叫来了管家，还有黄师爷。我们达成了妥协，不要女人，只把两个小厮叫来，叫他们睡在地毯上，随时听候吩咐。晚上，黄师爷摸着胡须微笑，管家威胁两个小厮，说是少爷有什么不高兴就要他们的小命，神情好像是对两个不懂事的娃娃。其实他们早就是大人了。我不知道他们多少岁了，就像我不知道自己现在多大岁数一样。但我们都长大了。听着管家的训斥，索郎泽郎嚯嚯地笑了，尔依却问："我才是行刑人，你怎么要我的命？"

管家也笑了，说："我就不会自己动手吗？"

索郎泽郎说："这不是麦其家的规矩。"

管家说："不是还有个老尔依吗？"

两个小厮在我跟前，总做出对别人满不在乎的样子，但晚上，他们两个先是不肯睡觉，说要等我睡了他们才睡。后来，他们的颈子就支不住脑袋了。最后，倒是我自己醒着。听着两个下人如雷的鼾声，担心明早醒来会不会再次遇到老问题的困扰，不知道自己是谁，也不知道自己身在何处。两个小厮不脱衣服趴在地上，我也不脱衣服趴在床上。早上，我醒来时，两个人整整齐齐站在我面前，大声说："少爷，问我们你的问题吧！"

但我知道自己是谁，也知道自己在什么地方。使两个家伙大失所望。

晚上，我梦见了父亲麦其土司。

吃了中午饭，我又回到房里睡觉。刚睡下，便听到上上下下的楼梯响，我对自己说，该不是梦见的那个人来了吧。等到人声止息，房门呀一声开了。我的眼前一亮，随即，屋子里又暗下来了。土司宽大的身子塞在门里，把亮光完全挡住了。果然是我梦见的那个人来了。我说："父亲从门上走开吧，不然的话，我的白天都变成夜晚了。"

他便嘿嘿地笑了。从他笑声里听得出，有咳不出的痰堵在他喉咙里了。他向我走过来，从步态上看得出来，他身上长了太多的肉，再这样下去，很快他就不能自由走动了。

他走不快，土司太太赶在他前面，在床前躬下身子，把嘴唇贴在了我额头上面。我的女人，她的下面干了，我的母亲十分滋润的嘴唇也干了。她的眼泪大颗大颗落在我脸上。她说："想死你的阿妈了呀。"

我的眼睛也有点湿了。

她问："你高兴父母来你身边吗？"

我从床上跳起来，把这个消瘦的老女人紧紧抱在我的怀里。老土司把我们拉开，说："儿子，我是到麦其家的夏宫消夏来了！"

土司把我多年经营的地盘叫做他的夏宫了。下面的人群情激奋，他们以为老土司又要逼我去别的地方。索郎泽郎嚷着要替我杀了这个老家伙。塔娜也说，要是她丈夫在这儿也待不住，她只好回母亲身边去了。

看到自己的到来像往平静的湖泊里投下了大块的石头，土司非常高兴。

他对我说："你是我儿子，你是麦其土司的未来。"也就是说，他正式承认我是麦其土司的继承人了。

下人们听到这句话，才又平静了。

我当了继承人也无事可干。便上街喝酒。

店主告诉我，他弟弟已经逃到汉地，投到汉人军队里去了。他弟弟来信了，说马上就要开拔，打红色汉人去了。他们兄弟在多年的流浪生活中，到过很多汉人地方和别的民族的地方。店主声称他们兄弟起码精通三种语言，粗通六七种语言。我说了声：“可惜了。”

"有时我想，要是你不是麦其家的，我们兄弟都会投在你手下做事的。我弟弟不知能不能回来，他不是很想复仇，他只想光明正大地杀人，所以，才去当兵打仗。"店主说，"现在，该我来杀麦其土司了。"

我告诉他，麦其土司到这里来了。

"好吧，让我杀了他。一了百了。"说这话时，他的脸上出现了悲戚的神情。

我问他为何如此悲伤。

他说："我杀了你父亲，你就会杀了我，不是一了百了吗？"

"要是我不杀你呢？"

"那我就要杀你，因为那时你就是麦其土司。"

店主要我把土司带到店里来喝一次酒。

"这么着急想一了百了？"

"我要先从近处好好看看杀了我父亲的仇人。"

但我知道他想一了百了。

过了几天，土司带着两个太太欣赏够了尔依的照相手艺，我带着他到镇子上看索郎泽郎带人收税，看人们凭着一张纸在黄师爷执掌的银号里领取银子。然后，才走进酒店。店主在土司面前摆上一碗颜色很深的酒，我知道他店里的酒不是这种颜色。我就把只死苍蝇丢在那碗酒里。这样，土司叫店主换一碗酒来是理所当然了。换酒时，我把那一碗泼在店主脚上，结果，酒把他的皮靴都烧焦了。

父亲喝了酒先走了。

店主捂住被毒酒烧伤的脚呻吟起来，他说："少爷是怕我毒死你父亲就要跟着杀你吗？"

"我是怕我马上就要杀了你。那样的话，你连个儿子都没有，谁来替你复仇？还是快点娶个老婆，给自己生个复仇的人吧。"

他笑笑，说："那就不是一了一百了了。我是要一了一百了。我说过要一了一百了。"他问我，"你知道我们兄弟为父亲的过错吃了多少苦吗？所以，我不会生儿子来吃我们受过的苦。"

我开始可怜他了。

我离开时，他在我背后说："少爷这样是逼我在你父亲身后来杀你。"

我没有回头，心想，这个可怜的人只是说说罢了。当初，他弟弟要不是那件带有冤魂的紫色衣服帮助，也不会杀死我哥哥。过去的杀手复仇时，不会有他那么多想法。要是说这些年来，世道人心都在变化，这就是一个有力的证明。

晚上，我快要睡下时，父亲走了进来，他说今天儿子救了他一命。

他说，明天天一亮，他要派人去杀了那个人，把酒店一把火烧了，虽然里面没什么可烧的东西。我给土司讲了些道理，说明这样做大可不必。

土司想了想，说："就像你可以夺我的土司位子，但却不夺一样吗？"

我想了想，确实没有什么东西能够阻挡我得到麦其土司的位子，但我确实没逼他下台的打算。

父亲说："要是你哥哥就会那样做。"

可是哥哥已经叫人杀死了。我不说破当时他并不真想让位给他，我只说："我是你另一个儿子，他是一个母亲，我是另一个母亲。"

父亲说："好吧，依你，我不杀那个人，这里怎么说也是你的地盘。"

我说："这是你麦其土司的夏宫，要是你不想让我在这里，我就去另外一个地方吧。"

父亲突然动了感情，紧紧抓住我的手臂："儿子，你知道我到这里来干什么吗？我知道自己活不了多久了。秋天一到，你就跟我回去吧。我一死，你就是麦其土司了。"

我想说点什么，但他却捂住了我的嘴，说："不要对我说你不想当土司，也不要对我说你是傻子。"父亲跟我说话时，塔娜就在她屋子里唱歌。歌声在夜空下传到很远的地方。父亲听了一阵，突然问我："当上土司后，你想干什么？"

我用脑子想啊想啊，却想不出当上土司该干什么。我的脸上出现了茫然的神情。是啊，过去我只想当土司，却没想过当上土司要干什么。我很认真地想当土司能得到什么。银子？女人？广阔的土地？众多的仆从？这些我没有费什么力气就已经有了。权力？是的，权力。我并不是没有权力。再说了，得到权力也不过就是能得到更多的银子、女人，更宽广的土地和更众多的仆从。这就是说，对我来说，当土司并没有什么意思。奇怪的是，我还是想当土司。我想，当土司肯定会有些我不知道的好处，不然，我怎么也会这么想当？

父亲说："好处就是你知道的那些了，余下的，就是晚上睡不着觉，连自己的儿子也要提防。"

"这个我不怕。"我说。

"为什么不怕？"

"因为我不会有儿子。"

"没有儿子？你怎么知道自己会没有儿子？"

我想告诉他，塔娜的下面干了，不会再生儿子了，但我却听见自己说："因为你的儿子是最后一个土司了。"

父亲大吃了一惊。

我又重复了一次："要不了多久，土司就会没有了！"

接着，我还说了好多话，但我自己却记不得。在我们那地方，常有些没有偶像的神灵突然附着在人身上，说出对未来的预言。这种神灵是预言之神。这种神是活着时被视为叛逆的人变成的，就是书记官翁波意西那样的人，死后，他们的魂灵无所皈依，就会变成预言的神灵。我不知道是自己在说话，还是我身上附着了一个那样的神灵。

麦其土司在我面前跪下，他说："请问预言的是何方的神灵？"

我说："没有神灵，只是你儿子的想法。"

父亲从地上起来，我替他拍拍膝盖，好像上面沾上了尘土。虽然屋子里干干净净，一清早，就有下人用白色牛尾做的拂尘仔细清扫过，我还是替他拍打膝头上并不存在的灰尘。傻子这一手很有用，土司脸上被捉弄的懊恼上又浮出了笑容。他叹了口气，说："我拿不准你到底是不是个傻子，但我拿得准你刚才说的是傻话。"

我确实清清楚楚地看见了结局，互相争雄的土司们一下就不见了。土司官寨分崩离析，冒起了蘑菇状的烟尘。腾空而起的尘埃散尽之后，大地上便什么也没有了。

麦其土司说儿子说的是傻话。其实，他心里还是相信我的话，只是嘴上不肯认账罢了。

他还告诉我，济嘎活佛替他卜了一卦，说他的大限就在这年冬天。我说："叫老活佛另卜一卦，反正土司们就要没有了，你晚些死，就免得交班了。"

父亲很认真地问我："你看还有多长时间？"

我说："十来年吧。"

父亲叹了口气，说："要是三年五年兴许还熬得下去，十年可太长了。"我就想，也许是三年五年吧。但不管多久，我在那天突然感到了结局，不是看到，是感到。感到将来的世上不仅没有了麦其土司，而是所有的土司都没有了。

有土司以前，这片土地上是很多酋长，有土司以后，他们就全部消失了。那么土司之后起来的又是什么呢，我没有看到。我看到土司官寨倾倒腾起了大片尘埃，尘埃落定后，什么都没有了。是的，什么都没有了。尘土上连个鸟兽的足迹我都没有看到。大地上蒙着一层尘埃像是蒙上了一层质地蓬松的丝绸。环顾在我四周的每一个人，他们都埋着头干自己的事情。只有我的汉人师爷和没有舌头的书记官两个人望着天空出神，在想些跟眼前情景无关的事，在想着未来。我把自己的感觉对他们说了。

书记官说，什么东西都有消失的一天。在他的眼睛里，是我一张发呆的脸，和天上飘动的云彩。

黄师爷说话时，闭起了眼睛，他用惊诧的口吻问："真有那么快吗？那比我预计的要快。"他睁开了空空洞洞的眼睛，捋着几根焦黄的胡须说，先是国家强大时，分封了许多的土司，后来，国家再次强大，就要消灭土司了，但这时，国家变得弱小了，使土司们多生存了一两百年。黄师爷空洞的眼睛里闪出了光芒："少爷等于是说，只要十来年，国家又要强大了。"

我说："也许，还不要十年呢。"

师爷问："我这把老骨头，还能看到那时候吗？"

我无心回答他的问题。我问他为什么国家强大就不能有土司。他说他从来也没有把麦其家的少爷看成是傻子，但说到这类事情，就是这片土地上最聪明的人也只是白痴。因为没有一个土司认真想知道什么是国家，什么是民族。我想了想，也许他说得对，因为我和好多土司在一起时，从来没有听他们讨论过这一类问题。

我们只知道土司是山中的王者。

师爷说，一个完整而强大的国家绝对只能有一个王。那个王者，绝对不能允许别的人自称王者，哪怕只是一个小小的土王。他说："少爷是不担心变化的，因为你已经不是生活在土司时代。"

我不相信他的话，因为我知道自己周围都是土司，也就是生活在土司时代，更何况，我还在等着登上麦其土司的宝座呢。

更主要的是，我只看到了土司消失，而没有看到未来。

谁都不会喜欢那个自己看不清楚的未来。

43. 他们老了

其实，好多人都相信我的话，说是土司们已经没有了未来。

这并不是因为预言出自我的口里，而是因为书记官和黄师爷也同意我的看法。这样大家都深信不疑了。

第一个深信不疑的就是麦其土司。

虽然他做出不相信的样子，管家却告诉我，老土司最相信神秘预言。果然，有一天父亲对我说："我想通了，要不然，上天怎么会让你下界，你不是个傻子，你是个什么神仙。"麦其土司现在深信我是负有使命来结束一个时代的。

这段时间，父亲都在唉声叹气。人真是一种奇怪的东西，他明明相信有关土司的一切最后都要化为尘埃，但还是深恨不能在至尊的位子上坐到最后时刻。他呆呆地望着我，喃喃地说："我怎么会养你这样一个儿子？"

这是我难于回答的问题。于是就反问他为什么要把我生成傻瓜。

已经变得老态龙钟的他，对着我的脸大叫："为什么你看不到现在，却看到了未来？！"

替他生下我这个傻瓜儿子的土司太太也没有过去的姣好样子了，但比起正在迅速变老的土司来，却年轻多了。她对老迈得像她父亲的丈夫说："现在被你看得紧紧的，我的儿子不看着未来，还能看什么？"

我听见自己说："尊敬的土司，明天就带着你的妻子、你的下人、你的兵丁们回到自己的地方去吧。"我告诉他，这里不是土司的夏宫，这个地方属于那个看不清楚的未来。将来，所有官寨都没有了，这里将成为一个新的地方，一个属于未来那个没有土司的时代的地方，越来越大，越来越漂亮。

麦其土司怔住了。

我当然不会叫他马上就走。我已经写下帖子，派了人，派了快马，去请邻近的几个土司来此和他聚会。我把这个聚会叫做"土司们最后的节日"。请帖也是照着我的说法写的：恭请某土司前来某处参加土司们最后的节日。说来奇怪，没有一个土司把"最后"两个字理解成威胁，接到请帖便都上路了。

最先来到的是我岳母，她还是那么年轻，身后还是跟着四个美丽的侍女，腰上一边悬着长剑，一边别着短枪。我按大礼把地毯铺到她脚下，带了她的女儿下楼迎她。她从马上下来，一迭声叫女儿的名字，并不认真看我一眼，跟着塔娜上楼去了。不一会儿，楼上就飘下来了我妻子伤心的哭声。麦其土司十分生气，他要我把丈母娘干掉，那样的话，麦其土司说："你就是茸贡土司了，没有任何力量可以阻拦。"

我告诉他，是我自己阻拦自己。

他长长地叹气，说我只知道等着当麦其土司。好像这么多年，我就傻乎乎地坐着，没有扩大麦其家的地盘，没有在荒凉的边界上建立起一个不属于土司时代的热闹镇子。

吃饭时，楼上的哭声止息了。女土司没有下楼的意思。我吩咐卓玛带着一大帮侍女给女土司送去了丰盛的食物。一连三天，楼上只传下来女土司一句话，叫好生照料她的马匹。下来传话的那个明眸皓齿的侍女，说她们主子的马是花了多少多少银子从蒙古人那里买来的。

我坐在阳光下，眯起眼睛望着太阳，叫人把那些蒙古马牵出来。

两个小厮立即就知道我要干什么，立即就操起家伙。几声枪响，女土司的蒙古马倒下了，血汩汩地流在地上。从枪膛里跳出来的弹壳铮铮响着，滚到楼下去了。管家带人端着两倍于马价的银子给女土司送去。

那传话的侍女吓坏了，索郎泽郎抓着她的手，抚摸了一阵，说："要是我杀掉你那不知趣的主子，少爷肯定会把你赏给我。"

侍女对他怒目而视。

我对那侍女说："到那时，我的税务官要你，就是你最大的福气了。"

侍女腿一软，在我面前跪下了。

我叫她回去，在她身后，我用这座大房子里所有人都能听见的声音喊道："叫你的主子不必担心，她回去的时候有更好的马匹！"

我不是预先计划好要这么干的，但这一招很有效。

晚上，女土司就带着塔娜下楼吃饭来了。她仍然不想屈尊和我说话，却耐着性子和麦其土司与太太扯了些闲篇。塔娜一直在看我，先是偷偷地看，后来就大胆地看了。她的目光表面上是挑衅，深藏其后的却是害怕。

吃完饭，女土司招招手，她的下人把索郎泽郎看上的那个侍女带进来。她们已经用鞭子抽打过她了。女土司把一张灿烂的笑脸转向了我，说："这小蹄子传错了我的话，现在，我要杀了她。"

我说："不知道这个姑娘传错了岳母什么话？她叫我替你喂马，难道你是传话饿死那些值钱的马？"

这下，女土司更是咬牙切齿，叫另外三个侍女把她们的伙伴推出去毙了。

索郎泽郎，我的收税官从外面冲进来，在我面前跪下，我叫他起来说话，但他不肯，他说："少爷知道我的意思。"

我对岳母说："这个姑娘，是我的税务官的未婚妻。"

女土司冷笑，说："税务官？税务官是什么官？"她说，我这里有好多东西她不懂得，也不喜欢。

我说，这里的事情，这个正在创造的世界并不要人人都喜欢。

"管他是什么狗屁官，也是个官吧。"女土司把脸转向了曾和她同床共枕的麦其土司，说，"你儿子不懂规矩，这小蹄子是个侍女，是个奴才。"

这句话叫麦其土司感到难受。

这个女土司，她一直在和我作对。我请她来，只是想叫土司们最后聚会一下，她却铁了心跟我作对。这些年，土司们都高枕无忧地生活，也许，他们以为一个好时代才刚刚开始吧。现在，我要使这个靠我的麦子度过了饥荒、保住了位子的女土司难受一下了。我告诉她，我身边的人，除了塔娜是高贵出身，是土司的女儿，其他人都是下人出身。我叫来了侍女们的头子桑吉卓玛，行刑人兼照相师傅尔依，我的贴身侍女，那个马夫的女儿，一一向她介绍了他们的出身。这些下人在别的主子面前露出了上等人那种很有尊严的笑容。这一下把女土司气得够呛。她对那个侍女说："你真要跟这个人吗？"

侍女点点头。

女土司又说："要是我饶恕你的一切罪过……"

那个侍女坚定地走到了索郎泽郎身后，打断了她的话，说："我并没有什么罪过。"

尔依举起相机，先是一声爆响，接着又是一片眩目的白光，这一下也把我的岳母吓得不轻。她一脸惊恐的表情给摄入照相机里去了。照完相，女土司说，明天，她就要回去了。

我说，还会有其他土司来这里作客。

她对麦其土司说："本来，我说到这里可以跟你再好好叙叙话，可你老了，没有精神了。要是别的土司要来，我就等等他们，一起玩玩吧。"她那口气，好像那些土司都是她旧日的相好一样。

高高在上的土司们其实都十分寂寞。

银子有了，要么睡不着觉，要么睡着了也梦见有人前来抢夺。女人有了，但到后来，好的女人要支配你，不好的女人又唤不起睡在肥胖身体深处的情欲。最后，土司们老了，那个使男人充满自信的地方，早就永远地死去了。麦其土司被一身肥肉包裹着，用无奈的眼睛看着曾跟自己有过云雨之欢的茸贡土司。他们都老了。

夜降临了。

看上去女土司比早晨苍老多了。我母亲和父亲也是一样的。

早上，他们打扮了自己，更主要的是，早上还有些精神，下午，脸上扑上了灰尘，加上上了年纪的困倦，便现出真相了。麦其和茸贡都盼着别的土司早点到来，下人们在楼上最向阳的地方摆上了软和的垫子，两个土司坐在垫子上瞭望远方。土司太太则在屋里享用鸦片。她说过，在汉地的家乡，好多人为了这么一点癖好，弄得倾家荡产，而在麦其家，用不着担心为了抽几口大烟而有一天会曝尸街头，所以，她要好好享受这个福气。我叫黄师爷去陪着母亲说话，两个汉人可以用他们的话说说家乡的事情。

天气好时，每到正午时分，河上总要起一阵风。

河上的风正对着麦其土司的夏宫吹来。下人们站起来，用身子把风挡住。每天，都有客人驾到。差不多所有土司都来了。其中当然少不了拉雪巴土司。拉雪巴土司跟麦其家是亲戚，大饥荒那几年，在我初建镇子时，他曾在这里住了好长时间。在所有土司里，我要说，他是最会做生意的一个。他的人马出现在地平线上时，先到的土司们都从楼上下来了。我看迎客用的红地毯已被先到的土司们踩脏了，便叫人换上新的。拉雪巴土司穿过中午时分昏昏欲睡的镇子，走上了木桥。更加肥胖了。大家最先看见的是一个吹胀了的口袋放在马背上。马到了面前，我才看到口袋样的身子和宽檐呢帽之间，就是我朋友那张和气的脸。

看看吧，这片土地上一大半土司站在他面前，但他只对这些人举了举帽子。当初，我夺去了他手下的大片土地，但他一下马，就把我紧紧地抱住了，两个人碰了额头，挨了脸颊，摩擦了鼻尖，大家都听见拉雪巴土司用近乎呜咽的声音说："呵，我的朋友，我的朋友。"

拉雪巴土司已经不能自己走上楼了。

黄师爷有一把漂亮的椅子，下人们把拉雪巴土司放在椅子里抬到楼上。坐在椅子上，他还紧拉着我的手，说："瞧，腰上的气力使我还能坐在马背上，手上的力气使我还能抓住朋友。"

我要说，这个土司应该是所有土司的榜样。

最后一天来的土司是一个年轻人，没有人认识他，他是新的汪波土司。他从南方边界出发，绕了一个很大的圈子，所以用了比所有人都长的时间。最近的路是穿过麦其土司的领地，他没有那个胆量。听了这话，麦其土司哈哈大笑，很快，他的笑声变成了猛烈的咳嗽。汪波土司没有理会麦其土司。他认为这个人是已经故去的汪波土司的对手，而不是自己的。

他对我说："相信我们会有共同的话题。"

我给他倒一碗酒，意思是叫他往下说。

他说："让我们把仇恨埋在土里，而不是放在肚子里。"

管家问他是不是有事要求少爷。

汪波土司笑了，他请求在镇子上给一块地方，他也要在这里做点生意。麦其土司连连对我摇头。但我同意了汪波的请求。他表示，将按时上税给我。我说："我要那么多钱干什么？要是中国人还在打日本人，我就像叔叔那样，掏钱买飞机。但日本人已经败了，我要那么多钱干什么？"

有人问："汉人不是自己打起来了吗？"

我说："黄师爷说，这一仗是中国最后一战了。"

土司们问黄师爷是红色汉人会取得胜利，还是白色汉人。

黄师爷说："不管哪一边打胜，那时，土司们都不会像今天这样了。不会是自认的至高无上的王了。"

土司们问："我们这么多王联合起来，还打不过一个汉人的王吗？"

黄师爷哈哈大笑，对同是汉人的麦其土司太太说："太太，听见了吗？这些人说什么梦话。"

土司们十分不服，女土司仗剑而起，要杀死我的师爷。土司们又把她劝住了。女土司大叫："土司里还有男人吗？土司里的男人都死光了！"

44. 土司们

土司们天天坐在一起闲谈。

一天，管家突然问我，把这些人请到这里来目的是什么。

我才开始想这个问题，是呀，我把这些人请来，仅仅是叫他们在死去之前和朋友、和敌人聚会一次？我要是说是，没人相信世上有这样的好人，即或这个好人是个傻子，何况，这个傻子有时还会做出天下最聪明的事情。要说不是，不管怎么想，我也想不出请这些人干什么来了。

想不出来，我就去问身边的人，但每个人说法都不一样。

塔娜的笑有点冷峻，说我无非是想在茸贡家两个女人面前显示自己。

她没有说对。

我问黄师爷，他反问我："少爷你知道我为什么会落到现在这个地步吗？我跟他们一样自认为是聪明人，不然我不会落到现在的下场。"我这一问，使他想起了伤心事。他说了几个很文雅的字：有家难回，有国难投。他看到了自己的未来。他说，将来，不管什么颜色的汉人取胜，他都没有戏唱。他是这样说的，"都没有我的戏唱"。他反对红色汉人和白色汉人打仗，但他们还是打起来了。白色的一边胜了，他是红色的。红色的一边胜了，连他自己都想不起为他们做过什么事情。我没想到黄师爷会这么伤心。我问他，叔叔在世时喜欢红色汉人还是白色汉人。

他说是白色汉人。

我说："好吧，我也喜欢白色汉人。"

他说："是这个情理，但我怕你喜欢错了。"他说这话时，我的背上冒起了一股冷气。明晃晃的太阳照着，我可不能在别人面前发抖。

师爷说："少爷不要先就喜欢一种颜色，你还年轻，不像我已经老了，喜欢错了也没有关系。你的事业正蒸蒸日上。"

但我主意已定，我喜欢叔叔，就要站在他的一边。

我找到书记官，他正在埋头写东西。听了我的问题，他慢慢抬起头来，我懂得他眼里的话。他是一个神秘主义者，我知道他那里没什么实质性的答案。果然，他的眼睛里只有一句话："命运不能解释。"

索郎泽郎对我不去问他十分不满，他自己找到我，说："难道你把这些人召来，不是为了把他们都杀了？"

我很肯定地说："不是。"

他再问我："少爷真没有这打算？"

我还是回答："没有。"但口吻已有些犹豫了。

要是索郎泽郎再坚持，我可能真就要下令去杀掉土司们了。但他只是在鼻孔里哼了一声，没有再说什么。索郎泽郎心里有气，便对手下几个专门收税的家伙大声喊叫。我的收税官是个性子暴躁的人。他一直有着杀人的欲望，一直对他的好朋友尔依生下来就是杀人的人十分羡慕。他曾经说，尔依生下来就是行刑人，一个人生下来就是什么而不是什么是不公平的。于是有人问他，是不是土司生下来就是土司也是不公平的？他才不敢再说什么了。管家曾建议我杀掉他。我相信他的忠诚，没有答应。今天的事，再次证明了这一点。看见他离开时失望的样子，我真想抓个土司出来叫他过过杀人的瘾。

有了这个小插曲，我再也不问自己请土司们来是干什么了。

这天，我跟土司们一起喝酒。他们每个人都来跟我干杯，只有麦其土司和茸贡土司没有一点表示。两轮下来，我不要他们劝，自斟自饮起来。跟我最亲近的拉雪巴土司和汪波土司劝我不要再喝了，说主人已经醉了。父亲说："叫他喝吧，我这个儿子喝醉和没有喝醉都差不多。"

他这样说是表示自己才是这里的真正主人。

但这只是他的想法，而不是别人的看法。他说这话时，只有女土司露出了赞许的笑容。

其实，两个土司自己早就喝多了。女土司说："他的儿子是个傻子，我的女儿是世上少有的漂亮姑娘，他儿子都不知道亲近，你们看他是不是傻子。"女土司以酒杯盖脸，拉住年轻的汪波土司说："让我把女儿嫁给你吧。"

茸贡土司把汪波土司的手抓得很紧，她问："你没有见过我的女儿吗？"

汪波土司说："你放了我吧，我见过你女儿，她确实生得美丽非凡。"

"那你为什么不要她，想娶她就娶她，不想娶她，也可以陪她玩玩嘛。"女土司说话时，一只眼睛盯着汪波土司，另一只眼睛瞄着麦其土司，口气十分放荡，她说："大家都知道我喜欢男人，我的女儿也像我一样。"

我的新朋友汪波土司口气有些变了，他说："求求你，放开我吧，我的朋友会看见。"

我睡在地毯上，头枕着一个侍女的腿，眼望天空。我想，新朋友要背叛我了。我心里没有痛楚，而害怕事情停顿下来，不再往前发展。我希望发生点什么事情。这么多土司聚在一起，总该发生点什么事情。

汪波土司的呼吸沉重而紧张。

好吧，我在心里说，新朋友，背叛我吧。看来，上天一心要顺遂我的心愿，不然，塔娜不会在这时突然出现在回廊上开始歌唱。她的歌声悠长，袅袅飘扬在白云与蓝天之间。我不知道她是对人群还是原野歌唱。但我知道她脸上摆出了最妖媚的神情。她的存在本身就是一种诱惑。有哲人说过，这样的女人不是一个深渊就是一服毒药。当然，这是对有着和哲人一样健全心智的人而言，我自己却是一个例外。我不害怕背叛，我在想，会不会有人失足落入这个深渊，会不会有人引颈吞下甜蜜的毒药。我偷偷看着汪波土司，他脸上确实出现了跌落深渊的人和面对毒药的人的惊恐。

现在，他有一个引领者，这个人就是我的岳母。

她说："唱歌那个就是我漂亮的女儿，这个傻子却不跟她住一个房间，不跟她睡在一张床上。"

我想告诉他们，那是她作为一个女人的泉水已经干涸了。但我管住了自己的嘴巴。

汪波土司自言自语，说："天哪，我的朋友怎么会这样？"

"你的朋友？我不懂堂堂土司为什么要把他当成朋友。他不是土司，是傻子。"女土司说起话来，声音还像少妇一样妩媚，有了这样的妩媚，不管内容是什么，声音本身就是说服力。何况内容也有诱惑力："我死了，位子就是她丈夫的。每当我想到这傻瓜要成为茸贡土司，整夜都睡不着觉。长久睡不好觉叫我老得快了，脸上爬满了皱纹，男人都不想要我了。可你还多么年轻啊，就像早晨刚刚升起的太阳一样。"

我本该听他们还谈些什么，却在温暖的阳光照耀下睡着了。

醒来，已经是下午了。

女土司看着我冷笑，她说："我们这些土司，不是你的客人吗？可你却睡过去了。"

我想说对不起，但我却说："你怎么不回自己的领地，有人在你面前睡觉就杀了他。"

女土司说："看看这傻子怎么对自己的岳母吧。他不知道自己的妻子有多么美丽，也不知道岳母需要尊敬。"她充任了一个煽动者的角色，她对土司们说："他想叫我回去，我不回去。

我是他请来的，我们都是他请来的。他该有什么事情，没有事情把我们这些管理着大片土地和人民的土司请来是一种罪过。"

女土司一句话就使土司们被酒灌得昏昏沉沉的脑袋抬了起来。

汪波土司把脸转到别处，不敢和我对视。

还是拉雪巴土司说："我这个土司没有什么事做，我认为土司们都没什么事做。"

土司们都笑了，说他不配当土司，叫他快把位子让给更合适的人。

拉雪巴土司不羞不恼，笑着说，自从当土司，自己实在没有做过什么事情。他说："你们又有什么脑子好动，地盘是祖先划定了的，庄稼是百姓种在地里的，秋天一到，他们自己就会把租赋送到官寨，这些规矩也都是以前的土司定下的。他们把什么规矩都定好了。所以，今天的土司无事可干。"

有人提出了反对意见，说，麦其土司种鸦片是不是有事可干。

拉雪巴土司摇着肥胖的脑袋说："呵，鸦片，那可不是好东西。"他还对我摇摇头，重复说："真的，鸦片不是好东西。"他对女土司说："鸦片使我们都失去了些好东西。"

女土司说："我并没有失去什么。"

拉雪巴土司笑了，说："我失去了土地，你失去了女儿。"

女土司说："我女儿是嫁出去的。"

拉雪巴土司说："算了吧，谁不知道在女土司手里，美色就是最好的武器？"

茸贡土司叹口气，不说话了。

拉雪巴土司说："反正，我跟着你们这些人动了一次脑子，结果，饿死了不少好百姓，失去了那么多土地。"

我说："我想知道你们想在这里干点什么，而不是讨论过去的事情。"

土司们要我离开一会儿，叫他们来讨论在这里该干点什么。我想了想，既然自己不知道该干什么，就叫他们决定好了。我说："小心一点，土司们好像越来越容易犯错误了。"说完，我下了楼，带了书记官在街上走了一圈。顺便把刚刚发生的事情告诉了他。我认为这些事情都是值得记下来的。

他同意我的看法，他的眼睛说："刚有土司时，他们做出什么决定都是正确的，现在，他们做出什么决定，如果不能说是错误，至少是没有意义的。"

我尽量在街上多逛了些时候才回去。土司们却没有做出任何决定。一部分人想做事，另一部分人却什么也不想做。而想做的人所想的事又大不相同。不想做事的土司们说："家里没有什么事，这地方很热闹，就在这里多玩些日子。"

汪波土司下定了决心，要干件什么事情，他平和诚恳的眼睛里闪出了兴奋的光芒。

我派人去请戏班，搭起了戏台。

我还在草地上搭起帐篷，前面摆上机枪、步枪、冲锋枪、手枪，谁高兴了，都可以去打上一阵。

但我还是不知道请这些人到这里干什么。

关于这个事情，我真动了脑筋，但想啊想啊，却想不出个所以然来，也就不再去想了。

而我美丽的妻子又在曼声歌唱了。

45. 梅 毒

客人们怪我没有给他们找点事做。

我想告诉他们，事情不必去找，到时候自然就会发生。需要的只是等待，人要善于等待。但我什么都没说。

终于，我派出去的人请来了一个戏班。

我要说这是一个古怪的戏班，这个戏班不是藏族的，也不是汉人的。演员都是些姑娘，什么民族的人都有。我叫人给他们搭了一个大戏台，想不到，仅仅过了三天，她们就没戏可演了。她们把狮子狗也牵到台上转了好些圈子，叫它从姑娘们裙子下面衔出花来，但也只演了三天，就没戏可演了。戏班老板说，在这个动乱年代，她和姑娘们无处可去了，要在这个和平的地方住下来。我没有拒绝她的要求。叫人先在街道上给她们搭了一个大帐篷，与此同时，街道另一头，一座土坯房子也开工了。戏班老板自己监工。房子起得很快，不到十天，框架就竖立起来了。那是一座大房子，楼下是大厅，从一道宽大的楼梯上去，是一条幽深的走廊，两边尽是些小小的房间。姑娘们整天闲逛，银铃样的笑声顺着街道流淌。她们的衣服不大遮得住身体。我对戏班老板说，要给姑娘们做些衣服。这个半老徐娘哈哈大笑，说："天哪，我喜欢这个从梦里醒不过来的地方，喜欢你这个傻乎乎没见过世面的家伙。"

当时，我们正坐在大帐篷里闲聊，这个女老板她还亲了我一口，不是亲其他地方，而是亲我的嘴巴！我像被火烫了一样跳起来。

姑娘们哈哈大笑。其中浓眉大眼那个笑着笑着便坐在了我怀里。

老板叫她走开，她对我说这姑娘不干净。在我看来，她胸前的肌肤洁白，连露在外面的肚脐眼也是粉红的颜色，这么干净都叫不干净，那我就不知道什么是干净了。这个姑娘并没有立即离开我，她的手臂在我的颈项上缠绕起来，然后，用她肥厚的嘴唇贴住了我的嘴巴，我差点叫她憋死了。

老板给我换了一个她认为干净的姑娘。这个姑娘走到我跟前，那些姑娘们便嘻嘻地笑起来。老板从我口袋里掏出了银元，老板说："这是价钱，我的姑娘都有价钱。"

她从我的口袋里掏出了十个银元，老板数了数，又放回去五个，把四个放在一口描金的朱红箱子里，留下一个交给了那些姑娘，说："我请客，你们上街买糖吃吧。"

姑娘们大笑，像炸了窝的蜜蜂一样飞出去了。

老板把钱箱钥匙系在腰上，说："木匠正在装地板，我去看着。少爷要是开心，就赏姑娘两个脂粉钱。"

从修房子的地方飘来带一点酒气的松木香味，怀里这个女人也使人心旌摇荡。

我那男人的东西蠢蠢欲动，身子却像这天气一样懒洋洋的。

姑娘十分乖巧，她脱光了我的衣服，叫我只管躺在那里，一动也不动，任她来做所有的事情。她果然干得很好，我一动也没动，就让周身舒服了。之后，我们两个也不穿衣服，就躺在那里交谈。这时，我才知道，她们并不是什么戏班子，而是一群专门用身子做生意的女人。我成了她们在这里的第一笔生意。我问她，对那些对女人心有余而力不足的老土司们有没有办法，她说有。我说，好，这些老家伙他们有的是银子，从今天起开始做他们的生意吧。

晚上，土司们享受到了收钱的女人。

第二天，老家伙们再聚到一起时，人人都显得比往常容光焕发。有人还问我，我们自己的姑娘怎么没有这样的本事。

女土司独睡空房，眼圈都是青的，她恨恨地对我父亲说："看看你们麦其家吧，你的大儿子带来了鸦片，傻瓜儿子又带了这样的女人。"

麦其土司说："你又带来了什么？你也给我们大家带点什么来吧。"

女土司说："我不相信女人有什么不同。"

众土司都说："住嘴吧，每个女人都大不相同。"

只有汪波土司没有说什么。楼上唱歌的女人可望而不可即，大帐篷里的姑娘却实实在在，美妙无比。

现在，土司们恍然大悟，说："麦其少爷是请我们来享受这些美妙的姑娘。"

黄师爷说这些姑娘叫妓女，那个大帐篷叫妓院。

妓院老板对我说："少爷有两个专门的姑娘，其他的姑娘你不能去碰。"

"为什么不能？"

"那些姑娘不干净，有病。"

"什么病？"

"把男人的东西烂掉的病。"

我想象不出身上这东西怎么会烂掉。老板叫来两个姑娘，撩起了她们的裙子。天哪，一个姑娘那里已经没有门扇，完全是一个山洞了，而另外一个姑娘那里却像朵蘑菇，散发出来的臭气像是一头死牛腐烂了一样。

这天晚上，想到一个人那里会变成那个样子，我怎么也鼓不起对女人的兴趣。便一个人待在家里。土司们都到妓院去了。我睡不着，便起来找黄师爷喝茶。我问他那些妓女的病是什么病。他说："梅毒。"

"梅毒？"

师爷说："少爷，鸦片是我带来的，梅毒可不是我带来的。"

从他紧张的神情上，我知道梅毒很厉害。

他说："天哪，这里连这个都有了，还有什么不会有呢。"

我说："土司们一点也不怕，妓院房子修好了，土司们没人想离开。"

在妓院里，每个姑娘都在楼上有一个自己的房间。楼下的大厅一到晚上就亮起明亮的灯火。楼上飘荡着姑娘们身上的香气，楼下，是酒，是大锅煮着的肉和豌豆的香气。大厅中央，一个金色的喇叭，靠在一个手摇唱机旁，整日歌唱。

师爷说："由他们去吧，他们的时代已经完了，让他们得梅毒，让他们感到幸福，我们还是来操心自己的事情吧。"

黄师爷还给我讲了些有关梅毒的故事，讲完过后，我笑着对他说："起码三天，我都不想吃饭了。"

黄师爷说："对人来说，是钱厉害，但却比不过鸦片，鸦片嘛，又比不过梅毒。但我要跟你说的不是这个。"

我问他想说什么。

他提高了声音，对我说："少爷，他们来了！"

"他们来了？！"

"对，他们来了！"

我问师爷他们是谁。他说是汉人。我笑了，听他那口气，好像他自己不是汉人，好像我的母亲不是汉人，我的镇子上好多铺子里待着的不是汉人，妓院里有几个姑娘不是汉人。听他那口气，好像我压根儿就没有见过汉人。我自己就是一个汉族女人的儿子嘛！

但是，他的神情十分认真，说："我是说有颜色的汉人来了！"

这下我懂了。没有颜色的汉人来到这个地方，纯粹只是为了赚点银子，像那些生意人，或者就只是为了活命，像师爷本人一样。但有颜色的就不一样了。他们要我们的土地染上他们的颜色。白色的汉人想这样，要是红色的汉人在战争中得手了，据说，他们更想在每一片土地上都染上自己崇拜的颜色。我们知道他们正在自己的地方打得昏天黑地，难分高下。每个从汉地来的商队都会带来报纸，因为我有一个智慧的师爷，像爱鸦片一样爱报纸。看不到报纸，他烦躁不安，看到了，他长吁短叹。他总是告诉我说："他们越打越厉害了。越打越厉害了。"

黄师爷过去做过省参议，因为反对打红色汉人落到这个地步，但他又不高兴红色汉人取得胜利。那阵，在我们这地方，老百姓中间，都在传说汉人就要来了。书记官说过，老百姓相信的事情总是要发生的，就算听上去没有多少道理，但那么多人都说同一个话题，就等于同时念动了同一条咒语，向上天表达了同一种意志。

师爷总是说，他们还互相拦腰抱得紧紧的，腾不出手来。但现在，他突然对我说："他们来了！"

我问师爷："他们想见我？"

师爷笑了，说这是真正的主人的想法。

我说："好吧，叫他们来吧，看看我们喜欢哪一种颜色。"

师爷还是笑，说："少爷的口气好像女人挑一块绸缎做衣服一样。"他说，这些人他们是悄悄来的，他们谁也不想见。他们还不想叫人知道自己是有颜色的汉人。

我问他又是怎么知道的。

他说："我是你的师爷，我不该知道吗？"这种口气，我是不高兴听见的，他见我的脸变了颜色，便改口说，"少爷忘了，过去你的师爷也是有颜色的，所以，见到他们我就认得出来。"我问这些人想干什么。师爷叫我回去休息，说这些人现在还不想干什么。他们只会做我们准许做的事情，他们会比镇子上的其他人还要谨慎。他们只是来看，来看看。

我回去休息。

睡着之前，我的脑子里还在想：梅毒。还在想：他们。想到他们，我打算明天一起来就上街走走，看我能不能认出哪些汉人是有颜色的。

这天，我起得晚，心里空荡荡的，就觉得少了什么。少了什么呢？我不知道。但我就是觉得少了什么。我问下人们，今天少了什么，他们四处看看，比如我身上的佩饰，比如我们摆在楼里各处的值钱的器物，告诉我，没有少什么。

还是索郎泽郎说："今天，太太没有唱歌。"

大家都说："她天天坐在楼上唱歌，今天不唱了。"

是的，太阳一出来，塔娜就坐在楼上的雕花栏杆后面歌唱。本来，前些时候，我已经觉得时间加快了速度，而且越来越快。想想吧，这段时间发生了多少事情。土司们来了，梅毒来了，有颜色的汉人来了。只有当我妻子为了勾引年轻的汪波土司而引颈歌唱时，我才觉得时间又慢下来，回到了使人难受的那种流逝速度。

今天，她一停止歌唱，我就感到眩晕，时间又加快了。

土司们都还没有从街上的妓院里回来。下人们陪着我走出房子，在妓院里没有用武之地的女土司用阴鸷而得意的目光望着我。四处都静悄悄的，我的心却像骑在马上疾驰，风从耳边呼呼吹过时那样咚咚地跳荡。土司们从妓院里出来，正向我们这里走来，他们要回来睡觉了。在街上新盖的大房子里，时间是颠倒的。他们在音乐声里，在酒肉的气息里，狂欢了一个晚上，现在，都懒洋洋地走着，要回来睡觉了。看着他们懒懒的身影，我想，有什么事情发生了。后来我想起了昨天和黄师爷的话题，便带着一干人向街上走去。我要去认认那些悄悄来到这里的有颜色的汉人。走到桥上，我们和从妓院里出来的土司们相遇了。我看到，有好几个人鼻头比原来红了。我想，是的，他们从那些姑娘身上染到梅毒了。

我笑了。

笑他们不知道姑娘们身上有什么东西。

第十二章

46. 有颜色的人

在街上我看到了些新来的汉人，却看不出哪些是有颜色的。只是在两家新开的商号里，看出来穿藏服的伙计其实是汉人。在我常去的酒店，店主问我在街上寻找什么。我告诉了他。他说："他们要把颜色涂到脸上吗？他们的颜色在心里。"

"那我就认不出他们了。"

于是，就在店里坐下来喝酒。我还跟他开玩笑说要是他弟弟在，这些日子正好对麦其土司下手，报仇。我说："要是那仇非报不可的话，这回可是最好的时机。"

店主人叹气，说他都不知道弟弟逃到什么地方去了。

我说："那你来干怎么样？"

"如果我知道弟弟已经死了，或者他不想接着干了，我才会下手。这是我们两兄弟定好的规矩。"

他们的规矩有一条使我背上发冷：要是麦其土司在他们动手之前死了，下一个麦其上司，也就是我，将自动成为他们复仇的目标，必须杀死一个真正的麦其土司，才能算报了家仇。

我当时就害怕了，想派人帮两兄弟干掉麦其土司。酒店主笑了，说："我的朋友，你可真是个傻子，你怎么就没有想到把我和我弟弟杀掉。"

是的，我的脑子里没有这样的想法。

店主说："那样，你也不用担心哪一天我来杀你了。"他把我送出门，说："少爷有好多事要干，回去吧，回去干你的事情吧。"

这里正说着话，妓院老板来请我了。还隔着好远的地方，姑娘们的笑声，唱机里吱吱嘎嘎的音乐声，和炖肉与煮豌豆的气味热烘烘地扑面而来。我在楼下大厅里坐下，什么东西也不想吃，也不想动坐在我怀里的姑娘。我觉得空气里有梅毒的味道。我坐着，怀里坐着一个干净的姑娘，听老板讲了些土司们在这里好笑的事情。连她手下的姑娘们听到就发生在她们自己身上的趣事，也格格地傻笑起来，但我觉不出有什么好笑的地方。

我问妓院老板有颜色的汉人的事情，她笑了，说："有颜色没有颜色，是红色还是白色在我这里都是一样的。"她往地上啐了一口："呸！什么颜色的男人都没有两样，除非像少爷一样。"

"少爷怎么样？"

她从牙缝里掏出一丝肉末，弹掉了，说："像少爷这样，像傻又不真傻的，我就不知道了。"听口气，她像是什么颜色的人都见过。呸！散布梅毒的女人。

我走出那座放荡的大房子，狠狠往地上唾了一口。

一柱寂寞的小旋风从很远的地方卷了过来，一路上，在明亮的阳光下，把街道上的尘土、纸片、草屑都旋到了空中，发出旗帜招展一样的噼啪声。好多人一面躲开它，一面向它吐着口水。都说，旋风里有鬼魅。都说，人的口水是最毒的，鬼魅都要逃避。但旋风越来越大，最后，还是从大房子里冲出了几个姑娘，对着旋风撩起了裙子，现出了胯下叫做梅毒的花朵，旋风便倒在地上，不见了。我的心里空落落的，想是没有找到有颜色的汉人的缘故，不然，空着的地方就会装满了。

就在我寻找旋风到底钻到什么地方去了时，下人们找到了我。

我的妻子逃跑了，她是跟汪波土司逃跑的。

索郎泽郎带着一大群人上了马，不等我下令就出发了。马队像一阵旋风一样刮出去。他们一直往南追了三天，也没有发现汪波土司和我妻子的踪影。索郎泽郎空手而回，叫人在院子里立下一根行刑柱，让尔依把自己绑在上面。我不伤心，但却躺在床上起不了身，一闭上眼，塔娜那张美艳的脸就在眼前浮现。这时，楼下响起了鞭子撕裂空气的尖啸声。那个也曾叫塔娜的侍女趁机又在我眼前出现了。好多年来，她都在侍女里，和我日益疏远了。现在，她又发出蚊子一样的嗡嗡声，围着我的床铺转来转去。她叫主子不要伤心，并且不断诅咒着塔娜这个名字。我想给这个小手小脚、嘴里却吐得出这么多恶毒语言的女人一个嘴巴，但又不想抬起手来。我叫她滚开，我说："不然就把你配给瞎了一只眼的鞋匠。"

侍女跪下来，说："求求你，我不想生一个奴隶。"

我说："那你出去吧。"

她说："不要把我配给男人，我是你一个人的女人，你不要我了，我也记着自己是你的女人。"

她的话烫着了我的心，我想说什么，但她掩上门，退出去，又回到侍女们的队伍里去了。

楼下，被鞭打的索郎泽郎终于叫出声来。

这使我身上长了气力，走到楼下，叫尔依住手。

这是尔依第一次为我行刑。想不到是索郎泽郎成了第一个受刑人。绳子松开，他就顺着行刑柱，滑倒在地上了。土司们都围在那里，欣赏麦其家行刑人精湛的鞭法。茸贡女土司想说点什么，看了看我的眼色，又看了看尔依手中的鞭子，便把话咽回去了。麦其土司也是一样。现在，所有土司里只有一个拉雪巴土司是我真正的朋友了。他想说什么，我没叫他说出来。因为说出来也没有用处。我告诉这些土司，他们问我请他们来干什么，就是请他们来看茸贡家的女人怎么背叛我。我告诉他们，明天，想动身的人就可以动身了，他们身上已经有了我的礼物。

他们摊开双手，意思是说并没有得到我的礼物，却不知道我送给他们的礼物叫梅毒。

土司们都准备动身了。先后来跟我这个伤心的主人告别。拉雪巴土司说："就是她，这个当母亲的，叫她女儿勾引汪波土司，少爷不要放过她。"

想不到，就在土司们陆续离开时，塔娜回来了。她摇摇晃晃地骑在马上，回来了。我妻子脸上的尘土像是一场大火后灰烬的颜色。她十分平静地对我说："看吧，我这一辈子最终都是你的女人，我回来了。"当初，她和麦其家死去的大少爷睡觉时，也是这样。我想对她说点什么，却什么都没有说出来。

眼睁睁地看着她从我面前上楼去。土司们都看着我，而我却看着塔娜从容上楼。这时，她的母亲绝对不该出来，但这个老太婆出来了，出来迎接她美丽的女儿。茸贡女土司发现，美丽的女儿脸上一点光彩都没有了。一场大火把什么都烧没了。连我看了，都觉得心里隐隐作痛。塔娜抬头看见母亲，立即哇地一声哭了起来。

塔娜望着她的母亲，坐在楼梯上大动悲声。

起先，女土司脸上出现了悲恸的神情，但慢慢地，女土司佝偻着的腰直起来，众目睽睽之下对着心爱的女儿狠狠唾了一口，便用一只手扶着自己的腰下楼了。走到我面前时，她说："这个无能的姑娘不是茸贡的女儿！你这个傻瓜，上去哄她，叫她不要哭，我要告辞了！"

女人的逻辑就是不一样，好像有这么一句话，眼下的事情就跟她没有干系了。我想这是不对的，但想不出什么地方不对。父亲在楼上大叫不要放这个女人走。麦其土司气喘吁吁地从楼上下来，对我喊道："依了她的话，你就当不上茸贡土司了！将来你就当不上茸贡土司了！"

他儿子傻乎乎地问："将来？我怎么能当了麦其土司又当茸贡土司？"

土司们大笑。

麦其土司差点气晕过去，要不是下人们扶着，他就倒在地上了。土司太太也从楼上下来，冲着儿子大叫："那你就先当茸贡土司再来当麦其土司吧！"

女土司笑了，对土司太太说："你的糟老头子能活过我吗？"

女土司又对着她的女儿狠狠地唾了一口，进屋收拾东西去了。

土司们也慢慢散开，有的人立即上路，有人还要到妓院里去过最后一个晚上。

风吹送着塔娜的哭声，就像前些天吹送她的歌声一样。

书记官用眼睛对我说："戏要散场了。"

黄师爷在屋里发愁。

他在为有颜色的同族到来而发愁。师爷因为反对白色汉人打红色汉人而丢官，但他还是宁愿白色汉人取得胜利。他说，要是白色汉人取得这些地方，他还有条活路。而红色汉人来了，到底要干些什么，就很难说了。我曾经出钱为白色汉人买过飞机，所以，我跟师爷很快取得了一致：要是汉人，有颜色的汉人非来不可的话，那就叫白色汉人来吧。

塔娜被汪波土司放在情欲的大火里猛烧一通，又被抛弃了。

要是一个东西人人都想要，我也想要，要是什么东西别人都不要，我也就不想要了。女人也是一样，哪怕她是天下最美丽的女人，哪怕以后我再也见不到这样美丽的女人。

让她一个人待在那屋子里慢慢老去吧。

茸贡女土司跟我告别，我说："不想带走你的女儿吗？"

她说："不！"

我说："汪波土司把你的女儿抛弃了。"

她说："首先，她是你妻子。"

我说："她会在那间房子里慢慢枯萎，慢慢死去。"

管家说："还是问问茸贡土司想说什么吧。"

女土司说："我要你在这么多土司面前保证，不会派人在路上追杀我。"大家都听到了这句话。索郎泽郎、尔依、土司太太都对我使劲摇头，他们不要我对这女人有所允诺。但土司们却要我答应她的请求。他们知道，要是茸贡土司都能平安回去，他们也不会有任何危险。我只好对女土司说："好吧，你可以放心上路了。"

茸贡土司走远了，我又对请来的客人们说："你们也都可以放心地上路了。"

又过了一天，客人们就走空了。

麦其土司带着太太最后离开。分手时，母亲的眼睛红了，但我们父子两个却无话可说。母亲从马背上弯下腰来，吻了吻我的额头，悄声在我耳边说："儿子，耐心一点吧，我会看到你当上土司的。"

我想说来不及了，时间变快了，而且越来越快，却说不出来，我只说："我会想你的，阿妈。"

她的泪水就下来了。

母亲抖抖马缰，上路了。整个马队的声音我充耳不闻，但母亲的马一迈步子，嗒嗒的蹄子就像踩在了我的心尖子上。我拉住了马缰："阿妈，有颜色的汉人来了。"

她勒住马，站了一阵，终于没有说什么，一扬鞭子，马又开步走了。

傻瓜儿子又追了上去，太太从马背上深深弯下腰来，我告诉她不要再跟麦其土司睡觉，他已经染上梅毒了。看样子，她知道我说的这种东西是什么。虽说土司们的领地上还没有这种东西，但她是从早就有这种东西的地方来的。

管家说："少爷怎么不提王位的事情？"

黄师爷说："没有多少日子了。"

索郎泽郎要我准他去追杀茸贡土司，他知道我不会同意，这个家伙，他最终的目的是要我同意他去追杀汪波土司。这样，我就不得不同意了。我惟一的条件就是，要是汪波土司还在路上的话，就杀掉他。要是汪波土司已经回到官寨里，他还要动手，回来我叫尔依要他的狗命。

他二话不说，带两支短枪，立即就上路了。他起码该回头看看我们，但他没有，倒是我一直望着他从我的视野里消失。他走后，我一天天地数着他离去的日子，也就是说，我的日子是以索郎泽郎离开了多少日子来计算的。离开十天后，有人想要顶替他的税务官的位子，我把尔依叫来，叫那家伙吃了一顿皮鞭。这个吃鞭子的人本是索郎泽郎的手下，这回，却连身上收税人褐色的衣服也叫人剥去了。我叫管家翻了翻名册，这个人居然还是个自由人，我便把他变成了奴隶。要是索郎泽郎能够平安返回，他就是自由人了。因为我不是土司，所以，手下多少自由人，多少奴隶，还要麦其土司来决定。但这次，我只是叫两个人调换一下，想来，父亲知道了也没有多少话说。

第十二天，桑吉卓玛的银匠丈夫来了。他老婆不在，卓玛到温泉牧场去了，去找那个跟她同名的牧场姑娘。因为她看我好久都没有跟塔娜在一起了。在我身边有两个塔娜，一个背叛了我，另一个却引不起我一点兴趣。

银匠来见我。我说这里并不需要他。

在这类事情上，管家总是很明白我的意思，他对银匠说："桑吉卓玛在这里是一切女人的领班了，你配不上他了。"

银匠大叫，说他爱自己的妻子。

管家说："回去吧，土司真要成全你的话，叫他给你一个自由民的身份。"

银匠本可以好好求求我，他跟管家说话时，我就坐在旁边，但他脸上露出了匠人们骄傲的笑容，说："土司会赏给我一个身份的。"然后，把装着银匠家什的褡裢放上了肩头，他都走出去几步了，才回过头来对我说："少爷，我再回来，你打银器就要付给我工钱了。"

他的意思是说他再回来就是配得上卓玛的自由人了。我说："好吧，我付给你两倍的价钱。"

银匠转过身去，我从他背影上看到了孤独和痛苦。我记起来，当初，他是为了桑吉卓玛而失去了自由民身份的。望着他远去的背影，我又尝到了他当初吸引住了我的贴身侍女时，口里的苦味和心上的痛苦。这回，他又要为了桑吉卓玛而去讨回自由民身份了。我为他的前途感到绝望。

银匠此行是没有希望的。但人都是一样的，银匠也罢，土司也罢，奴隶也罢，都只想自己要做什么，而不敢问这样做有没有希望。站在书记官翁波意西的立场上，什么事情都没有意思，但他还是要找一个舒服的地方坐下来，冥思苦想。银匠都走出去好一会儿了，我才叫尔依骑上快马把他追回来。银匠看到行刑人来追他，以为自己要死了，一路都在擦汗。尔依却把他带到妓院里去了。在那里，在震耳欲聋的音乐声里，银匠嗅到了烤肉和在骨头汤里煮豌豆的香味，差点一头栽倒在地上。

姑娘们把他扶上楼，他在床上吃完了两大盘东西。在姑娘肚子上使劲时，还在不断打着饱嗝，他实在是吃得太饱了。

桑吉卓玛从温泉牧场上回来了。她空手而回，那个姑娘已经嫁到很远的地方去了。我跟从前的侍女坐在一起，相对无言。她悄声问我，是不是怀念过去。我不想说话。她叹口气，说我是个有情义的主子。我告诉桑吉卓玛银匠来过了。这回，轮到她叹气了。我知道她爱银匠，但如今，她实际上是一个官员了，她很清楚，只要哪一天我当上土司，她的奴隶身份会立即消失，所以，面对这个问题时，她沉默不语。

尔依进来报告银匠在妓院里一面打着饱嗝一面干事时，桑吉卓玛流下了眼泪，她说："感谢少爷使银匠得到了快乐。"

老板娘把银匠留下，她说："嗨，我正要打造好多银具嘛。"

从妓院回来的人都说，妓院里精致的银器眼见得一天比一天多了。桑吉卓玛又流了几次眼泪。她再也不肯跟管家睡觉了，但她也不去看银匠。这就是侍女与银匠爱情的结局。

索郎泽郎出发快一个月了，还没有一点消息。这天，我望着通向南方的道路。塔娜的身后跟着塔娜，我是说，土司的女儿身后跟着马夫的女儿，我是说，我妻子的身后跟着我的贴身侍女，来到了我的身边。那不忠的妻子刚刚吸足了鸦片，脸容憔悴，眼里却闪着疯狂的光芒。一阵风吹来，她的身子在风中摇晃，我伸出手来扶了她一把。她的手冰凉，好像整个人是在冷风里长成的。她说："你的杀手回不来了。"

我不是个把什么都记在心里的人，那样的话，我就不是个傻子，而是聪明人了，而她却把我当成聪明人来对付了。她叫我记起了以前的事情。我下楼，把她丢在楼上。在下面，我叫一声塔娜，那个马夫的女儿就下来了，把土司的女儿一个人凉在了上面。在高处，在雕花栏杆后面，风吹动着她的衣衫，整个人就像是要飞起来了一样。这么漂亮的女人，要是迎风飞上天去，没有人会感到奇怪的，人生得漂亮了，叫人相信她本来就是天上的神仙。但她没有飞起来，还是孤独地站在那里，这一来，她的身子可就要更加冰凉了。

我梦见塔娜变成了玉石雕成的人，在月亮下闪闪发光。

早上起来，地上下了霜，是这年最早的一场霜。要不了多久。就是冬天了。

索郎泽郎终于回来了，他失去了一只手，还丢了一把枪。

汪波土司早在他追上之前回到自己官寨里了。索郎泽郎一直等他走出官寨，好在路上下手。但汪波土司什么地方也不去，就待在官寨里。后来，他才知道汪波土司得了怪病，躺在床上起不来了。汪波土司在妓院里染上的梅毒开始发作了，男人的东西正在溃烂。索郎泽郎便大摇大摆走进了汪波家官寨，掏出枪来对着天上打了一梭子。他自己送上门去叫汪波土司的人抓住了。他们把他一只手砍了。汪波土司出来见他。汪波土司脸色红润，没有一点病人的模样。索郎泽郎还是看出来了，这个人走路不大迈得开步子，就像胯间夹着什么东西，生怕掉出来一样。索郎泽郎正望着自己落在地上正在改变颜色的手，看了汪波土司那模样，也忍不住笑了。

汪波土司也笑了。笑的时候，他的脸变白了，他说："是的，女人，看看女人会把我们变成什么样子吧。"

索郎泽郎说："我的主子听你这么说，会发笑的。"

汪波土司说："你回去告诉他好了。"

索郎泽郎说："我并不求你放过我。"

汪波土司交给他一封信，说："你不要当自己是来杀我的，就当是来当信使的吧。"这样，索郎泽郎才带着汪波土司的信回来了。临行时，汪波土司派人给他的断手筑了一个小小的坟头。索郎泽郎自己也去看了。

汪波土司在信里说："女人，女人，你的女人把我毁掉了。"他抱怨说，在我新建的镇子上，妓院的女人毁掉了他的身体，朋友的妻子毁掉了他的心灵。

他说，好多土司都在诅咒这个镇子。

他们认为是这个镇子使他们的身体有病，并且腐烂。谁见过人活着就开始腐烂？过去，人都是死去后，灵魂离开之后才开始腐烂的，但现在，他们还活着，身体就开始从用来传宗接代、也用来使自己快乐的那个地方开始腐烂了。

我问过书记官，这个镇子是不是真该被诅咒。他的回答是，并不是所有到过这个镇子的人身体都腐烂了。他说，跟这个镇子不般配的人才会腐烂。

前僧人，现在的书记官翁波意西说，凡是有东西腐烂的地方都会有新的东西生长。

47. 厕　所

红色汉人把白色汉人打败了。

打了败仗的白色汉人向我们的地方不断拥来。

最初，他们小看我们。想凭手里的枪取得粮食和肉，我叫他们得了这些东西。他们吃饱了，又来要酒，要女人，这两样东西，镇子上都有。可他们没钱，于是，又找我来要银子。这回，他们终于知道我们早在好多年前就武装起来了。最后，他们只好把手里的枪交出来换我的银子，再用银子来换酒和姑娘。他们一批批拥向妓院，那个散布梅毒的地方。这是一群总是大叫大嚷的人，总是把硕大的脚印留在雪地上。有了他们，连饿狗们都找不到一片干净的雪地奔跑，留下自己花朵般的脚印了。黄师爷披着狐皮袍子说："这些人冻得睡不着啊。"

我想也是，这些人都睡在四面透风的帐篷里。因为黄师爷总要叹气，天一下雪，我就只好送些酒菜给他们。

这些人常常上妓院去，但却没有人受到梅毒折磨。我打听到他们有专门对付梅毒的药。我问了一个军官，他就给我送了一些过来。我没有这种病。不管我什么时候去那里，老板总有干净姑娘给我。我把药分成两份，一份给塔娜，她从汪波土司那里染上这病了。麦其土司也得了这病，我派人给他也送去一份，叫他知道傻瓜儿子并不想自己的父亲烂在床上，臭在床上。

这件事把父亲深深感动了。

他捎信来说，官寨的冬天十分寂寞。信里对我发出了呼唤，儿子，回来吧，用你在边界上的办法让我们热热闹闹过个新年吧。

我问大家想不想回去，大家都想。失去了一只手的索郎泽郎，特别想念母亲。我问尔依想不想他的行刑人老子，他摇摇头，后来又点点头。我说，好，我也想土司和太太了。桑吉卓玛便带着一班下人开始收拾行装。在我看来，在什么地方都是一样的。这不是说我不知道寂寞是什么，但我很少感觉到它。书记官说，他们不是说你是个傻子吗，这就是傻子的好处，好多事情伤得了平常人伤不了你。我想，也许，情形真是如此吧。

而现在，我们要回去了。

出发那天，下起了大雪。这是一场前所未见的大雪，雪花就像成群的鸟，密不透风地从天上扑向大地。下到中午，大雪把溃逃的白色汉人的帐篷都压倒了。他们耸着肩膀，怀里抱着枪往我们这座温暖的大房子来了。这回，要是不放他们进来，这伙人真要拼命了。反正，不拼死也要冻死在外面了。我挥挥手，叫手下人收了枪，把这些人放上楼来。有些士兵再也支持不住，一头栽倒，把脸埋在了雪里，好像再也不好意思来打扰我们了。倒下的人救回来几个，有些再也救不过来了。

我吩咐桑吉卓玛给兵们弄些吃的。

这时，任何人都明白，我也明白，我们其实是走不开了。那些兵住在楼房的一边，我们的人住在楼房的另一边。而在楼房的底层，是多年积聚起来的银子和财宝，我们一走，这些东西就是别人的了，就是这些白色汉人的了。

好在，我们和不请自来的客人们还能和平相处。戴大帽子的军官站在对面的回廊上向我微笑。那些士兵也躬着身子下人一样叫我老爷。而我则供给他们粮食、肉、油和盐巴。如果他们还想镇子上的酒和妓女的话，就要自己想办法了。

大家都想保持一个彼此感到安全的距离。

大家都尽量在那个适度的距离上微笑、致意，但从不过分靠近。距离是并不彼此了解的人待在一起时必须的。只有在一个地方是例外，在那个地方，距离就好像不存在了，那地方就是厕所。我们是长衫的一派，在厕所里也不会暴露出什么来，但这些汉人、这些短衣服的人就不一样了，他们在寒冷的冬天里也撅起个光光的屁股。汉人士兵因为他们的白屁股而被我的士兵们嘲笑。

看来，想说清发生的事情，要先说说厕所。

先说厕所的位置。黄师爷说，我这座楼用了一个汉字的形状，他从书记官的本子上撕下一页纸，把那个字写上。那个字真把我这座大房子的地基画了出来。这个字是这样的："凹"。开放的一面对着镇子，我们住在一边，汉人们住在另一边。这个字的底部就是厕所。

我听过一些故事，把汉人和藏人拿来作对比的。一个故事说，一个汉人和一个藏人合伙偷了金子，被人抓住开了膛，藏人有半个胃的牛毛，汉人有半个胃的铁屑。藏人是吃肉的，而总是弄不干净，所以吃下了许多牛毛羊毛。汉人是吃菜的，无论什么叶子、根茎都得放在铁锅里用铁铲子翻来抄去，长此以往，就在胃里积存了不少铁屑。

关于胃的故事，双方算是打了个平手。严格说来，这不是故事，而是一种比较。关于厕所也是一样。我们知道，不要说藏族人了，就是英国人也被汉人看成野蛮人。蛮子是他们对我们通常的称呼。但我们也有自己的优越感，比如说厕所吧。我远在英国的姐姐说，英国人最看不起汉人，因为他们最看不起中国人的厕所。我的汉人母亲也说过，要问她喜欢土司领地上的什么？银子，她说，银子之外就是厕所。

我没有去过汉人地方，不知道汉人厕所是什么样子，所以，只能描绘一下我们的厕所。它就挂在房子后面没有窗户的那堵墙壁上。有个故事说，一个汉人的朝廷大官来时，把厕所认为是信佛的藏人为飞鸟造的小房子。因为只有鸟的房子才是在墙上挂着的，因为有高大房子的地方总有大群的红嘴鸦和鸽子盘旋飞翔。故事里说，这个官员因此喜欢我们，在朝廷里为土司们说了不少好话。是的，住高房子的藏人把厕所挂在房子背后的半空中。

我们和客人分住在作为那个汉字两边的楼房里，厕所却在我们中间。所以，在那个特别的冬天，厕所就成了双方时常相会的场合。汉人士兵们在挂在墙外的小木房子里撅起屁股，冬天的冷风没有一点遮拦，自下而上，吹在他们屁股上。这些兵忍不住要颤抖，被我的人固执地理解成对我们的恐惧。我想叫他们明白，汉人在厕所里打抖是因为冷风，因为恐高。

黄师爷却说："叫他们相信别人软弱，对你没有什么坏处呢。"

我便继续让他们在厕所里嘲笑对手。

我有一个单独的厕所。

去这个厕所先要穿过一间屋子，在这间屋子里，铜火盆里烧着旺旺的炭火，我一进去，香炉里就会升起如椽的香烟。两个年岁不算太大的婆子轮流值日。从厕所出来，婆子会叫我坐下，在火边暖和一下，并用香把我从头到脚熏上一遍。我叫黄师爷请败兵里最大的官与我共用这个厕所。邀请发出不多久，我和那个军官就在厕所里会面了。我请他在炉子边坐下来，等两个婆子点上香，等香气把整个屋子充满，一时间，我还找不到什么话说。还是军官先说话，他叫我一起抗击共产党即将开始的进攻。他说，共产党是穷光蛋的党，他们一来，土司没有了，像我这样有钱有枪的富人也不能存在了。"我们联合起来跟他们干吧。"军官的表情十分恳切。说到共产党对有钱人干的事情，他的眼睛红了，"腾"一下站起身来，一只手紧紧掐住我的肩膀，一只手抓住我的手使劲摇晃。

我相信他所说的话。

我知道军官在跟我谈论生死攸关的问题，但我该死的屁股实在把持不住了。我从他手里挣脱出来，冲进了厕所。这时，正有风从下面往上吹，军官用一条丝巾捂住了鼻子。从我这里出来的臭气熏着他了。我拉完屎，回到屋子里，两个婆子上上下下替我熏香。那个军官脸上竟然出现了厌恶的神情，好像我一直散发着这样的臭气。在这之前，我还跟他一样是有钱人，一泡屎过后，情形就变化了，我成了一个散发臭气的蛮子。是的，军官怎么能在厕所里跟我谈这样重大的问题呢。

回去后，我对黄师爷说："该死，叫汉人去打汉人吧。"

黄师爷长长地叹气，他是希望我跟白色汉人结成同盟的。黄师爷又对我说："恐怕，我也要跟少爷分手了。"

我说："去吧，你老是记着自己是该死的汉人，你想跟谁去就去吧。"

我不能说厕所里那么一股臭气，是使我和白色汉人不能结盟的惟一理由，但确实是个相当重要的理由。

春天终于来到了。

我的人说，汉人士兵在厕所里再不打抖了。一是风开始变暖，再则，他们已经习惯悬在半空中拉屎，恐高症完全消失了。有一天，我跟最大的军官在厕所里又一次相遇。我觉得没什么话好说。但他对我说："春天来了。"

我说："是的，春天来了。"

之后又无话可说了。

春天一到，解放军就用炸药隆隆地放炮，为汽车和大炮炸开宽阔的大路向土司们的领地挺进了。土司们有的准备跟共产党打，有的人准备投降。我的朋友拉雪巴土司是投降的一派。听说他派去跟共产党接头的人给他带回了一身解放军衣服，一张封他为什么司令的委任状。茸贡女土司散去积聚的钱财，买枪买炮，要跟共产党大干一场。传来的消息都说，这个女人仿佛又变年轻了。最有意思的是汪波土司，他说不知道共产党是什么，也不知道共产党会把他怎么样，他只知道自己绝对不能跟麦其家的人站在一起。也就是说，我要是抵抗共产党他就投降，要是我投降，那他就反抗。

管家和黄师爷都主张我跟白色汉人军队最后谈谈。黄师爷说："要干就下决心一起干，不干，天气已经暖和，可以让他们住在外面去了。"

管家说："可不能在厕所里谈了。"

我笑了，说："是不能在厕所里谈了。"

大家都笑了。

管家很认真地问黄师爷，汉人屁股里出来的东西是不是没有臭味。黄师爷说有。管家还要问他是汉人屙的屎臭还是藏人屙的臭。这是一个很难回答的问题。但黄师爷不怒不恼，把管家的问题当成玩笑。他笑着说："管家还是问少爷吧，他跟汉人在厕所里一起待过。"

大家又笑了。

我已经准备和白色汉人军队谈判联合了。又一件事情使这一切变成了泡影。这天晚上，我正在灯下跟没有舌头的书记官坐在一起，我们两个都没有话说，因为目前所面临的问题早已超过了他的知识范围。但我已经习惯了每当有重大的事情发生时，都把他叫到身边来。灯芯噼噼地响着，书记官眼里的神色迷惘惶惑。这时，索郎泽郎脸上带着鬼祟而又得意的神情进来了。他带进来的风吹得灯苗左摇右晃，他大声说道："终于抓到了！"

这些日子，他总对我说，对塔娜不要太放心了。

我觉得这个女人跟我没有什么关系了，除了她还住在我的房子里，还在吃我的、穿着我的之外。索郎泽郎觉得这就是跟我有关系，这是下人们的见识，以为给人点什么东西就算是有了关系。共产党就要来了，但他却盯住一个女人不放。

索郎泽郎没有杀掉汪波土司，一直不好意思。这回，他终于成功地抓到了塔娜的把柄。他发现一个白色汉人军官从塔娜房里出来，便叫上人，把这个人腰里的小手枪下了，推下楼来，叫尔依绑在了楼下的行刑柱上。他把我拉到门外，但我看不到楼下的情景，只听到行刑人挥动鞭子撕开空气的声音，和被鞭打的人发出一声声惨叫。远远近近的狗也发了疯一般跟着叫开了。

塔娜又和一个男人勾搭上了。

后来，月亮升起来，狗咬声在月亮里回荡。

48. 炮　声

白色汉人的军队开走了。

他们是半夜里走的，连个别都不告就集合起队伍走了。

早上起来，我只看到他们给我留下的那个人，那个被捆在行刑柱上的军官，胸口上插着一把自己人的短剑。他们把住过的房间打扫得干干净净，说明离开时的情状并不仓皇。黄师爷也跟着白色汉人走了。在他房里，报纸叠得整整齐齐，上面，放着他写给我的一封信。信是用汉字写的，我手下没有一个人认识。香炉里的灰还是热的。我的妻子也跟他们跑了，只是她离开时不大像样，被子、床围，以及好多丝织的绣花的东西都剪碎了，门窗洞开着，一股风吹来，那些碎片就像蝴蝶在屋子里飞舞起来。风一过，落在地上，又成闪着金属光泽的碎片，代表着一个女人仇恨的碎片。

又是索郎泽郎大叫着要去追击。

管家笑了，问该往哪个方向追，他却茫然地摇晃脑袋，他是个忠实的人，但那样子实在很愚蠢。我的心里不大好受，便踢了一脚，叫他滚开。

但他对我露出了最忠心耿耿的笑容。然后，他从腰里掏出刀，对大家晃一晃，冲下楼，拉一匹马，翻身上去，冲向远方，在早春干旱的土地上留下了一溜滚滚尘土。

管家对我说："随他去吧。"

望着那一股黄色尘埃在空中消散，悲伤突然抓住了我的心。我说："他还会回来吗？"

尔依的眼里有了泪水，脸上还是带着腼腆的神情说："少爷，叫我去帮他吧。"

管家说："只要不死，他会回来的。"

我问书记官，索郎泽郎会不会回来。

他大摇其头，他说这个人铁了心要为主子而死。这一天，我在楼上走来走去，怪我不能早给索郎泽郎一个自由民身份。后来，还是过去的侍女桑吉卓玛来了，她抓住我的双手，用她的额头顶住我的额头，说："少爷啊，好人啊，叫使你难过的怪想法从脑袋里出来吧。索郎泽郎是你的奴才，他替你杀那个贱人去了。"

我的泪水哗哗地冲出了眼眶。

卓玛把脑袋抵在我胸口上，哭出声来："少爷啊，好人啊，我恨自己为什么不一直服侍你啊。"

我抬眼去看太阳，太阳带着格外的光亮。傻子的心啊，好久没有这样滋润过了。我听见自己对卓玛，对我第一个女人说："去吧，把银匠找来，我要给你们自由人的身份。"

卓玛破涕为笑，说："傻子啊，老爷还没有叫你当上土司啊！"卓玛的泪水才揩净又流了下来，"少爷啊，银匠已经投奔红色汉人去了。"

我把尔依叫来，叫他带几个人回麦其官寨，看看土司怎么样了。

尔依第一次没有露出腼腆的神色，他说："去又有什么用，解放军马上就要到了。让位给你也没什么用处了。"

我说："有用的，我要给所有的下人自由民身份。"

这句话一出口，奴隶身份的下人们立即楼上楼下奔忙起来，有的替尔依准备干粮，有的替尔依收拾武器，有的替尔依牵马备鞍，尔依想不答应也绝对不行了。专门替穷人打仗的解放军还没有来，他们就像已经被解放了。

送尔依上路后，管家对我说："这样，共产党来了就没事干了。"

我说："他们听说后，不会掉头回去吧。"

管家说："不要再说这些傻话了。"

共产党还没有来，也没有人清楚地知道共产党是什么样子，但都认为他们是不可战胜的。那些准备战斗的土司，也不过是在灭亡之前，拼个鱼死网破罢了。而我却还没有拿定主意。管家有些着急。我说，不必着急，该做的决定总是要做的。管家笑了，说："也是，每次我都着急上火，最后还是你对。"

我想先等两个小厮回来，再作论处。于是，便只好喝酒睡觉。

一天晚上，我突然醒来，感到脚底下有什么东西。一听，是小手小脚的侍女塔娜在脚底下哭泣。我对她早就没什么兴趣了。我叫她就睡在那头，跟我说话。我说："尔依回来，你就是自由民了。"

她没有说话，但不抽泣了。

"到时候，我要给你一笔丰厚的嫁妆。"

这个马夫的女儿又哭了几声。

"你不要再哭了。"

"太太没有带走她的首饰匣子。"

我说这个匣子归她了，因为她也叫那个该死的名字。她不再哭了，这个贱人在吻我的脚趾。过去，她吻过我身上更多的地方，使我舒服得像畜生一样叫唤。好长一段时间，她都跟在与她同名的主子身后，我认为跟着那女人学坏了。俗话说，有的女人是一服毒药，那么，这个马夫的女儿身上也沾上这种毒药了。我还在东想西想，她已经在我的脚下发出平稳的鼾声了。

早上，她已经不在脚下了，这人干什么都不会发出很多声音，从来不会。也就是从这一天起，我就再也没有见到过名叫塔娜的马夫的女儿了。土司的女儿跑了，马夫的女儿无处可去，就把自己关在楼上的房子里，怀里紧紧抱着描金的首饰匣子。和她比起来，跟着白色汉人逃跑的塔娜要算是一个高贵的女人了。必须承认，土司的女儿和马夫的女儿总是不一样的，虽然她们叫同一个名字，虽然她们拥有同一个男人，但到紧要关头，土司的女儿抛下价值数万元的首饰走了，马夫的女儿却抱着那个匣子不肯松手。为了这个，马夫的女儿早在那个房间里为自己储存了相当多的食物和水。她打珠宝的主意不是一天两天了。

好了，不要再说了，让这个人从眼前消失。

我们听到隆隆的炮声了。

春雷一样的声音先是从北方茸贡土司的边界上传来，那是解放军开山修路的炮声。也有人说，白色汉人和茸贡土司联军已经同红色汉人接上火了。

索郎泽郎又回来了。这个忠诚的人又一次失败了。这回，他丢掉的不是一只手，而是性命。他的胸口给手提机关枪打成了一面筛子。他们打死了我的小厮，打死了镇子上的税务官，把他的脸冲着天空绑在马背上，让识途的马把他驮了回来。路上，食肉的猛禽已经把他的脸糟蹋得不成样子了。

好多人都哭了。

我想，好吧，白色汉人跟茸贡土司这样干，我就等着共产党来了，举手投降吧。

索郎泽郎下葬不久，从东面，也就是麦其土司的方向，又传来了不知是开路还是打仗的炮声。炮在东方和北方两个方向，春雷一样隆隆地响着。天气十分晴朗，天空上挂满了星星，像一块缀满了宝石的丝绒闪闪发光。麦其家的仇人，我那个店主朋友看我来了。他抱着一大坛酒，也不经下人传话，就走进了我的房间。我叫人把窗户关上，不再去望天空上的星星了。下人点上灯，我看见他鼻子通红，不断流着些糊里糊涂的东西。我说："你也染上梅毒了。"

他笑了笑，说："少爷不要担心，弟弟说他能治好。"

"你弟弟？那个胆小的杀手？他不是逃跑了吗？"

"他回来了。"店主平静地告诉我。

我说："他是不是已经把麦其土司杀了，要是杀了，我们两家之间的事就了结了。"

这时，他弟弟哈哈一笑，就像个冤魂突然从门外走进来，把我着实吓了一跳，他说："都这个时候了，我们两家之间的事还有什么意思？"

我不知道这个时候是什么时候，也不知道为什么两家之间那么有意思的事突然之间就没有意思了。

前杀手哈哈一笑："我没有杀你父亲，也不想杀你。"

他哥哥不喜欢卖关子，问："那你回来干什么？"

前杀手把一切告诉了我们。他在逃亡时加入了白色汉人的队伍，后来，被红色汉人俘虏，又加入了红色汉人的队伍。他称自己为红色藏人。他骄傲地说，红色是藏人里最少的一种颜色，但马上就会像野火一样，把整个土司的领地都烧成这种颜色。他是替红色队伍探听消息的。他逼到我面前，说："我们两家的账有什么算头，我们的队伍一到，才是算你们这些土司总账的时候。"他重复了一次："那才是算总账的时候！"

管家进来了，低声下气地说："可我们少爷不是土司啊。"

"不是土司吗？他是土司们的土司！"

自从这个红色藏人来过，再没有人想投奔红色汉人了。虽然大家都知道，跟红色汉人抗拒没有好结果，所有抗拒红色汉人的土司队伍都一触即溃，失败的土司们带着队伍向西转移。向西，是翁波意西所属那个号称最为纯洁的教派的领地。土司们从来都倾向于东方俗人的王朝，而不是西方神祇的领地。现在，决心抵抗的土司们却不得不向西去了。土司们并不相信西方的圣殿可以帮助他们不受任何力量的伤害，但他们还是打了一阵，就向西退去了。

我对书记官说："我们也要逃往你来的地方了。"

他的眼睛说："那是早就该去的地方，可是你们老去东方。"

"你的神灵会饶恕我们这些人吗？"

"你们已经受到了惩罚。"

管家说："天哪，都这么多年了，你还是没有成为一个书记官，到底还是一个顽固的喇嘛。"

"不对，我是一个好书记官，我把什么都记下来了，后来的人会知道土司领地上都发生过些什么事情，从我来到这里的时候开始。"他写道，他写下的东西都有一式两份，一份藏在一个山洞里，后来总有人会发现的。一份就在他身上，他写下："但愿找到我死尸的人是识字的人。"

我不是土司，但我还是准备逃向西方。

北方，茸贡土司领地上的炮声日渐稀落。东南面，麦其土司领地的炮声却日渐激烈。有消息说，是麦其土司的汉人妻子叫他抵抗，也有消息说，是白色汉人把麦其土司挟持了，强迫他一起抵抗。总而言之，是汉人叫他抵抗汉人。我们是在一个有薄雾的早晨离开镇子的。离开时，管家要放一把火，被我制止了。我看看大家，他们都想放一把火，把这里的市场、银号、店铺、货栈、为过路穷人布施的施食所，还有那间墙壁花花绿绿的妓院一把火烧掉。所有这些，都是我这个傻子建立起来的，我当然有权将其烧掉。但我没有。我闭上眼睛，叫手下人把火把扔掉。扔在地上的火把腾起的烟雾，把我的眼泪熏出来了。

管家提出去杀掉那个红色藏人。我同意了，是这个人有意把我逼到与红色汉人为敌的境地上去的。

几个人骑马冲进了镇子，清脆的枪声在雾里回荡。我勒马站在一个高丘上，想再看一看自己建起来的镇子，但雾把一切都遮没了。我没有看到过镇子现在的模样。枪又响了一阵，几匹马从雾里冲了出来，他们没有找到那个红色藏人。我一催马，开路了，身后，传来了女人们的哭泣声。这些哭泣的下女们跟在桑吉卓玛后面，这些女人好像不知道我们这是逃亡，都穿上了大红大绿的节日衣裳。只有我的贴身侍女塔娜不在队伍里。桑吉卓玛说，她抱着那个价值数万的首饰匣子不肯下楼。

向西的路，先要向南一段，走进山里，再顺着曲折的山间谷地往西。山谷会把我们引向一座座雪山脚下，那里才有向西的道路。那是朝圣者的路，现在，却响起了逃难者杂沓的脚步声。

我们正走在麦其和拉雪巴两个土司的边界上，离东南方激烈的枪炮声越来越近了。看来，我那老父亲真和红色汉人干上了。

听着激烈的枪炮声，我的心被突然涌起的，久违了的、温暖的亲情紧紧攫住了。好久以来，我都以为已经不爱父亲，也不太爱母亲了。这时，却突然发现自己依然很爱他们。我不能把他们丢在炮火下，自己向西而去。我把书记官、管家和女人们留在这里等待，带着士兵们往麦其官寨去了。走上山口回望墨绿的山谷里留下来的人和白色帐篷，女人们正在频频挥手。我突然十分害怕，害怕这是最后一次看见他们了。

向东去的路，我们走了三天。

红色汉人的队伍已经压到麦其土司官寨跟前了。山脚前一片树林中间，有红旗飘扬。他们的机关枪把大路都封住了，我带人乘着夜色才冲进官寨。官寨里，到处都是荷枪实弹的人，有藏人，更多的是白色汉人。楼上走着的是活人，楼下院子里躺着的是死人。他们苦战已经十来天了。我冲进土司的房间，这下，我的父亲麦其土司就在眼前了。麦其土司没有更见苍老，虽然须发皆白，但他的眼睛却放射着疯狂的光芒。他一把抓住我，手上还能迸发出很大的力量。我是个傻子，脑子慢，但在路上的三天时间，足够我不止一次设想父子相见的情形。我以为，会面时，泪水会把我们的脸和心都弄得湿淋淋的，但我想错。父亲朗声说："瞧瞧，是谁来了！是我的傻儿子来了！"

我也尽力提高声音，大声说："我接父亲和母亲来了！"

可是，麦其土司说，他什么地方也不去，他老了，要死了。他说，本以为就要平平淡淡死去了，想不到却赶上了这样一个好时候。他说，一个土司，一个高贵的人，就是要热热闹闹地死去才有意思。他拍拍我的肩膀说："只是，我的傻瓜儿子当不成土司了。"

"我是最后一个麦其土司！"他冲着我大声喊道。

父亲的声音把母亲引来了。她是脸上带着笑容进来的。她扑上来，把我的头抱在她怀里摇晃着，在我耳边说："想不到还能看到我的亲生儿子。"

她的泪水还是流出来了，落在我耳朵上，落在我颈子里。她坚定地表示，要跟土司死在一起。

这天晚上，解放军没有发动进攻。父亲说，解放军打仗不分白天晚上，他们从不休息。父亲说："这些红色汉人不错，肯定知道我们父子相见了。"

于是，就把两个白色汉人军官也请来喝酒。

土司夸他们是勇敢的男子汉。两个勇敢的人也很不错。主张趁共军休战的时机，把女人和不想再打仗的人送出去。父亲说，人一出去，他们的机枪就扫过来了。我们便继续吃酒。这是一个没有月亮的晚上。远处，红色汉人燃起了大堆篝火，火苗在夜色里像他们的旗帜一样鲜明地招展。我出去望那些篝火时，尔依出现在我面前。从他脸上的神情就知道，老行刑人已经死了。但他没有提老行刑人的事，而问我索郎泽郎回没回来。我告诉他回来的是死了的，胸口上有个大洞的索郎泽郎。

他带着羞怯的神情小声说："我猜到了。"他还说，"行刑人没有用处了，我也要死了。"

然后，就像一个鬼魂突然从我身边消失了。

半夜里，月亮升起来。一个军官用刺刀挑着一面白旗，踏着月光向红色汉人的阵地走去。他一出去，对面的机枪就响了，他一头栽在地上。机枪一停，他又站起来，举着白旗向前走去，机枪再次格格格格地叫起来，打得他周围尘土飞扬。对方看见他手里的白旗，不再开枪了。下半夜，他回来了。解放军同意，官寨里不愿抵抗的人都可以出去，不会受到机关枪的封锁。

这个勇敢的人感慨说，对方是仁义之师，同时，他又感叹，可惜他们和这些人有不同的主义。

最先出去的，是一些白色汉人士兵，他们把双手举得高高的，往对方阵地去了。土司手下怕死的人们却向西，向着还没有汉人到达的地方去了。麦其土司要我离开，我看了看母亲，她还是没有离开的意思。既然她都不愿离开，我也不能离开。大家都知道，对留在官寨里的人来说，这是活在世上的最后一个晚上了。大家又开始喝酒。这是春天正在到来的晚上。湿漉漉的风把空气里的硝烟味道都刮跑了。从官寨的地下仓库里，一种略带点腐败味的甘甜冉冉升起，在似睡似醒的人们身边缭绕。汉人军官不知这是什么味道，掀动着鼻翼贪婪地呼吸。麦其家的人都知道，这是仓库里的麦子、白银和鸦片混合的味道。在这叫人十分舒服的如梦如幻的气味里，我睡着了。

这一晚上剩下的时间，我一直都在做梦，零零碎碎，但却把我一生经历过的事情都梦见了。当太阳晃着眼睛时，我醒来了，发现自己睡在小时候住的那个房间里，就睡在小时候睡的那张床上。就是在这里，那个下雪的早晨，我第一次把手伸进了一个叫桑吉卓玛的侍女怀里。就是在这里，那个下雪的早晨，画眉鸟在窗户外面声声叫唤，一个侍女的身体唤醒了沉睡在傻子脑袋里那一点点智慧。我的记忆就从那个早晨，就从这个屋子，从这张床上开始了。那年我十三岁，我的生命是从十三岁那年开始的，现在，我不知道自己多少岁了。屋子里只有我一个人，我从镜子里看着自己，天哪，我的额头上也有好多皱纹了。要是母亲像多年前那个早晨一样坐在这房间里，我就要问问她，她的傻瓜儿子有多少岁了。三十，四十？还是五十岁了？好多年时间一晃就过去了。我走到窗前，外面，大雾正渐渐散去，鸟鸣声清脆悦耳，好像时间从来就没有流动，生命还停留在好多好多年前。

我听到了画眉的叫声，还听到了百灵和绿嘴小山雀的叫声。

突然，鸟群从树丛里，从草地上惊飞起来。它们在天空里盘旋一阵，尖叫着不想落到地面上来。最后，却一抖翅膀飞到远处去了。四野里一片安静，但人人都感到危险已经逼近了。

高大的官寨里，人们提着枪奔跑起来。占据了每一个可以开枪的窗口。

只有土司太太没有紧张地跑动，她吩咐下人在小泥炉里烧好茶，打好一个又一个烟泡。她用牛奶洗了脸，喷了一身香水，穿上一件水红色的缎袍，在烟榻上躺下来。她说："儿子啊，坐一会儿吧，不要像傻子一样站着了。"

我坐下，握着枪的手给汗水打湿了。

她说："让我好好看看你，我跟你父亲已经告过别了。"

我就傻乎乎地坐在那里叫她看着。小泥炉上的煮着的茶嘟嘟地开了。土司太太说："儿子，你知道我的身世吧。"

我说我知道。

她叹了口气，说："在今天要死去的人里面，我这一辈子是最值得的。"她说自己先是一个汉人，现在，已经变成一个藏人了。闻闻自己身上，从头到脚，散发的都是藏人的味道了。当然，她感到最满意的还是从一个下等人变成了上等人。她叫我弯下腰，把嘴巴凑在我耳朵边上说："我还从一个下贱的女人变成了土司太太，变成了一个正经女人。"

母亲吐露了藏在心里多年的秘密。她做过妓女。她一说这个，我就想到了镇子上画得花花绿绿的大房子，听到了留声机吱吱嘎嘎歌唱的声音，闻到了烤肉和煮豆子的热烘烘的味道。土司太太身上却没有这样的味道。她叫人在茶壶里烫酒，用温酒吞下了几个鸦片烟泡。她又叫人温第二杯酒，在这空当里，她又叫我弯下腰，吻了吻我的额头，悄声说："这一下，我生的儿子是不是傻子我都不用操心了。"

　　她又吞下了几个泡子，侧身在花团锦簇的矮榻上躺下，自言自语说："以前，想吃鸦片却担心钱，在麦其，从来没有为这个操心过，我值得了。"然后，就合上眼睛睡过去了。侍女把我推到了门外。我还想回头看看，这时，一阵尖啸声打破了早晨的宁静，破空而来。

　　对方攻了几天，又把怕死的人都放出去了，也算是仁至义尽，这回，他们不再客气，不叫士兵顶着枪弹往上攻了。我本来想刀对刀、枪对枪和他们干上一仗，却赶上人家不耐烦了，要用炮轰了。

　　第一颗炮弹落在官寨前的广场上，轰隆一声，炸出了一个巨大的土坑。行刑柱也炸得粉碎，飞到田野里去了。又一发炮弹落在了官寨背后。打了这两炮，对方又停了一会。麦其土司挥手叫我跟他在一起，我跑了过去，等着新的炮弹落下来，但这颗炮弹老是没有落下来，使我有机会告诉父亲，母亲吃了酒和大烟泡。

　　父亲说："傻子啊，你母亲自己死了。"麦其土司没有流泪，只是很难看地笑了一下，声音有些嘶哑地说："好吧，她不用害怕灰尘把衣服弄脏了。"

　　这时，我才知道母亲是自杀了。

　　白色汉人军官扔了枪，坐在地上，我以为他害怕了。他说，没有意思了，人家用的是炮，第三炮就要准准地落在我们头上了。大多数人还是紧紧地把枪握在手里。天上又响起了炮弹呼啸的声音，这次，不是一发，而是一群炮弹尖啸着向麦其土司的官寨飞来。炮弹落下来，官寨在爆炸声里摇晃。爆炸声响成一片，火光、烟雾、尘埃升起来，遮去了眼前的一切。我没有想到，人在死之前，会看不到这个世界。但我们确确实实在死去之前就看不到这个世界了。在炮弹猛烈的爆炸声里，麦其土司官寨这座巨大的石头建筑终于倒塌了，我们跟着整个官寨落下去了。下降的过程非常美妙，给人的感觉倒好像是飞起来了。

49. 尘埃落定

我想，麦其家的傻瓜儿子已经升天了，不然，怎么会有那么多明亮的星星挂在眼前。是沉重的身躯叫我知道自己还活着。我从碎石堆里站起来，扬起的尘土把自己给呛住了。

我在废墟上弯着腰，大声咳嗽。

咳嗽声传开去，消失在野地里了。过去，在这里，不管你发出什么声音，都要被官寨高大的墙壁挡住，发出回声。但这回，声音一出口，便消失了。我侧耳倾听，没有一点声音，开炮的人看来都开走了。麦其一家，还有那些不肯投降的人都给埋在废墟里了。他们都睡在炮火造成的坟墓里，无声无息。

我在星光下开始行走，向着西边我来的方向，走出去没有多久，我被什么东西绊倒了。起身时，一支冷冰冰的枪筒顶在了脑门上。我听见自己喊了一声："砰！"我喊出了一声枪响，便眼前一黑，又一次死去了。

天亮时，我醒了过来。麦其土司的三太太央宗正守在我身边哭泣，她见我睁开眼睛，便哭着说："土司和太太都死了。"这时，新一天的太阳正红彤彤地从东方升起来。

她也和我一样，从碎石堆里爬出来，却摸到解放军的宿营地里了。

红色汉人得到两个麦其土司家的人，十分开心。他们给我们打针吃药，叫他们里边的红色藏人跟我们谈话。他们对着麦其官寨狠狠开炮，却又殷勤地对待我们。红色藏人对我们说啊说啊，但我什么都不想说。想不到这个红色藏人最后说，按照政策，只要我依靠人民政府，还可以继承麦其土司位子。

说到这里，我突然开口了。我说："你们红色汉人不是要消灭土司吗？"

他笑了，说："在没有消灭以前，你可以继续当嘛。"这个红色藏人说了好多话，其中有我懂得的，也有不懂得的。其实，所有这些话归结起来就是一句：在将来，哪怕只当过一天土司，跟没有当过土司的人也是不一样的。我问他是不是这个意思。

他咧嘴一笑，说："你总算明白了。"

队伍又要出发了。

解放军把炮从马背上取下来，叫士兵扛着，把我和央宗扶到了马背上。队伍向着西面逶迤而去。翻过山口时，我回头看了看我出生和长大的地方，看了看麦其土司的官寨，那里，除了高大的官寨已经消失外，并看不出多少战斗的痕迹。春天正在染绿果园和大片的麦田，在那些绿色中间，土司官寨变成了一大堆石头，低处是自身投下的阴影，高处，则辉映着阳光，闪烁着金属般的光泽。望着眼前的景象，我的眼里涌出了泪水。一小股旋风从石堆里拔身而起，带起了许多的尘埃，在废墟上旋转。在土司们统治的河谷，在天气晴朗、阳光强烈的正午，处处都可以遇到这种陡然而起的小小旋风，裹挟着尘埃和枯枝败叶在晴空下舞蹈。

今天，我认为，那是麦其土司和太太的灵魂要上天去了。

旋风越旋越高，最后，在很高的地方炸开了。里面，看不见的东西上到了天界，看得见的是尘埃，又从半空里跌落下来，罩住了那些累累的乱石。但尘埃毕竟是尘埃，最后还是重新落进了石头缝里，只剩寂静的阳光在废墟上闪烁了。我眼中的泪水加强了闪烁的效果。这时候，我在心里叫我的亲人，我叫道："阿爸啊！阿妈啊！"

我还叫了一声："尔依啊！"

我的心感到了前所未有的痛楚。

队伍拥着我翻过山梁，便什么也看不见了。

我留在山谷里的人还等在那里，给了我痛苦的心一些安慰。远远地，我就看见了搭在山谷里的白色帐篷。他们也发现了解放军的队伍。不知是谁向着山坡上的队伍放了几枪。我面前的两个红色士兵哼了一声，脸冲下倒在地上了，血慢慢从他们背上渗出来。好在只有一个人放枪。枪声十分孤独地在幽深的山谷里回荡。我的人就呆呆地站在那里，直到队伍冲到了跟前。枪是管家放的。他提着枪站在一大段倒下的树木上，身姿像一个英雄，脸上的神情却十分茫然。不等我走近，他就被人一枪托打倒，结结实实地捆上了。我骑在马上，穿过帐篷，一张张脸从我马头前滑到后面去了。每个人都呆呆地看着我，等我走过，身后便响起了一片哭声。不一会儿，整个山谷里，都是悲伤的哭声了。

解放军听了很不好受。每到一个地方，都有许许多多人大声欢呼。他们是穷人的队伍，天下占大多数的都是穷人，是穷人都要为天下终于有了一支自己的队伍大声欢呼。而这里，这些奴隶，却大张着愚不可及的嘴哭起他们的主子来了。

我们继续往边界上进发了。

两天后，镇子又出现在我们眼前，那条狭长的街道，平时总是尘土飞扬，这时也像镇子旁边那条小河一样，静悄悄的没有一点声息。队伍穿过街道。那些上着的门板的铺子里面，都有眼睛在张望，就是散布梅毒的妓院也前所未有的安静，对着街道的一面，放下了粉红色窗帘。

解放军的几个大官住在了我的大房子里。他们从楼上望得见镇子的全部景象。他们都说，我是一个有新脑子的人，这样的人跟得上时代。

我对他们说我要死了。

他们说，不，你这样的人跟得上时代。

而我觉得死和跟不跟得上时代是两码事情。

他们说，你会是我们共产党人的好朋友。你在这里从事建设，我们来到这里，就是要在每一个地方都建起这样漂亮的镇子。最大的军官还拍拍我的肩膀，说："当然，没有鸦片和妓院了，你的镇子也有要改造的地方，你这个人也有需要改造的地方。"

我笑了。

军官抓起我的手，使劲摇晃，说："你会当上麦其土司，将来，革命形势发展了，没有土司了，也会是我们最好的朋友。"

但我已经活不到那个时候了。我看见麦其土司的精灵已经变成一股旋风飞到天上，剩下的尘埃落下来，融入大地。我的时候就要到了。我当了一辈子傻子，现在，我知道自己不是傻子，也不是聪明人，不过是在土司制度将要完结的时候到这片奇异的土地上来走了一遭。

是的，上天叫我看见，叫我听见，叫我置身其中，又叫我超然物外。上天是为了这个目的，才让我看起来像个傻子的。

书记官坐在他的屋子里，奋笔疾书。在楼下，有一株菩提树是这个没有舌头的人亲手栽下的，已经有两层楼那么高了。我想，再回来的话，我认得的可能就只有这棵树了。

从北方传来了茸贡土司全军覆灭的消息。

这消息在我心上并没有激起什么波澜，因为在这之前，麦其土司也一样灰飞烟灭了。一天，红色汉人们集中地把土司们的消息传递给我，他们要我猜猜拉雪巴土司怎么样了，我说："我的朋友他会投降。"

"对，"那个和气的解放军军官说，"他为别的土司做了一个很好的榜样。"

而我的看法是，拉雪巴土司知道自己是一个弱小的土司，所以，他就投降了。当年，我给他一点压力就叫他弯下了膝盖，而不像汪波土司一次又一次拼命反抗。但出乎意料的是，汪波土司也投降了。可笑的是，他以为土司制度还会永远存在，所以，便趁机占据了一些别的土司的地盘。其中，就有已不存在的麦其土司的许多地盘。

听到这个消息，我禁不住笑了，说："还不如把塔娜抢去实在一些。"

红色汉人也同意我的看法。

"就是那个最漂亮的塔娜?"其中一个军官问。看看吧,我妻子的美名传到了多少人的耳朵里,就连纯洁的红色汉人也知道她的名字了。

"是的,那个美丽的女人是我不忠的妻子。"我的话使这些严肃的人也笑了。

塔娜要是知道汪波土司投降了,可能会去投奔他,重续旧情,现在,再也没有什么挡住她了。在茸贡土司领地上得胜的部队正从北方的草原源源开来,在我的镇子上,和从东南方过来消灭了麦其土司的部队会师了。这一带,已经没有与他们为敌的土司了。茸贡土司的抵抗十分坚决,只有很少的人活着落在了对方手里。活着的人都被反绑着双手带到这里来了。在这些人中间,我看到了黄师爷和塔娜。

我指给解放军:"那个女人就是我妻子。"

他们就把塔娜还给了我,但他们不大相信名声很响的漂亮女人会是这副样子。我叫桑吉卓玛把她脸上的尘土、血迹和泪痕洗干净了,再换上光鲜的衣服,她的光彩立即就把这些军人的眼睛照亮了。现在,我们夫妻又在一起了,和几个腰别手枪、声音洪亮的军官站在一起,看着队伍从我们面前开进镇子里去。而打败了麦其土司的队伍在镇子上唱着歌,排着队等待他们。这个春天的镇子十分寂寞,街道上长满了碧绿的青草。现在,队伍开到镇子上就停了下来,踏步唱歌,这些穿黄衣服的人把街上的绿色全部淹没了,使春天的镇子染上了秋天的色调。

我还想救黄师爷。

我一开口，解放军军官就笑着问我："为什么？"

"他是我的师爷。"

"不，"军官说，"这些人是人民的真正敌人。"

结果，黄师爷给一枪崩在河滩上了。我去看了他，枪弹把他的上半个脑袋都打飞了，只剩下一张嘴巴咬了满口的沙子。他的身边，还趴着几具白色汉人的尸体。

晚上，塔娜和我睡在一起，她问我是什么时候投降的。当她知道我没有投降，而是糊里糊涂被活捉时，就笑了起来，笑着笑着，泪水就落在了我脸上，她说："傻子啊，每次你都叫我伤了你，又叫我觉得你可爱。"

她真诚的语气打动了我，但我还是直直地躺着，没有任何举动。后来，她问我是不是真不怕死。我刚要回答，她又把指头竖在我的嘴前，说："好好想想再回答我吧。"

我好好想了想，又使劲想了想，结论是我真的不怕。

于是，她在我耳边轻声说："天哪，我又爱你了。"她的身子开始发烫了。这天晚上，我又要了她。疯狂地要了她。过后，我问她是不是有梅毒，她格格地笑了，说："傻子啊，我不是问过你了吗？"

"可你只问了我怕不怕死。"

我美丽的太太她说："死都不怕还怕梅毒吗？"

我们两个人都笑了。我问塔娜，她知不知道自己什么时候死。回答是不知道。她又问我同样的问题,我的回答是："明天。"

两个人又沉默了一阵，然后，又笑了起来。

这时，曙光已经穿过窗棂，落在了床前。她说："那还要等到下一次太阳升起来，我们多睡一会儿吧。"

我们就背靠着背，把被子裹得紧紧的，睡着了。我连个梦都没有做。醒来，已经是中午了。

我趴在栏杆上，看着镇子周围越来越深的春天的色调，便看到麦其家的仇人，那个店主，正抱着一坛酒穿过镇子向这里走来。看来，我已经等不到明天了。我对妻子说："塔娜呀，你到房顶上看看镇子上人们在干些什么吧。"

她说："傻子呀，你的要求总是那么荒唐，但你的语调从来没有这么温柔过，我就上房顶替你去看看吧。"

我重新回到屋子里，坐下不久，就响起了敲门声。

是我的命来敲门了。

敲门声不慌不忙，看来，我的店主朋友并没有因为弟弟从杀手摇身一变成为红色藏人就趾高气扬，他还能谨守红色汉人没来以前的规矩。门虚掩着，他还是一下又一下不慌不忙地敲着。直到我叫进来，他才抱着一坛子酒进来了。他一只手抱着酒坛，一只手放在长袍的前襟底下，说："少爷，我给你送酒来了。"

我说："放下吧，你不是来送酒的，你是杀我来了。"

他手一松，那坛酒就跌在地上，粉碎了。

屋子里立即就充满了酒香，可真是一坛好酒啊。我说："你的弟弟是红色藏人了，红色藏人是不能随便杀人的，复仇的任务落到你头上了。"

他哑着嗓子说："这是我最好的酒，我想好好请你喝一顿酒。"

我说："来不及了，我的妻子马上就要下来，你该动手了。"

他便把另一只手从长袍的前襟下拿出来，手里是一把亮晃晃的刀子，他苍白的额头上沁出了汗水，向我逼了过来。

我说："等等。"自己爬到床上躺下来，这才对他说，"来吧。"

等他举起了刀子，我又一次说："等等。"

他问我要干什么，我想说酒真香，说出口来却是："你叫什么？你的家族姓什么？"

是的，我知道他们两兄弟是我们麦其家的仇人，但却忘了他们家族的姓氏了。我的这句话把这个人深深地伤害了。本来，他对我说不上有什么仇恨，但这句话，使仇恨的火焰在他眼里燃了起来，而满屋子弥漫的酒香几乎使我昏昏欲睡了。刀子，锋利的刀子，像一块冰，扎进了我的肚皮。不痛，但是冰冰凉，很快，冰就开始发烫了。我听见自己的血滴滴答答地落在地板上，我听见店主朋友哑声对我说再见。

现在，上天啊，叫我来到这个世界上的神灵啊，我身子正在慢慢地分成两个部分，一个部分是干燥的，正在升高；而被血打湿的那个部分正在往下陷落。这时，我听见了妻子下楼的脚步声，我想叫一声她的名字，但却发不出什么声音了。

上天啊，如果灵魂真有轮回，叫我下一生再回到这个地方，我爱这个美丽的地方！神灵啊，我的灵魂终于挣脱了流血的躯体，飞升起来了，直到阳光一晃，灵魂也飘散，一片白光，就什么都没有了。

血滴在地板上，是好大一汪，我在床上变冷时，血也慢慢地在地板上变成了黑夜的颜色。

落不定的尘埃

——代后记

　　差不多是两年前初秋的一个日子，我写完了这本小说最后一个字，并回到开头的地方，回到第一个小标题"野画眉"前，写下了大标题《尘埃落定》。直到今天，我还认为这是一个好题目。小说里曾经那样喧嚣与张扬的一切，随着必然的毁弃与遗忘趋于平静。

　　就我本身而言，在长达八个月的写作过程中，许多情愫，许多意绪，所有抽象的感悟和具体的捕捉能力，许多在写作过程中生出来的对人生与世界的更为深刻的体验，都曾在内心里动荡激扬，就像马队与人群在干燥的山谷里奔驰时留下的高高的尘土，像炎热夏天里突兀而起的旋风在湖面上搅起高高的水柱。现在，小说完成了，所有曾经被唤醒、被激发的一切，都从升得最高最飘的空中慢慢落下来，落入晦暗的意识深处，重新归于了平静。当然，这个过程也不是一种突然的中止，巨大的尘埃落下很快，有点像一个交响乐队，随着一个统一的休止符，指挥一个有力的收束的手势，戛然而止。

　　但好的音乐必然会有余音绕梁，一些细小的尘埃仍然会在空中飘浮一段时间。

于是，我又用长篇中的银匠与那个有些古怪的行刑人家族的故事，写成了两个中篇《月光里的银匠》与《行刑人尔依》，差不多有十二万字。写银匠是将小说里未能充分展开的部分进行了充分的表达。而写行刑人的八万字，对我来说更有意思一些，因为，行刑人在这个新的故事里，成为了中心，因为这个中心而使故事、使人产生了新的可能性。从而也显示出一篇小说的多种可能性。这两个中篇小说分别发表在《人民文学》与《花城》杂志上，喜欢这部小说的人，有兴趣可以参看一下。

两个中篇完成已是冬天，我是坐在火炉边写完这些故事的。此时，尘埃才算完全落定了。窗外不远的山城上，疏朗的桦林间是斑驳的积雪。涤尽了浮尘的积雪在阳光下闪烁着幽微的光芒。

每当想起马尔克斯写完《百年孤独》时的情景，总有一种特别的感动。作家走下幽闭的小阁楼，妻子用一种不带问号的口吻问他：克雷地亚上校死了？加西亚·马尔克斯哭了。我想这是一种至美至大的境界。写完这部小说后，我走出家门，把作为这部作品背景的地区重走一遭，我需要从地理上重新将其感觉一遍。不然，它真要变成小说里那种样子了。眼下，我最需要的是使一切都回复到正常的状态。小说是具有超越性的，因而世界的面貌在现实中完全可能是另外一种样子。

一种更能为人所接受的说法应该是：历史与现实本身的面貌，更加广阔，更加深远。同样一段现实、一种空间，具有成为多种故事的可能性。所以，这部小说，只是写出了我肉体与精神原乡的一个方面，只是写出了它的一种状态，或者说是我

对它某一方面的理解。我不能设想自己写一种全景式的鸿篇巨
制，写一种幅面很宽的东西，那样的话，可能会过于拘泥历史
与现实，可能在很大程度上被营造真实感耗散精力，很难有自
己的理想与生发。我相信，作家在长篇小说中从过去那种上帝
般的全知全能到今天更个性化，更加置身其中的叙述，这不止
是小说观念的变化，作家的才能也发生了一些变化。或者说，
这个时代选择了另一类才具的人来担任作家这个职业。

如果真的承认一个时代有一个时代的小说，那么也就应该
承认一个时代有一个时代的作家。

这个时代的作家应该在处理特别的题材时，也有一种普遍
的眼光。普遍的历史感，普遍的人性指向。特别的题材，特别
的视角，特别的手法，都不是为了特别而特别。在这一点上，
我决不无条件地同意越是民族的便越是世界的这种笼统的说
法。我会在写作过程中，努力追求一种普遍的意义，追求一点
寓言般的效果。

因为我的族别，我的生活经历，这个看似独特的题材的选
取是一种必然。如果呈现在大家面前的这部小说真还有一些特
别之处，那只是为了一种更为酣畅，更为写意，从而也更为深
刻的表达。今天重读这部小说，我很难说自己在这方面取得了
多大的成功，但我清楚地看到了自己在其中所做的努力。我至
少相信自己贡献出了一些铭心刻骨的东西。正像米兰·昆德拉
喜欢引用的胡塞尔的那句话："因为人被认识的激情抓住了。"

至少在我想到下一部作品的时候，我看到了继续努力的方
向，而不会像刚在电脑上打出这部小说的第一行字句时，那样

游移不定，那样迷茫。

在这部作品诞生的时候，我就生活在小说里的乡土所包围的偏僻的小城，非常汉化的一座小城。走在小城的街上，抬头就可以看见笔下正在描绘的那些看起来毫无变化的石头寨子，看到虽然被严重摧残，但仍然雄伟旷远的景色。但我知道，自己的写作过程其实是身在故乡而深刻的怀乡。这不仅是因为小城里已经是另一种生活，就是在那些乡野里，群山深谷中间，生活已是另外一番模样。故乡已然失去了它原来的面貌。血性刚烈的英雄时代、蛮勇过人的浪漫时代早已结束。像空谷回声一样，渐行渐远。在一种形态到另一种形态的过渡期，社会总是显得卑俗；从一种文明过渡到另一种文明，人心委琐而浑浊。所以，这部小说，是我作为一个原乡人在精神上寻找真正故乡的一种努力。我没有力量在一部小说里像政治家一样为人们描述明天的社会图景，尽管我十分愿意这样。现在我已生活在远离故乡的城市，但这部小说，可以帮助我时时怀乡。

在我怀念或者根据某种激情臆造的故乡中，人是主体。即或将其当成一种文化符号来看待，也显得相当简洁有力。而在现代社会，人的内心更多的隐秘与曲折，却避免不了被一些更大的力量超越与充斥的命运。如果考虑到这些技术的、政治的力量是多么强大，那么，人的具体价值被忽略不计，也就不难理解了。其实，许多人性灵上的东西，在此前就已经被自身所遗忘。

这样的小说当然不会采用目下的畅销书的写法。

我也不期望自己的小说雅俗共赏。

　　我相信，真正描绘出了自己心灵图景的小说会挑选读者。

　　前些天，一个朋友打开了我的电脑，开始从第一章往下看，我很高兴地看到她一边移动光标，一边发出了心领神会的微笑。我十分珍视她所具有的幽默感与感悟能力。她正是我需要的那种读者。一定的文学素养，一双人性的眼睛，一个智慧的头脑，一颗健康活泼的心灵，而且很少先入为主的理念。至少我可以斗胆地说，我更希望是这样的读者来阅读我的小说，就像读者有权利随意表示自己喜欢哪一种小说一样。

　　在我们国家，在这个象形表意的方块文字统治的国度里，人们在阅读这种异族题材的作品时，会更多地对里面一些奇特的风习感到一种特别的兴趣。作为这本书的作者，我并不反对大家这样做，但同时也希望大家注意到在我前面提到过的那种普遍性。因为这种普遍性才是我在作品中着力追寻的东西。这本书从构思到现在，我都尽了最大的力量，不把异族的生活写成一种牧歌式的东西。很长时间以来，一种流行的异族题材写法使严酷生活中张扬的生活力，在一种有意无意的粉饰中，被软化于无形之中。

　　异族人过的并不是另类人生。欢乐与悲伤，幸福与痛苦，获得与失落，所有这些需要，从它们让感情承载的重荷来看，生活在此处与别处，生活在此时与彼时，并没有什么太大的区别。所以，我为这部小说呼唤没有偏见的，或者说愿意克服自己偏见的读者。因为故事里面的角色与我们大家有同样的名字：人。

　　当然，这部小说肯定不会，也不能只显现出思想与时间的特质，它同时也服从了昆德拉所说的那种游戏的召唤。虚构是一种游戏，巧妙和谐的文字也是一种游戏，如果我们愿意承认这一点的话，严肃的小说里也有一个巨大的游戏空间。至少，对于富于智慧与健康心智的人来说，会是这样。

想想当有一天，又一种尘埃落定，这个时代成为一个怀旧的题材，我们自己在其中，又以什么样的风范垂示于久远呢？

而当某种神秘的风从某个特定的方向吹来，落定的尘埃又泛起，那时，我的手指不得不像一个舞蹈症患者，在电脑键盘上疯狂地跳动了。下一部小说，我想变换一个主题，关于肉体与精神上的双重流浪。看哪，落定的尘埃又微微泛起，山间的大路上，细小的石英沙尘在阳光下闪烁出耀眼的光芒。我的人本来就在路上，现在是多么好，我的心也在路上了。

唉，一路都是落不定的尘埃。你是谁？你看，一柱光线穿过那些寂静而幽暗的空间，便照见了许多细小的微尘飘浮，像茫茫宇宙中那些星球在运转。

随风远走
——茅盾文学奖颁奖礼上的演讲

又听见了杜鹃的声音：悠长，遥远，宁静。

1994 年 5 月，我坐在窗前，面对着不远处山坡上一片嫩绿的白桦林，听见了从林子里传来的杜鹃的啼鸣声。那时，身后的音响低低回荡着的是贝多芬《春天》与舒伯特《鳟鱼》优美的旋律。那个时候，音乐是每天的功课。那片白桦林也与我有了十几年的厮守，我早在不同时间与情景中，为她的四季美景而深浅不一地感动过了。杜鹃也是每年杜鹃花开的季节都要叫起来的，不同的只是，在那个 5 月的某一天，我打开了电脑。而且，多年以来在对地方史的关注中积累起来的点点滴滴，忽然在那一刻呈现出一种隐约而又生机勃勃、含义丰富的面貌。于是，《尘埃落定》的第一行字便落在屏幕上了。小说所以从冬天开始，应当是我想起历史时，心里定有的一种萧疏肃杀之感，但是因为那丰沛的激情与预感中的很多可能性，所以，便先来一场丰润的大雪。我必须承认，这都是我自己面对自己创建的文本所做的揣摩与分析，而不是出于当时刻意的苦思。我必须说，那时的一切都是一种自然而然的流淌。

《尘埃落定》就这样开始了它生命的诞生过程。

今天，我已经很难回想起具体过程中的每一个细节了。眼前却永远浮现着那片白桦林富有意蕴的变化。每天上午，打开电脑，我都会抬眼看一看她。不同的天气里，她呈现不同的质感与情愫。

马尔康的春天来得晚。初夏的 5 月才是春天。7 月，盛大的夏天来到，春天清新的翠绿日渐加深，就像一个新生的湖泊被不断注入一样（我有两行诗可以描摹那种情境："日益就丰盈了 / 日益就显出忧伤与蔚蓝"）。那种浓重的绿，加上高原明亮阳光的照耀，真是一种特别美丽的蓝。10 月，那金黄嘹亮而高亢，有一种颂歌般的庄严。然后，冬天来到了。白桦林一天天掉光了叶子。霜下来了，雪下来了。茂密的树林重新变得稀疏，露出了林子下面的岩石、泥土与斑驳的残雪。这时，小说里的世界像那片白桦林一样，已经历了所有生命的冲动与喧嚣，复归于寂静。世界又变回到什么都未曾发生也未曾经历过的那种样子。但是，那一片树林的荣枯，已经成了这本书本身，这本身的诞生过程，以及创造这个故事的那个人在造这个故事时情感与思想状态的一个形象而绝妙的况喻。

直到今天，我都会为了这个况喻里那些潜伏的富于象征性的因子不断感动。

写完最后一行字，面对那片萧疏的林子，那片在睡了一个漫长冬季后，必然又会开始新一轮荣枯的林子，我差不多被一种巨大的幸福击倒。对我而言，这是一次创造，也是一次隆重的精神洗礼。然而这一切，都在 1994 年最后几天里结束了。

故事从我的脑子里走出来，走到了电脑磁盘里，又经过打印机一行行流淌到纸上。从此，这本书便不再属于阿来了。她开始了自己的历程，踏上了自己的命运之旅。我不知道别的作家同行有没有这样的感觉。但我却深深感到，我对她将来的际遇已经无能为力了。

一个人有自己的命运，一本书也是一样。她走向世界，流布于人群中的故事再不是由我来操控把握了，而是很多人，特别是很多的社会因素参与进来，共同地创造着。大家知道，她的出版过程有过三四年的曲折期。后来就有朋友说，那曲折其实是一种等待，等待一个特别适合面世的机会。找到最合适机会出声的角色，总会迎面便撞上剧场里大面积的喝彩。

之后的一切，就是大家都熟悉的一个故事了。幸福的家庭都是相似的，幸运的书的命运也都是相似的。读者的欢迎，批评界的好评，各种奖项与传媒的炒作。这本书的命运进展到这样一个模式里，我与之倒有了一种生分的感觉。我不能说这一切不是我所期望的。我只是要说，这些成功的喜悦与当初创作这本书时的快乐以及刚结束时体会的那种巨大的幸福感确乎是无法比较的。

我说过了，这本书离开我的打印机，开始其命运旅途之后，她的故事里便加入了很多人的创造。在此，对每一个看重她、善待她的有关机构、领导、师长、朋友表示衷心的谢意，感谢你们在我力所不及的地方，推进了这本书的故事的进展。如果要为施惠于这本书的人开一个名单，那将会非常漫长。同时，每一本书走向公众之后，每一个读者都在阅读过程中不断参与和创造。在此，我也要向每一位读者表示我的谢意。

今天，当《尘埃落定》与我的名字联系在一起，频频出现在报端时，我确乎感到，它是离我远去了。是的，她正在顺风而去。而对我来说，另一个需要从混沌的背景中剥离出来的故事，又在什么地方等待着了。

一本书打开一个世界

欢迎订购、合作

订购电话：0571-85153371

服务热线：0571-85152727

KEY-可以文化

浙江文艺出版社

京东自营店

关注 KEY-可以文化、浙江文艺出版社公众号，
及浙江文艺出版社京东自营店，随时获取最新图书资讯，
享受最优购书福利以及意想不到的作家惊喜